P. D. James

Tod eines Sachverständigen

Kriminalroman

Deutsch von Wolfdietrich Müller

W0331947

Wunderlich Taschenbuch

Die Originalausgabe erschien 1977
unter dem Titel «Death of an Expert Witness»
im Verlag Faber & Faber Ltd., London

Neuausgabe Juli 2004

Veröffentlicht im Rowohlt Taschenbuch Verlag,
Reinbek bei Hamburg, April 1982
«Death of an Expert Witness» Copyright © 1977 by by P. D. James
Copyright © 1979
by Rowohlt Verlag GmbH, Reinbek bei Hamburg
Alle deutschen Rechte vorbehalten
Umschlaggestaltung any.way, Barbara Hanke / Cordula Schmidt
(Foto: Getty Images)
Satz aus Stempel-Garamond
bei Pinkuin Satz und Datentechnik, Berlin
Druck und Bindung Clausen & Bosse, Leck
Printed in Germany
ISBN 3 499 26502 8

Inhalt

In Ostanglien gibt es kein amtliches kriminologisches Institut, aber selbst wenn eine solche Einrichtung existierte, wären Gemeinsamkeiten mit dem Hoggatt-Institut höchst unwahrscheinlich. Die Laborangestellten sind wie alle anderen Personen in diesem Buch – auch die unangenehmsten – frei erfunden und haben keine Ähnlichkeit mit Lebenden oder Toten.

Ein alltäglicher Fall

I

Um 6 Uhr 12 schrillte das Telefon. Er griff sofort nach dem Hörer, und das durchdringende Geräusch brach ab. Es war ihm inzwischen in Fleisch und Blut übergegangen, auf dem beleuchteten Zifferblatt der elektrischen Uhr neben seinem Bett die Zeit abzulesen, bevor er Licht machte. Das Telefon musste selten mehr als einmal läuten, aber dennoch fürchtete er jedes Mal, es könnte Nell geweckt haben. Der Anrufer war bekannt, sein Anruf erwartet. Es war Detektiv-Inspektor Doyle. Die Stimme mit dem etwas einschüchternden irischen Akzent klang so kräftig und selbstsicher, als baute sich Doyles massige Gestalt vor seinem Bett auf.

«Dr. Kerrison?» Die Frage war natürlich überflüssig. Wer hätte sonst in diesem halb leeren, hallenden Haus morgens um 6 Uhr 12 ans Telefon gehen sollen? Er gab keine Antwort, und die Stimme fuhr fort:

«Wir haben eine Leiche. Im Ödland – in einer Kalkgrube – eine Meile nordöstlich von Muddington. Ein Mädchen. Sieht aus, als wäre sie erwürgt worden. Wahrscheinlich ein ziemlich klarer Fall, aber weil es nicht weit ist, dachten wir …»

«In Ordnung. Ich komme.»

Er spürte weder Erleichterung noch Dankbarkeit am anderen Ende der Leitung. Warum auch? Kam er nicht immer, wenn er gerufen wurde? Er wurde gut genug dafür bezahlt, dass er sich verfügbar hielt, aber das war nicht der einzige Grund, warum er so überaus gewissenhaft war. Er hatte den Verdacht, Doyle würde ihn mehr respektieren, wenn er gelegentlich weniger entgegenkommend wäre. Er würde sich selbst mehr respektieren.

«Es ist die erste Ausfahrt auf der A 142 nach Gibbet's Cross. Ich stelle dort einen Posten auf.»

Er legte den Hörer auf die Gabel, schwang die Beine aus dem Bett, griff nach Bleistift und Notizblock und schrieb die Angaben auf, solange sie noch frisch im Gedächtnis waren. In einer Kalkgrube. Das hieß wahrscheinlich Matsch, besonders nach dem gestrigen Regen. Das Fenster war einen Spalt offen. Er schob es ganz hoch, verzog das Gesicht, als Holz über Holz knirschte, und streckte den Kopf nach draußen. Der schwere Lehmgeruch der herbstlichen Marschnacht schlug ihm entgegen, kräftig und doch frisch. Es regnete jetzt nicht mehr; über den Himmel jagten graue Wolkenfetzen, durch die der fast volle Mond wie ein bleicher irrer Geist wirbelte. Seine Gedanken schweiften über die verlassenen Felder und einsamen Deiche zu den breiten, mondbleichen Sandstränden des Wash und den darüber leckenden Fransen der Nordsee. Er bildete sich ein, ihren heilkräftigen Geruch in der vom Regen gereinigten Luft zu riechen. Irgendwo da draußen in der Dunkelheit lag ein Körper, der alle Anzeichen eines gewaltsamen Todes aufwies. Er dachte an die gewohnte Umgebung seines Berufs: ordentlich geparkte Polizeiautos; Männer, die sich wie schwarze Schatten hinter dem grellen Schein der Bogenlampen bewegten; Absperrseile; Gesprächsfetzen, während die Männer nach den Scheinwerfern seines Autos Ausschau hielten. Wahrscheinlich sahen sie schon auf ihre Uhren und überschlugen, wie lange er wohl für den Weg brauchen würde.

Leise schloss er das Fenster, zog seine Hose über den Schlafanzug und streifte einen Rollkragenpullover über den Kopf. Dann nahm er eine Taschenlampe, knipste die Nachttischlampe aus und ging zur Treppe. Er trat vorsichtig auf und hielt sich nahe der Wand, damit die Stufen nicht knarrten. Aber es blieb still in Eleanors Zimmer. Ganz am Ende des langen Flurs führten drei Stufen zu dem hinteren

Schlafzimmer, in dem seine sechzehnjährige Tochter lag. Sie hatte einen sehr leichten Schlaf und reagierte ungeheuer empfindlich auf das Läuten des Telefons. Aber sie konnte eigentlich nichts gehört haben. Wegen des dreijährigen Sohnes brauchte er sich keine Gedanken zu machen. Wenn William erst einmal eingeschlafen war, schlief er bis zum Morgen durch.

Sein Tun und Denken verlief in festen Bahnen. Er wich nie von seiner Routine ab. Zuerst ging er in den kleinen Waschraum neben dem hinteren Ausgang, wo seine Stulpenstiefel, aus denen die dicken roten Socken wie amputierte Füße herausquollen, neben der Tür bereitstanden. Er schob die Ärmel über die Ellbogen zurück und ließ kaltes Wasser über die Hände und Arme laufen. Dann hielt er den ganzen Kopf unter den Strahl. Diesen beinahe rituellen Reinigungsakt vollzog er vor und nach jedem Fall. Er fragte sich seit langem nicht mehr, warum. Er war ebenso tröstlich und unverzichtbar wie eine religiöse Zeremonie geworden: die kurze vorbereitende Waschung, die einer Weihung glich, die abschließende Abspülung, die notwendige Aufgabe und zugleich Absolution war, als könne er, indem er den Geruch seiner Tätigkeit von seinem Körper tilgte, auch seine Gedanken davon befreien. Das Wasser spritzte heftig gegen den Spiegel, und als er sich aufrichtete, um nach einem Handtuch zu tasten, sah ihm sein Gesicht verzerrt durch die Wassertropfen entgegen. Mit den hängenden Mundwinkeln und den feuchtglänzenden schwarzen Haarsträhnen über den schweren Augenlidern war ihm, als blicke ihn ein Ertrunkener an. Er dachte:

«Nächste Woche werde ich fünfundvierzig, und was habe ich erreicht? Dieses Haus, zwei Kinder, eine gescheiterte Ehe und eine Beschäftigung, die ich nicht verlieren darf, weil sie der einzige Bereich ist, in dem ich erfolgreich bin.» Das alte Pfarrhaus, das er von seinem Vater geerbt hatte, war hypothekenfrei, unbelastet. Dies traf in seinem von Ängsten geplagten Leben auf nichts anderes zu, dachte er. Liebe, das Fehlen von Liebe, das wachsende Verlangen, die plötzliche erschreckende Hoffnung auf Erfüllung – alles war nur eine Last. Selbst seine Arbeit, der Boden, auf dem er sich mit größerer Sicherheit bewegte, war durch Ängste eingeengt.

Während er seine Hände sorgfältig abtrocknete, jeden Finger einzeln, kehrte der alte, wohl bekannte Kummer wieder, der schwer wie ein bösartiges Geschwür auf ihm lastete. Noch war er nicht zum Nachfolger des alten Dr. Stoddard als Pathologe im Dienst des Innenministeriums ernannt worden, und er hoffte sehr auf diese Stellung. Die offizielle Ernennung würde ihm zwar keine finanzielle Verbesserung bringen. Die Polizei beschäftigte ihn bereits auf Vertragsbasis und zahlte großzügig für jeden Fall. Dazu kam sein Honorar als amtlicher Leichenbeschauer, und zusammen ergab das ein Einkommen, das einer der Gründe war, warum ihn seine Berufskollegen in der Pathologie des Bezirkskrankenhauses beneideten, obwohl sie ihm auf der anderen Seite sein unvorhersehbares Fernbleiben wegen der Polizeiarbeit, die langen Gerichtstage und die unvermeidliche Publicity übel nahmen.

Ja, die Ernennung war wichtig für ihn. Sollte das Innenministerium sich anderweitig umtun, würde es schwierig, eine Fortsetzung der privat vereinbarten Zusammenarbeit mit der örtlichen Polizei gegenüber der regionalen Gesundheitsbehörde zu rechtfertigen. Er war nicht einmal sicher, ob die Polizei ihn in diesem Fall behalten würde. Er wusste, dass er ein guter Gerichtsmediziner war, zuverlässig, mit überdurchschnittlichen beruflichen Fähigkeiten, von fast zwanghafter Gründlichkeit und Gewissenhaftigkeit, ein überzeugender und unbestechlicher Zeuge.

Die Polizei wusste, dass ihre sorgfältig errichteten Beweisgebäude nicht zusammenbrechen würden, wenn er im Zeugenstand ins Kreuzverhör genommen wurde, obwohl er manchmal den Verdacht hatte, dass sie ihn zu skrupulös fanden, um wirklich ganz zufrieden mit ihm zu sein. Was ihm allerdings fehlte, war die selbstverständliche männliche Kameradschaft, die Mischung von Zynismus und *machismo,* die den alten Doc Stoddard so fest an die Polizei gebunden hatte. Wenn sie auf ihn verzichten müssten, würden sie ihn sicher nicht sehr vermissen. Deshalb bezweifelte er, ob sie sich dafür stark machen würden, ihn zu behalten.

Das Garagenlicht blendete ihn. Er schob die Tür mit einer Hand hoch, und das Licht fiel nach draußen auf den Kies des Fahrwegs und die ungepflegten silbrigen Grasränder. Aber das Licht würde Nell nicht aufwecken. Ihr Schlafzimmer ging nach hinten hinaus. Bevor er den Motor anspringen ließ, warf er einen Blick auf die Straßenkarte. Muddington. Eine Stadt an der Peripherie seines Bezirks, etwa siebzehn Meilen nach Nordwesten, in weniger als einer halben Stunde zu erreichen, wenn er Glück hätte. Falls die Wissenschaftler aus dem Labor schon dort waren – und Lorrimer, der leitende Biologe, versäumte keinen Mordfall, wenn er es einrichten konnte –, dann würde wohl für ihn nicht viel zu tun bleiben. Angenommen, er brauchte etwa eine Stunde am Tatort, könnte er vielleicht sogar wieder zurück sein, bevor Nell aufwachte, und sie musste gar nicht erfahren, dass er weg gewesen war. Er schaltete die Garagenbeleuchtung aus. Vorsichtig, als könne eine sanfte Berührung das Motorengeräusch dämpfen, drehte er den Zündschlüssel um. Der Rover rollte langsam in die Nacht hinaus.

2

Sie hielt ihre rechte Hand schützend über das flackernde Nachtlicht und rührte sich nicht hinter den Vorhängen am vorderen Ende des Flurs. Eleanor Kerrison sah, wie die

Rückstrahler des Rovers plötzlich rot aufleuchteten, als der Wagen vor dem Tor kurz anhielt, bevor er nach links abbog und schneller wurde, bis er nicht mehr zu sehen war. Sie wartete noch, bis sie auch das Licht der Scheinwerfer nicht mehr sehen konnte. Dann wandte sie sich ab und ging über den Flur zu Williams Zimmer. Sie war sicher, dass er nicht aufgewacht war. Im Schlaf überließ er sich genießerisch dem Vergessen, und solange er schlief, wusste sie ihn in Sicherheit, konnte sie sich frei von Ängsten fühlen. Wenn sie ihn beobachtete, empfand sie eine solche aus Sehnsucht und Mitleid gemischte Freude, dass sie, aus Furcht vor ihren Gedanken im Wachen, aber noch mehr aus Angst vor den Alpträumen im Schlaf, manchmal ihr Nachtlicht in sein Schlafzimmer trug und eine Stunde oder länger neben seinem Bettchen kauerte und die Augen nicht von seinem schlafenden Gesicht abwandte, bis die Unruhe durch den Frieden, den er ausstrahlte, langsam von ihr abfiel.

Obwohl sie wusste, dass er nicht aufwachen würde, drückte sie den Türgriff so vorsichtig herunter, als habe sie Angst, er könne explodieren. Das Nachtlicht brannte gleichmäßig auf dem Untersatz, aber sie hätte es nicht gebraucht. Sein gelber Schimmer wurde vom Mondlicht überstrahlt, das durch die vorhanglosen Fenster hereinfloß. William in seinem schäbigen Schlafanzug lag wie immer auf dem Rücken und streckte die Ärmchen nach oben. Sein Kopf lag auf der Seite, und der dünne, gestreckte Hals, an dem sie die Pulsschläge zählen konnte, wirkte fast zu zerbrechlich, um das Gewicht des Kopfes zu tragen. Sein Mund stand ein wenig offen, aber er atmete so leicht, dass sie es weder sehen noch hören konnte. Plötzlich schlug er blicklos die Augen auf, rollte sie nach oben, schloss sie mit einem Seufzer und fiel wieder in tiefen Schlaf.

Sie zog die Tür leise hinter sich zu und ging in ihr eigenes Zimmer nebenan. Sie nahm die Daunendecke aus ihrem Bett, wickelte sie um die Schultern und schlurfte über den Flur auf die Treppe zu. Das Treppengeländer mit den massiven Eichenpfosten verlor sich unten in der Dunkelheit der Halle, aus der das Ticken der Standuhr unnatürlich laut und unheilvoll wie von einer Zeitbombe zu ihr heraufdrang. Die Atmosphäre des Hauses stieg ihr in die Nase, sauer wie aus einer ungespülten Thermosflasche, wie der traurige Geruch, der von einem faden Pfarrhausessen übrig bleibt. Sie stellte das Licht neben der Wand ab und setzte sich auf die oberste Stufe, zog die Decke höher über die Schultern und starrte in die Dunkelheit. Unter ihren nackten Füßen spürte sie die Sandkörner auf dem Treppenläufer. Miss Willard saugte ihn nie ab; sie behauptete, ihr Herz vertrage die Anstrengung nicht, den schweren Staubsauger von Stufe zu Stufe zu heben. Und ihrem Vater schienen die Farblosigkeit und der Schmutz seines Hauses nie aufgefallen zu sein. Er war ja auch so selten hier. Sie saß unbeweglich im Dunkeln und dachte an ihren Vater. Vielleicht war er schon am Tatort. Es hing davon ab, wie weit er fahren musste. Wenn es ganz am Rand seines Bezirks wäre, käme er vielleicht erst zum Mittagessen zurück.

Aber sie hoffte, er wäre vor dem Frühstück wieder da, damit er sie hier fände, einsam und müde auf der Treppe hockend, auf ihn wartend, voller Angst, weil er sie allein gelassen hatte. Er würde das Auto möglichst leise abstellen, die Garage offen lassen, um sie nicht durch das Zuschlagen der Tür zu wecken, und sich dann wie ein Dieb durch die Hintertür stehlen. Sie würde das Wasser unten im Waschraum laufen hören, anschließend seine Schritte auf den Steinplatten in der Diele. Dann würde er aufblicken und sie sehen. Zwischen der Sorge um sie und der Angst, Miss Willard zu wecken, hin und her gerissen, würde er die Treppe hinaufspringen, und sein Gesicht würde plötzlich, wenn er seine Arme um ihre zitternden Schultern legte, vor Müdigkeit und Kummer alt aussehen.

«Nell, mein Schatz, wie lange sitzt du schon hier? Du solltest noch im Bett sein. Du frierst doch. Hör zu, meine Kleine, du brauchst dich vor nichts zu fürchten. Ich bin da. Komm, ich bringe dich wieder ins Bett, und du versuchst, nochmal einzuschlafen. Ich kümmere mich selbst um das Frühstück. Weißt du was? Ich bringe es in einer halben Stunde auf einem Tablett nach oben. Na, was meinst du?»

Und er würde sie in ihr Zimmer bringen, würde ihr zärtlich zureden, sie beruhigen und versuchen, so zu tun, als habe er keine Angst, Angst, dass sie nach ihrer Mutter rufen würde, dass die strenge Miss Willard auftauchen könnte und jammern und klagen würde, sie brauche ihren Schlaf, Angst, dass der gefährdete kleine Haushalt zerfiele und er sich von William würde trennen müssen. Denn er liebte William, ihn zu verlieren könnte er nicht ertragen. Und nur wenn sie zu Hause war und sich um ihren Bruder kümmerte, konnte er ihn behalten und das Gericht daran hindern, Mama das Sorgerecht zu übertragen.

Sie dachte an den kommenden Tag. Es war ein Mittwoch, ein grauer Tag. Kein schwarzer Tag, an dem sie ihren Vater überhaupt nicht zu sehen bekäme, aber auch kein heller Tag wie die Sonntage, an denen er, wenn er nicht zu einem dringenden Fall gerufen wurde, fast die ganze Zeit hier war. Heute früh, gleich nach dem Frühstück, würde er in der Leichenhalle die Obduktion vornehmen. Es würden noch andere Obduktionen auf dem Programm stehen, im Krankenhaus Gestorbene, Alte, Selbstmörder, Unfallopfer. Aber die Leiche, die er wohl jetzt gerade untersuchte, käme als Erste auf den Tisch der Leichenhalle. Mord hatte Vorrang. Sagten sie so nicht immer im Labor? Sie überlegte, allerdings ohne echte Neugier, was er in ebendiesem Augenblick an dem Toten tun mochte, von dem sie nicht wusste, ob es sich um einen jungen oder alten Menschen, um einen Mann oder eine Frau handelte. Was auch immer er zu tun hatte, der Tote würde davon nichts spüren, nichts wissen. Die Toten brauchten vor nichts mehr Angst zu haben, und man brauchte sich vor ihnen nicht zu fürchten. Die Macht, einem wehzutun, hatten die Lebenden. Und plötzlich bewegten sich zwei Schatten in der dunklen Halle, und sie hörte die hohe Stimme ihrer Mutter – beängstigend fremd, unnatürlich, rau, unfreundlich.

«Nichts als deine Arbeit! Deine verdammte Arbeit! Bei Gott, kein Wunder, dass du sie gut machst. Dir fehlt der Mumm zum richtigen Arzt. Du hast einmal eine falsche Diagnose gestellt, und damit war es aus. So war's doch, oder? Du konntest die Verantwortung für lebendige Körper nicht auf dich nehmen – Blut, das fließen kann, die Nerven, die tatsächlich empfinden können. Du taugst doch nur dazu, an den Toten herumzumurksen. Es tut dir gut, wie sie sich deinem Urteil unterwerfen, gib's ruhig zu. Die Anrufe bei jeder Tages- und Nachtzeit, der Polizeischutz. Kein Gedanke daran, dass ich hier mit deinen Kindern in dieser verdammten Marsch lebendig begraben bin. Du nimmst mich nicht einmal mehr wahr. Ich wäre interessanter für dich, wenn ich tot wäre und auf deiner Arbeitsplatte läge. Dann wenigstens müsstest du mich zur Kenntnis nehmen.»

Darauf das leise abwehrende Gemurmel des Vaters, mutlos, unterwürfig. Sie hatte im Dunkeln gelauscht, hatte ihm zurufen wollen:

«Antworte ihr doch nicht so! Mach nicht so einen vernichteten Eindruck! Verstehst du denn nicht, dass sie dich deshalb noch mehr verachtet?»

Seine Antwort drang nur in Bruchstücken, kaum hörbar, an ihr Ohr.

«Es ist mein Beruf. Es ist das, was ich am besten beherrsche. Es ist alles, was ich kann.» Und dann deutlicher: «Es ist das, was uns ernährt.»

«Nicht mich. Von jetzt an nicht mehr.»

Und dann schlug die Tür zu.

Die Erinnerung war so lebendig, dass sie einen Augenblick glaubte, das Echo des Knalls zu hören. Sie stand wankend auf, zog die Daunendecke fester um sich und öffnete den Mund, um ihnen etwas zuzurufen. Aber dann sah sie, dass die Halle leer war. Da war nur das verschwommene Bild aus buntem Glas in der Haustür, durch das das Mondlicht hereinfiel, das Ticken der Standuhr, ein paar Mäntel an den Haken in der Halle. Sie ließ sich wieder auf die Treppenstufe sinken.

Und dann fiel ihr ein, dass sie noch etwas tun musste. Sie steckte die Hand in die Tasche ihres Morgenmantels und fühlte die kalte, schlüpfrige Plastilinmasse des Modells, das sie von Dr. Lorrimer geknetet hatte. Sie holte es vorsichtig durch die Falten der Bettdecke hervor und hielt es näher an die Flamme des Nachtlichts. Das Modell war ein wenig verunstaltet, das Gesicht mit Flusen aus ihrer Tasche bedeckt, aber es war noch in Ordnung. Sie bog die langen Gliedmaßen gerade und drückte die schwarzen Wollfäden, die sie für das Haar genommen hatte, fester an den Kopf an. Den weißen Kittel, den sie aus einem alten Taschentuch ausgeschnitten hatte, hielt sie für besonders gelungen. Es war nur schade, dass sie kein Taschentuch, das ihm gehörte, keine Strähne von seinem Haar hatte benutzen können. Das Modell stellte mehr dar als Dr. Lorrimer, der zu ihr und William unfreundlich gewesen war, der sie richtiggehend aus dem Labor hinausgeworfen hatte. Es stand für das ganze Hoggatt-Institut.

Und jetzt musste das Abbild sterben. Sie schlug den Kopf leicht gegen das Treppengeländer. Aber das Plastilin wurde nur eingedrückt, der Kopf verlor seine Ähnlichkeit. Sie knetete ihn mit geschickten Händen wieder in die richtige Form, dann hielt sie ihn an die Flamme. Aber der Geruch war ekelhaft, und sie hatte Angst, der weiße Stoff könnte Feuer fangen. Dann grub sie den Nagel ihres kleinen Fingers tief hinter dem linken Ohr ein. Der Schnitt war sauber und scharf, mitten in das Gehirn. So war es besser. Sie seufzte zufrieden auf. Sie hielt das tote Geschöpf in der rechten Hand und zerdrückte das rosa Plastilin, den weißen Kittel, das Wollhaar zu einem formlosen Klumpen. Dann wickelte sie sich fest in die Daunendecke und wartete auf die Dämmerung.

3

Das Auto, ein grüner Morris Minor, war über den Rand einer flachen Mulde gekippt und auf einer grasbewachsenen Stelle drei bis vier Meter von der Kante liegen geblieben, gleich einem plumpen Tier, das sich eingraben will. Es musste schon seit Jahren da gelegen haben, den Plünderern überlassen, verbotenes Spielzeug für die Kinder aus der Nachbarschaft, willkommener Unterschlupf für ab und zu vorbeikommende Landstreicher wie den siebzigjährigen Alkoholiker, der auf die Leiche gestoßen war. Die zwei Vorderräder waren abmontiert worden, und die rostigen Hinterräder mit ihren mürben Reifen waren in der kreidigen Erde fest verankert, die Lackierung war zerkratzt oder abgesplittert, die Armaturen und das Steuerrad waren ausgebaut worden. Eine auf der Böschung aufgestellte Bogenlampe, die ihr Licht nach unten warf, und eine zweite näher an dem Wrack beleuchteten das Bild der Zerstörung. So hell angestrahlt wirkte es auf Kerrison wie eine phantastische, anspruchsvolle moderne Skulptur, die symbolhaft am Rande des Chaos schwebte. Die hintere Sitzbank war herausgerissen und beiseite geworfen worden. Aus dem aufgeschlitzten Kunststoffbezug quoll die Füllung heraus.

Auf dem Vordersitz lag die Leiche des Mädchens. Ihre Beine standen sittsam zusammen, die glasigen Augen waren schelmisch halb geöffnet, der Mund, ohne Lippenstift, war in einer Grimasse erstarrt und durch zwei kleine Blutrinnsale aus den Winkeln verlängert. Sie gaben dem Gesicht, das hübsch oder wenigstens kindlich offen gewesen sein musste, den leeren Blick eines erwachsenen Clowns. Der leichte, für eine Nacht Anfang November sicher zu leichte Mantel war bis zur Taille hochgeschoben. Sie trug Strümpfe, und die Clips am Strumpfhalter schnitten in die kräftigen weißen Schenkel ein.

Als er unter den aufmerksamen Blicken von Lorrimer und Doyle näher an die Leiche heranging, erschien sie ihm, wie häufig in einem solchen Augenblick, unwirklich, eine Abnormität, so ungewöhnlich und lächerlich fehl am Platz, dass er einen nervösen Lachreiz unterdrücken musste. Dieses Gefühl war weniger stark, wenn die Verwesung eines Körpers weiter fortgeschritten war. Dann schien es eher, als wären das verfaulende, von Maden zerfressene Fleisch oder die Fetzen verfilzten Stoffes bereits ein Teil der Erde geworden, die daran hing oder sie bedeckte, nicht unnatürlicher oder erschreckender als ein Haufen Kompost oder ein Berg modernder Blätter. Aber hier, wo das Licht die Farben und Konturen hervorhob, sah der Körper, der äußerlich noch so menschlich war, absurd aus; die Haut der blassen Wangen wirkte so künstlich wie der fleckige Plastikbezug des Autositzes, auf dem er lag. Es kam ihm unsinnig vor, dass ihr nicht mehr zu helfen sein sollte. Wie immer musste er gegen den Drang ankämpfen, den Mund auf ihren zu pressen und die Wiederbelebung zu beginnen, eine Nadel in das noch warme Herz zu stechen.

Er war überrascht gewesen, Maxim Howarth, den neuen Direktor des kriminologischen Instituts, am Tatort anzutreffen, bis ihm dessen Ankündigung einfiel, er wolle den nächsten Mordfall verfolgen. Er nahm an, dass man von ihm Erläuterungen erwartete. Er zog seinen Kopf aus der offenen Autotür zurück und sagte:

«Sie ist mit großer Wahrscheinlichkeit von Hand erwürgt worden. Die leichte Blutung aus den Mundwinkeln rührte daher, dass die Zunge zwischen die Zähne geriet. Bei Erwürgung von Hand handelt es sich stets um Mord. Sie kann das unmöglich selbst getan haben.»

Howarth hatte seine Stimme völlig unter Kontrolle. «Ich hätte mit stärkeren Quetschungen am Hals gerechnet.»

«Gewiss, gewöhnlich ist das der Fall. Das Gewebe wird immer verletzt, obgleich der Umfang der Quetschung von der Stellung des Angreifers und des Opfers abhängt, außerdem von der Stärke des Drucks und von der Art, wie der Hals umklammert wird. Ich rechne mit tiefliegenden inneren Quetschungen, die aber auch möglich sind, ohne dass man äußerlich viel sieht. Das tritt ein, wenn der Mörder den Druck bis zum Eintreten des Todes ausgeübt hat; die Gefäße sind blutleer, und das Herz hört auf zu schlagen, bevor die Hände gelockert werden. Die Todesursache ist Asphyxie, und es ist zu erwarten, dass man die üblichen Anzeichen findet. Was hier interessant ist, ist der Todeskrampf. Sie sehen, wie sie den Bambusbügel ihrer Handtasche umklammert. Die Muskeln sind völlig steif, ein Beweis dafür, dass sie genau oder ungefähr im Augenblick des Todes nach der Tasche griff. Ich habe den Todeskrampf bei Erwürgen von Hand bis jetzt noch nie gesehen – ja, das ist wirklich interessant. Sie muss außerordentlich schnell gestorben sein. Aber Sie werden eine bessere Vorstellung von dem, was tatsächlich passiert ist, bekommen, wenn Sie bei der Autopsie zusehen.»

Natürlich, dachte Howarth, die Autopsie. Er fragte sich, wann Kerrison damit rechnete, zu dieser Arbeit zu kommen. Er fürchtete nicht, seine Nerven würden ihn im Stich lassen, höchstens sein Magen, aber er wünschte, er hätte nicht gesagt, dass er dabei sein wolle. Für die Toten gab es keine Privatsphäre; man konnte nur hoffen, dass ihnen eine gewisse Ehrfurcht bezeigt würde. Es kam ihm jetzt ungeheuerlich vor, dass er, ein Fremder, sie ungestraft in ihrer

Nacktheit betrachten würde. Aber für den Augenblick hatte er genug gesehen. Er konnte beiseite treten, ohne das Gesicht zu verlieren. Er stellte den Kragen seines Burberry hoch, um sich gegen die eisige Morgenluft zu schützen, kletterte den Hang zum Rand der Mulde hinauf und blickte auf das Auto hinunter. So ähnlich musste es bei Dreharbeiten zu einem Film aussehen: die hell beleuchtete Szenerie, die langweilige Warterei bis zum Auftritt der Hauptdarsteller, die kurzen Augenblicke von Aktivität, die aufmerksame Konzentration auf die Details. Der Körper hätte gut einer Schauspielerin gehören können, die eine Tote darstellt. Er wartete fast darauf, dass einer der Polizisten vorspringen würde, um ihre Frisur zu richten.

Die Nacht war beinahe vorbei. Hinter ihm, im Osten, hellte sich der Himmel bereits auf, und das Ödland, das formlose, dunkle Leere über der schweren Erde gewesen war, nahm Form und Gestalt an. Im Westen konnte er die Silhouetten von Häusern erkennen, wahrscheinlich Gemeindebesitz, eine saubere Reihe gleichartiger Dächer und dunkler Vierecke, die mit kleineren gelben Vierecken gemustert waren, wo Frühaufsteher Licht gemacht hatten. Der steinige Weg, der im Scheinwerferlicht silbern und fremd wie eine Mondlandschaft ausgesehen hatte, als sein Wagen darüber geholpert war, bekam Form und Richtung, wurde gewöhnlich. Nichts Geheimnisvolles blieb. Der Platz war mit Gestrüpp bewachsen, unfruchtbares, mit Abfällen verschandeltes Land zwischen zwei Ausläufern der Stadt. Entlang einem Graben wuchsen ein paar kümmerliche Bäume. Er ahnte, dass der Graben feucht war und voller Nesseln, stinkend nach faulenden Abfällen, dass die Bäume mutwillig beschädigt waren, die Stämme voll mit eingeritzten Initialen, dass die unteren Zweige abgeknickt von den Ästen hingen. Ein städtisches Niemandsland, ein passendes Gebiet für Mord.

Es war natürlich falsch gewesen, hierher zu kommen. Er

hätte wissen müssen, dass die Rolle des Voyeurs immer unwürdig war. Kaum etwas war entmutigender, als nutzlos herumzustehen, wenn andere Männer ihre beruflichen Fähigkeiten bewiesen: Kerrison, dieser Kenner des Todes, der die Leiche buchstäblich beschnupperte; die wortkargen Fotografen, die mit Belichtungsmessern und Einstellwinkeln beschäftigt waren; Doyle, endlich wieder mit einem Mordfall befasst, ein Impresario des Todes, angespannt, voller verhaltener Begeisterung, wie ein Kind, das an Weihnachten ein neues Spielzeug anstarrt. Einmal, während sie noch auf Kerrison gewartet hatten, hatte Doyle doch tatsächlich gelacht, ein herzhaftes Gewieher, das durch die Senke schallte. Und Lorrimer? Bevor er die Leiche berührte, hatte er sich flüchtig bekreuzigt. Die Geste war so klein und rasch gewesen, dass Howarth sie hätte übersehen können. Aber nichts, was Lorrimer tat, entging ihm. Die anderen schien dieses ungewöhnliche Verhalten nicht zu überraschen. Vielleicht waren sie daran gewöhnt. Domenica hatte ihm nicht gesagt, dass Lorrimer religiös war. Allerdings hatte seine Schwester ihm auch sonst nichts von ihrem Liebhaber erzählt. Sie hatte ihm nicht einmal gesagt, dass die Affäre vorbei war. Aber er hatte während des letzten Monats nur Lorrimers Gesicht zu beobachten brauchen, um sich darüber im Klaren zu sein. Lorrimers Gesicht, Lorrimers Hände. Seltsam – er hatte nicht bemerkt, wie lang seine Finger waren. Auch wie behutsam sie waren, nahm er erst jetzt wahr, als sie die Plastikhüllen über die Hände des Mädchens streiften, um mögliche Spuren unter den Fingernägeln zu sichern, wie er, gewissenhaft in seiner Rolle als Lehrer, mit tonloser Stimme erklärt hatte. Er hatte dem dicken, schlaffen Arm eine Blutprobe entnommen und dabei vorsichtig die Vene gesucht, als könne das Mädchen noch vor der spitzen Nadel zurückzucken.

Lorrimers Hände. Howarth verdrängte die quälenden, grausam deutlichen Bilder aus seinen Gedanken. Er hatte nie zuvor Anstoß an einem Liebhaber Domenicas genommen. Er war nicht einmal auf ihren verstorbenen Mann eifersüchtig gewesen. Es war ihm völlig vernünftig vorgekommen, dass sie irgendwann heiraten wollte, genauso, wie sie sich vielleicht in einem Anfall von Langeweile oder Kauflust einen Pelzmantel oder einen neuen Schmuck zugelegt hätte. Er hatte Charles Schofield sogar ganz gut leiden mögen. Warum war es ihm dann von Anfang an unerträglich gewesen, sich Lorrimer im Bett seiner Schwester vorzustellen? Dabei konnte er nicht einmal in ihrem Bett gewesen sein, wenigstens nicht in Leamings. Er fragte sich wieder einmal, wo sie sich getroffen hatten, was sich Domenica ausgedacht hatte, um sich einen neuen Liebhaber nehmen zu können, ohne dass es das ganze Labor und das ganze Dorf erfuhren. Wie hatten sie sich treffen können und wo?

Es hatte natürlich auf dieser unseligen Party vor zwölf Monaten begonnen. Damals hatte er es für normal und höflich gehalten, seinen Dienstantritt als Direktor mit einer kleinen privaten Einladung für die leitenden Angestellten bei sich zu Hause zu feiern. Er wusste noch, was sie gegessen hatten: Melone, danach Bœuf Stroganoff und einen Salat. Er und Domenica schätzten ein gepflegtes Essen, und gelegentlich hatte sie Freude am Kochen. Er hatte einen 1961er Bordeaux geöffnet, weil das der Wein war, den Dom und er bevorzugten und es ihm nie in den Sinn gekommen wäre, seinen Gästen Schlechteres anzubieten. Er und Dom hatten sich umgekleidet, weil es ihrer Gewohnheit entsprach. Es machte ihnen Spaß, stilvoll zu speisen und so den Arbeitsalltag förmlich von ihren gemeinsamen Abenden zu trennen. Es war nicht seine Schuld gewesen, dass Bill Morgan, der Fahrzeugprüfer, in Sporthemd und Kordhose aufgekreuzt war. Es war ihm und Dom völlig gleichgültig, für welche Garderobe sich ihre Gäste entschieden. Wenn Bill Morgan sich wegen dieser unwichtigen Frage unwohl fühlte, sollte er lernen, sich entweder entsprechend anzuziehen oder mehr Sicherheit im Auftreten zu entwickeln, um sich seine modischen Extravaganzen leisten zu können.

Es war Howarth nie in den Sinn gekommen, dass die sechs Abteilungsleiter, die verlegen im Kerzenlicht um den Tisch gesessen und selbst beim Wein nicht aufgetaut waren, in der ganzen Geschichte eine raffinierte gastronomische Scharade sehen könnten, die dazu bestimmt war, seine gesellschaftliche und intellektuelle Überlegenheit zu demonstrieren. Wenigstens Paul Middlemass, der leitende Dokumentenprüfer, hatte den Wein zu schätzen gewusst. Er hatte über den Tisch nach der Flasche gegriffen, sich nachgeschenkt und dabei mit trägen ironischen Blicken seinen Gastgeber beobachtet. Und Lorrimer? Lorrimer hatte fast nichts gegessen und noch weniger getrunken. Er hatte sein Glas fast unhöflich beiseite geschoben und Domenica mit seinen glühenden Augen angestarrt, als habe er nie zuvor eine Frau gesehen. Und das war vermutlich der Anfang gewesen. Wie es weitergegangen war, wann und wo sie sich wieder getroffen hatten, wie es zu Ende gegangen war, hatte Domenica ihm nicht anvertraut.

Die Einladung war ein privates und öffentliches Fiasko gewesen. Aber was, fragte er sich, hatten sie erwartet? Einen deftigen Saufabend im Nebenzimmer des *Moonraker*? Ein feuchtfröhliches Fest im Gemeindehaus für das ganze Labor, einschließlich der Putzfrau, Mrs. Bidwell, und des alten Scobie, des Laboraufsehers? Tanz im Gasthaus? Vielleicht hatten sie gemeint, der erste Schritt hätte von ihrer Seite kommen sollen. Aber man musste gelten lassen, dass es zwei Seiten gab. Der herkömmliche Trugschluss war, ein Labor arbeite als Team mit einem gemeinsamen Zweck und die Zügel lägen locker, aber sicher in den Händen des Direktors. In Bruche hatte sich das bewährt. Aber dort hatte er ein Forschungslabor mit nur einer Disziplin geleitet.

Wie konnte man ein Team leiten, wenn die Angestellten ein halbes Dutzend verschiedener wissenschaftlicher Disziplinen vertraten, ihre eigenen Methoden anwandten, für die eigenen Ergebnisse verantwortlich waren, die sie schließlich allein rechtfertigen und verteidigen mussten – an dem einzigen Ort, wo die Qualität ihrer wissenschaftlichen Arbeit angemessen beurteilt werden konnte, nämlich im Zeugenstand eines Gerichts? Das war einer der einsamsten Orte der Erde, und er hatte noch nie dort gestanden.

Der alte Dr. Mac, sein Vorgänger, hatte, wie er wusste, gelegentlich einen Fall übernommen, um in Übung zu bleiben, wie er sich ausgedrückt hätte. Er war zum Tatort marschiert, hatte wie ein Spürhund glücklich nach halbvergessenen Düften geschnuppert, hatte selbst die Analysen durchgeführt und war schließlich wie ein wiedererstandener Prophet des Alten Testaments im Zeugenstand aufgetreten, vom Richter mit trockenen, ehrlichen Komplimenten empfangen und von den Anwälten im Gerichtssaal stürmisch begrüßt wie ein lange entbehrter, verkommener Trinkbruder, der sich glücklich wieder eingefunden hat. Aber diese Art würde er sich nicht zu Eigen machen können. Er war angestellt worden, um das Labor zu leiten, und er würde das in seinem eigenen Stil tun. Aus einer überempfindlich selbstkritischen Stimmung heraus fragte er sich im kalten Licht der Dämmerung, ob sein Entschluss, den nächsten Mordfall von dem ersten Anruf über die Tatortbesichtigung bis zur Gerichtsverhandlung zu verfolgen, wirklich seiner Wissbegier entsprungen war oder nur dem feigen Wunsch, seine Untergebenen zu beeindrucken oder, noch schlimmer, um sich bei ihnen beliebt zu machen, ihnen zu zeigen, dass er ihre Fähigkeiten würdigte, dass er zur Mannschaft gehören wollte. Falls dem so wäre, war es ein weiteres Fehlurteil gewesen, das er zu der traurigen Summe seiner Misserfolge zählen musste, seit er die neue Stelle angetreten hatte.

Es sah aus, als kämen sie zum Ende. Die Handtasche war aus den starren Fingern des Mädchens gelöst worden, und Doyles behandschuhte Hände leerten das Wenige, das sie enthielt, auf eine Plastikfolie, die er auf der Motorhaube des Autos ausgebreitet hatte. Howarth konnte den Inhalt auf die Entfernung nur undeutlich erkennen: etwas wie ein kleiner Geldbeutel, ein Lippenstift, ein zusammengefaltetes Stück Papier. Wahrscheinlich ein Liebesbrief, das arme junge Ding. Ob Lorrimer Briefe an Domenica geschrieben hatte? Er war immer als erster an der Tür, wenn der Briefträger kam, und brachte seiner Schwester gewöhnlich ihre Post. Vielleicht hatte Lorrimer das gewusst. Aber er musste geschrieben haben. Es musste Verabredungen gegeben haben. Lorrimer hätte es kaum riskiert, vom Labor aus oder abends von zu Hause zu telefonieren, weil er, Howarth, vielleicht den Hörer abgenommen hätte.

Jetzt hoben sie die Leiche aus dem Auto. Der Leichenwagen war näher an den Rand der Senke herangefahren, und die Bahre wurde zurechtgerückt. Die Polizisten holten die Seile aus ihren Wagen, um den Tatort abzusperren. Bald würden sich Zuschauer einfinden, würden die neugierigen Kinder von den Erwachsenen und den Pressefotografen verscheucht werden. Er sah Lorrimer und Kerrison etwas abseits stehen und miteinander sprechen. Sie wandten ihm den Rücken zu und steckten die dunklen Köpfe zusammen. Doyle klappte seinen Notizblock zu. Er überwachte den Abtransport der Leiche, als wäre sie ein kostbares Ausstellungsstück, um dessen Unversehrtheit er fürchtete. Es wurde heller.

Er wartete, bis Kerrison zu ihm hinaufgeklettert war, und sie gingen zusammen zu den geparkten Autos. Howarths Fuß stieß an eine Bierdose. Sie schepperte über den Weg und schlug mit einem Knall an etwas, das wie der verbogene Rahmen eines Kinderwagens aussah. Der Lärm ließ ihn zusammenfahren. Er sagte mürrisch:

«Was für ein Ort zum Sterben! Wo, um Gottes willen, sind wir eigentlich genau? Ich bin einfach hinter den Polizeiwagen hergefahren.»

«An dieser Stelle haben sie seit dem Mittelalter den für die Gegend charakteristischen weichen Kreidekalk abgebaut. Es gibt hier keine harten Bausteine, deshalb verwendeten sie Kalksteine für die meisten Wohnhäuser und sogar für manche Kirchenbauten. Ein Beispiel dafür ist die Marienkapelle in Ely. Die meisten Dörfer hatten ihre Kalkgruben. Jetzt sind sie überwuchert. Manche sehen richtig hübsch aus im Frühling und im Sommer, wie kleine Oasen von wilden Blumen.»

Er gab mit ausdrucksloser Stimme Auskunft, als wiederhole er wie ein pflichtbewusster Fremdenführer die offizielle Geschichte. Plötzlich wankte er und stützte sich auf die Autotür. Howarth fragte sich, ob ihm übel sei oder ob er sich einfach total übermüdet fühle. Dann richtete sich der Arzt auf und sagte mit gespielter Munterkeit:

«Ich nehme die Autopsie morgen früh um neun im St. Lukas-Krankenhaus vor. Der Pförtner zeigt Ihnen den Weg. Ich sage ihm vorher Bescheid.»

Er nickte ihm zum Abschied zu, zwang sich zu einem Lächeln, ließ sich in sein Auto fallen und schlug die Tür zu. Der Rover holperte langsam auf die Straße zu.

Howarth merkte, dass Doyle und Lorrimer neben ihm standen. Doyles Aufregung war fast mit den Händen greifbar. Er drehte sich um und sah über das Feld zu der fernen Häuserzeile hinüber, deren gelbliche Ziegelmauern und kleine quadratische Fenster jetzt deutlich zu erkennen waren.

«Irgendwo dort drüben ist er. Wahrscheinlich im Bett. Das heißt, falls er nicht allein wohnt. Es wäre nicht klug, so früh schon auf zu sein, nicht wahr? Nein, er liegt da drüben, überlegt, wie er sich am besten möglichst normal verhält, und wartet auf das anonyme Auto und das Klingeln an der Tür. Falls er allein lebt, ist es natürlich anders. Dann geht er rastlos im Halbdunkel auf und ab und denkt nach, ob er seinen Anzug verbrennen und den Lehm von seinen Schuhen kratzen soll. Nur wird es ihm nicht gelingen, alles zu entfernen. Nicht jede Spur. Er wird keinen Ofen haben, der groß genug für einen Anzug ist. Und selbst wenn er einen hätte – was soll er antworten, wenn wir danach fragen? Also tut er vielleicht überhaupt nichts. Liegt nur da und wartet. Sicher schläft er nicht. Er hat letzte Nacht nicht geschlafen. Und er wird eine ganze Zeit lang keinen Schlaf mehr finden.»

Howarth spürte eine leichte Übelkeit. Er hatte zeitig zu Abend gegessen, nicht viel, und war jetzt hungrig. Der Brechreiz war bei seinem leeren Magen besonders unangenehm. Aber er hatte seine Stimme in der Gewalt und verriet nichts als beiläufiges Interesse.

«Sie halten es demnach für einen ziemlich klaren Fall?»

«Familiendramen sind gewöhnlich klare Fälle. Und ich schätze, hier handelt es sich um so einen Mord. Verheiratet, Abriss von einer Eintrittskarte zu einem Dorfschwof in der Tasche und einen Drohbrief, dass sie die Finger von einem anderen Knaben lassen soll. Ein Fremder hätte von diesem Platz hier nichts gewusst. Und wenn er ihn gekannt hätte, wäre sie nicht mit ihm hierher gekommen. Ihrer Haltung nach saßen sie traut zusammen, bevor er seine Hände um ihre Kehle legte. Die Frage ist nur, ob sie sich zusammen auf den Heimweg machten oder ob er vor ihr wegging und hier auf sie wartete.»

«Wissen Sie schon, wer sie ist?»

«Noch nicht. Kein Hinweis in der Handtasche. Diese Leute haben auch nie Taschenkalender oder so etwas bei sich. Aber in etwa einer halben Stunde weiß ich es.»

Er wandte sich an Lorrimer.

«Die Beweisstücke müssten bis etwa um neun im Labor sein. Werden Sie diesen Fall vorziehen?»

Lorrimers Stimme klang schroff.

«Mord hat Vorrang. Das wissen Sie.»

Doyles triumphierendes, selbstzufriedenes, lautstarkes Gerede zerrte an Howarths Nerven.

«Gott sei Dank wird endlich einmal etwas dringlich behandelt. Beim Gutteridge-Fall lassen Sie sich ja ganz schön Zeit. Ich war gestern in der Biologie und hörte von Bradley, dass der Bericht nicht fertig ist; er arbeite an einer Sache für die Verteidigung. Wir kennen alle das Märchen, das Labor sei unabhängig von der Polizei, und meistens lebe ich ganz gut damit. Aber der alte Hoggatt hat das Institut als Polizeilabor gegründet, und das muss es auch sein, wenn es darauf ankommt. Beeilen Sie sich damit. Ich will mir den Kerl so schnell wie möglich greifen.»

Er wippte auf seinen Absätzen, hob sein lachendes Gesicht zu dem heller gewordenen Himmel wie ein glücklicher Hund, der, hochgestimmt vor der fröhlichen Jagd, die frische Luft schnuppert. Howarth wunderte sich, dass er die kalte Drohung in Lorrimers Stimme anscheinend überhörte.

«Das Hoggatt übernimmt gelegentlich Untersuchungen für die Verteidigung, wenn man uns bittet und wenn das Beweisstück vorschriftsmäßig verpackt vorgelegt wird. Das ist das übliche Verfahren. Wir sind noch kein Polizeilabor, auch wenn Sie bei uns ein und aus gehen, als wäre es Ihre Küche. Und was in meinem Labor vorrangig bearbeitet wird, entscheide ich. Sie bekommen Ihren Bericht, sobald er fertig ist. Wenn Sie in der Zwischenzeit Fragen haben, wenden Sie sich an mich und nicht an mein Personal. Und halten Sie sich aus meinem Labor heraus, wenn Sie nicht eingeladen sind.»

Ohne eine Antwort abzuwarten, ging er zu seinem Wagen. Doyle sah ihm verwirrt und verärgert nach.

«Verdammt nochmal! Sein Labor! Was ist bloß mit ihm los? In letzter Zeit ist er heikel wie eine läufige Hündin. Er sieht sich bald auf der berühmten Ledercouch oder in der Klapsmühle wieder, wenn er sich nicht am Riemen reißt.»

Howarth sagte kalt: «Er hat natürlich Recht. Alle Anfragen, die die Arbeit betreffen, sollten an ihn gerichtet werden, nicht an seine Mannschaft. Und es ist auch üblich, um Erlaubnis zu bitten, bevor man ein solches Labor betritt.»

Der Vorwurf saß. Doyle blickte finster, sein Gesicht wurde hart. Bestürzt bemerkte Howarth die mühsam im Zaum gehaltene Aggressivität unter der Maske einer ausgeglichen guten Laune. Doyle sagte:

«Der alte Dr. Mac freute sich, wenn die Polizei in sein Labor kam. Sehen Sie, er hatte die komische Vorstellung, der Sinn seiner ganzen Arbeit wäre, der Polizei zu helfen. Aber wenn wir nicht erwünscht sind, sollten Sie lieber mit dem Chef sprechen. Er wird ohne Zweifel seine Anweisungen geben.»

Er machte auf dem Absatz kehrt und ging auf sein Auto zu, ohne auf eine Erwiderung zu warten. Howarth dachte:

«Zum Teufel mit Lorrimer! Alles, was er anfasst, läuft schief für mich.» Er spürte einen Anfall von Hass, so intensiv, so körperlich, dass es ihn würgte. Läge doch Lorrimers Körper da unten in der Kalkgrube ausgestreckt. Wäre es nur Lorrimers Leiche, die morgen in der Porzellanwanne auf dem Autopsietisch liegt, zur rituellen Ausweidung aufgebahrt. Er wusste, was mit ihm nicht stimmte. Die Diagnose war so einfach wie demütigend: jenes selbstinfektiöse Fieber im Blut, das trügerisch schlummern konnte, um plötzlich, wie jetzt, zu einem heftigen Schmerz aufzuflackern. Eifersucht, dachte er, wirkte sich genauso wie Angst auf den Körper aus; dieselbe Trockenheit im Mund, das Herzklopfen, die Unruhe, die einem Appetit und Frieden raubt. Und ihm wurde klar, dass die Krankheit diesmal unheilbar war. Es machte keinen Unterschied, dass die Affäre vorbei war, dass auch Lorrimer litt. Vernunft konnte keine Heilung bringen, und er hatte eine Ahnung, als vermöchten das auch Distanz und Zeit nicht. Es konnte nur mit dem Tod enden, mit Lorrimers Tod oder seinem eigenen.

4

Im Schlafzimmer des Hauses Acacia Close Nr. 2 in Chevisham wurde Susan Bradley, die Frau des wissenschaftlichen Angestellten in der biologischen Abteilung des Hoggatt-Instituts, um halb sieben von dem dünnen, klagenden Schreien ihres zwei Monate alten Babys geweckt, das seine erste Mahlzeit verlangte. Susan knipste die Nachttischlampe an, die durch den gefältelten Schirm einen rosa Schein warf, suchte ihren Morgenrock und schlurfte verschlafen ins Bad und dann ins Kinderzimmer. Das Zimmer lag an der Rückseite des Hauses und war so klein, dass es kaum den Namen verdiente, aber als sie das gedämpfte Licht anschaltete, spürte sie wieder eine Welle von mütterlichem Besitzerstolz. Obwohl sie so früh am Morgen vom Schlaf noch benommen war, hob der erste Anblick des Kinderzimmers ihre Stimmung; die mit Häschen beklebte Rückenlehne des Stuhls, auf den sie sich zum Stillen setzte; der dazu passende Wickeltisch mit Schubladen für die Babysachen; der Stubenwagen, den sie, passend zu den Vorhängen, mit rosa, weiß und blau geblümtem Baumwollstoff ausgekleidet hatte; die lustigen Figuren aus Liedern und Kinderreimen, die Clifford ringsum an die Wände geklebt hatte.

Mit dem Geräusch ihrer Schritte wurde das Schreien lauter. Sie nahm das warme, nach Milch riechende Bündel auf und summte leise, um es zu beruhigen. Sofort hörte das Schreien auf, und Debbies feuchter Mund suchte schmatzend wie ein Fisch ihre Brust. Die kleinen runzligen Fäuste machten sich von der Decke frei und griffen nach ihrem zerknitterten Nachthemd. Sie hatte gelesen, dass man das Baby zuerst frisch machen sollte, aber sie brachte es nie übers Herz, Debbie warten zu lassen. Und sie hatte noch einen anderen Grund. Die Wände des Neubaus waren dünn, und sie wollte nicht, dass Cliff durch das Schreien geweckt würde.

Aber plötzlich stand er in der Tür. Seine Schlafanzugjacke war offen, und er wankte ein wenig. Ihre Stimmung sank. Sie gab ihrer Stimme einen heiteren, sachlichen Klang.

«Ich hoffte, sie hätte dich nicht geweckt, Schatz. Aber es ist schon nach halb sieben. Sie hat mehr als sieben Stunden geschlafen. Es wird allmählich besser.»

«Ich war schon wach.»

«Leg dich wieder hin, Cliff. Du kannst noch eine Stunde schlafen.»

«Ich kann nicht schlafen.»

Er schaute sich in dem winzigen Kinderzimmer um und runzelte verwirrt die Stirn, als sei er aus der Fassung gebracht, weil kein Stuhl mehr da war. Susan sagte:

«Hol dir den Schemel aus dem Bad. Und schlüpf in deinen Bademantel. Du holst dir ja einen Schnupfen.»

Er rückte den Schemel an die Wand und kauerte sich zusammen wie ein Häufchen Unglück. Susan fühlte an ihrer Wange den weichen Flaum auf dem Kopf des Babys. Das kleine stupsnasige Wesen saugte an ihrer Brust und spreizte zufrieden die Finger. Susan hob den Kopf. Sie sagte sich, dass sie ruhig bleiben musste, dass ihre Nerven und Muskeln sich nicht verkrampfen durften, wenn dieses bekannte schmerzhafte Gefühl der Sorge über sie kam. Es hieß, das schade der Milch. Sie sagte ruhig:

«Ist was nicht in Ordnung, Schatz?»

Aber sie wusste ja, was nicht in Ordnung war. Sie wusste, was er sagen würde. Sie spürte ein ihr neues erschreckendes Gefühl des Unmuts, weil sie nicht einmal in Ruhe

Debbie stillen konnte. Wenn er doch wenigstens seinen Schlafanzug zuknöpfen würde. Wie er so zusammengekrümmt und halb nackt vor ihr saß, sah er fast verkommen aus. Sie fragte sich, was in ihr vorging. Derartige Gefühle hatte sie vor Debbies Geburt nie gegenüber Cliff gehabt.

«Ich kann nicht weitermachen. Ich kann heute nicht ins Labor gehen.»

«Bist du krank?»

Sie wusste jedoch, dass er nicht krank war, wenigstens noch nicht. Aber er würde krank werden, wenn nicht irgendetwas mit Edwin Lorrimer geschah. Das alte Elend überkam sie. Sie hatte in Büchern über dieses schwarze Gewicht des Kummers gelesen, und das traf genau zu, das war genau das, was sie fühlte, eine physische Last, die auf die Schultern und das Herz drückte, die ihr jeden Spaß nahm, die ihr sogar, wie sie bitter dachte, ihre Freude an Debbie zerstörte. Vielleicht würde sie schließlich selbst die Liebe zerstören. Sie sagte nichts, sondern bettete nur ihr warmes kleines Bündel bequemer in ihren Arm.

«Ich muss meinen Beruf aufgeben. Es hat keinen Sinn, Sue. Ich kann nicht weitermachen. Er hat mich in einen Zustand gebracht, dass ich tatsächlich so wenig tauge, wie er mich einschätzt.»

«Aber Cliff, du musst dir doch selbst sagen, dass das Unsinn ist. Du bist ein guter Arbeiter. Es gab doch in deinem vorigen Labor nie Klagen über dich.»

«Ich war damals aber in einer niedrigeren Stellung. Lorrimer meint, ich hätte niemals befördert werden dürfen. Er hat Recht.»

«Er hat nicht Recht, Schatz. Du darfst dir dein Selbstvertrauen nicht von ihm untergraben lassen. Das ist tödlich. Du bist ein gewissenhafter, zuverlässiger Gerichtsbiologe. Du darfst dir keine Gedanken darüber machen, dass du etwas langsamer bist als die andern. Das ist nicht wesentlich. Dr. Mac sagte immer, die Genauigkeit zählt. Was macht es denn, wenn du etwas länger brauchst? Du bekommst am Ende das richtige Ergebnis.»

«Nicht einmal mehr das. Ich kann den einfachsten Peroxidase-Test nicht mehr machen, ohne mich zu verhauen. Wenn er sich nur zwei Schritte neben mich stellt, fangen meine Hände an zu zittern. Und er hat angefangen, meine sämtlichen Ergebnisse nachzuprüfen. Ich bin gerade damit fertig geworden, die Flecken an dem Schlagstock zu untersuchen, der vermutlich beim Pascoe-Mord benutzt worden ist. Aber er wird heute bis in die Nacht hinein arbeiten, um alles noch einmal zu machen. Und er wird dafür sorgen, dass die ganze Biologie erfährt, warum.»

Sie wusste, dass Cliff den Einschüchterungsversuchen, dem beißenden Spott nicht gewachsen war. Vielleicht spielte sein Vater da mit. Der alte Mann war seit einem Schlaganfall gelähmt, und sie hätte eigentlich Mitleid mit ihm haben müssen, wie er so hilflos in dem Krankenhausbett lag, nutzlos wie ein gefällter Baum, mit sabberndem Mund, nur fähig, die Augen zu bewegen, die in ohnmächtigem Zorn seine Besucher ansahen. Aber nach dem wenigen, was Clifford erzählt hatte, war er ein schlechter Vater gewesen, ein unbeliebter, erfolgloser Schullehrer, der jedoch einen übermäßigen Ehrgeiz für seinen Sohn an den Tag gelegt hatte. Cliff hatte Angst vor ihm gehabt. Was Cliff brauchte, war Ermutigung, war Zuneigung. Warum sollte er noch höher aufsteigen als jetzt? Er war nett und liebevoll. Er kümmerte sich um sie und Debbie. Er war ihr Mann, und sie liebte ihn. Aber er durfte nicht aufgeben. Arbeitslos zu sein war in Ostanglien ebenso schlimm wie anderswo. Sie mussten die Hypothek zurückzahlen, die Stromrechnung für die Zentralheizung war fällig – daran konnten sie nicht sparen, weil Debbie es warm haben musste –, und die Raten für die Schlafzimmereinrichtung mussten ebenfalls irgendwie aufgetrieben werden. Nicht einmal das Kinderzimmer war bezahlt. Sie hatte für Debbie alles hübsch und neu haben wollen, aber das hatte alle Ersparnisse geschluckt. Sie sagte:

«Könntest du nicht deine Versetzung beantragen?»

Seine verzweifelte Stimme schnitt ihr ins Herz.

«Niemand wird mich nehmen wollen, wenn Lorrimer sagt, ich sei nicht gut. Er ist wahrscheinlich der beste Biologe auf seinem Gebiet. Wenn er mich für untauglich hält, dann bin ich untauglich.»

Das war auch ein Punkt, den sie langsam verwirrend fand, diesen unterwürfigen Respekt des Opfers vor seinem Unterdrücker. Manchmal konnte sie, erschrocken über ihre Treulosigkeit, Dr. Lorrimers Verachtung beinahe verstehen. Sie sagte:

«Du könntest doch einmal mit dem Direktor sprechen.»

«Das hätte ich gekonnt, wenn Dr. Mac noch da wäre. Aber Howarth wäre es egal. Er ist neu. Er möchte keine Schwierigkeiten mit seinen Abteilungsleitern, gerade jetzt, wo wir bald in das neue Gebäude umziehen.»

Und dann fiel ihr Dr. Middlemass ein. Er leitete die Dokumentenabteilung, und sie hatte bis zu ihrer Heirat unter ihm als wissenschaftliche Angestellte gearbeitet. Sie hatte Cliff im Hoggatt-Institut kennen gelernt. Vielleicht könnte er etwas tun, könnte für sie mit Howarth reden oder seinen Einfluss in der Personalstelle geltend machen. Sie konnte sich nicht genau vorstellen, wie seine Hilfe aussehen sollte, aber der Drang, sich jemandem mitzuteilen, war stärker. So konnte es jedenfalls nicht weitergehen. Cliff würde irgendwann zusammenbrechen. Und wie sollte sie mit dem Baby, einem kranken Cliff und einer ungewissen Zukunft fertig werden? Mr. Middlemass konnte bestimmt etwas tun. Sie glaubte an ihn, weil sie an jemanden glauben musste. Sie sah Cliff an.

«Mach dir keine Gedanken, Cliff, es wird schon in Ordnung gehen. Wir überlegen uns etwas. Du gehst heute hin, und heute Abend besprechen wir alles.»

«Aber wie denn? Deine Mutter kommt zum Abendessen.»

«Dann eben nach dem Essen. Sie nimmt den Bus um Viertel vor acht. Wir reden dann.»

«Ich kann so nicht weitermachen, Sue.»

«Das brauchst du nicht. Ich denke mir etwas aus. Es wird alles in Ordnung gehen. Das verspreche ich dir, Schatz. Es wird alles in Ordnung gehen.»

5

«Mami, wusstest du, dass jedes menschliche Wesen einmalig ist?»

«Aber ja. Das sagt einem doch der Verstand, nicht wahr? Jeden Menschen gibt es nur einmal. Du bist du. Ich bin ich. Reich deinem Vater die Marmelade, und pass auf, dein Ärmel hängt in der Butter.»

Brenda Pridmore, frisch gebackene Büroangestellte in der Annahme des Hoggatt-Instituts, schob den Marmeladentopf über den Frühstückstisch und begann, methodisch dünne weiße Streifen von ihrem Spiegelei zu schneiden. Den entscheidenden Augenblick, in dem sie mit der Gabel in die glänzende gelbe Mitte stach, schob sie seit frühester Kindheit bis zuletzt hinaus. Aber sie gab sich diesem kleinen persönlichen Ritual fast automatisch hin. Ihre Gedanken beschäftigten sich mit den Aufregungen und Entdeckungen ihrer wunderbaren ersten Arbeitsstelle.

«Ich meine, biologisch einmalig. Inspektor Blakelock, der zweite Verbindungsmann der Polizei, hat mir gesagt, dass jeder Mensch einen einmaligen Fingerabdruck hat und dass es keine zwei Bluttypen gibt, die genau gleich sind. Wenn die Wissenschaftler genug Daten hätten, könnten sie alle zuordnen, die Bluttypen, meine ich. Er glaubt, das kommt auch mit der Zeit. Der Serologe wird dann mit

Sicherheit sagen können, woher das Blut stammt, selbst bei einem getrockneten Fleck. Eingetrocknetes Blut ist allerdings schwieriger. Wenn das Blut frisch ist, können wir viel mehr damit anfangen.»

«Einen seltsamen Beruf hast du dir ausgesucht.»

Mrs. Pridmore füllte die Teekanne aus dem Kessel auf dem Kamineinsatz nach und machte es sich wieder auf ihrem Stuhl bequem. Die Küche in dem Bauernhaus war hinter den noch zugezogenen geblümten Baumwollvorhängen warm und gemütlich. Es roch nach Toast, gebratenem Speck und starkem, heißem Tee.

«Na, ich weiß nicht so recht, ob es mir so gut gefällt, dass du Leichenteile und blutbefleckte Kleider in Empfang nimmst. Hoffentlich wäschst du dir gründlich die Hände, bevor du nach Hause gehst.»

«Aber es ist doch ganz anders, Mami. Die Beweisstücke kommen alle in beschrifteten Plastikbeuteln herein. Wir müssen genau aufpassen, dass alle mit einem Etikett versehen sind und ordentlich in das Buch eingetragen werden. Es geht um das kontinuierliche Sammeln von Beweisen und, wie Inspektor Blakelock sagt, um einwandfreie Stücke. Und Leichenteile kriegen wir überhaupt nicht herein.»

Dann fielen ihr die versiegelten Gefäße mit Mageninhalt ein, die sorgfältig zerlegten Stücke von Leber und Eingeweiden, die, wenn man es recht überlegte, nicht erschreckender als die Demonstrationsobjekte im Schullabor aussahen. Sie fügte schnell hinzu:

«Das heißt, nicht so, wie du es dir vorstellst. Dr. Kerrison seziert die Leichen. Er ist ein Gerichtsmediziner, der für das Labor arbeitet. Natürlich bekommen wir Organe zum Analysieren.»

Inspektor Blakelock, erinnerte sie sich, hatte ihr erzählt, dass einmal ein ganzer Kopf im Kühlschrank des Labors gelegen hatte. Aber das war nichts für ihre Mutter. Ihr wäre es auch lieber gewesen, wenn der Inspektor ihr nichts davon gesagt hätte. Der Kühlschrank, schimmernd und massiv wie ein klinischer Sarkophag, übte seitdem eine düstere Faszination auf sie aus. Aber Mrs. Pridmore hakte dankbar bei dem bekannten Namen nach.

«Ich glaube, ich weiß, wer Dr. Kerrison ist. Wohnt er nicht im alten Pfarrhaus neben der Kirche von Chevisham? Seine Frau ist mit einem Arzt vom Krankenhaus durchgebrannt und hat ihn und die beiden Kinder sitzen lassen, diese sonderbare Tochter und den kleinen Jungen, den armen Kerl. Erinnerst du dich an das Gerede damals, Arthur?»

Ihr Mann gab keine Antwort, und sie schien auch keine zu erwarten. Es war eine stillschweigende Übereinkunft, dass Arthur Pridmore die Frühstücksgespräche den beiden Frauen überließ. Brenda fuhr fröhlich fort:

«Gerichtsmedizin ist nicht nur dazu da, der Polizei beim Auffinden des Schuldigen zu helfen. Wir helfen auch den Unschuldigen. Das vergessen die Leute manchmal. Letzten Monat hatten wir einen Fall – ich kann natürlich keine Namen nennen –, da beschuldigte eine Sechzehnjährige ihren Pfarrer, er habe sie vergewaltigt. Und er war unschuldig.»

«Das will ich hoffen! Vergewaltigung, na so was!»

«Aber es sah böse für ihn aus. Es war reines Glück. Er war ein Ausscheider.»

«Ein was, um Himmels willen?»

«Das ist jemand, der seine Blutgruppe in die ganze Körperflüssigkeit ausscheidet. Das ist nicht bei allen so. Deshalb konnte der Biologe seinen Speichel analysieren und seine Blutgruppe mit den Flecken auf der Unter ...»

«Nicht beim Frühstück, Brenda, wenn du nichts dagegen hast.»

Brenda, deren Augen gerade an einem runden Milchfleck auf der Tischdecke hängen geblieben waren, kam von selbst darauf, dass das Frühstück vielleicht nicht die passendste Zeit war, ihr frisch erworbenes Wissen über die Untersuchung einer Vergewaltigung auszubreiten. Sie fuhr mit einem weniger verfänglichen Thema fort.

«Dr. Lorrimer – das ist der Abteilungsleiter der Biologie – sagt, ich sollte mich in den Naturwissenschaften weiterbilden und versuchen, eine Stelle als Laborantin zu bekommen. Er meint, ich könnte mehr als Büroarbeit. Und wenn ich das erst einmal geschafft hätte, wäre ich schon auf der wissenschaftlichen Ebene und könnte mich hocharbeiten. Einige der berühmtesten Kriminologen hätten auf diese Art angefangen, sagte er. Er hat mir angeboten, mir eine Bücherliste zu geben, und er sagt, er sieht eigentlich keinen Grund, warum ich nicht einen Teil der Laborgeräte für meine praktische Arbeit benutzen sollte.»

«Ich wusste gar nicht, dass du in der biologischen Abteilung arbeitest.»

«Tu ich auch nicht. Ich bin hauptsächlich an der Annahme bei Inspektor Blakelock, und manchmal helfe ich im allgemeinen Sekretariat aus. Aber wir sind ins Gespräch gekommen, als ich einmal einen Nachmittag in seinem Labor war und mit seinen Leuten Berichte fürs Gericht verglichen habe. Er war wirklich ausgesprochen nett. Viele dort mögen ihn nicht. Sie sagen, er sei zu streng, aber ich glaube, er ist einfach schüchtern. Er hätte Direktor werden können, wenn das Innenministerium ihn nicht übergangen und Dr. Howarth ernannt hätte.»

«Er scheint sich ziemlich für dich zu interessieren, dieser Mr. Lorrimer.»

«Dr. Lorrimer, Mami.»

«Dr. Lorrimer, meinetwegen. Aber warum er sich Doktor nennen will, da komme ich nun doch nicht mehr mit. Ihr habt doch keine Patienten im Labor.»

«Er ist Dr. phil., Mami, Doktor der Philosophie.»

«Ach wirklich? Ich dachte, er wäre Wissenschaftler. Na ja, pass auf jeden Fall auf dich auf.»

«Also, Mami, jetzt werd nicht albern. Er ist alt. Er muss mindestens vierzig sein. Du, wusstest du, dass unser Institut das älteste kriminologische Labor in England ist? Jetzt sind solche Labors über das ganze Land verstreut, aber unseres war das erste. Colonel Hoggatt hat es auf Gut Chevisham eingerichtet, als er Polizeidirektor wurde. Als er starb, überließ er das Gutshaus der Polizei. Die Kriminologie steckte damals noch in den Kinderschuhen, sagt Inspektor Blakelock, und Colonel Hoggatt war einer der ersten Polizeidirektoren, der ihre Möglichkeiten erkannte. Sein Porträt hängt bei uns in der Halle. Wir sind das einzige Institut, das den Namen seines Gründers trägt. Deshalb war das Innenministerium auch damit einverstanden, dass das neue Labor den Namen beibehält. Anderswo schickt die Polizei die Beweisstücke in das regionale Labor, ins Nordost- oder ins Zentrallabor und so weiter. Aber in Ostanglien heißt es immer: ‹Am besten geben wir es ins Hoggatt.›»

«Du solltest dich jetzt lieber auf den Weg machen, wenn du um halb neun dort sein willst. Und ich möchte nicht, dass du die Abkürzung durch das neue Labor gehst. Der halb fertige Bau ist mir zu gefährlich, besonders an diesen dunklen Morgen. Nachher fällst du noch in einen Schacht oder bekommst einen Stein auf den Kopf. Bauplätze sind zu gefährlich. Denk dran, was Onkel Will passiert ist.»

«In Ordnung, Mami. Wir sollen sowieso nicht über das Baugelände gehen. Außerdem fahre ich mit dem Rad hin. Sind das meine oder Papas Brote?»

«Deine natürlich. Du weißt doch, dass dein Vater mittwochs zum Mittagessen nach Hause kommt. Käse und Tomaten habe ich draufgelegt, und ein gekochtes Ei ist auch dabei.»

Als Brenda weggeradelt war, setzte sich Mrs. Pridmore zu ihrer zweiten Tasse Tee hin und sah ihren Mann an.

«Ich denke, das ist in Ordnung – die Stelle, die sie gefunden hat.»

Wenn Arthur Pridmore sich herabließ, beim Frühstück zu reden, so sprach er mit der ganzen Würde und Autorität des Familienoberhaupts, des Verwalters von Mr. Bowlem und des Kirchenvorstehers der Dorfkirche. Er legte die Gabel aus der Hand.

«Es ist eine gute Stelle, und sie hat Glück gehabt, dass sie sie bekommen hat. Es waren schließlich genug Mädchen mit höherer Schule hinterher. Im öffentlichen Dienst ist sie drin. Und überleg dir mal, was die bezahlen. Mehr, als der Knecht von Mr. Bowlem bekommt. Und dazu der Anspruch auf Pension. Sie ist ein vernünftiges Mädchen und wird ihren Weg machen. Für Mädchen mit gutem Schulabschluss gibt es hier nicht viele Möglichkeiten. Und du wolltest nicht, dass sie eine Arbeit in London annimmt.»

Nein, das bestimmt nicht. Mrs. Pridmore hätte Brenda nicht nach London gehen lassen und Dieben, IRA-Terroristen und der «Drogenszene», wie die Presse geheimnisvoll schrieb, aussetzen wollen. Sie selbst kam selten in die Hauptstadt, manchmal mit der Frauengruppe zu einem Theaterabend oder zum Einkaufen, aber keiner dieser ereignislosen, angenehmen Besuche hatte ihre Überzeugung erschüttern können, dass der Liverpool Street-Bahnhof der höhlenartige Eingang zu einem Stadtdschungel sei, wo mit Bomben und Injektionsspritzen bewaffnete Verbrecher in jeder U-Bahn-Station lauerten und Verführer in jedem Büro ihre Fallstricke für unschuldige Mädchen aus der Provinz auslegten. Brenda, dachte ihre Mutter, war ein hübsches Mädchen. Ja, es war nicht zu übersehen, dass sie vom Aussehen her nach der Seite ihrer Mutter schlug, auch wenn sie die Intelligenz vom Vater hatte, und Mrs. Pridmore hatte nicht die Absicht, sie den Versuchungen von London auszusetzen. Brenda ging mit George Bowlem, dem jüngeren Sohn des Chefs ihres Vaters, und wenn es dabei bliebe, wäre es auf jeden Fall eine befriedigende Heirat. Er würde natürlich nicht den eigentlichen Hof bekommen, aber ein hübscher kleiner Besitz drüben in Wisbech wäre ihm sicher. Mrs. Pridmore konnte keinen Sinn in noch mehr Prüfungen und dem Gerede von einer Karriere sehen. Diese Arbeit im Labor war sehr gut für Brenda, bis sie heiratete. Schade nur, dass es dabei hauptsächlich um Blut ging.

Als hätte er ihre Gedanken gelesen, sagte ihr Mann: «Natürlich ist das aufregend für sie, all das Neue. Aber der Job unterscheidet sich wohl nicht viel von anderen Berufen, und meistens wird es ziemlich langweilig sein. Ich kann mir nicht vorstellen, dass unserer Brenda irgendetwas Schlimmes im Hoggatt-Institut zustoßen könnte.»

Dieses Gespräch über die erste Stelle ihrer Tochter hatten sie schon oft geführt, und die Wiederholung diente nur der gegenseitigen Beruhigung. In Gedanken folgte Mrs. Pridmore ihrer Tochter, wie sie kräftig in die Pedale trat, den holprigen Weg durch Mr. Bowlems ebene Felder bis zum Tenpenny-Weg, an Mrs. Buttons Kate vorbei, wo sie als Kind Reiskuchen und selbst gemachte Limonade bekommen hatte, am Tenpenny-Deich entlang, wo sie im Sommer immer Schlüsselblumen pflückte, dann rechts ab auf die Chevisham Road und dann noch einmal zwei Meilen geradeaus an Captain Masseys Besitz vorbei nach Chevisham hinein. Jedes Stückchen ihres Weges war ihr vertraut, war beruhigend und ungefährlich. Und selbst das Hoggatt-Institut, Blut hin, Blut her, war seit mehr als siebzig Jahren ein Teil des Dorfs, während das Gut Chevisham sogar schon fast dreimal so lange bestand. Arthur hatte Recht. Ihrer Brenda konnte im Hoggatt nichts Schlimmes passieren.

Mrs. Pridmore zog in bester Stimmung die Vorhänge zurück und setzte sich wieder an den Tisch, um mit Genuss ihre dritte Tasse Tee zu trinken.

6

Zehn Minuten nach neun hielt das Postauto vor der Sprogg-Kate am Rand von Chevisham, um einen einzelnen Brief abzugeben. Er war an Miss Stella Mawson, Lavendelhaus, Chevisham, adressiert, aber der Briefträger stammte aus dem Dorf, und die abweichende Adresse machte ihm keine Probleme. In diesem Haus hatten vier Generationen Sproggs gewohnt, und das kleine Rasendreieck vor dem Gartentor hieß schon fast ebenso lange die Sproggwiese. Der jetzige Besitzer hatte eine kleine Garage aus Klinkern angebaut, Bad und Küche modernisiert, zur Krönung dieser Verschönerungen eine Lavendelhecke gepflanzt und das Haus umgetauft. Aber die Leute im Dorf sahen in dem neuen Namen nur den verrückten Einfall eines Ortsfremden, den sie nicht anerkannten und schon gar nicht benutzten. Die Lavendelhecke schien mit der Dorfmeinung zu sympathisieren, denn sie überlebte den ersten Winter in den Marschen nicht, und in der Sprogg-Kate blieb alles beim Alten.

Angela Foley, die siebenundzwanzigjährige Privatsekretärin des Direktors am Hoggatt-Institut, nahm den Umschlag in Empfang und erriet an der Art des Papiers, der fachmännisch getippten Adresse und dem Londoner Poststempel sofort, um was es sich handelte. Es war ein Brief, auf den sie gewartet hatten. Sie nahm ihn mit in die Küche, wo sie mit ihrer Freundin noch beim Frühstück saß, reichte ihn wortlos über den Tisch und betrachtete Stellas Gesicht, während diese ihn las. Nach einer Weile fragte sie:

«Und?»

«Was wir befürchtet haben. Er kann nicht länger warten. Er will es möglichst schnell verkaufen und hat einen Freund an der Hand, der es gern als Wochenendhaus haben möchte. Als Mietern räumt er uns das Vorkaufsrecht ein, aber er muss bis kommenden Montag wissen, ob wir daran interessiert sind.»

Sie warf den Brief über den Tisch. Angela sagte bitter:

«Interessiert! Natürlich sind wir daran interessiert. Das weiß er doch. Vor Wochen haben wir ihm schon gesagt, dass wir Briefe an Gott und die Welt schreiben, um einen Kredit zu bekommen.»

«Das sind eben die juristischen Floskeln. Was sein Anwalt wissen will, ist, ob wir es kaufen können. Die Antwort ist nein.»

Die Rechnung war einfach. Sie brauchten sie nicht mehr zu diskutieren. Der Besitzer wollte 16 000 Pfund. Keine der Banken, an die sie sich gewandt hatten, wollte mehr als 10 000 geben. Zusammen hatten sie etwas über 2000 gespart. Fehlten noch 4000. Aber da ihnen kein zeitlicher Spielraum blieb, hätten es genauso gut 40 000 sein können.

Angela sagte: «Mit weniger wird er sich wohl nicht vorerst zufrieden geben?»

«Nein. Das haben wir ja versucht. Und warum sollte er auch? Es ist ein völlig umgebautes, strohgedecktes Haus aus dem 17. Jahrhundert. Und wir haben es noch verbessert. Wir haben den Garten hergerichtet. Er wäre dumm, wenn er es für weniger als 16 000 abgeben würde, selbst an einen Mieter.»

«Aber Stella, wir sind Mieter! Er muss uns erst einmal herausbekommen.»

«Das ist der einzige Grund, warum er uns so viel Zeit gelassen hat. Er weiß genau, dass wir ihm Schwierigkeiten machen können. Aber das stehe ich nicht durch, hier nur mit seiner Duldung zu wohnen und dabei zu wissen, dass wir letzten Endes doch gehen müssen. Unter solchen Bedingungen kann ich nicht schreiben.»

«Aber wir können in einer Woche keine 4000 Pfund auftreiben! Und wie die Dinge stehen, können wir nicht einmal auf einen Kredit hoffen, wenn ...»

«Wenn ich in diesem Jahr ein Buch herausbrächte, was aber nicht der Fall ist. Und was ich mit dem Schreiben verdiene, reicht nicht einmal für meinen Anteil am Haushalt. Es war taktvoll von dir, das nicht zu sagen.»

Sie hatte nicht vorgehabt, das zu sagen. Stella schrieb nicht am laufenden Band Bücher. Ihre Romane waren nicht geeignet, viel Geld zu bringen. Was hatte kürzlich ein Kritiker geschrieben? Anspruchsvolle Beobachtungsgabe gepaart mit anmutig feinnerviger indirekter Prosa. Obgleich sie sich manchmal fragte, was die Kritiker eigentlich genau sagen wollten, war es nicht überraschend, dass Angela alle Besprechungen zitieren konnte. Klebte sie doch alle sorgfältig in das besondere Buch ein, das Stella allerdings nur mit Geringschätzung bedachte. Sie sah vor sich hin, während ihre Freundin ihren, wie sie es nannten, Tigerschritt aufnahm, dieses zwanghafte Auf- und Abgehen, mit dem Blick auf dem Boden und den Händen tief in den Taschen des Morgenrocks. Schließlich sagte Stella:

«Es ist ein Jammer, dass dieser Vetter von dir so ein unangenehmer Typ ist. Sonst würde es einem nichts ausmachen, ihn anzupumpen. Schließlich hat er ja genug.»

«Aber ich habe ihn doch schon gefragt. Natürlich nicht wegen des Hauses. Aber ich habe ihn gebeten, mir etwas Geld zu leihen.»

Es war lächerlich, dass das so schwer über die Lippen kam. Schließlich war Edwin ihr Vetter. Sie hatte ein Recht, ihn zu fragen. Und es war ja das Geld ihrer Großmutter. Das war wirklich kein Grund, dass Stella sich ärgerte. Es gab Augenblicke, in denen ihr Stellas Zorn nichts ausmachte, Augenblicke, in denen sie ihn sogar absichtlich provozierte. Dann wartete sie aufgeregt und ein wenig beschämt auf den ungewöhnlichen Ausbruch von Bitterkeit und Verzweiflung, nicht so sehr als dessen Opfer, sondern eher als bevorzugter Zuschauer, und genoss umso mehr die unvermeidliche Reue und Selbstbeschuldigung, die Süße der Versöhnung. Aber heute verspürte sie zum ersten Mal ein Gefühl der Angst, das sie frösteln ließ.

«Wann?»

Jetzt half ihr nichts. Jetzt musste sie alles sagen.

«Letzten Dienstagabend. Nachdem du beschlossen hattest, die Buchung für die Venedigreise im kommenden März wegen des ungünstigen Wechselkurses rückgängig zu machen. Ich hatte es mir als Geburtstagsgeschenk gedacht, Venedig, meine ich.»

Sie hatte sich die Szene ausgemalt. Wie sie die Fahrkarten und die Hotelreservierungen in einer dieser extragroßen Geburtstagskarten überreichte. Wie Stella versuchte, ihre Überraschung und Freude zu verbergen. Wie sie beide eifrig Stadtpläne und Reiseführer wälzten und die Marschrouten für jeden wunderbaren Tag planten. Wie sie zum ersten Mal und gemeinsam diesen unvergleichlichen Blick von der Westseite der Piazza auf San Marco genossen. Stella hatte ihr Ruskins Beschreibung vorgelesen. «Eine Vielzahl von Säulen und weißen Kuppeln, gebündelt in einer langen niedrigen Pyramide aus farbigem Licht.» Zusammen frühmorgens auf der Piazzetta zu stehen und über das schimmernde Wasser hinüber auf San Giorgio Maggiore zu blicken! Es war ein Traum, so unwirklich wie die zerfallende Stadt. Aber das Hoffen darauf war es wert gewesen, sich ein Herz zu fassen und Edwin um Geld zu bitten.

«Und was sagte er?»

Es war jetzt nicht mehr möglich, die brüske Ablehnung abzuschwächen, die ganze demütigende Geschichte aus ihrem Gedächtnis zu verbannen.

«Er sagte nein.»

«Wahrscheinlich hast du ihm gesagt, wofür du das Geld brauchst. Du hast wohl nicht daran gedacht, dass wir nur wegfahren wollen, um für uns zu sein, dass unsere Ferien unsere eigene Angelegenheit sind, dass es für mich erniedrigend sein könnte, wenn Edwin Lorrimer erfährt, dass ich es mir nicht leisten kann, dich zu einer Reise nach Venedig einzuladen, nicht einmal zu einer zehntägigen Pauschalreise.»

«Nichts hab ich gesagt.» Sie protestierte heftig, erschrak, als sie ihre Stimme umkippen hörte und die ersten heißen, salzigen Tränen spürte. Seltsam, dachte sie, dass ausgerechnet sie weinte. Denn Stella war die impulsivere, stärker von Emotionen bestimmte. Und dennoch weinte Stella nie.

«Ich habe ihm überhaupt nichts gesagt, außer, dass ich das Geld brauche.»

«Wie viel?»

Sie zögerte und überlegte, ob sie lügen sollte. Aber sie belog Stella nie.

«500 Pfund. Ich dachte, wenn schon, dann wollen wir reisen, wie es sich gehört. Ich sagte nur, dass ich dringend 500 Pfund brauchte.»

«Dann überrascht es mich nicht, dass er es angesichts dieses unwiderlegbaren Arguments ablehnte, etwas herauszurücken. Was hat er genau geantwortet?»

«Nur, dass Großmutter ihre Absichten in ihrem Testament eindeutig klargemacht habe und dass er keineswegs vorhabe, etwas daran zu ändern. Dann sagte ich, der größte Teil des Geldes würde nach seinem Tod sowieso mir zufallen – so sagte er wenigstens bei der Testamentseröffnung –, aber dann wäre es zu spät, dann wäre ich eine alte Frau. Ich könnte ja auch vor ihm sterben. Es wäre jetzt wichtig für mich. Aber ich sagte kein Wort, wofür ich es brauche. Das schwöre ich.»

«Schwören? Nun fang nicht an zu dramatisieren. Du stehst nicht vor Gericht. Und was meinte er dazu?»

Wenn Stella doch nur aufhörte, so aufgeregt hin und her zu laufen, wenn sie ihr nur ins Gesicht sähe, anstatt sie mit dieser kalten, bohrenden Stimme auszufragen. Und was nun kam, war noch schwerer zu sagen. Sie konnte sich selbst nicht erklären, warum, aber es war etwas, das sie hatte von sich schieben wollen, wenigstens für den Augenblick. Eines Tages hatte sie es Stella sagen wollen, hatte auf den rechten Zeitpunkt warten wollen. Sie hatte sich nicht ausgemalt, so rücksichtslos und unvermittelt zu dieser Mitteilung gezwungen zu werden.

«Er sagte, ich solle mich nicht darauf verlassen, überhaupt etwas in seinem Testament zu bekommen. Er sagte, er würde vielleicht neue Verpflichtungen eingehen. Verpflichtungen – so drückte er sich aus. Und in diesem Fall wäre das Testament hinfällig.»

Jetzt endlich blieb Stella stehen und sah sie an.

«Neue Verpflichtungen? Eine Ehe? Nein, das wäre ja lächerlich. Heiraten – dieser vertrocknete, pedantische, selbstzufriedene, prüde Kerl. Ich bezweifle, dass er jemals freiwillig einen menschlichen Körper außer seinem eigenen anfasst. Einsames, masochistisches, heimliches Laster, das ist alles, was er kennt. Nein, Laster nicht, das Wort ist zu stark. Aber eine Heirat! Meinst du nicht auch ...»

Sie brach ab. Angela sagte:

«Er hat nichts von Heirat gesagt.»

«Warum sollte er? Aber was würde sonst ein bestehendes Testament automatisch annullieren, wenn er kein neues aufsetzt? Heirat macht ein Testament ungültig. Wusstest du das nicht?»

«Willst du damit sagen, dass ich enterbt werde, sobald er heiratet?»

«Ja.»

«Aber das wäre ungerecht!»

«Seit wann ist das Leben für seine Gerechtigkeit bekannt? Es war nicht gerecht von deiner Großmutter, ihm ihr Vermögen zu hinterlassen, anstatt es zwischen euch zu teilen. Und nur, weil er ein Mann war und sie das altmodische Vorurteil hatte, Frauen sollten kein Geld besitzen. Es ist nicht gerecht, dass du nur Sekretärin im Hoggatt-Institut bist, weil sich niemand dafür interessiert hat, dir eine bessere Ausbildung zu ermöglichen. Es ist letzten Endes auch nicht gerecht, dass du mich aushalten musst.»

«Ich halte dich nicht aus. In jeder Hinsicht, außer der unwichtigsten, unterstützt du mich.»

«Es ist demütigend, tot mehr wert zu sein als lebendig. Wenn heute Nacht mein Herz aussetzte, wäre für dich alles in Ordnung. Du könntest mit dem Geld von der Lebensversicherung das Haus kaufen und wohnen bleiben. Die Bank würde das Geld vorschießen, wenn sie wüsste, dass du meine Erbin bist.»

«Ohne dich würde ich nicht bleiben wollen.»

«Gut, wenn du wirklich hier weggehen musst, wird es dir wenigstens eine Entschuldigung liefern, allein zu leben, wenn du das willst.»

Angela protestierte heftig: «Ich werde nie mit einem anderen Menschen leben als mit dir. Ich will nirgendwo anders leben als hier, in diesem Haus. Das weißt du doch. Es ist unser Zuhause.»

Es war ihr Zuhause. Es war das einzige richtige Zuhause, das sie je kennen gelernt hatte. Sie musste sich nicht erst umsehen, um mit bestürzender Klarheit jeden lieben, vertrauten Gegenstand vor Augen zu haben. Manchmal lag sie nachts im Bett und sah sich in Gedanken zufrieden durch das Haus gehen. Und bei allem, was sie anfasste, entdeckte sie gemeinsame Erinnerungen wieder und fühlte sich glücklich und sicher.

Die beiden viktorianischen Kristallvasen auf den passenden Sockeln, die sie an einem Sommerwochenende in Brighton in einem Antiquitätengeschäft gefunden hatten. Die Marschlandschaft in Öl aus dem 18. Jahrhundert von einem unbekannten Maler; wie oft hatten sie die unleserliche Signatur durch eine Lupe betrachtet und vergnügt die abwegigsten Vermutungen angestellt. Das französische Schwert in seiner verzierten Scheide, das sie in einem Kramladen auf dem Land entdeckt und über den Kamin gehängt hatten. Ihre Besitztümer aus Holz und Porzellan, Farben und Stoffen waren nicht nur ein Symbol ihres gemeinsamen Lebens. Das Haus und ihre Habseligkeiten *waren* ihr gemeinsames Leben. Sie verschönten es und ließen es Realität werden, so, wie die Blumen und Sträucher, die sie im Garten gepflanzt hatten, ihr Reich absteckten.

Plötzlich fiel ihr ein beängstigender, immer wiederkehrender Albtraum ein. Sie standen sich Auge in Auge in einem leeren Dachzimmer gegenüber, kahle Wände mit hellen Stellen, wo Bilder gehangen hatten, raue Dielen unter den Füßen, zwei nackte Fremde im leeren Raum. Sie versuchte, ihre Hände auszustrecken und Stellas Hände zu berühren, war aber unfähig, die schweren, monströsen Gewichte aus Fleisch zu heben, die ihre Arme geworden waren. Sie fröstelte. Dann rief die Stimme der Freundin sie wieder in die Wirklichkeit des kalten Herbstmorgens zurück.

«Wie viel hat deine Großmutter eigentlich hinterlassen? Du hast es einmal gesagt, aber ich habe es vergessen.»

«Ungefähr 30 000 Pfund, glaube ich.»

«Und er kann eigentlich nichts davon ausgegeben haben, so bescheiden, wie er mit seinem alten Vater lebt in diesem schäbigen Haus. Er hat nicht einmal die Windmühle herrichten lassen. Sein Gehalt muss mehr als genug für beide sein, ganz abgesehen von der Pension des Alten. Lorrimer ist in einer gehobenen Position, nicht wahr? Was verdient er denn?»

«Er ist Abteilungsleiter. Die Gehälter gehen bis 8000 Pfund.»

«Lieber Himmel! Mehr in einem Jahr, als ich mit vier Romanen verdienen kann. Aber wenn er schon bei 500 gekniffen hat, wird er sich kaum von 4000 trennen, wenigstens nicht zu dem Zinssatz, den wir uns leisten können. Aber wehtun würde es ihm nicht. Ich habe große Lust, ihn trotz allem noch einmal zu fragen.»

Stella wollte sie natürlich nur ärgern. Aber sie merkte es zu spät, um den Schrecken in ihrer Stimme zu unterdrücken.

«Nein, Stella, bitte! Nein, das darfst du nicht!»

«Du hasst ihn wirklich, nicht wahr?»

«Nein, das nicht. Er ist mir gleichgültig. Ich möchte ihm nur nicht zu Dank verpflichtet sein.»

«Das möchte ich auch nicht. Und du wirst es auch nicht nötig haben.»

Angela ging in die Diele und kam im Mantel zurück. Sie sagte:

«Ich komme zu spät ins Labor, wenn ich nicht schnell mache. Die Kasserolle steht im Backofen. Vergiss nicht, um halb sechs anzustellen. Du brauchst nichts am Thermostat zu verstellen. Ich kümmere mich darum, wenn ich nach Hause komme.»

«Ich werde schon damit zurechtkommen.»

«Ich nehme mir belegte Brote mit und komme nicht zum Mittagessen her. Im Kühlschrank ist Schinken und Salat. Stella, reicht dir das?»

«Ich werde schon nicht verhungern.»

«Was ich gestern getippt habe, liegt in der Mappe, aber ich habe es noch nicht durchgesehen.»

«Du Faulpelz!»

Stella ging mit der Freundin in die Diele. An der Tür sagte sie:

«Wahrscheinlich denken sie im Labor, dass ich dich ausnutze.»

«Sie wissen im Labor nichts von dir. Und mir wäre es auch egal, was sie denken.»

«Meint Edwin Lorrimer auch, dass ich dich ausnutze? Oder was denkt er?»

«Ich habe keine Lust, über ihn zu reden.»

Sie band einen Schal um ihr blondes Haar. In dem antiken Spiegel mit dem Perlmuttrahmen sah sie ihre Gesichter, von einem Fehler im Glas verzerrt; das Braun und Grün von Stellas großen leuchtenden Augen verlief wie frische Farbe in den tiefen Furchen zwischen Nasenflügeln und Mund; ihre eigene breite Stirn wölbte sich vor wie bei einem Kind mit Wasserkopf. Sie sagte:

«Ich möchte wissen, was ich empfinden würde, wenn Edwin diese Woche stürbe; ein Herzanfall, ein Autounfall, ein Gehirnschlag.»

«Das Leben ist nicht so entgegenkommend.»

«Der Tod auch nicht. Stella, schreibst du heute noch an den Rechtsanwalt?»

«Er erwartet vor Montag keine Antwort. Ich kann ihn Montagmorgen in seinem Büro in London anrufen. Das sind noch einmal fünf Tage. In fünf Tagen kann viel passieren.»

7

«Das ist genau wie meins! Das Höschen meine ich. Ich habe genau das gleiche. Ich habe es bei Marks & Spencer in Cambridge von meinem ersten Gehalt gekauft.»

Es war 10 Uhr 35. Brenda Pridmore stand am Annahmetisch an der Rückseite der Haupthalle des Hoggatt-Instituts und sah aufmerksam zu, wie Inspektor Blakelock den ersten, mit einem Etikett versehenen Plastikbeutel mit Beweismaterial vom Kalkgrubenmord über den Tisch zu sich zog. Sie fuhr zögernd mit einem Finger über die dünne Plastikhülle, durch die der Schlüpfer deutlich zu sehen war. Er war zerknittert und am Zwickel beschmutzt. Der Polizist, der die Sachen hereingegeben hatte, hatte gesagt, das Mädchen sei tanzen gewesen. Komisch, dachte Brenda, dass sie sich nicht die Mühe gemacht hatte, vorher frische Unterwäsche anzuziehen. Vielleicht war sie nicht besonders ordentlich gewesen. Oder sie hatte vielleicht keine

Zeit zum Umziehen gehabt. Und jetzt würden diese intimen Kleidungsstücke, die sie am Tage ihres Todes so gedankenlos angezogen hatte, von fremden Händen glatt gestrichen und unter ultraviolettem Licht untersucht, womöglich sogar vor Gericht dem Richter und den Geschworenen säuberlich etikettiert hinaufgereicht werden.

Brenda wusste, sie würde ihren eigenen Schlüpfer nie mehr tragen können. So hübsch er war – er war für immer durch die Erinnerung an dieses unbekannte tote Mädchen vergiftet. Vielleicht hatten sie sie gemeinsam am selben Tag im selben Geschäft gekauft. Sie erinnerte sich, wie aufregend es gewesen war, zum ersten Mal selbst verdientes Geld auszugeben. Es war ein Samstagnachmittag gewesen. Um den Wäschestand hatten sich die Leute gedrängelt, und gierige Hände hatten die Stapel von Schlüpfern durchwühlt. Ihr hatte der mit den maschinegestickten rosa Blümchen auf der Vorderseite am besten gefallen. Dieses unbekannte Mädchen hatte den gleichen Geschmack gehabt. Vielleicht hatten ihre Hände sich berührt. Sie rief aus:

«Inspektor, ist der Tod nicht etwas Furchtbares?»

«Mord, ja. Nicht der Tod, wenigstens nicht mehr als die Geburt. Das eine kann nicht ohne das andere sein, oder es gäbe nicht Raum für uns alle. Ich glaube, ich werde nicht allzu viel Angst haben, wenn meine Zeit kommt.»

«Aber der Polizist, der die Sachen brachte, sagte, sie sei erst achtzehn gewesen. So alt wie ich.»

Er war dabei, die Mappe für den neuen Fall anzulegen, und übertrug gewissenhaft die Angaben auf dem Polizeiformular in die Akte. Sein Kopf mit dem kurz geschnittenen spröden Haar, das sie an einen Stoppelacker erinnerte, beugte sich tief über das Papier, sodass sie sein Gesicht nicht sehen konnte. Plötzlich fiel ihr ein, dass jemand erzählt hatte, er habe seine Tochter verloren. Es war ein Unfall mit Fahrerflucht gewesen, und sie wünschte, sie könnte ihre Worte zurücknehmen. Ihr Gesicht brannte, und sie wandte die Augen ab. Aber als er antwortete, war seine Stimme ganz ruhig.

«Hm, das arme Ding. Hat ihn dorthin gelockt, würde ich sagen. Sie lernen es nie. Was haben Sie da?»

«Das ist der Beutel mit der Männerkleidung, Anzug, Schuhe, Unterwäsche. Meinen Sie, das sind die Sachen des Hauptverdächtigen?»

«Ich denke, das sind die Kleider ihres Mannes.»

«Aber was können die beweisen? Sie wurde doch erwürgt, nicht wahr?»

«Das können wir erst mit Sicherheit sagen, wenn wir Dr. Kerrisons Bericht bekommen haben. Aber sie untersuchen eigentlich grundsätzlich die Kleider des Hauptverdächtigen. Sie könnten eine Spur von Blut finden, vielleicht ein Sandkorn, Erde, Farbe, winzige Fasern von den Kleidern des Opfers oder sogar eine Spur ihres Speichels. Oder vielleicht ist sie auch vergewaltigt worden. Das ganze Päckchen geht mit den Kleidern des Opfers in die Biologie.»

«Aber der Polizist hat nichts von Vergewaltigung gesagt! Und haben Sie nicht gesagt, die Sachen gehören ihrem Mann?»

«Sie sollen sich darüber überhaupt keine Gedanken machen. Sie müssen lernen, sich wie ein Arzt oder eine Krankenschwester zu verhalten, nämlich Abstand zu bekommen.»

«Haben die Kriminologen den?»

«Ich glaube schon. Das ist ihr Beruf. Sie denken nicht über Opfer und Verdächtige nach. Das ist Sache der Polizei. Sie kümmern sich nur um die wissenschaftlichen Fakten.»

Er hat Recht, dachte Brenda. Erst vor drei Tagen hatte der Leiter der Instrumentenabteilung sie einen Blick in das große Elektronenmikroskop werfen lassen, und sie hatte gesehen, wie ein winziges graues Lehmkügelchen augenblicklich zu einer exotischen leuchtenden Blume aufbrach. Er hatte erklärt:

«Das ist ein Kokkolith in sechstausendfacher Vergrößerung.»

«Ein was?»

«Das Skelett eines Mikroorganismus, der in den alten Ozeanen lebte, aus denen sich der Kalk in dem Lehm abgelagert hat. Sie sehen ganz unterschiedlich aus, je nachdem, wo der Kalk abgebaut wurde. Deshalb kann man eine Lehmprobe von einer anderen unterscheiden.»

Sie hatte ausgerufen: «Das ist ja wunderschön!»

Er hatte dann selbst durch das Okular des Geräts gesehen.

«Ja, hübsch, nicht wahr?»

Aber während sie staunend diesen Blick in eine Millionen Jahre zurückliegende Vergangenheit getan hatte, war ihr klar gewesen, dass seine Gedanken bei der dünnen Lehmspur am Schuhabsatz des Verdächtigen waren, der Spur, die vielleicht beweisen würde, dass der Mann ein Frauenschänder oder ein Mörder war. Und dennoch, hatte sie gedacht, ist es ihm eigentlich gleichgültig. Er interessiert sich nur dafür, die richtige Antwort zu finden. Es wäre sinnlos gewesen, ihn zu fragen, ob er an ein einheitliches Prinzip des Lebens glaubte, ob es wirklich Zufall sein konnte, dass ein so winziges, mit dem bloßen Auge nicht erkennbares Tier vor Millionen Jahren in den Tiefen des Ozeans sterben konnte, um durch die Wissenschaft wieder aufzuerstehen und Schuld oder Unschuld eines Menschen zu beweisen. Es war eigenartig, dachte sie, dass Wissenschaftler so häufig nicht religiös waren, wo doch ihre Arbeit eine so vielfältige, wunderbare und doch so geheimnisvoll verkettete und einheitliche Welt enthüllte. Dr. Lorrimer schien der Einzige im Labor zu sein, von dem man wusste, dass er regelmäßig in die Kirche ging. Sie überlegte, ob sie es wagen sollte, ihn über den Kokkolithen und Gott zu fragen. Er war an diesem Morgen sehr freundlich zu ihr gewesen. Er war über eine Stunde zu spät ins Labor gekommen, erst um 10 Uhr, und hatte schrecklich abgespannt ausgesehen, weil er nachts am Tatort gewesen war. Er hatte seine private Post an der Annahme abgeholt und gesagt:

«Sie bekommen heute Morgen die Beweisstücke von Ihrem ersten Mordfall herein. Lassen Sie sich dadurch keine Angst machen, Brenda. Es gibt nur einen Tod, den wir fürchten müssen, und das ist unser eigener.»

Es war seltsam, so etwas zu sagen, eine sonderbare Art, ihr Mut zu machen. Aber er hatte Recht. Sie war plötzlich froh, dass Inspektor Blakelock die Akte zu dem Kalkgrubenmord angelegt hatte. So würde die Besitzerin dieses schmutzigen Schlüpfers für sie unbekannt bleiben, namenlos, eine Nummer auf einem Aktendeckel in der Biologie-Serie. Inspektor Blakelocks Stimme unterbrach ihre Gedanken.

«Haben Sie die Gerichtsberichte erledigt, die wir gestern für die Post fertig gemacht haben?»

«Ja, ich habe alles in das Ausgangsbuch eingetragen. Ich wollte Sie noch fragen, warum die Gerichtssachen alle mit dem Aufdruck ‹Strafprozessordnung 1967, Paragraphen 2 und 9› versehen sind.»

«Das bezeichnet den gesetzlichen Vorgang für schriftliche Aussagen, die zur Ausstellung von Haftbefehlen und zu Gerichtsverfahren abgegeben werden. Sie können die entsprechenden Abschnitte in der Bibliothek nachlesen. Vor der Regelung von 1967 war es eine große Belastung für die Labors, kann ich Ihnen sagen, als alle Sachverständigenaussagen mündlich gemacht werden mussten. Allerdings bringen die Beamten, die vor Gericht erscheinen müssen, immer noch sehr viel Zeit bei den Prozessen zu. Die Verteidigung akzeptiert die wissenschaftlichen Ergebnisse nicht immer. Das ist die Schwierigkeit in diesem Beruf – nicht die Analyse an sich, sondern allein im Zeugenstand zu stehen und sie im Kreuzverhör zu verteidigen. Wenn ein Mann im Zeugenstand nicht gut ist, dann ist seine ganze gründliche Arbeit umsonst gewesen.»

Brenda fiel plötzlich noch etwas ein, was Mrs. Mallett ihr erzählt hatte. Der Autofahrer, der Inspektor Blakelocks Tochter totgefahren hatte, war freigesprochen worden, weil der Gutachter sich im Kreuzverhör verheddert hatte. Es war irgendetwas mit der Analyse der Lacksplitter auf der Straße gewesen, die zum Auto des Verdächtigen gepasst hatten. Es musste schrecklich sein, ein einziges Kind oder überhaupt ein Kind zu verlieren. Vielleicht war es das Schlimmste, was einem Menschen widerfahren konnte. Kein Wunder, dass Inspektor Blakelock manchmal so still war, dass er oft nur mit diesem leichten, freundlichen Lächeln antwortete, wenn die Polizisten hereinkamen und ihre derben Späße machten.

Sie warf einen Blick auf die Wanduhr. Viertel vor elf. Jede Minute mussten die Teilnehmer des Kurses über die Spurensicherung am Tatort hereinkommen, um einen Vortrag über das Sammeln und Aufbewahren von wissenschaftlichem Beweismaterial zu hören, und die kurze Zeit der Ruhe wäre vorbei. Sie hätte gern gewusst, was Colonel Hoggatt wohl dächte, wenn er heute sein Labor besuchte. Ihre Augen wanderten wie so oft zu seinem Porträt, das vor dem Büro des Direktors hing. Sie konnte von ihrem Platz am Schreibtisch aus die goldene Inschrift auf dem Rahmen lesen:

Colonel William Makepeace Hoggatt V.C.
Polizeidirektor 1894–1912
Gründer des Hoggatt-Instituts für Kriminologie

Er stand in demselben Raum, der heute noch als Bibliothek benutzt wurde. Sein bärtiges, gerötetes Gesicht wirkte streng unter dem Federhut, sein mit Litzen und Orden geschmückter Uniformrock war mit einer Reihe goldener Knöpfe zugeknöpft. Eine besitzergreifende Hand lag, leicht wie bei einem den Segen erteilenden Priester, auf einem altmodischen Mikroskop aus glänzendem Messing. Aber die drohenden Augen waren nicht auf dieses letzte Wunderwerk der Technik gerichtet; sie starrten Brenda an. Sein mahnender Blick erinnerte sie an ihre Pflichten, und sie beugte sich wieder über ihre Arbeit.

8

Um 12 Uhr gingen die Abteilungsleiter auseinander, die im Büro des Direktors die Einrichtung und Ausstattung des neuen Labors besprochen hatten. Howarth bat seine Sekretärin, den Konferenztisch abzuräumen. Er sah ihr zu, wie sie die Aschenbecher ausleerte und polierte (er selbst rauchte nicht, und der Geruch von Asche war ihm zuwider), die Kopien der Baupläne des Labors zusammenlegte und das herumliegende Notizpapier einsammelte. Sogar von seinem Schreibtisch aus konnte Howarth das komplizierte geometrische Gekritzel von Middlemass und das zerknüllte Blatt mit den Diskussionspunkten sehen, das der Fahrzeugprüfer Bill Morgan mit Kaffeeflecken verziert hatte.

Er beobachtete das Mädchen, das ruhig und selbstsicher um den Tisch herumging, und fragte sich wie immer, was hinter dieser ungewöhnlich breiten Stirn und den rätselhaften schrägen Augen vor sich gehen mochte. Er vermisste seine ehemalige persönliche Assistentin Marjory Faraker mehr, als er erwartet hatte. Es war, dachte er kleinlaut, für seine Eitelkeit eine gute Lehre gewesen, zu sehen, dass ihre Anhänglichkeit letzten Endes doch nicht so weit ging, ihm in das Marschland zu folgen und London hinter sich zu lassen, wo sie ihr eigenes Leben lebte, wie er zu seiner Überraschung entdeckt hatte. Wie alle guten Sekretärinnen hatte sie einige der idealen Eigenschaften einer Frau, Mutter, Geliebten, Vertrauten, Dienerin und Freundin erworben – oder wenigstens gewusst, diese vorzuspielen –, ohne eine davon zu sein oder auch nur sein zu wollen. Sie hatte seiner Eigenliebe geschmeichelt, ihn vor den kleineren Ärgernissen des Alltags geschützt, mit mütterlicher Kampfbereitschaft seine Privatsphäre abgeschirmt und mit unendlichem Takt dafür gesorgt, dass er alles wusste, was sich in seinem Labor abspielte, soweit er es wissen musste.

Er konnte sich nicht über Angela Foley beklagen. Sie war eine ausgezeichnete Stenotypistin und eine tüchtige Sekretärin. Nichts blieb bei ihr liegen. Das Einzige war, dass er für sie kaum existierte, dass seine Autorität, der sie sich freundlich beugte, dennoch nicht ernst genommen wurde. Die Tatsache, dass sie Lorrimers Kusine war, spielte für ihn keine Rolle. Er hatte sie diesen Namen nie erwähnen hören. Er fragte sich ab und zu, was für ein Leben sie wohl in diesem abgelegenen Häuschen mit ihrer schriftstellernden Freundin führte und wieweit sie damit zufrieden war. Aber sie erzählte ihm nichts, nicht einmal etwas über das Labor. Er wusste, dass das Hoggatt seinen eigenen Herzschlag hatte – das hatten alle Institutionen dieser Art –, aber der Puls entging ihm. Er sagte:

«Das Außenministerium wünscht, dass wir nächsten Monat für zwei oder drei Tage einen dänischen Biologen bei uns aufnehmen. Er besucht England, um unseren öffentlichen Dienst kennen zu lernen. Schieben Sie ihn bitte an ein paar Tagen ein, an denen ich Zeit habe, mich etwas um ihn zu kümmern. Sie sollten auch Dr. Lorrimer nach seinem Terminkalender fragen. Dann teilen Sie dem Ministerium mit, welche Tage von uns aus in Frage kommen.»

«Ja, Dr. Howarth.»

Wenigstens war die Autopsie vorbei. Es war schlimmer gewesen, als er gedacht hatte, aber er hatte sie durchgestanden, ohne sich zu blamieren. Er hatte nicht damit gerechnet, dass die Farben des menschlichen Körpers so intensiv, so exotisch schön wären. Jetzt sah er wieder die behandschuhten Hände Dr. Kerrisons vor sich, die aalglatt in den geöffneten Körper schlüpften – erklärend, demonstrierend, wegwerfend. Vermutlich war der Arzt inzwischen genauso gegen den Ekel gefeit, wie er offensichtlich gegenüber dem süßsauren Geruch der Leichenhalle immun war. Und für alle Experten in Fragen des gewaltsamen Todes, die täglich die endgültige Zerstörung der Persönlichkeit vor Augen hatten, war Mitleid vermutlich ebenso belanglos wie Ekel.

Miss Foley war inzwischen fertig und kam an seinen Schreibtisch, um den Ausgangskorb zu leeren. Er sagte:

«Hat Inspektor Blakelock schon die durchschnittliche Durchlaufzeit für den letzten Monat ermittelt?»

«Ja, Sir. Der Durchschnitt für alle Beweisstücke ist auf zwölf Tage zurückgegangen, und bei den Blutalkoholtests sind es sogar nur noch bis zwei Tage. Aber die Bearbeitungszeit bei Verbrechen gegen Personen ist wieder gestiegen. Ich schreibe gerade die Aufstellung.»

«Geben Sie sie mir bitte, sobald Sie fertig sind.»

Wahrscheinlich würden manche Erinnerungen noch stärker haften bleiben als der Anblick Dr. Kerrisons, der mit seinem Messer die lange Linie des ersten Einschnitts auf dem milchweißen Körper markierte. Doyle zum Beispiel, dieser große schwarze Klotz, der ihn angrinste, als sie danach im Waschraum nebeneinander die Hände wuschen. Und warum, überlegte er, hatte er den Drang gehabt, seine Hände zu waschen? Sie waren mit nichts in Berührung gekommen.

«Die Vorführung war wieder einmal vorbildlich. Sauber, schnell und gründlich, das ist Doc Kerrison. Schade, dass wir Sie nicht mitnehmen können, wenn wir die Verhaftung vornehmen. Ist leider nicht gestattet. Diesen Teil müssen Sie sich selbst ausmalen. Aber da ist ja noch der Prozess, wenn wir Glück haben. Den werden Sie sich nicht entgehen lassen.»

Angela Foley stand vor seinem Schreibtisch und sah ihn, wie ihm schien, sonderbar an.

«Ja?»

«Scobie musste nach Hause gehen, Dr. Howarth. Es geht ihm gar nicht gut. Er meint, es ist vielleicht diese Zwei-Tage-Grippe, die zurzeit umgeht. Und er sagt, der Verbrennungsofen sei kaputtgegangen.»

«Sicher hat er den Mechaniker angerufen, bevor er gegangen ist.»

«Ja, Sir. Er sagt, der Ofen habe gestern noch funktioniert, als Inspektor Doyle mit der Gerichtsverfügung kam, dass das Haschisch vernichtet werden dürfe. Da war er noch in Ordnung.»

Howarth ärgerte sich. Miss Faraker wäre es im Traum nicht eingefallen, ihn mit solchem Verwaltungskleinkram zu belästigen. Miss Foley erwartete von ihm wohl ein paar teilnahmsvolle Worte über Scobie, vielleicht eine Frage, ob der alte Mann mit seinem Fahrrad hatte nach Hause fahren können. Dr. Macintyre hatte sicher wie ein verschrecktes Schaf geblökt, wenn jemand vom Personal erkrankt war. Er beugte den Kopf über die Papiere vor sich.

Aber Miss Foley war schon an der Tür. Jetzt musste es sein. Er zwang sich zu sagen:

«Würden Sie bitte Dr. Lorrimer fragen, ob er auf ein paar Minuten herunterkommen kann?»

Er hätte Lorrimer nach der Besprechung ganz beiläufig bitten können, noch etwas zu bleiben; warum hatte er es nicht getan? Wahrscheinlich, weil die in aller Öffentlichkeit ausgesprochene Aufforderung zu sehr nach Schulmeister geklungen hätte. Vielleicht, weil er dieses Gespräch nur zu gern aufgeschoben hätte, sei es auch nur für eine Weile.

Lorrimer kam herein und blieb vor dem Schreibtisch stehen. Howarth holte Bradleys Personalakte aus der rechten Schublade und sagte:

«Bitte, nehmen Sie doch Platz. Es dreht sich um den Jahresbericht über Bradley. Sie haben ihn ungünstig beurteilt. Haben Sie ihn darüber aufgeklärt?»

Lorrimer blieb stehen. Er sagte: «Das verlangen die Beurteilungsrichtlinien. Ich sprach um 10 Uhr 30 in meinem Büro mit ihm, als ich von der Leichenschau zurückkam.»

«Es scheint mir etwas hart. Nach seiner Akte ist es die erste negative Beurteilung. Wir haben ihn vor achtzehn Monaten auf Probe eingestellt. Warum hat er es nicht geschafft?»

«Ich meine, das geht aus meinen detaillierten Bemerkungen hervor. Er ist entgegen seiner Leistungsfähigkeit befördert worden.»

«In anderen Worten, die Personalabteilung des Ministeriums hat einen Fehler gemacht?»

«Das ist nicht so ungewöhnlich. So etwas kommt bei Behörden gelegentlich vor. Und nicht nur, wenn es um Beförderungen geht.»

Die Anspielung war überdeutlich, eine absichtliche Provokation, aber Howarth beschloss, sie zu überhören. Er bemühte sich, seiner Stimme nichts anmerken zu lassen.

«Ich bin nicht gewillt, diesen Bericht, wie er da steht, zu unterschreiben. Es ist zu früh, um ihn gerecht zu beurteilen.»

«Diese Entschuldigung habe ich letztes Jahr für ihn gelten lassen, nachdem er sechs Monate bei uns war. Aber wenn Sie mit meiner Bewertung nicht übereinstimmen, werden Sie es vermutlich zum Ausdruck bringen wollen. Dafür ist genügend Platz vorgesehen.»

«Ich werde ihn nutzen. Und ich schlage Ihnen vor, einmal auszuprobieren, wie ein wenig Unterstützung und Ermutigung auf den Jungen wirkt. Es gibt zwei Gründe für ungenügende Leistung. Manche Menschen sind in der Lage, etwas besser zu machen, und tun es auch, wenn sie verständnisvoll geschubst werden. Bei anderen hilft das nicht. Sie hart anzupacken, ist nicht nur sinnlos, es zerstört auch noch das bisschen Selbstvertrauen, das sie haben. Sie leiten eine tüchtige Abteilung. Aber sie wäre noch glücklicher und erfolgreicher, wenn Sie lernten, Ihre Leute zu verstehen. Einen Betrieb in Gang zu halten beruht zu einem großen Teil auf den zwischenmenschlichen Beziehungen.»

Er zwang sich aufzublicken. Lorrimer machte seine Lippen so schmal, dass seine Worte gepresst klangen.

«Mir war nicht bewusst, dass Ihre Familie für Erfolg in ihren zwischenmenschlichen Beziehungen bekannt ist.»

«Die Tatsache, dass Sie keine Kritik hinnehmen können und so persönlich und gehässig wie ein neurotisches Mädchen reagieren, unterstreicht, was ich sagen wollte.»

Er erfuhr nie, welche Antwort Lorrimer auf der Zunge lag. Die Tür ging auf, und Howarths Schwester kam herein. Sie trug Hosen und eine Schaffelljacke; um ihr blondes Haar hatte sie einen Schal gebunden. Sie sah die beiden ohne Verlegenheit an und sagte ungezwungen:

«Tut mir Leid, ich wusste nicht, dass du zu tun hast. Ich hätte Inspektor Blakelock bitten sollen, vorher anzurufen.»

Lorrimer war kreidebleich geworden. Wortlos machte er auf dem Absatz kehrt, ging an ihr vorbei und war draußen. Domenica sah ihm nach, lächelte und zuckte mit den Schultern. Sie sagte:

«Entschuldige, wenn ich in ein wichtiges Gespräch hineingeplatzt bin. Ich wollte nur sagen, dass ich auf ein paar Stunden nach Norwich fahre, um Farben und so was zu kaufen. Soll ich für dich etwas mitbringen?»

«Nein, danke.»

«Ich bin vor dem Abendessen zurück, aber ich glaube, ich lasse das Konzert im Dorf ausfallen. Ohne Claire Easterbrook wird der Mozart ziemlich quälend werden. Ach, übrigens habe ich vor, nächste Woche ein paar Tage in London zu verbringen.»

Ihr Bruder antwortete nicht. Sie sah ihn an und fragte:

«Stimmt etwas nicht?»

«Woher weiß Lorrimer über Gina Bescheid?»

Er brauchte nicht zu fragen, ob sie es ihm erzählt hatte. Was immer sie Lorrimer im Vertrauen gesagt haben mochte – das hatte er bestimmt nicht von ihr. Sie ging zum Kamin hinüber, als wolle sie den Stanley Spencer über dem Sims betrachten, und sagte leichthin:

«Warum? Er hat doch nicht etwa deine Scheidung angesprochen?»

«Nicht direkt, aber die Anspielung war gezielt.»

Sie drehte sich um und sah ihn an.

«Wahrscheinlich hat er sich die Mühe gemacht, so viel wie möglich über dich herauszubekommen, als er erfuhr, dass du dich um diese Stelle bewarbst. Diese Behörde ist schließlich nicht unübersehbar.»

«Aber ich bin von draußen gekommen.»

«Trotzdem, auch da gibt es Kontakte und Klatsch. Eine gescheiterte Ehe gehört zu jenen banalen Dingen, mit denen er vielleicht gerechnet hat. Und was soll's? Schließlich ist das nichts Besonderes. Ich dachte, in eurem Beruf wäre die Gefährdung besonders groß. All die Nachtstunden am Tatort und die unvorhersehbaren Gerichtstermine. Da sollte man doch an kaputte Ehen gewöhnt sein.»

«Ich will ihn nicht in meinem Labor haben.» Es war ihm bewusst, dass er sich launisch wie ein trotziges Kind anhörte.

«Dein Labor? Ganz so einfach ist es doch wohl nicht. Übrigens macht sich der Stanley Spencer nicht gut über dem Kamin. Er paßt da nicht hin. Warum Vater ihn nur gekauft hat? Das ist ganz und gar nicht seine Art von Bild, würde ich sagen. Hast du es wegen der Schockwirkung aufgehängt?»

Wie durch ein Wunder waren Ärger und schlechte Laune verflogen. Aber das hatte sie schließlich immer bei ihm fertig gebracht.

«Nur um zu verwirren. Es soll andeuten, dass ich womöglich ein komplizierterer Mensch bin, als man annimmt.»

«Das bist du allerdings! Ich wäre auch ohne ‹Mariä Himmelfahrt in Cookham› zu diesem Ergebnis gekommen. Warum hängst du nicht stattdessen den Greuze auf? Er würde sich über dem geschnitzten Sims gut machen.»

«Der ist mir zu hübsch.»

Sie ging lachend hinaus. Er nahm Clifford Bradleys Beurteilung und schrieb in die vorgesehene Spalte:

«Mr. Bradleys Leistung hat enttäuscht, aber die Schwierigkeiten liegen nicht allein bei ihm. Es fehlt ihm an Selbstvertrauen. Aktivere Förderung und Unterstützung, als er bisher erhalten hat, wären ihm von Nutzen. Ich habe die Schlussbemerkung in eine, wie ich meine, gerechtere Beurteilung korrigiert und habe mit dem Leiter der biologischen Abteilung über die personelle Führung seines Teams gesprochen.»

Sollte er doch einmal zu dem Schluss kommen, dies sei nicht der rechte Beruf für ihn, würde diese nachhaltige Kritik dazu beitragen, Lorrimer den Weg zu verbauen, seine Nachfolge als Direktor des Hoggatt-Instituts anzutreten.

9

Genau um 13 Uhr 48 schlug Paul Middlemass, der Dokumentenprüfer, seine Akte über den Kalkgrubenmord auf. Sein Arbeitsraum direkt unter dem Dach nahm die gesamte Vorderfront des Gebäudes ein. Es roch wie in einem Schreibwarengeschäft, aber zu der aufdringlichen Mischung von Papier und Tinte kam noch der scharfe Geruch der Chemikalien. Für Middlemass war es ein heimischer Duft. Er war ein großer, schlanker, kantiger Mann. Sein lebendiges Gesicht mit dem breiten Mund war von liebenswerter Hässlichkeit, sein eisengraues Haar fiel in vollen Strähnen über eine pergamentfarbene Haut. Er wirkte unbekümmert und lässig, war aber tatsächlich ein großartiger Arbeiter und besessen von seinem Beruf. Papier in allen seinen Erscheinungsformen war seine Leidenschaft. Wenige Männer, innerhalb und außerhalb der Kriminologie, wussten so viel darüber. Er ging mit Freude und mit einer Art Ehrfurcht damit um, ergötzte sich daran, erkannte fast schon am Geruch seine Herkunft. Die Identifizierung des Leims und der Beschaffenheit einer Probe mithilfe der Spektrographie oder durch Röntgenstrahlen bestätigte lediglich, was Hände und Augen ihm bereits gesagt hatten. Die Befriedigung, ein verborgenes Wasserzeichen unter schwachen Röntgenstrahlen hervortreten zu sehen, ließ nie nach, und auch wenn das Muster seine Augen nicht überraschte, war es für ihn stets ebenso faszinierend wie der erwartete Töpferstempel für einen Porzellansammler.

Sein Vater, der schon lange nicht mehr lebte, war Zahnarzt gewesen, und der Sohn hatte von ihm den großen Vorrat an selbst entworfenen Ärztekitteln übernommen. Sie waren altmodisch geschnitten, tailliert und glockig wie Stutzermäntel aus der Zeit Georgs IV., und mit verzierten Metallknöpfen hochgeschlossen. Die Ärmel waren zwar etwas zu kurz, sodass seine schmalen Handgelenke wie bei einem schnell aufgeschossenen Schuljungen daraus hervorsahen, aber er trug sie mit einer gewissen Grandezza, als symbolisierte diese ungewöhnliche, von den genormten weißen Kitteln des gesamten übrigen Personals abweichende Arbeitskleidung jene einmalige Mischung aus wissenschaftlichem Können, Erfahrung und Gespür, die den guten Dokumentenprüfer ausmachen.

Er hatte eben seine Frau angerufen, weil ihm, reichlich spät, eingefallen war, dass er versprochen hatte, an diesem Abend bei dem bunten Abend im Dorf mitzumachen. Er liebte die Frauen, und vor seiner Ehe hatte er ein paar eher zufällige, aber befriedigende und zwanglose Verhältnisse gehabt. Er hatte spät geheiratet, eine zwanzig Jahre jüngere flotte Naturwissenschaftlerin aus Cambridge, wo sie immer noch wohnten. Er fuhr jeden Abend mit seinem Jaguar, seiner größten Extravaganz, in die moderne Mietswohnung am Stadtrand. Häufig wurde es spät, aber doch nicht zu spät, um sie noch in ihre Stammkneipe zu schleppen. Die Sicherheit in seinem Beruf, der zunehmende internationale Ruhm und die Zufriedenheit mit seiner hübschen Sophie, unter deren Pantoffel er stand, sagten ihm täglich, wie erfolgreich er war. Er hielt sich für glücklich.

Sein Labor mit den Vitrinen und der Reihe von Großbildkameras beanspruchte mehr Platz, als manche Kollegen, allen voran Edwin Lorrimer, ihm zugestehen wollten. Aber der von ein paar Neonröhren erhellte Raum war mit seiner niedrigen Decke muffig und schlecht durchlüftet, und an diesem Nachmittag hatte die meist recht unzuverlässige Zentralheizung ihre ganze Kraft auf das Obergeschoss des Hauses konzentriert. Gewöhnlich waren ihm die äußeren Arbeitsbedingungen gleichgültig, aber die subtropische Temperatur konnte man kaum ignorieren. Er öffnete die Tür zum Flur. Rechts gegenüber befanden sich die Damen- und Herrentoiletten; ab und zu hörte er die Schritte von Mitgliedern des Personals, leicht oder schwer, eilend oder langsam, und das Schwingen der beiden Türen. Es störte ihn nicht. Er war in seine Arbeit vertieft.

Aber das Stück, das er jetzt aufmerksam betrachtete, barg keine Geheimnisse. Wenn es ein anderes Verbrechen als Mord gewesen wäre, hätte er es seinem Assistenten übergeben, der noch nicht von seinem verspäteten Mittagessen zurückgekommen war. Aber Mord bedeutete unweigerlich Erscheinen vor Gericht und Kreuzverhör – die Verteidigung ließ eine wissenschaftliche Beweisführung bei dieser schwersten aller Anklagen selten unwidersprochen –, und ein Auftritt im Gericht setzte die Dokumentenprüfung im Allgemeinen und besonders die des Hoggatt-Instituts dem öffentlichen Urteil aus. Er hatte es sich zum Prinzip gemacht, alle Mordfälle selbst zu übernehmen. Es waren selten die interessantesten Fälle. Am meisten Spaß machten ihm die historischen Untersuchungen. Erst letzten Monat hatte er zu seiner Genugtuung beweisen können, dass ein 1872 datiertes Dokument auf Papier gedruckt war, das chemische Substanzen enthielt, die frühestens seit 1874 verwendet wurden. Diese Entdeckung hatte die faszinierende Aufklärung eines komplizierten Falls von Urkundenfälschung in Gang gebracht. Seine jetzige Aufgabe war weder kompliziert, noch interessierte sie ihn besonders. Und doch, noch vor wenigen Jahren hatte der Kopf eines Mannes von seiner Meinung abhängen können. Er dachte selten an das halbe Dutzend Männer, die während seiner zwanzigjährigen Tätigkeit in diesem Beruf hauptsächlich wegen seiner Aussage gehenkt worden waren, und wenn er es doch einmal tat, dann erinnerte er sich nicht an die verzerrten, seltsam anonymen Gesichter auf der Anklagebank oder die Namen der Angeklagten, sondern an Papier und Tinte, an den starken Abstrich oder die eigenartige Form eines Buchstabens. Jetzt legte er den Zettel aus der Handtasche des toten Mädchens auf den Tisch und links und rechts daneben zwei Schriftproben ihres Mannes, die die Polizei irgendwie beschafft hatte. Die eine war ein Brief von einem Urlaub in Southend an die Mutter des Verdächtigen. Er fragte sich, wie sie es geschafft hatten, ihn ihr zu entlocken. Die andere war die kurze Notiz einer telefonischen Nachricht über ein Fußballspiel. Der Zettel aus der Tasche des Opfers war sogar noch kürzer.

«Du hast deinen eigenen Kerl, lass also die Finger von Barry Taylor, oder es wird dir Leid tun. Es wäre ein Jammer, so ein hübsches Gesicht zu verderben. Säure ist gar nicht hübsch. Pass auf. Ein Freund.»

Der Stil, schloss er, war einem kürzlich gezeigten Fernsehkrimi abgeguckt, die Schrift offensichtlich verstellt. Möglicherweise würde die Polizei noch ein paar andere Schriftproben des Verdächtigen beibringen, wenn sie den Arbeitsplatz des Burschen aufsuchten, aber eigentlich brauchte er sie nicht. Die Ähnlichkeit zwischen dem Drohbrief und den Proben war eindeutig. Der Schreiber hatte die Form des kleinen r geändert und versucht, der Schrift eine andere Richtung zu geben. Aber er setzte die Feder regelmäßig nach jedem vierten Buchstaben ab – Middlemass war noch kein Fälscher untergekommen, der daran gedacht hatte, die Abstände, in denen er absetzte, zu verändern –, und der hohe und leicht nach links versetzte Punkt über dem i und die kräftigen Unterlängen waren fast ein Markenzeichen. Er würde das Papier analysieren, jeden einzelnen Buchstaben fotografieren und vergrößern und dann eine vergleichende Tabelle zusammenstellen. Die Geschworenen würden sie feierlich von Hand zu Hand gehen lassen und sich fragen, wozu ein hoch bezahlter Experte kommen und erklären musste, was jeder mit eigenen Augen erkennen konnte.

Das Telefon läutete. Middlemass streckte seinen langen Arm aus und hielt den Hörer an das linke Ohr. Es war Susan Bradley. Mit weinerlicher Stimme hielt sie ihm einen langen verzweifelten Monolog, erst entschuldigend, dann verschwörerisch und schließlich den Tränen nahe. Er hörte zu, gab ein paar ermunternde Laute von sich, hielt den Hörer ein paar Zentimeter vom Ohr weg und stellte währenddessen fest, dass der Schreiber, der arme Schwachkopf, nicht einmal daran gedacht hatte, den charakteristischen Querstrich an seinem kleinen t zu ändern. Was ihm natürlich auch nicht viel geholfen hätte. Und er hatte ja auch nicht wissen können, der arme Teufel, dass seine Bemühungen als Beweisstück in einem Mordprozess vorgelegt würden.

«Geht in Ordnung», sagte er. «Machen Sie sich keine Gedanken, überlassen Sie das mir.»

«Und Sie werden ihm nicht sagen, dass ich Sie angerufen habe?»

«Natürlich nicht, Susan. Nehmen Sie es nicht so schwer. Ich bringe das in Ordnung.»

Sie war noch nicht beruhigt. Er fuhr fort:

«Dann sagen Sie ihm, er soll um Gottes willen keine Dummheiten machen. Als ob er nicht mitbekommen hätte, dass wir anderthalb Millionen Arbeitslose haben. Lorrimer kann ihn nicht an die Luft setzen. Sagen Sie Clifford, er soll durchhalten und sich nicht so verdammt blödsinnig anstellen. Ich nehme mir Lorrimer so bald wie möglich vor.»

Er legte auf. Er hatte Susan Moffat gern gehabt. Bis vor zwei Jahren hatte sie als wissenschaftliche Assistentin bei ihm gearbeitet. Sie hatte mehr Verstand und mehr Schneid als ihr Mann, und er hatte sich damals gefragt – ohne sich allerdings besonders darum zu kümmern –, warum sie Bradley geheiratet hatte. Mitleid wahrscheinlich, dazu ein stark entwickelter mütterlicher Instinkt. Es gab einfach Frauen, die solche Unglücksraben buchstäblich an die Brust nehmen mussten. Oder vielleicht war es nur der Mangel an Auswahl gewesen, das Bedürfnis nach einem eigenen Heim, nach einem Kind. Nun, jetzt war es zu spät, etwas gegen diese Heirat zu tun, und damals wäre es ihm gewiss nicht in den Sinn gekommen, es zu versuchen. Und sie hatte wenigstens ihr Zuhause und das Kind. Sie hatte das Baby mit ins Labor gebracht, als sie ihn, vor zwei Wochen erst, besucht hatte. Der Anblick des rotgesichtigen schreienden Bündels hatte seinen Entschluss, kein Kind in die Welt zu setzen, nicht ins Wanken bringen können, aber Susan hatte einen recht glücklichen Eindruck gemacht. Und sie würde wahrscheinlich wieder genauso glücklich sein, wenn er im Fall Lorrimer etwas ausrichten könnte.

Er dachte, vielleicht sei es an der Zeit, sich Lorrimer vorzunehmen. Und er hatte schließlich seine ganz privaten Gründe, der Sache nachzugehen. Es handelte sich um eine kleine persönliche Verpflichtung, und bis heute hatte sie eigentlich nicht an seinem Gewissen genagt, wie andere Leute das wohl nannten. Aber Susan Bradleys Anruf hatte ihn erinnert. Er horchte auf. Die Schritte klangen vertraut. Es war der reine Zufall, aber besser jetzt als später. Er ging zur Tür und rief dem vorbeieilenden Mann nach:

«Lorrimer. Ich hätte gern ein paar Worte mit Ihnen gesprochen.»

Lorrimer kam herein und blieb an der Tür stehen, groß, ernst in seinem bis oben zugeknöpften weißen Kittel. Er sah Middlemass mit seinen dunklen, aufmerksamen Augen an. Middlemass zwang sich, diesen Augen zu begegnen, wandte aber den Blick wieder ab. Die Iris schienen sich zu schwarzen Teichen der Hoffnungslosigkeit zu weiten. Mit dieser Gemütsbewegung konnte er nichts anfangen und fühlte sich unwohl. Was in aller Welt fraß an dem armen Teufel? Er sagte bewusst beiläufig:

«Hören Sie, Lorrimer, lassen Sie Bradley in Frieden. Ich weiß, er ist nicht gerade ein Geschenk Gottes an die Kriminologie, aber er ist gewissenhaft und rackert sich ab, und Sie werden weder seinen Verstand anspornen noch sein Arbeitstempo steigern, wenn Sie den armen Kerl tyrannisieren. Also lassen Sie es am besten sein.»

«Wollen Sie mir sagen, wie ich meine Leute zu führen habe?»

Lorrimer hatte seine Stimme völlig in der Gewalt, aber

seine Schläfenadern traten hervor, dass man den Pulsschlag deutlich sehen konnte. Middlemass musste sich Mühe geben, nicht dorthin zu starren.

«Genau, Herr Kollege. Wenigstens was diesen Mann in Ihrem Team angeht. Ich weiß verdammt gut, was Sie vorhaben, und das gefällt mir ganz und gar nicht. Lassen Sie es bleiben.»

«Soll das eine Drohung sein?»

«Eher eine freundliche Warnung, eine ziemlich freundliche jedenfalls. Ich tue nicht so, als wären Sie mir sympathisch, und ich hätte bestimmt nicht unter Ihnen weitergearbeitet, wenn das Innenministerium so dumm gewesen wäre, Sie zum Direktor dieses Labors zu ernennen. Aber ich gebe zu, dass es mich eigentlich nichts angeht, was Sie in Ihrer Abteilung tun, nur ist das hier zufällig eine Ausnahme. Ich weiß, was da vor sich geht, es paßt mir nicht, und es liegt mir viel daran, dem ein Ende zu machen.»

«Mir war nicht aufgefallen, dass Sie solche liebevollen Gefühle für Bradley hegen. Ach, natürlich, Susan Bradley wird Sie angerufen haben. Er hätte nicht den Mumm, für sich selbst zu sprechen. Hat sie angerufen, Middlemass?»

Middlemass überging die Frage. Er sagte:

«Ich habe keine besonderen Sympathien für Bradley. Aber ich habe ein gewisses freundschaftliches Interesse an Peter Ennalls, falls Sie sich an ihn erinnern.»

«Ennalls ertränkte sich, weil seine Verlobte ihm den Laufpass gab und er einen Nervenzusammenbruch hatte. Er hinterließ eine Nachricht, die seine Tat erklärte. Sie wurde bei der Untersuchung verlesen. Beides passierte Monate, nachdem er aus meinem damaligen Labor ausgeschieden war. Weder das eine noch das andere hatte etwas mit mir zu tun.»

«Was sich abspielte, als er noch in dem Labor war, hatte eine ganze Menge mit Ihnen zu tun. Er war ein netter, recht normaler Junge mit einem guten Abiturzeugnis und dem unerklärlichen Wunsch, Biologe im Kriminaldienst zu werden. Nur hatte er das Pech, unter Ihnen seine Arbeit anzufangen. Wie es sich trifft, war er ein Vetter meiner Frau. Ich habe ihm damals empfohlen, sich für diese Stelle zu bewerben. Deshalb habe ich ein gewisses Interesse, man könnte auch sagen, eine gewisse Verantwortung.»

Lorrimer sagte: «Er hat nie erwähnt, dass er mit Ihrer Frau verwandt ist. Allerdings sehe ich auch nicht, was für einen Unterschied das gemacht hätte. Er war gänzlich ungeeignet für diesen Beruf. Einen Gerichtsbiologen, der unter Zeitdruck keine exakte Arbeit leistet, kann weder ich noch die Behörde gebrauchen. So jemand hört besser auf. Wir können niemand mitschleppen. Das gedenke ich auch Bradley zu sagen.»

«Dann sollten Sie es sich lieber noch einmal reiflich überlegen.»

«Und wie wollen Sie mich dazu bringen?»

Es war kaum zu glauben, dass diese zusammengepressten Lippen einen Laut hervorbringen konnten, dass Lorrimers schrille, verzerrte Stimme durch die Stimmbänder kam, ohne sie zu zerreißen.

«Ich werde es Howarth klar machen, dass Sie und ich nicht in demselben Labor arbeiten können. Darüber wird er sich nicht gerade freuen. Ärger zwischen Abteilungsleitern ist das letzte Problem, das er im Augenblick gebrauchen kann. Also wird er dem Ministerium vorschlagen, einen von uns zu versetzen, bevor die zusätzlichen Schwierigkeiten mit dem Umzug in das neue Gebäude dazukommen. Ich verlasse mich darauf, dass Howarth – und damit das Ministerium – zu dem Schluss kommen, dass es leichter ist, einen Gerichtsbiologen als einen Dokumentenprüfer zu finden.»

Middlemass war über sich selbst überrascht. Nichts davon hatte er sich zurechtgelegt, bevor er zu reden begonnen hatte. Nicht, dass es unlogisch gewesen wäre. Es gab keinen anderen Dokumentenprüfer von seinem Format in dieser Behörde, und Howarth wusste das. Wenn er sich kategorisch weigerte, im selben Labor wie Lorrimer zu arbeiten, würde einer von beiden gehen müssen. Der Streit würde beide im Ministerium in ein schlechtes Licht rücken, aber er glaubte zu wissen, wem er mehr schaden würde.

Lorrimer sagte: «Sie haben dazu beigetragen, dass ich die Direktorenstelle nicht bekam, und jetzt wollen Sie mich aus dem Labor drängen.»

«Persönlich kümmert es mich einen Dreck, ob Sie hier sind oder nicht. Wenn Sie bloß aufhören, Bradley zu tyrannisieren.»

«Wenn ich bereit wäre, von irgendjemand Ratschläge anzunehmen, wie ich meine Abteilung leiten soll, dann wäre es bestimmt nicht ein drittrangiger Papierfetischist mit zweitrangiger Ausbildung, dem der Unterschied zwischen einem wissenschaftlichen Beweis und Intuition unbekannt ist.»

Die Schmähung war zu absurd, als dass sie Middlemass in seinem ausgeprägten Selbstbewusstsein verletzt hätte. Aber zumindest forderte sie eine Retourkutsche heraus. Er merkte, dass er in Zorn geriet. Und plötzlich sah er Land. Er sagte:

«Hören Sie, Kollege, wenn Sie es im Bett nicht bringen, wenn sie meint, Sie machen es ihr nicht gut genug, dann lassen Sie Ihre Frustrationen nicht an uns hier aus. Denken Sie an Chesterfields Rat. Der Preis ist ungeheuer, die Lage lächerlich und die Freude kurz.»

Die Wirkung war verblüffend. Lorrimer gab einen erstickten Laut von sich und machte einen Sprung nach vorn. Middlemass reagierte instinktiv und mit Erfolg. Er holte mit dem rechten Arm aus und versetzte Lorrimer einen Faustschlag auf die Nase. Einen Augenblick standen die beiden still und sahen sich erstaunt an. Dann schoss das Blut aus der Nase, Lorrimer taumelte und fiel vornüber.

Middlemass fing ihn an den Schultern auf und spürte das Gewicht des Kopfes an seiner Brust. Er dachte: «Mein Gott, jetzt wird er mir ohnmächtig.» Er empfand gleichzeitig die verschiedensten Gefühle, Überraschung über sich selbst, jungenhafte Genugtuung, Mitleid und einen Drang zu lachen. Er sagte:

«Geht es wieder?»

Lorrimer entzog sich seinem Griff und stand aufrecht vor ihm. Er suchte sein Taschentuch und hielt es an die Nase. Der rote Fleck wurde größer. Middlemass sah an sich herunter. Lorrimers Blut hatte sich dekorativ wie eine Rose auf seinem Kittel ausgebreitet. Er sagte:

«Wenn wir uns schon so theatralisch aufführen, glaube ich, Ihre Antwort sollte heißen: Mein Gott, Sie Schwein, dafür werden Sie zahlen.»

Er erschrak über den plötzlich auflodernden Hass in den schwarzen Augen. Lorrimers Stimme wurde durch das Taschentuch gedämpft.

«Sie *werden* dafür zahlen.» Und dann war er draußen.

Middlemass bemerkte plötzlich, dass Mrs. Bidwell, die Putzfrau des Labors, an der Tür stand. Sie machte große, aufgeregte Augen hinter ihrer lächerlich geschwungenen, mit Glitzerzeug besetzten Brille.

«Das sind mir schöne Geschichten! Die Abteilungsleiter prügeln sich. Sie sollten sich schämen.»

«Oh, das tun wir, Mrs. Bidwell. Bestimmt.» Langsam befreite er seinen langen Arm aus dem Kittel und gab ihn ihr.

«Werfen Sie den Kittel bitte zur schmutzigen Wäsche.»

«Aber Mr. Middlemass, Sie wissen ganz genau, dass ich nicht in die Männertoilette gehe, nicht während der Arbeitszeit. Sie stecken ihn selbst in den Wäschekorb! Und wenn Sie jetzt einen frischen haben wollen, wissen Sie, wo Sie einen finden. Vor morgen früh gebe ich keine frische Wäsche aus. Prügeln! Hat man so was gehört! Hätte ich mir denken können, dass Dr. Lorrimer mit drinhängt. Aber er ist nicht der Mann, der seine Fäuste gebraucht. Dazu hat er nicht genug Mumm, würde ich sagen. Aber er hat sich in den letzten Wochen wirklich komisch benommen, da ist nicht dran zu rütteln. Sie haben doch sicher auch von dem kleinen Zwischenfall gestern in der Eingangshalle gehört. Er hat die Kinder von Dr. Kerrison praktisch vor die Tür gesetzt. Dabei haben die nur auf ihren Vater gewartet. Das ist doch wohl nichts Schlimmes. Neuerdings ist da eine gehässige Atmosphäre im Labor, und wenn ein gewisser Herr sich nicht zusammenreißt, passiert noch was Schlimmes, merken Sie sich das.»

10

Es war fast fünf Uhr und dämmerte bereits, als Detektiv-Inspektor Doyle nach Hause in sein Dorf vier Meilen nördlich von Cambridge kam. Er hatte einmal versucht, seine Frau anzurufen, aber ohne Erfolg: die Leitung war besetzt. Wieder eines ihrer endlosen, heimlichen und teuren Telefonate mit einer der alten Bekannten aus ihrer Zeit als Krankenschwester, nahm er an, und im Gefühl, seine Pflicht getan zu haben, versuchte er es nicht noch einmal. Das schmiedeeiserne Tor stand wie meistens offen, und er parkte den Wagen vor dem Haus. Es lohnte sich nicht, das Auto wegen ein paar Stunden in die Garage zu fahren, und mehr Zeit zu Hause konnte er sich nicht erlauben.

Scoope-Haus machte am späten Nachmittag des dunklen Novembertages nicht seinen besten Eindruck. Kein Wunder, dass das Immobilienbüro in letzter Zeit niemanden mehr zur Besichtigung geschickt hatte. Es war eine ungünstige Jahreszeit. Das Haus war in seinen Augen das Dokument einer Fehlplanung. Er hatte es für weniger als 17 000 gekauft und bis jetzt 5000 hineingesteckt, weil er hoffte, es für 40 000 verkaufen zu können. Aber inzwischen hatte die Rezession sogar die Berechnungen von gewiefteren Spekulanten, als er es war, umgestoßen. Bei der jetzigen Flaute auf dem Grundstücksmarkt blieb ihm nichts anderes übrig, als abzuwarten. Er konnte es sich leisten, das Haus zu behalten, bis der Markt wieder lebhafter wurde. Er war nicht so sicher, ob es ihm gelänge, seine Frau festzuhalten. Er wusste nicht einmal genau, ob er es wollte. Auch die Heirat war eine Fehlplanung gewesen, aber unter den damaligen Umständen eine verständliche. Er verschwendete keine Zeit darauf, diesen Schritt zu bereuen.

Die zwei hohen erleuchteten Rechtecke der Wohnzimmerfenster im ersten Stock hätten eigentlich wie ein Versprechen von Wärme und Gemütlichkeit auf ihn wirken müssen. Stattdessen empfand er sie irgendwie bedrohlich; Maureen war zu Hause. Aber wohin hätte sie sonst gehen sollen, hätte sie eingewandt, an einem trüben Novemberabend in diesem trostlosen Dorf in Ostanglien?

Sie hatte ihren Tee getrunken, und das Tablett stand noch neben ihr. Die Milchflasche mit der zerknitterten Kappe, ein Becher ohne Untersetzer, aus der Zellophanhülle herausgerutschte Brotscheiben, ein Stück Butter auf einem schmierigen Teller, ein noch nicht geöffneter Karton mit Königskuchen. Er spürte den alten Ärger in sich aufsteigen, sagte aber nichts. Als er ihr einmal wegen ihrer Schlampigkeit Vorhaltungen gemacht hatte, hatte sie mit den Schultern gezuckt:

«Wer sieht's, wen stört's?»

Er sah es, und ihn störte es, aber es war schon viele Monate her, dass er sie darauf angesprochen hatte. Er sagte:

«Ich hau mich kurz hin. Weck mich bitte um sieben.»

«Heißt das, wir gehen nicht zu dem bunten Abend nach Chevisham?»

«Um Gottes willen, Maureen, gestern hast du lamentiert, dass man dich mit so etwas verschonen soll. Kindereien, hast du gesagt. Vergessen?»

«Na ja, es wird nicht gerade der letzte Schrei sein, aber wir wären wenigstens mal ausgegangen. Raus! Raus aus diesem Kaff! Zur Abwechslung mal zusammen. Es wäre eine Gelegenheit gewesen, sich mal wieder schick anzuziehen. Und du hast gesagt, wir würden anschließend im China-Restaurant in Ely essen.»

«Tut mir Leid. Ich konnte ja nicht wissen, dass ich einen Mordfall bekomme.»

«Wann bist du zurück? Falls es Sinn hat, zu fragen.»

«Keine Ahnung. Ich hole Sergeant Beale ab. Wir müssen uns noch ein paar Leute vorknöpfen, die auf dem Tanz in Muddington waren, besonders einen Knaben namens Barry Taylor, der wohl einiges zu erklären hat. Je nachdem, was wir aus ihm herausholen, schaue ich vielleicht noch mal bei dem Mann des Opfers vorbei.»

«Das macht dir Spaß, nicht wahr, ihn in seinem eigenen Saft schmoren zu lassen. Bist du deshalb zur Polente gegangen, weil du den Leuten gern Angst machst?»

«Das ist genauso dumm, wie wenn ich dich fragen würde, ob du Krankenschwester geworden bist, weil du mit größtem Vergnügen Bettpfannen ausleerst.»

Er warf sich auf einen Sessel, schloss die Augen und wartete auf den Schlaf. Er sah wieder das entsetzte Gesicht des Jungen, roch wieder den Angstschweiß. Aber er hatte jenes erste Verhör gut durchgestanden, obwohl die Anwesenheit seines Anwalts ihn eher behindert als ihm geholfen hatte. Der Anwalt hatte seinen Mandanten noch nie gesehen und überdeutlich durchblicken lassen, dass er ihn auch am liebsten nie mehr sehen möchte. Der Junge war bei seiner Geschichte geblieben. Sie hatten sich beim Tanz gestritten, und er war früher weggegangen. Sie war bis ein Uhr nicht zu Hause gewesen. Deshalb war er wieder hinausgegangen, um sie auf der Straße und in der Nähe der

Kalkgrube zu suchen, und eine halbe Stunde später wieder nach Hause gegangen. Er hatte niemanden gesehen und war weder in der Kalkgrube noch bei dem Autowrack gewesen. Die Geschichte war gut, schlicht und einfach, vielleicht sogar wahr, bis auf die eine wesentliche Sache. Aber wenn sie Glück hatten, läge der Laborbericht über ihre Blutgruppe und den Flecken auf seinem Jackenärmel, die dürftigen Spuren an seinen Schuhen von Erde und Staub aus dem Auto bis Freitag vor. Falls Lorrimer heute bis in die Nacht hinein arbeitete – und das tat er gewöhnlich –, wäre die Blutuntersuchung vielleicht sogar schon morgen verfügbar. Und dann kämen die Ausflüchte, die Widersprüche und am Ende die Wahrheit. Sie fragte:

«Wer war sonst noch am Tatort?»

Das war immerhin eine Frage, die sie beschäftigt hatte, dachte er. Er sagte schläfrig:

«Natürlich Lorrimer. Er lässt keine Tatortbesichtigung aus. Wahrscheinlich traut er keinem von uns zu, dass wir wissen, was wir zu tun haben. Wie immer haben wir eine halbe Stunde herumgestanden, bis Kerrison kam. Das hat Lorrimer natürlich verrückt gemacht. Er hat schon alles Notwendige dort gemacht – und dann muss er sich mit uns die Beine in den Bauch stehen und warten, bis dieses Gottesgeschenk an die Gerichtsmedizin mit einer Polizeieskorte und Sirenengeheul kommt und uns mitteilt, dass das, was wir für eine Leiche gehalten haben, tatsächlich – welche Überraschung – eine Leiche ist und dass wir sie wegschaffen dürfen.»

«Der Gerichtsmediziner tut aber doch mehr als das.»

«Natürlich. Aber so viel mehr auch nicht, wenigstens nicht am Tatort. Seine Arbeit kommt hinterher.»

Er fügte hinzu: «Leider konnte ich dich nicht anrufen. Ich habe es versucht, aber du hast gerade gesprochen.»

«Das war wohl Vater. Sein Angebot gilt noch – die Stelle als Sicherheitsmann in der Organisation. Aber er kann nicht mehr lange warten. Wenn du bis Monatsende nicht zusagst, setzt er eine Anzeige in die Zeitung.»

O Gott, dachte er, nicht schon wieder.

«Ich wollte, dein lieber Vater würde bei dem Familiengeschäft nicht immer von Organisation sprechen. Das hört sich fast nach Mafia an. Wäre es tatsächlich die Mafia, käme ich vielleicht in Versuchung, mitzumachen. Was dein Vater hat, sind drei billige, schäbige Läden, die billige, schäbige Anzüge an billige, schäbige Idioten verkaufen, die ein anständiges Tuch nicht erkennen würden, wenn man sie mit der Nase daraufstieße. Ich hätte es vielleicht in Betracht gezogen, in das Geschäft einzutreten, wenn dein Vater nicht schon den Großen Bruder als Mitarbeiter hätte, dem er irgendwann alles übergeben wird, und wenn er es nicht so deutlich hätte durchblicken lassen, dass er mich nur akzeptiert, weil ich dein Mann bin. Aber ich bin doch nicht so verrückt, dass ich mich zwischen den Umkleidekabinen herumdrücke und aufpasse, dass die da drin keine Dummheiten machen, und wenn er mir zehnmal den Titel Sicherheitsoffizier verleiht. Ich bleibe hier.»

«Wo du so nützliche Beziehungen hast.»

Was meinte sie eigentlich genau damit? Er war vorsichtig genug gewesen, ihr nicht alles zu erzählen, aber so dumm war sie nun doch nicht. Sie mochte sich manches zusammenreimen. Er sagte:

«Wo ich einen Beruf habe. Du hast gewusst, worauf du dich einlässt, als wir geheiratet haben.»

Aber tatsächlich weiß man das natürlich nicht, dachte er. Nicht richtig.

«Rechne nicht damit, dass ich hier bin, wenn du zurückkommst.»

Das war eine alte Drohung. Er sagte unbekümmert:

«Tu, wozu du Lust hast. Aber wenn du fahren wolltest, vergiss es. Ich nehme den Cortina, beim Renault spielt die Kupplung verrückt. Also, wenn du vorhast, vor morgen früh zu deiner Mami zu laufen, musst du deinen Vater anrufen, dass er dich abholt, oder ein Taxi nehmen.»

Sie redete weiter, launisch, beharrlich, aber ihre Stimme kam von weit her. Es waren keine zusammenhängenden Worte mehr, die an sein Ohr drangen, sondern nur noch Geräusche. Zwei Stunden. Ob sie sich die Mühe machte, ihn zu wecken oder nicht – er war sicher, dass er fast auf die Minute pünktlich aufwachen würde. Er schloss die Augen und schlief ein.

Tod im Labor

I

In der Eingangshalle des Hoggatt-Instituts war es um zwanzig vor neun sehr ruhig. Brenda dachte oft, dass sie diesen Teil des Arbeitstags am liebsten hatte. Es war die Stunde, bevor die meisten Angestellten eintrafen und die Arbeit des Labors richtig in Gang kam. Sie und Inspektor Blakelock arbeiteten zusammen in der stillen, leeren Halle, die zu dieser Zeit so friedlich und feierlich wie eine Kirche wirkte, legten eine bestimmte Anzahl von Aktenordnern bereit, um die neuen Fälle des Tages einzutragen, packten Beweisstücke wieder ein, um sie der Polizei mitzugeben, gingen ein letztes Mal die Laborberichte durch und vergewisserten sich, dass die Prüfung vollständig und abgeschlossen, dass kein wesentliches Detail übersehen worden war. Als Erstes, wenn sie morgens zur Arbeit kam, zog sie ihren weißen Kittel an, und sofort fühlte sie sich wie verwandelt, nicht mehr jung und unsicher, sondern als Fachkraft, fast als Wissenschaftlerin, jedenfalls als anerkanntes Mitglied der Labormannschaft. Dann ging sie in die Küche, die an der Rückseite des Gebäudes lag, und kochte Tee. Nach der erhebenden Verwandlung mit dem weißen Kittel hatte diese häusliche Arbeit eigentlich etwas Erniedrigendes, und sie brauchte so kurz nach dem Frühstück auch noch nichts zu trinken. Aber Inspektor Blakelock, der jeden Tag von Ely herübergefahren kam, hatte schon Lust auf seinen Tee, und es machte ihr nichts aus, welchen zu kochen.

«Das ist genau das Richtige», war sein gleich bleibender Kommentar, wenn er seine feuchten Lippen um den Becherrand legte und die heiße Flüssigkeit hinunterstürzte, als wäre seine Kehle völlig ausgedörrt. «Sie kochen einen ausgezeichneten Tee, Brenda, das muss ich schon sagen.»

Und dann antwortete sie: «Mutter sagt, das ganze Geheimnis ist, die Kanne immer vorzuwärmen und den Tee genau fünf Minuten ziehen zu lassen.»

Dieser kleine rituelle Austausch, der sich immer gleich blieb, sodass sie insgeheim seine Worte hätte vorsprechen können und gegen einen Drang zu kichern ankämpfen musste, der vertraute, heimelige Duft des Tees und die sich allmählich übertragende Wärme, wenn sie ihre Hände um den dicken Becher schloss, waren ein ermutigender Auftakt für den Arbeitstag.

Sie mochte Inspektor Blakelock. Er redete nicht viel, aber er wurde nie ungeduldig ihr gegenüber, sondern blieb stets freundlich, eine umgängliche Vaterfigur. Sogar ihre Mutter, die sich das Labor angesehen hatte, bevor Brenda ihre Stelle antrat, hatte sich gefreut, dass sie allein mit ihm arbeiten sollte. Brendas Wangen glühten immer noch vor Scham, wenn sie daran dachte, dass ihre Mutter darauf bestanden hatte, das Hoggatt-Institut zu besichtigen, um zu sehen, wo ihre Tochter arbeiten sollte, obgleich Chefinspektor Martin, der erste Verbindungsmann der Polizei, dieses Anliegen offenbar für ganz vernünftig gehalten hatte. Er hatte ihrer Mutter erklärt, dass es für das Hoggatt eine Neuerung war, eine Bürokraft am Annahmeschalter zu haben, während diese Arbeit bisher ein junger Polizeibeamter gemacht hatte. Falls sie diese Stelle zufrieden stellend ausfüllte, würde das die ständige Einsparung von Polizeikräften und gleichzeitig eine nützliche Erfahrung für sie bringen. Denn Chefinspektor Martin hatte gesagt: «Der Annahmeschalter ist das Herz des Labors.» Zurzeit besuchte er mit einer Gruppe von Polizeibeamten die Vereinigten Staaten, und Inspektor Blakelock musste zusätzlich seine Arbeit mit verrichten. Er musste also nicht nur die Beweisstücke in Empfang nehmen, die Liste der Gerichtstermine aufstellen und die statistischen Angaben vorbereiten, sondern jetzt auch die Fälle mit dem Dienst tuenden Detektiv durchsprechen, erklären, was das Labor im jeweiligen Fall beitragen konnte, jene Fälle ablehnen, bei denen die Wissenschaftler keine Hilfe leisten könnten, und nachprüfen, ob die abschließenden Berichte für das Gericht vollständig waren. Brenda ahnte, dass das eine große Verantwortung für ihn war, und sie war fest entschlossen, ihn nicht im Stich zu lassen.

Während sie den Tee zubereitet hatte, war bereits das erste Beweisstück des Tages eingegangen. Sicher hatte es ein Polizist vorbeigebracht, der an diesem Fall arbeitete. Es war ein weiterer Plastikbeutel mit Kleidern zu dem Kalkgrubenmord. Als Inspektor Blakelock ihn mit seinen großen Händen umdrehte, erkannte sie durch die Hülle ein Paar dunkelblaue Hosen mit fettigem Bund, ein gestreiftes Jackett mit breitem Revers und ein Paar schwarze Schuhe mit spitzen Kappen und verzierten Schnallen. Inspektor Blakelock las den Polizeibericht durch. Er sagte:

«Die Sachen gehören dem Freund, mit dem sie sich auf dem Tanz abgegeben hat. Sie brauchen einen neuen Ordner für den Bericht, aber zeichnen Sie es auf Biologie aus und tragen Sie es als Untergruppe der Muddington-Sache ein. Kleben Sie dann einen roten Streifen auf, damit es sofort bearbeitet wird. Mord wird vorrangig behandelt.»

«Aber wir könnten doch zwei oder drei Morde zur gleichen Zeit haben. Wer entscheidet dann über die Reihenfolge?»

«Der Leiter der entsprechenden Abteilung. Es ist seine Aufgabe, seinen Leuten die Arbeit zuzuweisen. Bei Mord und Vergewaltigung ist es üblich, die Fälle vorrangig zu bearbeiten, in denen die Angeklagten nicht gegen Kaution auf freien Fuß gesetzt worden sind.»

Brenda sagte: «Ich hoffe, Sie haben nichts dagegen, wenn ich so viel frage. Ich möchte eben dazulernen. Dr. Lorrimer sagte mir, ich sollte mich bemühen, so viel wie möglich mitzukriegen und diese Arbeit nicht als reine Routine zu betrachten.»

«Stellen Sie nur immmerzu Fragen, Mädchen, es stört mich gar nicht. Nur sollten Sie vielleicht nicht zu viel auf Dr. Lorrimer hören. Er ist hier nicht Direktor, auch wenn er sich dafür hält. Wenn Sie diese Sachen eingetragen haben, kommt das Bündel in das Biologie-Fach.»

Brenda trug die Nummer ordentlich in das Eingangsbuch ein und legte das Päckchen in der Plastikhülle in das Fach zu den anderen Beweisstücken, die für die biologische Abteilung bestimmt waren. Es war gut, dass sie mit ihren Eintragungen auf dem Laufenden war. Sie warf einen Blick auf die Uhr. Es war fast zehn vor neun. Bald käme die heutige Post herein, und die dicken Umschläge mit den Blutproben von den gestrigen Alkoholtests würden sich auf dem Tisch stapeln. Dann würden die Streifenwagen nach und nach vorfahren. Polizisten in Uniform und Zivil würden die großen Umschläge mit Dokumenten für Dr. Middlemass abgeben, die besonders präparierten Behälter, die das Labor für die Proben von Speichel-, Blut- und Spermaflecken ausgab, unhandliche Beutel mit befleckten und schmutzigen Bettlaken und Bettdecken, alle möglichen stumpfen Mordgeräte und sorgfältig verpackte, blutbefleckte Messer.

Und jeden Augenblick müssten jetzt die ersten Angestellten erscheinen. Mrs. Bidwell, die Putzfrau, hätte schon seit zwanzig Minuten hier sein sollen. Vielleicht hatte Scobie sie mit seiner Grippe angesteckt. Als erster der wissenschaftlichen Angestellten würde vermutlich Clifford Bradley, der Mitarbeiter der biologischen Abteilung mit den ängstlichen, gehetzten Augen und dem lächerlichen, mickrigen Schnurrbart, hereinkommen und durch die Halle hasten, als habe er kein Recht, sich dort aufzuhalten, wie immer in Gedanken versunken, sodass er kaum ihren Gruß bemerkte. Dann Miss Foley, die Sekretärin des Direktors, ruhig und gelassen, mit ihrem zurückhaltenden Lächeln. Miss Foley erinnerte Brenda an Mona Rigby aus ihrer Schule, die im Weihnachtsspiel immer für die Maria ausgesucht worden war. Sie hatte Mona Rigby nie leiden können – sie wäre für diese begehrte Rolle kein zweites Mal genommen worden, wenn man so viel wie Brenda von ihr gewusst hätte –, und sie war sich nicht im Klaren, ob sie Miss Foley mochte. Dann einer, den sie gut leiden konnte, Mr. Middlemass, der Dokumentenprüfer, der mit lose über die Schulter geworfener Jacke die Treppe hinaufspringen würde, drei Stufen auf einmal, und ihnen im Vorbeieilen einen Gruß zurufen würde. Danach stand die Reihenfolge nicht mehr fest. Die Halle würde voll von Menschen sein, es würde fast so lebhaft wie auf einem Bahnhof zugehen. Und im Mittelpunkt des scheinbaren Chaos standen sie beide am Annahmeschalter, kontrollierend und steuernd, helfend und erklärend.

Gleichsam als Zeichen, dass der Arbeitstag beginnen sollte, läutete das Telefon. Inspektor Blakelock griff nach dem Hörer. Er hörte, wie ihr schien, ziemlich lange wortlos zu, dann hörte sie ihn sprechen.

«Ich glaube nicht, dass er hier ist, Mr. Lorrimer. Sie sagen, er ist letzte Nacht überhaupt nicht nach Hause gekommen?»

Wieder Stille. Inspektor Blakelock drehte ihr halb den Rücken zu und beugte seinen Kopf wie ein Verschwörer über die Sprechmuschel, als lauschte er einer vertraulichen Mitteilung. Dann legte er den Hörer neben das Telefon und wandte sich an Brenda:

«Es ist Dr. Lorrimers alter Vater. Er macht sich Sorgen. Anscheinend hat ihm Dr. Lorrimer heute Morgen seinen Tee nicht wie gewohnt gebracht, und es sieht so aus, als wäre er gestern Nacht nicht nach Hause gekommen. Sein Bett ist unbenutzt.»

«Ja, aber hier kann er nicht sein. Ich meine, weil die Eingangstür verschlossen war, als wir ankamen.»

Das stand jedenfalls fest. Als sie um die Hausecke gebogen war, nachdem sie ihr Fahrrad in dem ehemaligen Stall abgestellt hatte, hatte Inspektor Blakelock vor dem Haupteingang gestanden, als hätte er auf sie gewartet. Als sie dann bei ihm gewesen war, hatte er mit der Taschenlampe die Schlösser angeleuchtet und die drei Schlüssel hineingesteckt, zuerst den Yale-Schlüssel, dann den Ingersoll und zuletzt den Sicherheitsschlüssel, der das elektronische Warnsystem bei der Polizeistation in Guy's Marsh außer Betrieb setzte. Dann hatten sie zusammen die dunkle Halle betreten. Sie war nach hinten in die Garderobe gegangen, um ihren weißen Kittel anzuziehen, während er am Kasten in Chefinspektor Martins Büro das innere Sicherungssystem für die Türen zu den wichtigen Laborräumen abgeschaltet hatte.

Sie kicherte und sagte: «Mrs. Bidwell ist nicht aufgetaucht, um mit dem Saubermachen anzufangen, und jetzt wird Dr. Lorrimer vermisst. Vielleicht sind sie zusammen durchgebrannt. Großer Skandal im Hoggatt.»

Es war kein sehr gelungener Scherz, und sie wunderte sich nicht, dass Inspektor Blakelock nicht lachte. Er sagte:

«Die verschlossene Tür hat nicht unbedingt etwas zu sagen. Dr. Lorrimer hat seine eigenen Schlüssel. Und wenn er sein Bett gemacht hätte und heute besonders zeitig gekommen wäre, hätte er mit ziemlicher Sicherheit die Haupttür wieder abgeschlossen und das innere Alarmsystem eingeschaltet.»

«Aber wie wäre er dann in das biologische Labor gekommen?»

«Er hätte die Tür öffnen und sie dann offen stehen lassen müssen, bevor er die Alarmanlage wieder einschaltete. Das ist allerdings ziemlich unwahrscheinlich. Wenn er allein ist, schließt er gewöhnlich nur mit dem Yale-Schlüssel ab.»

Er nahm den Hörer wieder auf und sagte: «Bleiben Sie bitte einen Augenblick am Apparat, Mr. Lorrimer. Ich glaube nicht, dass er hier ist, aber ich sehe rasch nach.»

«Ich gehe schon», sagte Brenda eifrig, um sich nützlich zu machen. In der Eile hob sie nicht einmal die Klappe hoch, sondern schlüpfte unter dem Schalter durch. Als sie sich umdrehte, sah sie ihn mit bestürzender Deutlichkeit, wie in einer Momentaufnahme mit dem Blitzlicht: Inspektor Blakelock mit halb geöffnetem Mund, als wolle er Einspruch erheben, den Arm in einer steifen, theatralischen Geste nach ihr ausgestreckt, wie um sie zu schützen oder zurückzuhalten. Aber sie begriff die Geste nicht. Sie lachte und sprang die Treppe hinauf. Das biologische Labor lag nach hinten im ersten Stock und nahm mit dem daran anschließenden Experimentierzimmer fast die ganze Länge des Gebäudes ein. Die Tür war geschlossen. Sie drehte den Türgriff, stieß sie auf und tastete an der Wand nach dem Lichtschalter. Ihre Finger fanden ihn, und sie drückte darauf. Die zwei langen Leuchtröhren, die von der Decke hingen, leuchteten auf, flackerten und verbreiteten dann ihr stetiges Licht.

Sie sah den Körper sofort. Er lag mit dem Gesicht nach unten zwischen den beiden großen mittleren Experimentiertischen. Seine linke Hand schien sich in den Fußboden zu krallen, sein rechter Arm lag gekrümmt unter seinem Körper. Seine Beine waren ausgestreckt. Sie stieß einen seltsamen kleinen Laut aus, halb Schrei, halb Stöhnen, und ging neben ihm in die Knie. Das Haar über seinem linken Ohr war verfilzt und stand vom Kopf weg, wie bei ihrem Kätzchen, wenn es sich geputzt hatte, aber sie konnte das Blut auf dem dunklen Haar nicht sehen. Doch sie wusste, dass das Blut sein musste. Es war auf dem Kragen des weißen Kittels bereits schwarz geworden, und eine kleine Lache war auf den Boden getropft und geronnen. Nur sein linkes Auge war zu sehen, starr, leer und eingefallen wie das Auge eines toten Kalbs. Zaghaft berührte sie seine Wange. Sie war kalt. Aber sie hatte sofort gemerkt, dass er tot war, als sie das glasige Auge gesehen hatte.

Sie wusste nicht mehr, wie sie die Tür geschlossen hatte und nach unten gekommen war. Inspektor Blakelock stand immer noch starr wie eine Statue hinter dem Schalter und hielt den Telefonhörer in der Hand. Sie wollte lachen, als sie sein Gesicht sah. Er sah komisch aus. Sie versuchte, etwas zu ihm zu sagen, brachte aber kein Wort heraus. Ihr Kinn zitterte unkontrolliert, und ihre Zähne schlugen aufeinander. Sie machte eine vage Handbewegung. Er sagte etwas, was sie nicht verstand, ließ den Hörer fallen und stürzte die Treppe hinauf.

Sie schwankte auf den schweren viktorianischen Lehnsessel zu, Colonel Hoggatts Sessel, der an der Wand von Chefinspektor Martins Büro stand. Das Porträt sah auf sie herunter. Während sie hinsah, schien das linke Auge größer zu werden, schienen die Lippen sich zu einer Grimasse zu verziehen.

In ihr stieg eine schreckliche Kälte hoch. Ihr Herz, als sei es riesengroß geworden, pochte heftig gegen die Rippen. Sie atmete mit aufgerissenem Mund und bekam dennoch nicht genug Luft. Dann wurde ihr das Knacken des Telefons bewusst. Sie stand langsam auf, ging zum Schalter hinüber und hob den Hörer auf. Mr. Lorrimers gebrechliche, weinerliche Stimme war am anderen Ende der Leitung. Sie versuchte, die gewohnten Worte zu sagen: «Hoggatt-Institut, Annahmeschalter, guten Tag.» Aber sie brachte kein Wort heraus. Sie legte auf und ging wieder zu ihrem Sessel.

Sie erinnerte sich nicht, das lange Läuten der Türklingel gehört zu haben. Sie wusste nicht mehr, dass sie mühsam durch die Halle gegangen war, um aufzumachen. Aber plötzlich wurde die Tür aufgestoßen, und die Halle war voller Menschen und von lauten Stimmen erfüllt. Es war seltsam – das Licht schien greller geworden zu sein, und sie sah sie alle wie Schauspieler auf einer Bühne, hell angestrahlt, mit Gesichtern, die vom Make-up grotesk betont wurden. Sie hörte jedes Wort klar und verständlich, als säße sie auf einem vorderen Logenplatz. Sie nahm Mrs. Bidwell wahr, die Putzfrau, in ihrem Regenmantel mit dem Kragen aus Pelzimitation. Ihre Augen funkelten vor Entrüstung, und sie sagte mit ihrer hohen Stimme:

«Was, zum Teufel, ist denn hier los? Irgendein Idiot hat meinen Alten angerufen und gesagt, dass ich heute nicht herkommen muss und dass Mrs. Schofield mich braucht. Wer erlaubt sich hier so dumme Scherze?» Inspektor Blakelock kam langsam und bedächtig die Treppe herunter, der Hauptdarsteller hatte seinen Auftritt. Dr. Howarth, Clifford Bradley, Miss Foley und Mrs. Bidwell standen im Kreis zusammen und starrten ihn an. Der Direktor machte einen Schritt auf die Treppe zu. Er sah aus, als wäre er einer Ohnmacht nahe. Er sagte:

«Was gibt's, Blakelock?»

«Dr. Lorrimer, Sir. Er ist tot. Ermordet.»

Sicher hatten sie nicht die Gesichter einander zugewandt und das Wort einstimmig nachgesprochen, wie der Chor in einer griechischen Tragödie. Aber es schien in dem stillen Raum widerzuhallen, seine Bedeutung zu verlieren, nur mehr ein dunkles Stöhnen zu sein. Mord. Mord. Mord.

Sie sah Dr. Howarth auf die Treppe zulaufen. Inspektor Blakelock machte kehrt, um ihn zu begleiten, aber der Direktor sagte:

«Nein, Sie bleiben hier. Sorgen Sie dafür, dass alle hier unten in der Halle bleiben. Rufen Sie den Polizeidirektor und Dr. Kerrison an. Und dann verbinden Sie mich mit dem Innenministerium.»

Jetzt erst schienen sie plötzlich Brenda zu bemerken. Mrs. Bidwell ging zu ihr hin. Sie sagte:

«Haben Sie ihn gefunden? Sie armes Ding!»

Und auf einmal war es kein Spiel mehr. Die Lichter erloschen. Die Gesichter wurden gestaltlos, gewöhnlich. Brenda stieß einen kleinen Seufzer aus. Sie fühlte, wie Mrs. Bidwell einen Arm um ihre Schultern legte, spürte den Geruch des Regenmantels vor ihrem Gesicht. Der Pelz war so weich wie die Pfoten ihrer kleinen Katze. Und dann, zum Glück, kamen Brenda die Tränen.

2

Von seinem Zimmer in einem Londoner Lehrkrankenhaus nahe am Fluss konnte er in selbstquälerischen Augenblicken einen Blick auf das Fenster seines Büros werfen. Dr. Charles Freeborn, Präsident der kriminologischen Institute, lag mit seinen ganzen 192 Zentimetern reglos in dem schmalen Bett. Seine Nase ragte spitz über die Bettdecke hervor, sein weißes Haar hob sich kaum von dem noch weißeren Kopfkissen ab. Das Bett war zu kurz für ihn, eine Unbequemlichkeit, der er sich angepasst hatte, indem er einfach seine Zehen über das Fußende hinausstreckte. Auf seinem Nachttisch lag das übliche Durcheinander von Mitbringseln, notwendigen Kleinigkeiten und Dingen zur Zerstreuung, die man bei einem kürzeren Krankenhausaufenthalt zu brauchen glaubte. Dazu gehörte auch die unvermeidliche steife Blumenvase mit geruchlosen, üppigen Rosen, durch deren unnatürliche, an ein Begräbnis erinnernde Blüten Oberkriminalrat Adam Dalgliesh auf ein so unbewegliches Gesicht, so starre Augen blickte, dass er im ersten Augenblick erschrak und einen Toten vor sich zu haben meinte. Aber Freeborn hatte nichts Schwereres als eine erfolgreiche Krampfadernoperation hinter sich. Dalgliesh ging auf das Bett zu und sagte zaghaft:

«Hallo!»

Freeborn schrak aus seiner Erstarrung auf, fuhr wie ein

Stehaufmännchen hoch und fegte dabei ein Päckchen Taschentücher, zwei Nummern der *Zeitschrift für Kriminologie* und eine offene Pralinenschachtel vom Nachttisch. Er streckte einen mageren, sommersprossigen Arm mit dem Namensbändchen des Krankenhauses aus und drückte Dalgliesh Hand.

«Adam! Schleich dich nicht so an, zum Kuckuck! Ich bin verdammt froh, dich zu sehen. Die einzige gute Nachricht heute Morgen war, dass du den Fall zugeteilt bekommen hast. Ich dachte, du wärst vielleicht schon unterwegs. Wie viel Zeit hast du? Wie kommst du hin?»

Dalgliesh beantwortete die Fragen der Reihe nach.

«Zehn Minuten. Mit dem Hubschrauber von Battersea aus. Ich bin schon auf dem Weg. Wie fühlst du dich, Charles? Falle ich dir zur Last?»

«Ich falle mir selbst zur Last. Das hätte zu keiner ungünstigeren Zeit passieren können. Und es macht mich verrückt, dass es meine eigene Schuld ist. Die Operation hätte warten können. Nur wurden die Schmerzen allmählich ziemlich unangenehm, und Meg bestand darauf, dass ich es vor der Pensionierung machen lassen sollte, vermutlich nach dem Prinzip, besser in der Arbeitszeit als in meiner Freizeit.»

Dalgliesh dachte an die Begeisterung, die Freeborn in mehr als vierzig Jahren in den Dienst eingebracht hatte, an seine Erfolge, die schwierigen Kriegsjahre, die hinausgeschobene Pensionierung, die letzten fünf Jahre, nachdem er seinen Posten als Leiter eines Labors mit der frustrierenden Verwaltungstätigkeit vertauscht hatte. Er sagte:

«Sehr vernünftig von ihr. Und in Chevisham gibt es nichts für dich zu tun.»

«Ich weiß. Es ist lächerlich, dieses Gefühl der Verantwortung, weil man tatsächlich nicht auf dem Posten ist, wenn das Unglück geschieht. Der Bereitschaftsdienst rief mich kurz nach neun an und teilte mir die Neuigkeit mit.

Besser, als es von meinen Besuchern oder aus der Abendzeitung zu erfahren, meinten sie wohl. Sehr anständig von ihnen. Der Polizeidirektor muss den Yard schon ein paar Minuten nachdem er es erfahren hatte, benachrichtigt haben. Wie viel weißt du?»

«Ungefähr so viel wie du, denke ich. Ich habe mit dem Polizeidirektor und mit Howarth gesprochen. Sie haben mir die wesentlichen Fakten durchgegeben. Die Schädeldecke ist zertrümmert, wahrscheinlich mit dem schweren Schlagholz, das Lorrimer zur Untersuchung auf dem Tisch liegen hatte. Das Labor war ordnungsgemäß abgeschlossen, als der Inspektor und die junge Büroangestellte heute Morgen um 8 Uhr 30 ankamen. Lorrimers Schlüssel waren in seiner Tasche. Er arbeitete oft über die Zeit, und die meisten Angestellten wussten, dass er das auch gestern Abend vorhatte. Keine Hinweise auf einen Einbruch. Es gibt vier Sätze Schlüssel. Einen hat Lorrimer als Abteilungsleiter und Mitverantwortlicher für die Sicherheit. Der Inspektor hat den zweiten. Lorrimer und einer der Verbindungsmänner der Polizei sind die Einzigen, die das Recht haben, das Gebäude auf- und abzuschließen. Der Direktor hat den dritten Satz in seinem Safe, und der vierte liegt ebenfalls in einem Safe in der Polizeistation von Guy's Marsh für den Fall, dass es nachts einen Alarm gibt.»

Freeborn sagte: «Entweder hat also Lorrimer seinen Mörder hereingelassen, oder der Mörder hatte einen Schlüssel.»

Es gab andere Möglichkeiten, dachte Dalgliesh, aber jetzt war keine Zeit für Diskussionen. Er fragte:

«Lorrimer hätte wohl jedem, der dem Labor angehört, aufgeschlossen?»

«Warum nicht? Wahrscheinlich hätte er jeden Polizisten, den er persönlich kannte, hereingelassen, besonders wenn es einer der mit dem laufenden Fall befassten Beamten gewesen wäre. Was andere betrifft, bin ich nicht so sicher. Er könnte einen Freund oder Angehörigen eingelassen haben, obwohl das schon zweifelhafter ist. Er war ein pedantisches Ekel, und ich kann mir nicht vorstellen, dass er das Labor als günstigen Ort für ein Rendezvous benutzt hätte. Aber natürlich hätte er den Gerichtsmediziner hereingelassen.»

«Das ist ein Mann aus dem Ort, Henry Kerrison, hat man mir gesagt. Vom Polizeidirektor hörte ich, sie hätten ihn sofort angerufen, als sie die Leiche fanden. Na ja, was hätten sie auch andres tun sollen. Ich wusste gar nicht, dass ihr einen Nachfolger für unseren Leichenhaus-Donald gefunden habt.»

«Haben wir auch nicht. Kerrison arbeitet auf Vertragsbasis. Man hält viel von ihm, und wir werden ihn wahrscheinlich fest anstellen, wenn wir die Zustimmung der Gesundheitsbehörde kriegen. Die übliche Schwierigkeit mit seinen Pflichten im Krankenhaus. Ich wünsche mir nichts sehnlicher, als dass wir zu einer unabhängigen Regelung für den gerichtsmedizinischen Dienst kommen könnten, bevor ich aufhöre. Aber diese harte Nuss werde ich meinem Nachfolger überlassen müssen.»

Dalgliesh dachte ohne Sympathie an Leichenhaus-Donald mit seinem makabren Schuljungenhumor – «Nicht dieses Kuchenmesser, gnädige Frau. Ich habe es heute Morgen bei einem Opfer von Messer-Harry benutzt, und die Klinge ist ziemlich stumpf» –, mit seinem übertriebenen Hang zur Selbstanpreisung und seinem unerträglichen herzhaften Lachen. Er war dankbar, nicht diesen unangenehmen alten Windhund ausfragen zu müssen. Er sagte:

«Nun zu Lorrimer. Was war er für ein Mensch?»

Das war die Frage, die im Mittelpunkt jeder Morduntersuchung stand; und dennoch wusste er, wie absurd sie im Grunde war, noch bevor er sie gestellt hatte. Das war der merkwürdigste Teil an der Arbeit des Detektivs, dieser Versuch, eine Beziehung zu dem Toten herzustellen, den man nur als verkrümmte Leiche am Tatort oder nackt auf dem Tisch bei der Autopsie zu sehen bekam. Das Opfer selbst war der Kern des Geheimnisses um seinen Tod. Es hatte sterben müssen, weil es etwas Bestimmtes gewesen war. Bevor der Fall aufgeklärt wäre, würde Dalgliesh ein Dutzend Bilder von Lorrimers Persönlichkeit bekommen, gleichsam Abzüge von Bildern, die sich andere Menschen von ihm gemacht hatten. Aus diesen vagen, formlosen Bildern würden seine eigenen Vorstellungen entstehen, sie würden diese Bilder überlagern und beherrschen, aber im Wesentlichen genauso unvollständig, genauso von seinen eigenen Vorurteilen und seiner eigenen Persönlichkeit verzerrt bleiben wie die der anderen. Aber die Frage musste gestellt werden. Und er konnte sich darauf verlassen, dass Freeborn sie beantwortete, ohne eine philosophische Diskussion über die Grundlagen des Ich zu beginnen. Ihre Gedanken mussten sich gekreuzt haben, denn Freeborn sagte:

«Verrückt, dass man immer diese Fragen stellen muss, dass du ihn nur durch die Augen anderer sehen wirst. Ungefähr vierzig Jahre alt. Sieht aus wie Johannes der Täufer ohne Bart und ist ungefähr genauso unbeugsam wie jener. Unverheiratet. Lebt mit seinem betagten Vater in einer Kate außerhalb des Dorfs. Er ist – oder war – ein äußerst tüchtiger Gerichtsbiologe, aber ich bezweifle, dass er es geschafft hätte, noch höher aufzusteigen. Verbohrt, bissig, nicht leicht mit ihm auszukommen. Er hat sich natürlich um den freien Posten im Hoggatt beworben und stand somit an zweiter Stelle nach Howarth.»

«Wie haben er und das Personal den neuen Direktor aufgenommen?»

«Lorrimer fasste es ganz schön übel auf, glaube ich. Das Labor hätte seine Ernennung nicht begrüßt. Er war bei den meisten höheren Angestellten ziemlich unbeliebt. Aber es gibt immer ein paar, die einen Kollegen einem Fremden vorziehen, selbst wenn sie seine forsche Art hassen. Und wie zu erwarten hat sich der Verband natürlich darüber aufgeregt, dass kein Kriminologe ernannt wurde.»

«Warum hat Howarth den Posten bekommen? Soviel ich weiß, warst du in der Auswahlkommission.»

«Ja, war ich. Ich fühle mich mitverantwortlich. Das soll nicht heißen, dass ich meine, wir hätten einen Fehler gemacht. Der alte Doc Mac war einer der wirklich großen Kriminologen – wir haben zusammen angefangen –, aber es steht außer Frage, dass er in den letzten Jahren die Zügel ein wenig schleifen ließ. Howarth hat die Arbeitsleistung bereits um zehn Prozent gesteigert. Und dann geht es um die Einrichtung des neuen Labors. Es war ein bewusstes Risiko, einen Mann ohne kriminologische Erfahrung zu nehmen, aber wir haben in erster Linie einen Manager gesucht. Wenigstens waren die meisten Mitglieder der Kommission und die anderen auch davon überzeugt, es wäre keine schlechte Sache, ohne genau zu wissen, das gebe ich zu, was wir unter diesem gesegneten Wort verstanden. Management. Die neue Wissenschaft. Wir alle huldigen ihr. Früher haben wir unsere Arbeit getan, sind dem Personal um den Bart gegangen, wenn es nötig war, haben den Faulpelzen einen Tritt in den Hintern verpasst, haben die Unsicheren ermutigt und die widerstrebende und skeptische Polizei überredet, von unseren Fähigkeiten Gebrauch zu machen. Ja, und gelegentlich haben wir eine statistische Aufstellung an das Innenministerium geschickt, um es an unsere Existenz zu erinnern. Es schien so ganz gut zu laufen. Der Betrieb ist nicht zusammengebrochen. Hast du dir jemals Gedanken gemacht, was der genaue Unterschied zwischen Verwaltung und Management ist, Adam?»

«Heb dir diese Frage auf, um einen Kandidaten in der nächsten Auswahlkommission zu verwirren. Howarth war am Forschungsinstitut in Bruche, nicht wahr? Warum wollte er dort weg? Er muss einen finanziellen Verlust in Kauf genommen haben.»

«Nicht mehr als ungefähr 600 im Jahr, und das dürfte ihm nichts ausmachen. Sein Vater war reich, und er muss sich nur mit seiner Halbschwester die Erbschaft teilen.»

«Aber es war doch ein größeres Institut? Und er kann am Hoggatt keine Forschungen betreiben.»

«In geringem Umfang schon, aber in der Hauptsache ist es natürlich ein Dienstleistungslabor. Das hat uns in der Kommission ein wenig Kummer gemacht. Aber es ist wohl kaum zu erwarten, dass man dem vielversprechendsten Bewerber klar macht, er begebe sich auf eine niedrigere Stufe; von der wissenschaftlichen Leistung und der Ausbildung her – er ist Physiker – hatte er den Mitbewerbern einiges voraus. Tatsächlich haben wir ihn ein wenig gedrängt. Er selbst hat die üblichen Gründe angegeben. Er fühle sich dort langsam einrosten, suche ein neues Betätigungsfeld und wolle unbedingt von London weg. Dem Klatsch nach hat ihn seine Frau vor kurzem sitzen lassen, und er wollte wohl einen endgültigen Schlussstrich ziehen. Wahrscheinlich war das der Grund. Gott sei Dank hat er nicht dieses verfluchte Wort ‹Herausforderung› gebraucht. Wenn ich noch einmal einen Bewerber sagen höre, dass er diesen Beruf als Herausforderung ansieht, dann übergebe ich mich vor aller Augen. Adam, ich werde langsam alt.»

Er machte eine Kopfbewegung auf das Fenster zu.

«Die sind ein bisschen in der Bredouille dort drüben, das brauch ich dir ja kaum zu sagen.»

«Ich weiß. Ich hatte ein äußerst knappes, aber taktvolles Gespräch. Sie sind Meister darin, mehr durchblicken zu lassen, als sie tatsächlich aussprechen. Aber offenbar ist es ihnen wichtig, dass der Fall schnell gelöst wird. Erstens muss das Vertrauen in die Polizei gewahrt bleiben, und zweitens wollt ihr ja wohl alle, dass das Labor seine Arbeit wieder aufnehmen kann.»

«Wie steht's zur Zeit? Ich meine, was ist mit dem Personal?»

«Die dortige Polizei hat alle Innentüren verschlossen und hält die Angestellten in der Bibliothek und in der Halle fest, bis ich dort bin. Jeder Einzelne schreibt gerade auf, was er genau getan hat, seit Lorrimer zuletzt lebend gesehen wurde, und die Polizei ist dabei, die Alibis vorläufig zu überprüfen. Dadurch dürfte ich etwas Zeit gewinnen. Ich nehme einen Mann mit, John Massingham. Die Arbeit des Instituts wird inzwischen vom Londoner Labor übernommen. Sie schicken einen Knaben aus der PR-Abteilung, der sich der Presse annimmt, damit ich das vom Hals habe. Es ist sehr zuvorkommend von jener Pop-Gruppe, dass sie sich gerade unter so spektakulären Umständen aufgelöst hat. Das und die Schwierigkeiten der Regierung dürften uns ein paar Tage von der Titelseite verdrängen.»

Freeborn betrachtete mit leichtem Ekel seine großen Zehen, als wären sie verirrte Körperteile, deren Unzulänglichkeit ihm erst jetzt bewusst wurde. Von Zeit zu Zeit krümmte er sie, ob aufgrund einer ärztlichen Anweisung oder zu seinem eigenen Vergnügen, war schwer zu sagen. Nach einer Weile fing er wieder an zu sprechen.

«Ich habe meine Laufbahn am Hoggatt begonnen, wie du weißt. Das war vor dem Krieg. Alles, was wir damals machten, war verglichen mit heute fast noch Alchimie, Reagenzgläser, Bechergläser, Lösungen. Und Frauen wurden nicht eingestellt, weil man es für unschicklich hielt, sie mit Sexualverbrechen zu befassen. Das Hoggatt war selbst für die Verhältnisse in den dreißiger Jahren altmodisch. Allerdings nicht in wissenschaftlicher Hinsicht. Wir hatten einen Spektrographen, als er noch ein neues Wunderspielzeug war. Die Marschen brachten eine Reihe eigenartiger Verbrechen hervor. Erinnerst du dich noch an die Mulligan-Sache? Der Alte, der seinen Bruder zerstückelte und die Überreste an die Schleusentore von Leamings nagelte?

Wir hatten damals ein paar hübsche Beweisstücke für die wissenschaftliche Untersuchung.»

«Um die fünfzig Blutflecken an der Wand des Schweinestalls, nicht wahr? Und Mulligan schwor, es sei Schweineblut.»

Freeborns Stimme wurde nostalgisch.

«Mir gefiel der alte Schurke. Und sie kramen immer noch die alten Fotos aus, die ich von den Spritzern gemacht habe, und benutzen sie als Bildmaterial in Vorträgen über Blutflecken. Seltsam, welche Anziehungskraft das Hoggatt hatte – übrigens immer noch hat. Ein unzweckmäßiges Gebäude im Palladio-Stil in einem langweiligen Dorf in Ostanglien, am Rand der dunklen Marschen und Moore. Zehn Meilen bis Ely, und das bietet auch nicht gerade ausgelassene Aktivitäten für die jungen Leute. Winter, in denen einem das Mark gefriert, und ein Frühjahrssturm – Moorwind nennen sie ihn –, der den Torf aufwirbelt und einem die Lungen verstopft wie Rauch. Und doch bleiben die Leute, wenn sie nicht nach den ersten Monaten genug haben, für immer dort. Wusstest du, dass das Labor auf seinem Grundstück eine kleine Kapelle von Wren besitzt? Architektonisch ist sie weit mehr wert als das Haus, weil der alte Hoggatt nicht daran herumgebaut hat. Er hatte nicht den geringsten ästhetischen Sinn, glaube ich. Er benutzte die Kapelle als Chemikalienlager, nachdem sie säkularisiert worden war, oder wie man das nennt, was man mit unbenutzten Kirchen macht. Howarth hat im Labor ein Streichquartett auf die Beine gestellt, das dort einmal ein Konzert gegeben hat. Anscheinend ist er ein ganz guter Geiger. Im Augenblick wünscht er sich wahrscheinlich, er wäre bei der Musik geblieben. Das ist kein glücklicher Start für den armen Teufel. Und es war immer so ein fröhliches Labor. Ich denke, die Abgeschiedenheit hat uns dort dieses Zusammengehörigkeitsgefühl gegeben.»

Dalgliesh sagte finster: «Ich bezweifle, dass dieses Gefühl die erste Stunde nach meiner Ankunft überleben wird.»

«Nein. Ihr Burschen bringt gewöhnlich genauso viele Probleme mit, wie ihr löst. Dagegen kannst du nichts tun. Das liegt in der Natur des Verbrechens. Mord vergiftet. Oh, ich weiß, du wirst es aufklären. Das gelingt dir immer. Ich frage mich nur, um welchen Preis.»

Dalgliesh antwortete nicht. Er war zu ehrlich und mochte Freeborn zu sehr, um seichte tröstliche Versprechungen zu machen. Natürlich würde er rücksichtsvoll vorgehen. Das verstand sich von selbst. Aber er musste im Hoggatt-Institut einen Mord aufklären, und alle anderen Erwägungen würden sich dieser vorrangigen Aufgabe unterordnen müssen. Die Aufklärung eines Mordes hatte immer ihren Preis, manchmal für ihn, häufiger für die anderen. Und Freeborn hatte Recht. Es war ein Verbrechen, das jeden, der damit in Berührung kam, vergiftete, Unschuldige wie Schuldige. Er bedauerte die zehn Minuten mit Freeborn nicht. Der alte Mann glaubte mit einer schlichten Art von Patriotismus, dass die Behörde, der er seine Arbeitskraft gegeben hatte, die beste der Welt sei. Er hatte an ihrer Gestaltung mitgewirkt, und er hatte wahrscheinlich Recht. Dalgliesh hatte erfahren, was er zu erfahren hoffte. Aber als er Freeborns Hand schüttelte und auf Wiedersehen sagte, wusste er, dass er nichts Tröstliches zurückließ.

3

Die Bibliothek des Hoggatt-Instituts lag im Erdgeschoss am Ende des Korridors. Durch die drei großen Fenster sah man auf die Steinterrasse und die beiden Treppen. Früher einmal hatten sie auf einen Rasen und einen gepflegten Garten geführt, aber jetzt gab es nur noch einen halben Morgen ungeschnittenes Gras, der im Westen von dem

Anbau der Fahrzeugprüfungsabteilung und im Osten von den ehemaligen Stallungen, die zu Garagen umgebaut waren, begrenzt wurde. Der Raum war einer der wenigen im Haus, der von dem Umgestaltungseifer des früheren Besitzers verschont geblieben war. Die alten Bücherregale aus geschnitztem Eichenholz liefen noch rings um die Wände, nur dass sie jetzt die recht beachtliche wissenschaftliche Bibliothek des Instituts aufgenommen hatten. Zusätzlicher Stellplatz für die gebundenen nationalen und internationalen Zeitschriften war durch zwei verschiebbare Stahlelemente geschaffen worden, die den Raum in drei Abteilungen unterteilten. Vor jedem der drei Fenster stand ein Arbeitstisch mit je vier Stühlen. Auf dem einen Tisch war ein Modell des neuen Laborgebäudes aufgebaut.

An diesem etwas unpassenden Platz war das Personal versammelt. Ein Sergeant von der örtlichen Polizei saß ungerührt neben der Tür, als wolle er sie nicht vergessen lassen, warum sie hier so unbequem eingesperrt waren. Es war ihnen – unter taktvoller Begleitung – gestattet, zur Toilette im Erdgeschoss zu gehen, und sie hatten die Erlaubnis erhalten, von der Bibliothek aus zu Hause anzurufen. Aber der Rest des Instituts war ihnen im Augenblick versperrt.

Bei der Ankunft hatte man sie alle gebeten, einen knappen Bericht zu schreiben, wo und mit wem sie den letzten Abend und die Nacht verbracht hatten. Geduldig warteten sie, bis sie an einem der drei Tische an der Reihe waren. Die Aussagen waren von dem Sergeant eingesammelt und dem Kollegen am Annahmeschalter übergeben worden, damit die vorläufige Überprüfung beginnen konnte. Die Angestellten in niedrigeren Stellungen, die ein zufrieden stellendes Alibi vorweisen konnten, durften nach Hause gehen, sobald es nachgeprüft war. Nach und nach gingen sie weg, zum Teil etwas widerstrebend, weil sie die erhofften Aufregungen verpassten. Den weniger glücklichen hatte man, zusammen mit denen, die am Morgen das Institut zuerst betreten hatten, und allen leitenden Angestellten, gesagt, sie müssten auf die Ankunft der Männer von Scotland Yard warten. Der Direktor hatte sich nur kurz in der Bibliothek blicken lassen. Vorher war er mit Angela Foley bei Lorrimers Vater gewesen, um ihm die Nachricht vom Tod seines Sohnes zu überbringen. Nun hielt er sich mit Kriminalrat Mercer von der örtlichen Kripo in seinem Büro auf. Es hieß, Dr. Kerrison sei ebenfalls bei ihnen.

Die Minuten zogen sich hin, während sie auf ein erstes Brummen des ankommenden Hubschraubers warteten. Gehindert durch die Gegenwart der Polizei, durch Vorsicht, Zartgefühl oder Hemmungen, das Thema, das ihnen allen auf den Lippen brannte, zu berühren, unterhielten sie sich mit der behutsamen Höflichkeit von zufällig in der Wartehalle eines Flughafens zusammengetroffenen Fremden. Zwei Frauen wenigstens waren für die langweilige Warterei besser gewappnet. Mrs. Mallett, die Stenotypistin des allgemeinen Sekretariats, hatte ihr Strickzeug dabei. Gestärkt durch ein unerschütterliches Alibi – sie hatte bei dem bunten Abend zwischen der Posthalterin und Mr. Mason von der Gemischtwarenhandlung gesessen – und mit einer Beschäftigung für ihre Hände versehen, saß sie da und klapperte mit begreiflicher, wenn auch aufreizender Zufriedenheit mit ihren Stricknadeln vor sich hin und wartete auf die Erlaubnis, zu gehen. Mrs. Bidwell, die Putzfrau, hatte darauf bestanden, an ihre Besenkammer gehen zu dürfen, natürlich unter Begleitung, und hatte einen Staubwedel und ein paar Tücher geholt, mit denen sie einen energischen Angriff auf die Bücherregale unternahm. Sie war für ihre Verhältnisse ungewöhnlich still, aber die Wissenschaftler um die Tische konnten sie vor sich hin murmeln hören, als sie sich die Bücher am Ende einer Abteilung vornahm.

Brenda Pridmore hatte das Eingangsbuch vom Schalter

holen dürfen und ging, mit weißem Gesicht, aber äußerlich gefasst, die Posten des letzten Monats durch. Das Buch nahm mehr Platz auf dem Tisch weg, als ihr zustand, aber sie arbeitete wenigstens etwas Sinnvolles. Claire Easterbrook, wissenschaftliche Angestellte in der biologischen Abteilung und durch Lorrimers Tod ranghöchste Biologin, hatte eine Abhandlung über neue Ergebnisse in der Blutgruppenbestimmung aus ihrer Tasche genommen und machte sich daran, sie zu überarbeiten. Sie gab sich so ungerührt, als sei Mord im Hoggatt-Institut eine alltägliche Unannehmlichkeit, für die sie immer klugerweise vorgesorgt hatte.

Die übrigen Angestellten beschäftigten sich jeweils auf ihre Weise. Diejenigen, die sich gern den Anschein von Geschäftigkeit gaben, versenkten sich in Bücher und machten demonstrativ von Zeit zu Zeit Notizen. Die zwei Fahrzeugprüfer, die im Ruf standen, keinen anderen Gesprächsstoff als Autos zu haben, hockten nebeneinander mit dem Rücken an den Stahlregalen auf dem Boden und diskutierten mit verzweifeltem Eifer über Fahrzeuge. Middlemass hatte das Kreuzworträtsel in der Times um Viertel vor zehn gelöst und sich mit den restlichen Seiten so lange wie möglich beschäftigt. Aber inzwischen waren auch die Todesnachrichten erschöpft. Er faltete die Zeitung zusammen und schob sie über den Tisch begierig wartenden Händen zu.

Es war eine Erlösung, als Stephen Copley, der Leiter der Chemie, kurz vor zehn ankam. Er machte wie immer einen geschäftigen Eindruck. Sein rosiges Gesicht mit dem Kranz von krausem schwarzem Haar um die Halbglatze glänzte, als käme er gerade von einem Sonnenbad. Man hatte noch nie erlebt, dass ihn etwas aus der Fassung gebracht hatte – der Tod eines Mannes, den er nicht hatte ausstehen können, gewiss nicht. Und sein Alibi war unerschütterlich. Den ganzen vorhergehenden Tag war er im Gericht gewesen und hatte den Abend und die Nacht bei

Bekannten in Norwich zugebracht. Er war eben erst nach Chevisham zurückgekommen, um etwas verspätet mit der Arbeit zu beginnen. Seine Kollegen waren erleichtert, etwas zu haben, worüber sie reden konnten, und begannen ihn über die Gerichtsverhandlung auszufragen. Sie unterhielten sich unnatürlich laut. Die anderen im Zimmer hörten mit gespieltem Interesse zu, als wäre das Gespräch ein dramatischer Dialog zu ihrer Unterhaltung.

«Wer war der Verteidiger?», fragte Middlemass.

«Charlie Pollard. Er wuchtete seinen fetten Wanst über die Schranke und erklärte den Geschworenen ganz im Vertrauen, sie sollten sich nicht von den Aussagen der so genannten wissenschaftlichen Gutachter schrecken lassen, weil keiner von uns, er selbst natürlich eingeschlossen, wirklich wüsste, wovon er spräche. Das hat sie ungeheuer beruhigt, was ich ja kaum erwähnen muss.»

«Geschworene hassen wissenschaftliche Beweise.»

«Sie denken, sie werden sowieso nichts verstehen, und dann verstehen sie natürlich auch nichts. Sobald man in den Zeugenstand tritt, sieht man geradezu, wie ein Vorhang hartnäckiger Verständnislosigkeit vor ihrem Denkapparat herunterfällt. Was sie wollen, ist Gewissheit. Stammt dieses Stückchen Farbe von dieser Karosserie? Antwort: Ja oder Nein. Keine von diesen ausgetüftelten Wahrscheinlichkeitsrechnungen, die wir so lieben.»

«Noch mehr als gegen wissenschaftliche Beweise haben sie bestimmt gegen das Rechnen. Äußern Sie eine wissenschaftliche Ansicht, die von der Fähigkeit abhängt, zwei Drittel von einer Zahl zu ermitteln, und was bekommen Sie vom Anwalt zu hören? ‹Ich fürchte, Sie müssen sich einfacher ausdrücken, Mr. Middlemass. Wissen Sie, die Geschworenen und ich haben kein Mathematikstudium absolviert.› Ergebnis: Sie sind ein arroganter Hund, und die Geschworenen fühlen sich besser beraten, wenn sie Ihnen kein Wort glauben.»

Es war das alte Thema. Brenda hatte das alles schon gehört, wenn sie mittags ihre belegten Brote in dem Zimmer aß, das eine Mischung aus Küche und Wohnzimmer war und immer noch die kleine Kantine hieß. Aber jetzt kam es ihr schrecklich vor, dass sie sich so normal unterhalten konnten, während Dr. Lorrimer tot dort oben lag. Plötzlich hatte sie das Bedürfnis, seinen Namen auszusprechen. Sie sah auf und sagte:

«Dr. Lorrimer meinte, eines Tages würden nur noch etwa drei riesige Labors für das ganze Land existieren, und die Beweisstücke würden per Flugzeug von überall her dorthin gebracht werden. Er sagte, seiner Meinung nach sollte die ganze wissenschaftliche Beweisführung vor der Verhandlung mit beiden Seiten abgestimmt werden.»

Middlemass sagte leichthin: «Das ist ein alter Streitpunkt. Die Polizei zieht ein nettes, leicht erreichbares Labor am Ort vor, und wer sollte ihr das übel nehmen? Andererseits braucht man für drei Viertel der gerichtswissenschaftlichen Arbeit diesen ausgeklügelten Instrumentenapparat überhaupt nicht. Es spricht also einiges für hervorragend ausgestattete regionale Labors mit lokalen Außenstellen. Aber wer hätte Lust, dann in den kleinen Labors zu arbeiten, wenn die interessanten Sachen anderswo bearbeitet werden!»

Miss Easterbrook hatte ihre Lektüre anscheinend beendet. Sie sagte: «Lorrimer wusste, dass die Vorstellung von einem Labor als Schiedsrichter sich nicht durchsetzen ließe, nicht bei dem britischen Anklagesystem. Aber dennoch sollte eine wissenschaftliche Aussage ebenso wie jede andere geprüft werden.»

«Aber wie?», fragte Middlemass. «Von gewöhnlichen Geschworenen? Nehmen wir einmal an, Sie wären ein sachverständiger Dokumentenprüfer außerhalb unserer Behörde und würden für die Verteidigung vor Gericht auftreten. Sie sind anderer Meinung als ich. Wie sollten sich die Geschworenen zwischen uns entscheiden? Sie würden wahrscheinlich Ihre Meinung übernehmen, weil Sie besser aussehen als ich.»

«Oder Ihre, was sogar wahrscheinlicher wäre, weil Sie ein Mann sind.»

«Oder einer von ihnen – der Ausschlaggebende – lehnt mich ab, weil ich ihn an seinen Onkel Ben erinnere und jeder weiß, dass Ben der größte Lügner der Welt war.»

«Schon recht. Schon recht.» Copley machte eine beschwichtigende Geste mit seinen dicken Händen. «Es ist das gleiche wie mit der Demokratie. Ein fehlbares System, aber das beste, das es gibt.»

Middlemass sagte: «Es ist dennoch seltsam, wie gut es funktioniert. Da sieht man die Geschworenen aufmerksam wie wohlerzogene Kinder dasitzen, weil sie Besucher in einem fremden Land sind und sich nicht blamieren oder die Einheimischen beleidigen wollen. Doch wie oft legen sie ein Urteil auf den Tisch, das im Hinblick auf die vorgebrachten Beweise eindeutig falsch ist.»

Claire Easterbrook sagte sarkastisch: «Ob es im Hinblick auf die Wahrheit eindeutig falsch ist, ist eine andere Sache.»

«Ein Strafprozess ist kein Tribunal, um die Wahrheit zu finden. Wenigstens wir geben uns mit Fakten ab. Aber wie steht es mit Gefühlen? Liebten Sie Ihren Gatten, Mrs. B.? Wie kann die arme Frau erklären, dass sie ihn, wie vermutlich die Mehrheit der Ehefrauen, an sich liebte, außer wenn er ihr die ganze Nacht über ins Ohr schnarchte oder die Kinder anbrüllte oder ihr zu wenig Geld fürs Bingo gab.»

Copley sagte: «Sie kann's natürlich nicht. Wenn sie ein bisschen Verstand im Kopf hat und ihr Anwalt sie richtig angeleitet hat, wird sie ihr Taschentuch vorholen und schluchzen: ‹O ja, Sir. Einen besseren Mann hat die Welt nicht gesehen, Gott ist mein Zeuge.› Es ist ein Spiel, nicht wahr? Man gewinnt, wenn man nach den Regeln spielt.»

Claire Easterbrook zuckte mit den Achseln: «Wenn man sie kennt. Allzu oft ist es ein Spiel, dessen Regeln nur der einen Seite bekannt sind. Wie könnte es anders sein, wenn es die Seite ist, die sie aufstellt.»

Copley und Middlemass lachten.

Clifford Bradley hatte sich hinter dem Tisch, auf dem das Modell des neuen Labors stand, halb vor der restlichen Gesellschaft versteckt. Er hatte wahllos ein Buch aus einem Regal gezogen, aber in den letzten zehn Minuten hatte er sich nicht einmal die Mühe gemacht, umzublättern.

Sie lachten! Sie lachten doch tatsächlich! Er stand auf, ging unsicher in die entfernteste Nische und stellte das Buch zurück. Er drückte seine Stirn gegen den kalten Stahl. Unauffällig stellte Middlemass sich neben ihn und griff nach einem Buch. Mit dem Rücken zu den Kollegen sagte er:

«Alles in Ordnung?»

«Wenn sie nur endlich kämen!»

«Das hoffen wir alle. Aber jetzt müsste der Hubschrauber jeden Augenblick hier sein.»

«Wie können sie nur so lachen? Macht denen das gar nichts aus?»

«Natürlich macht es ihnen etwas aus. Mord ist abscheulich, peinlich, eine hässliche Sache. Aber ich bezweifle, ob irgendjemand einen echten persönlichen Schmerz empfindet. Und das Unglück und die Bedrohung eines anderen Menschen rufen immer eine gewisse Euphorie hervor, solange man selbst in Sicherheit ist.»

Er sah Bradley an und sagte mitfühlend: «Totschlag wird es immer geben. Oder sogar gerechtfertigten Mord. Obwohl man, wenn man es sich recht überlegt, das kaum vertreten kann.»

«Sie glauben doch, ich habe ihn umgebracht, nicht wahr?»

«Ich glaube überhaupt nichts. Außerdem haben Sie

doch ein Alibi. War Ihre Schwiegermutter nicht gestern Abend bei Ihnen?»

«Nicht den ganzen Abend. Sie nahm den Bus um Viertel vor acht.»

«Na, wenn wir Glück haben, gibt es Beweise, dass er um diese Zeit schon tot war.» Und wieso, dachte Middlemass, sollte Bradley annehmen, dass er es noch nicht war? Bradleys dunkle unruhige Augen verengten sich misstrauisch.

«Woher wissen Sie, dass Sues Mutter gestern Abend bei uns war?»

«Susan hat es mir erzählt. Das heißt, sie hat mich gegen zwei im Labor angerufen. Es war wegen Lorrimer.» Er überlegte kurz, dann sagte er ungezwungen: «Sie wollte gern wissen, ob er möglicherweise um eine Versetzung gebeten hätte, nachdem Howarth nun seit einem Jahr auf dieser Stelle sitzt. Sie dachte, ich hätte vielleicht etwas gehört. Sagen Sie ihr, wenn Sie zu Hause sind, dass ich nicht vorhabe, der Polizei von dem Anruf zu erzählen, falls sie es nicht zuerst tut. Ja, und Sie sollten sie beruhigen, dass ich ihm nicht Ihretwegen den Schädel eingeschlagen habe. Ich mag Sue und tue eine ganze Menge für sie, aber irgendwo muss man eine Grenze ziehen.»

Bradley sagte mit einer Spur von Groll: «Warum sollten Sie sich Sorgen machen? An Ihrem Alibi stimmt doch alles. Waren Sie nicht bei dem bunten Abend im Dorf?»

«Nicht den ganzen Abend. Und es gibt da noch gewisse kleine Komplikationen mit meinem Alibi, auch für die Zeit, als ich angeblich dort war.»

Bradley drehte sich nach ihm um und sagte überraschend heftig: «Ich habe es nicht getan! Mein Gott, ich kann dieses Warten nicht länger ertragen!»

«Sie müssen es durchstehen. Reißen Sie sich zusammen, Cliff! Sie helfen weder sich noch Susan, wenn Sie hier schlappmachen. Es sind englische Polizisten, vergessen Sie das nicht. Wir warten nicht auf den KGB.»

In diesem Augenblick hörten sie das ersehnte Geräusch, ein fernes schnarrendes Brummen wie von einer zornigen Wespe. Das unzusammenhängende Gemurmel an den Tischen hörte auf, Köpfe hoben sich, und dann gingen alle an die Fenster. Mrs. Bidwell stürzte vor, um einen günstigen Platz zu ergattern. Der rot-weiße Hubschrauber kam über den Bäumen in Sicht und schwebte, wie eine zudringliche Bremse, über der Terrasse. In der Bibliothek war es still. Schließlich sagte Middlemass:

«Der Wunderknabe vom Yard steigt, wie es sich für ihn gehört, aus den Wolken herab. Na, dann wollen wir hoffen, dass er schnell arbeitet. Ich möchte in mein Labor. Man sollte ihm sagen, dass er nicht der Einzige ist, der sich um einen Mord kümmern muss.»

4

Der Detektiv-Inspektor, der Ehrenwerte John Massingham, hasste Hubschrauber, die er für zu laut, zu eng und beängstigend unsicher hielt. Da sein physischer Mut weder von ihm noch von anderen in Frage gestellt wurde, hätte er normalerweise auch keine Bedenken gehabt, das zu sagen. Aber er kannte die Abneigung seines Chefs gegen überflüssige Worte. Sie saßen in unangenehmer Nähe in der Enstrom F 28 nebeneinander angeschnallt, und er sagte sich, der Fall von Chevisham würde am besten anlaufen, wenn er eine Politik des diziplinierten Schweigens verfolgte. Er stellte mit Interesse fest, dass das Instrumentenbrett im Cockpit bemerkenswerte Ähnlichkeit mit dem Armaturenbrett eines Autos hatte; sogar die Fluggeschwindigkeit wurde nicht in Knoten, sondern in Meilen angezeigt. Er fand es nur schade, dass damit die Ähnlichkeit schon aufhörte. Er rückte seine Kopfhörer zurecht, dass sie bequemer saßen, und versuchte, durch konzentriertes Studium der Landkarten seine Nerven zu beruhigen.

Die rotbraunen Fangarme der Londoner Vororte waren schließlich abgeschüttelt, und die vielfältig wie eine Stoffcollage gegliederte bunte Herbstlandschaft breitete sich vor ihnen in einem abwechslungsreichen Muster aus Braun, Grün und Gold aus. Sie flogen auf Cambridge zu. Die gelegentlich durchbrechenden Sonnenstrahlen bewegten sich in breiten Streifen über die sauberen Dörfer, die gepflegten städtischen Parks und offenen Felder. Spielzeugkleine Autos, die in der Sonne wie Käfer glitzerten, verfolgten einander geschäftig auf den Straßen.

Dalgliesh warf einen Blick auf seinen Begleiter, auf das charakteristische blasse Gesicht, die mit Sommersprossen gesprenkelte vorspringende Nase, die breite Stirn und das dichte rote Haar, das unter den Kopfhörern hervorquoll. Er dachte, wie ähnlich der Junge dem Vater sei, diesem Ehrfurcht gebietenden, dreifach dekorierten Peer, dessen Wagemut ebenso groß war wie seine Halsstarrigkeit und Naivität. Das Wunderbare an den Massinghams war, dass eine Familie, die durch fünf Jahrhunderte zurückverfolgt werden konnte, so viele Generationen von liebenswerten Nullen hatte hervorbringen können. Er erinnerte sich, als er Lord Dungannon zum letzten Mal gesehen hatte. Das war bei einer Debatte im Oberhaus über Jugendkriminalität gewesen, ein Gebiet, auf dem sich Seine Lordschaft für einen Experten hielt, weil er fraglos einmal ein Junge gewesen war und kurzfristig geholfen hatte, einen Jugendclub auf dem Besitz seines Großvaters aufzubauen. Seine Gedanken, die ihm schließlich kamen, hatte er in ihrer ganzen vereinfachenden Banalität ohne erkennbare Ordnung nach Logik oder Bedeutung ausgesprochen, mit einer eigenartig sanften Stimme, unterbrochen von langen Pausen, in denen er den Thron angeschaut und anscheinend glücklich mit irgendeiner inneren Erscheinung kommuniziert hatte. Währenddessen strömten die edlen Lords, gleich Lemmingen, die die Seeluft geschnuppert haben, geschlossen aus dem Sitzungssaal, um erst wieder, wie durch telepathische Kräfte gerufen, zu erscheinen, als sich Dungannons Rede ihrem Ende zuneigte. Aber wenn die Familie auch nichts zur Staatskunst und wenig zu den schönen Künsten beigetragen hatte, waren sie doch in jeder Generation mit großartigem Heldenmut für konventionelle Anlässe gestorben.

Und nun hatte Dungannons Erbe diesen äußerst unkonventionellen Beruf gewählt. Es würde interessant sein, zu beobachten, ob die Familie sich zum ersten Mal und in einem so ungewöhnlichen Bereich hervortun würde. Was Massingham veranlasst hatte, sich für den Polizeidienst zu entscheiden, anstatt die in der Familie übliche militärische Laufbahn als Betätigungsfeld seines angeborenen Kampfgeistes und altmodischen Patriotismus einzuschlagen, hatte Dalgliesh nie gefragt, teils weil er die Privatsphäre anderer Menschen respektierte, teils weil er sich nicht sicher war, ob er die Antwort hören wollte. Bis jetzt hatte sich Massingham ausgezeichnet gemacht. Die Polizei war tolerant genug, einzusehen, dass ein Mann nichts für seinen Vater konnte. Man akzeptierte, dass er aufgrund seiner Leistung befördert worden war, obgleich keiner so naiv war zu glauben, es könne jemandem schaden, der erstgeborene Sohn eines Peers zu sein. Sie nannten Massingham hinter seinem Rücken und manchmal auch ins Gesicht «Junker», aber sie meinten es nicht böse.

Obwohl die Familie inzwischen verarmt und der Besitz verkauft war – Lord Dungannon lebte mit seiner ansehnlichen Familie in einer bescheidenen Villa in Bayswater –, hatte der Sohn dieselbe Schule wie sein Vater besucht. Zweifellos, dachte Dalgliesh, wusste der alte Krieger nichts von der Existenz anderer Schulen; wie jede Klasse konnten die Aristokraten, auch wenn sie arm waren, die Mittel für die Dinge aufbringen, die sie unbedingt haben wollten. Aber er war ein seltsames Produkt dieser Schule, denn er hatte nichts von der ungezwungenen Eleganz und der spöttischen Gleichgültigkeit, die für ihre Zöglinge charakteristisch ist, angenommen. Hätte Dalgliesh seine Geschichte nicht gekannt, hätte er wahrscheinlich geraten, Massingham komme aus einer soliden Familie des gehobenen Mittelstands – vielleicht der Sohn eines Arztes oder Rechtsanwalts – und aus einer alten namhaften Schule. Sie arbeiteten erst zum zweiten Mal zusammen. Beim ersten Mal war Dalgliesh von Massinghams Intelligenz und enormer Arbeitskraft, von seiner Fähigkeit, den Mund zu halten und zu spüren, wann der Chef allein sein wollte, beeindruckt gewesen. Ihm war auch eine Spur von Rücksichtslosigkeit an dem Jungen aufgefallen, was ihn, wie er meinte, eigentlich nicht hätte überraschen dürfen, weil er wusste, dass dieser Zug bei allen guten Detektiven vorhanden sein musste.

Jetzt flog die Enstrom über die Türme und Spitzen von Cambridge, und sie sahen das glänzende Band des Flusses, das leuchtende Herbstlaub der Alleen, die durch grüne Rasenflächen zu buckligen Miniaturbrücken führten, das große Rasenquadrat mit den von der Mähmaschine gezogenen helleren und dunkleren grünen Streifen und daneben die Kapelle des King's College in ungewohnter Perspektive. Und ganz unvermittelt war die Stadt schon hinter ihnen, und sie sahen wie eine gekräuselte schwarze See die Erde des Marschlands. Unter ihnen liefen gerade Straßen, die höher als die Felder angelegt waren, an ihnen aufgereiht die Dörfer, als klammerten sie sich ängstlich an den Sicherheit bietenden höheren Boden. Die vereinzelten Bauernhöfe hatten so niedrige Dächer, dass es von oben aussah, als seien sie halb im Torf versunken. Ab und zu stand ein Kirchturm majestätisch am Rand eines Dorfes inmitten von Grabsteinen, die schiefen Zähnen glichen. Sie müssten jetzt bald dort sein; Dalgliesh sah den aufragenden Westturm und die Fialen der Kathedrale von Ely im Osten vor sich.

Massingham hob den Kopf von seiner Landkarte und blickte hinunter. Seine Stimme drang knackend durch Dalgliesh's Kopfhörer:

«Das ist es, Sir.»

Chevisham breitete sich vor ihnen aus. Es lag auf einem schmalen Plateau über dem Marschland. Die Häuser reihten sich an der nördlichen von zwei aufeinander zu laufenden Straßen auf. Den Turm der eindrucksvollen kreuzförmigen Kirche erkannten sie sofort, ebenso das Herrenhaus von Chevisham und dahinter, auf dem narbigen Feld ausgestreckt, wo die beiden Straßen zusammentrafen, den Beton- und Klinkerbau des neuen Labors. Sie tuckerten über die Hauptstraße eines typischen ostenglischen Dorfes. Dalgliesh sah flüchtig die schmucke rote Backsteinfassade der Dorfkirche, ein paar wohlhabend wirkende Häuser mit Treppengiebeln, einige erst kürzlich erbaute Reihenhäuser, vor denen noch die Tafel des Bauherrn stand, und zwei Häuser, die nach Gemischtwarenhandlung und Postamt aussahen. Es waren kaum Menschen zu sehen, aber das Motorengeräusch lockte ein paar Leute aus den Geschäften und Häusern, und blasse Gesichter blickten mit über die Augen gelegten Händen nach oben.

Und jetzt flogen sie in einer Kurve auf das Hoggatt-Institut zu und kamen niedrig über ein Gebäude herein, das die Kapelle von Wren sein musste. Sie stand etwa eine Viertelmeile vom Haus entfernt in einem dreifachen Kreis von Buchen. Das einsame Gebäude war so klein und so vollkommen, dass es wie das Modell eines Architekten aussah, das passend in eine künstliche Landschaft gestellt worden war, oder wie die Laune eines Kirchenherrn, die sich nur durch ihre klassische Reinheit rechtfertigen ließ, aber von der Religion so weit entfernt war wie vom Leben. Es war seltsam, dass die Kapelle nicht näher am Haus lag.

Dalgliesh nahm an, dass der ursprüngliche Besitzer des Hauses sie später als dieses gebaut hatte, vielleicht weil er sich mit dem Gemeindepfarrer zerstritten und aus Trotz beschlossen hatte, sich eigene Möglichkeiten zur Religionsausübung zu schaffen. Allerdings sah das Haus kaum groß genug aus, um sich eine private Kapelle leisten zu können. Während sie abstiegen, hatte er ein paar Sekunden lang durch eine Lücke in den Bäumen eine ungehinderte Sicht auf die Westfassade der Kapelle. Er sah ein einzelnes hohes Bogenfenster mit zwei Nischen zu beiden Seiten, vier korinthische Säulen, die die Fassade unterteilten, das Ganze gekrönt von einem prachtvollen Giebelfeld und darüber eine sechseckige Laterne. Der Hubschrauber schien fast die Bäume zu streifen. Das dürre Herbstlaub wurde von dem Luftwirbel losgerissen und flatterte wie ein Schauer von verkohltem Papier auf das Dach und den leuchtend grünen Rasen.

Und dann stieg der Hubschrauber noch einmal kurz auf, dass ihnen flau im Magen wurde, die Kapelle geriet außer Sicht, und sie schwebten mit lärmenden Motoren landebereit über der breiten Terrasse hinter dem Haus. Über das Dach hinweg konnte er den Platz davor mit seinen markierten Parkplätzen sehen. Dort standen säuberlich aufgereiht die Polizeiwagen und ein Fahrzeug, das ein Leichenwagen zu sein schien. Eine breite, von wuchernden Sträuchern und ein paar Bäumen gesäumte Zufahrt führte zur Landstraße. Die Zufahrtsstraße war nicht durch ein Tor abgesperrt. An der Landstraße erkannte er an dem glänzenden Schild eine überdachte Bushaltestelle. Dann ging der Hubschrauber herunter, und es war nur noch die Rückseite des Hauses zu sehen. An einem Fenster im Erdgeschoss drückten sich Gesichter an die Scheibe.

Drei Männer standen zum Empfang bereit, seltsam verkürzte Gestalten mit nach oben gereckten Köpfen. Der Wirbel des Rotors hatte ihre Haare zu lächerlichen Frisuren durcheinander geweht, zerrte an ihren Hosen und drückte ihre Jacketts gegen die Brust. Als die Motoren abgestellt wurden, war die plötzliche Stille so total, dass ihm die drei reglosen Gestalten wie Attrappen in einer schweigenden Welt erschienen. Er und Massingham klickten die Sicherheitsgurte aus und kletterten auf die Erde. Ein paar Atemzüge lang standen die beiden Gruppen sich gegenüber und musterten einander. Dann strichen sich die drei wartenden Herren mit einer synchronen Handbewegung die Haare zurück und gingen langsam auf ihn zu. Gleichzeitig waren seine Ohren wieder frei, und die Welt bestand wieder aus Geräuschen. Er drehte sich um und sprach kurz mit dem Piloten. Dann setzten er und Massingham sich in Bewegung.

Dalgliesh war bereits mit Polizeidirektor Mercer bekannt; sie hatten sich ein paar Mal bei Konferenzen getroffen. Selbst auf die Entfernung hin hatte er die bulligen Schultern, das runde Komödiantengesicht mit dem breiten vorgewölbten Mund und den lustigen Knopfaugen erkannt. Mercer drückte Dalgliesh kräftig die Hand, dann machte er die Männer miteinander bekannt. Dr. Howarth. Ein großer, blonder Mann, fast so groß wie Dalgliesh, mit weit auseinander stehenden Augen von einem auffallend tiefen Blau und so langen Wimpern, dass sie in einem weniger anmaßend männlichen Gesicht vielleicht feminin gewirkt hätten. Er hätte als ein ausgesprochen gut aussehender Mann wirken können, dachte Dalgliesh, wäre da nicht ein gewisses Missverhältnis der Gesichtszüge gewesen. Vielleicht lag es an dem Widerspruch zwischen der Zartheit der Haut über den wenig ausgeprägten Backenknochen und dem kräftigen, vorspringenden Kinn unter dem unnachgiebigen Mund. Dalgliesh hätte ihm sofort angesehen, dass er reich war, wenn er es nicht ohnehin gewusst hätte. Die blauen Augen betrachteten die Welt mit der zynischen Sicherheit eines Mannes, der daran gewöhnt war, zu bekommen, was er wollte – vorausgesetzt, er wollte es mit dem einfachsten Mittel, indem er nämlich dafür zahlte. Neben ihm wirkte Dr. Kerrison, obgleich genauso groß, irgendwie verkleinert. Sein faltiges, schüchternes Gesicht war bleich vor Müdigkeit, und in den dunklen Augen mit den schweren Lidern lag ein Blick, der unangenehm an Niederlage denken ließ. Er schüttelte schweigend mit einem festen, kühlen Griff Dalglieshs Hand. Howarth sagte:

«Es gibt hier an der Rückseite keinen Eingang mehr. Wir müssen um das Haus herumgehen. Kommen Sie, hier herum geht es am schnellsten.»

Mit ihren Diensttaschen in der Hand folgten Dalgliesh und Massingham ihm um die Hausecke, die Gesichter an den Fenstern im Erdgeschoss waren verschwunden, und es war ungewöhnlich still. Massingham schlurfte durch das Laub, das über den Pfad geweht war, sog die scharfe Herbstluft ein, in der eine Spur von Rauch lag, freute sich über die Sonne auf seinem Gesicht und spürte eine Welle animalischen Wohlbefindens in sich aufsteigen. Es war gut, einmal aus London weg zu sein. Es versprach, die Art von Arbeit zu werden, die ihm am liebsten war. Die kleine Gruppe bog um die Ecke des Gebäudes, und Dalgliesh und Massingham hatten zum ersten Mal einen vollen Blick auf die Fassade des Hoggatt-Instituts.

5

Das Haus war ein hervorragendes Beispiel für die bürgerliche Architektur des späten 17. Jahrhunderts. Es war ein dreistöckiger Backsteinbau mit Walmdach und vier Mansardenfenstern. Ein Giebel mit reich verziertem Sims und Medaillons krönte den dreigeteilten vorgezogenen Mitteltrakt. Vier breite, geschwungene Stufen führten zum Eingang, der mit seinen Säulen eindrucksvoll, dabei aber gediegen, unaufdringlich und richtig proportioniert war. Dalgliesh blieb kurz stehen, um die Fassade zu betrachten. Howarth sagte:

«Ganz ansprechend, nicht wahr? Aber warten Sie, bis Sie sehen, was der Alte mit den Innenräumen gemacht hat.»

Die Tür mit ihrem eleganten, aber maßvollen Griff und Klopfer aus Messing war, zusätzlich zu dem Yale-Schloss, mit zwei Sicherheitsschlössern ausgerüstet, einem Chubb und einem Ingersoll. Oberflächlich besehen ließen sich keine Zeichen von Gewaltanwendung erkennen. Sie wurde geöffnet, fast bevor Howarth die Hand am Klingelknopf hatte. Der Mann, der mit ernstem Gesicht zur Seite trat, um sie hereinzulassen, trug zwar keine Uniform, aber Dalgliesh erkannte in ihm sofort den Polizisten. Howarth stellte ihn als Inspektor Blakelock vor, den stellvertretenden Verbindungsmann der Polizei. Er fügte hinzu:

«Alle drei Schlösser waren in Ordnung, als Blakelock heute Morgen ankam. Das Chubb-Schloss verbindet das elektronische Warnsystem mit der Polizeistation in Guy's Marsh. Das interne Sicherheitssystem wird über eine Schalttafel im Zimmer des Verbindungsmanns kontrolliert.»

Dalgliesh wandte sich an Blakelock.

«Und das war in Ordnung?»

«Ja, Sir.»

«Gibt es keinen anderen Ausgang?»

Diesmal antwortete Howarth.

«Nein. Mein Vorgänger hat die beiden Türen zur Terrasse endgültig versperrt. Es war zu kompliziert, mit einem System von Sicherheitsschlössern für drei Türen umzugehen. Alle kommen und gehen durch die Vordertür.»

«Möglicherweise bis auf eine Person letzte Nacht», dachte Dalgliesh.

Sie gingen durch die Halle, die fast die ganze Tiefe des

Hauses einnahm. Ihre Schritte waren plötzlich laut auf dem marmornen Fußboden. Dalgliesh war darin geübt, mit einem Blick seine Umgebung in sich aufzunehmen. Obwohl die Männer auf dem Weg zur Treppe nicht stehen blieben, bekam er einen guten Eindruck des Raums: die hohe Stuckdecke, zwei Türen mit eleganten Giebeln links und rechts, ein Ölgemälde des Institutsgründers an der Wand rechts von ihm, das polierte Holz des Annahmeschalters an der Rückseite. Ein Polizeibeamter mit einem Bündel Papier vor sich telefonierte gerade. Wahrscheinlich überprüfte er immer noch die Alibis. Er setzte seine Unterhaltung fort, ohne aufzublicken.

Die Treppe war bemerkenswert. Das Geländer bestand aus geschnitzten Eichenfüllungen, die mit Spiralen von Akanthusblättern verziert waren, schwere Ananasfrüchte aus Eiche krönten die Pfosten. Auf der Treppe lag kein Teppich, und das ungewachste Holz war arg zerkratzt. Dr. Kerrison und Polizeidirektor Mercer gingen schweigend hinter Dalgliesh hinauf. Howarth führte die Gruppe an. Er schien das Bedürfnis zu haben, etwas zu sagen:

«Im Erdgeschoss liegen außer der Annahme und dem Aufbewahrungsraum für die Beweisstücke mein Büro, das Zimmer meiner Sekretärin, das allgemeine Sekretariat und das Zimmer des Verbindungsmanns der Polizei. Dazu kommen dann noch kleinere Wirtschaftsräume. Chefinspektor Martin ist der erste Verbindungsmann der Polizei; aber er besucht zur Zeit die USA, und jetzt ist nur Blakelock im Dienst. Auf diesem Stock haben wir die Biologie an der Gartenseite, die Kriminalistik nach vorne und die Instrumentenabteilung am Ende des Korridors. Ich habe auch einen Plan des Instituts in meinem Büro für Sie bereitgelegt. Ich dachte, Sie möchten vielleicht gern mein Zimmer benutzen, falls es für Sie passend ist. Aber ich habe meine Sachen vorerst noch dort gelassen, bis Sie das Zimmer untersucht haben. Hier ist das biologische Labor.»

Er sah Polizeidirektor Mercer an, der den Schlüssel aus der Tasche holte und die Tür aufschloss. Es war ein lang gestrecktes Zimmer, das offensichtlich aus zwei kleineren entstanden war, möglicherweise aus einem Wohnzimmer und einem kleinen Salon. Die Deckenverzierungen waren entfernt worden, vielleicht weil Colonel Hoggatt sie unpassend für ein Labor gehalten hatte, aber die Narben der Entweihung waren geblieben. Statt der ursprünglichen Fenster nahmen jetzt zwei breite Fenster den größten Teil der gegenüberliegenden Wand ein. Unter den Fenstern gab es eine Reihe von Bänken und Waschbecken, in der Mitte des Zimmers standen zwei Labortische, von denen einer mit Spülbecken ausgestattet war, während auf dem anderen mehrere Mikroskope standen. Linker Hand war ein durch Glas abgeteiltes kleines Büro, rechts eine Dunkelkammer. Neben der Tür stand ein unförmiger Kühlschrank.

Aber die seltsamsten Gegenstände in dem Zimmer waren zwei Schaufensterpuppen, eine männliche und eine weibliche, die zwischen den Fenstern standen. Sie waren nackt und ohne Perücken. Die Haltung der kahlen, eiförmigen Köpfe, die steif zu einer gleichsam segnenden Geste gebogenen Gliederarme, die starrenden Augen und die geschwungenen spitzen Lippen gaben ihnen das erhabene Aussehen eines Paares bemalter Gottheiten. Und zu ihren Füßen lag, wie ein weiß gekleidetes Opfer, die Leiche.

Howarth starrte die beiden Puppen an, als habe er sie noch nie gesehen. Er dachte wohl, dass sie einer Erklärung bedürften. Zum ersten Mal schien er etwas von seiner Sicherheit eingebüßt zu haben. Er sagte:

«Das sind Liz und Burton. Wir ziehen ihnen die Kleider eines Verdächtigen an, um Blutflecken oder Risse vergleichen zu können.» Er fügte hinzu: «Brauchen Sie mich hier?»

«Im Augenblick, ja», antwortete Dalgliesh.

Er kniete neben der Leiche. Kerrison stellte sich neben ihn. Howarth und Mercer blieben zu beiden Seiten der Tür stehen.

Nach einer Weile sagte Dalgliesh: «Die Todesursache ist eindeutig. Es sieht so aus, als wäre er mit einem einzigen Schlag niedergeschlagen worden und gestorben, wo er hingefallen war. Mich überrascht die geringe Blutung.»

Kerrison sagte: «Das ist nicht ungewöhnlich. Wie Sie wissen, kann eine einfache Fraktur zu einer ernsten inneren Verletzung führen, besonders bei epiduraler oder subduraler Blutung oder tatsächlicher Verletzung der Hirnsubstanz. Ich stimme mit Ihnen überein, dass er vermutlich durch einen einzigen Schlag getötet wurde, und dieses Schlagholz auf dem Tisch dürfte die Waffe sein. Aber Blain-Thomson wird Ihnen mehr darüber sagen können, wenn er ihn auf seinen Tisch bekommt. Er wird heute Nachmittag die Autopsie vornehmen.»

«Die Leichenstarre ist weit fortgeschritten. Wie haben Sie den Eintritt des Todes zeitlich eingegrenzt?»

«Ich untersuchte ihn gegen neun Uhr und kam zu dem Schluss, dass er da etwa zwölf Stunden tot gewesen sein musste, eher schon etwas länger. Ich würde sagen, zwischen acht und neun gestern Abend. Das Fenster ist geschlossen, und die Temperatur lag ziemlich gleichmäßig bei 18 Grad Celsius. Ich berechne gewöhnlich das Sinken der Körpertemperatur unter diesen Umständen mit 0,8 Grad pro Stunde. Ich habe seine Temperatur gemessen, als ich ihn untersuchte, und wenn man die zu diesem Zeitpunkt fast vollkommen ausgebildete Leichenstarre berücksichtigt, würde ich es für unwahrscheinlich halten, dass er noch weit über neun Uhr hinaus gelebt hat. Aber Sie wissen, wie unzuverlässig diese Schätzungen sein können. Sagen wir lieber, zwischen 20 Uhr 30 und Mitternacht.»

Von der Tür aus sagte Howarth: «Lorrimers Vater sagt, er habe um Viertel vor neun mit seinem Sohn telefoniert.

Ich fuhr heute Morgen mit Angela Foley zu dem alten Mann, um ihm die Nachricht zu bringen. Miss Foley ist meine Sekretärin. Lorrimer war ihr Vetter. Aber Sie werden den Vater natürlich sowieso sprechen. Was die Uhrzeit betrifft, schien er ganz sicher zu sein.»

Dalgliesh sagte zu Kerrison: «Das Blut scheint nicht verspritzt, sondern ziemlich gleichmäßig ausgetreten zu sein. Glauben Sie, dass der Täter Blutflecken abbekommen hat?»

«Nicht unbedingt, besonders wenn meine Annahme richtig ist, dass der Schlagstock die Tatwaffe ist. Es war wahrscheinlich ein einziger, mit Schwung geführter Schlag, der ausgeführt wurde, als Lorrimer dem Täter den Rücken zukehrte. Die Tatsache, dass der Mörder über dem linken Ohr zuschlug, scheint mir nicht besonders wichtig. Vielleicht ist er Linkshänder, oder er kann auch zufällig dort getroffen haben.»

«Und der Hieb erforderte keine besondere Kraft. Vermutlich könnte ihn ein Kind ausgeführt haben.»

Kerrison zögerte verwirrt.

«Hm, eine Frau gewiss.»

Eine Frage musste Dalgliesh der Form halber stellen, obgleich er wegen der Lage der Leiche und dem Blut auf dem Boden keine Zweifel an der Antwort hatte.

«Starb er auf der Stelle, oder halten Sie es für möglich, dass er sich noch fortbewegen und vielleicht sogar die Tür abschließen und die Alarmanlage anstellen konnte?»

«Solche Fälle sind natürlich nicht unbekannt, aber hier würde ich sagen, das ist höchst unwahrscheinlich, eigentlich ausgeschlossen. Ich hatte vor einem Monat erst einen Mann mit einer Verletzung durch einen Axthieb, einer tiefen Fraktur des Scheitelbeins mit starker epiduraler Blutung. Er ging in ein Wirtshaus, saß dort eine halbe Stunde mit seinen Kumpanen, meldete sich dann bei der Notaufnahme und war innerhalb einer Viertelstunde tot. Kopfverletzungen sind unberechenbar, aber nicht in diesem Fall, meine ich.»

Dalgliesh wandte sich an Howarth.

«Wer hat ihn gefunden?»

«Brenda Pridmore, eine Büroangestellte. Sie fängt um halb neun zusammen mit Blakelock mit der Arbeit an. Der alte Lorrimer rief an, weil er festgestellt hatte, dass das Bett seines Sohnes unbenutzt war. Deshalb ging sie nach oben, um nachzusehen, ob Lorrimer hier wäre. Ich kam unmittelbar danach mit der Putzfrau, Mrs. Bidwell. Ihr Mann bekam heute früh einen Anruf von irgendeiner Frau, die sie bat, zu mir nach Hause zu kommen und meiner Schwester im Haushalt zu helfen, anstatt ins Labor zu gehen. Es war ein fingierter Anruf. Ich dachte, irgendjemand aus dem Dorf hätte sich einen dummen Scherz erlaubt, wollte aber für den Fall, dass hier etwas nicht in Ordnung wäre, doch so schnell wie möglich herkommen. Ich packte also ihr Fahrrad in meinen Kofferraum und war kurz vor neun hier. Meine Sekretärin, Miss Foley, und Clifford Bradley, der im biologischen Labor arbeitet, kamen etwa gleichzeitig mit mir.»

«War irgendwann jemand allein bei der Leiche?»

«Natürlich Brenda Pridmore, aber sicher nur ganz kurz. Dann kam Inspektor Blakelock allein herauf. Ich war auch allein hier, aber höchstens ein paar Sekunden. Dann schloss ich die Labortür ab, hielt das Personal unten in der Halle zusammen und wartete dort, bis Dr. Kerrison kam. Er war innerhalb von fünf Minuten da und untersuchte die Leiche. Ich stand solange an der Tür. Polizeidirektor Mercer kam kurz darauf, und ich übergab ihm den Schlüssel zum biologischen Labor.»

Mercer sagte: «Dr. Kerrison schlug mir vor, Dr. Greene – das ist unser Polizeiarzt – zu rufen, um seinen vorläufigen Befund zu bestätigen. Dr. Greene war nicht allein bei der Leiche. Er untersuchte sie schnell und ziemlich oberflächlich, dann schloss ich die Tür ab. Sie wurde erst wieder geöffnet, als die Fotografen und die Männer von der Spurensicherung kamen. Sie nahmen seine Fingerabdrücke ab und untersuchten den Schlagstock, aber wir beließen es dabei, als wir erfuhren, dass der Yard benachrichtigt war und Sie bereits unterwegs waren. Die Männer von der Spurensicherung sind noch hier. Sie sitzen im Büro des Verbindungsmanns, aber die Fotografen habe ich gehen lassen.»

Dalgliesh zog seine Handschuhe an und befühlte die Leiche. Unter dem weißen Kittel trug Lorrimer graue Hosen und ein Tweedjackett. In der Innentasche steckte eine dünne lederne Brieftasche, die sechs Pfundscheine, seinen Führerschein, ein Heftchen Briefmarken und zwei Kreditkarten enthielt. In der rechten Außentasche fand Dalgliesh eine Schlüsseltasche mit dem Autoschlüssel und drei anderen, zwei Yale-Schlüsseln und einem kleineren gezackten, der wahrscheinlich zu der Schreibtischschublade oder einem anderen Schubfach paßte. Ein paar Kugelschreiber steckten an der linken Brusttasche des Kittels, in der rechten Seitentasche ein Taschentuch, sein Bund mit Laborschlüsseln und, allerdings nicht an dem Bund, ein einzelner großer Schlüssel, der ziemlich neu aussah. Das war alles.

Er ging zu dem mittleren Labortisch und sah sich die zwei Beweisstücke an, die dort zur Untersuchung lagen, den Schlagstock und ein Herrenjackett. Der Schlagstock war eine ungewöhnliche Waffe – offensichtlich handgemacht. Der Griff aus grob geschnitztem Eichenholz war fast einen halben Meter lang. Vielleicht, dachte er, hatte er einmal zu einem stabilen Spazierstock gehört. Das Ende, das nach seiner Schätzung an die zwei Pfund wog, war an einer Seite schwarz von geronnenem Blut, aus dem ein paar steife graue Haare wie Schnurrhaare herausstanden. Es war unmöglich, in dem verkrusteten Blut ein dunkleres Haar zu erkennen, das von Lorrimers Kopf hätte stammen können, oder mit bloßem Auge sein Blut von dem älteren zu unterscheiden. Das wäre die Aufgabe der biologischen Abteilung des Polizeilabors in der Hauptstadt, wohin der Schlagstock, sorgfältig verpackt und mit zwei Identifizierungszetteln statt dem einen normalen, gebracht werden sollte.

Er sagte zu dem Polizeidirektor: «Keine Fingerabdrücke?»

«Nein, nur die des alten Pascoe. Ihm gehört der Schlagstock. Da sie nicht abgewischt waren, dürfte der Kerl Handschuhe getragen haben.»

Das deutete auf eine vorsätzliche Tat hin, dachte Dalgliesh, oder auf die instinktive Vorsicht eines intelligenten Fachmanns. Aber wenn er mit der Absicht zu töten gekommen wäre, war es eigenartig, dass er sich darauf verlassen hatte, eine geeignete Waffe vorzufinden; es sei denn, er hätte gewusst, dass der Stock bereitlag.

Er beugte sich über das Jackett, das offensichtlich zu einem billigen, von der Stange gekauften Anzug gehörte. Es hatte breite Revers, die Farbe war ein hartes Mittelblau mit helleren Nadelstreifen. Ein Ärmel war an der Kante beschmutzt, vielleicht mit Blut. Man sah, dass Lorrimer schon mit der Analyse begonnen hatte. Auf dem Arbeitstisch stand das Elektrophoresegerät, das an das Stromnetz angeschlossen war; auf der Agargelschicht waren zwei Reihen von sechs paarigen kleinen Flecken sichtbar. Daneben stand ein Halter für Reagenzgläser mit einer Serie von Blutproben. Rechts lagen ein paar bräunliche Aktenordner mit den Eintragungen der biologischen Abteilung und daneben ein aufgeschlagenes A4-Ringbuch mit Notizen. Die linke Seite trug das Datum des gestrigen Tages und war eng mit Hieroglyphen und Formeln in einer feinen, steilen schwarzen Schrift bedeckt. Zwar konnte Dalgliesh mit den schnell hingeworfenen wissenschaftlichen Vermerken nicht viel anfangen, aber er sah, dass die Uhrzeit, zu der Lorrimer jede Analyse begonnen und beendet hatte, sorgfältig notiert war. Die rechte Seite war leer.

Er sagte zu Howarth: «Wer leitet jetzt die Biologie, nachdem Lorrimer tot ist?»

«Claire Easterbrook. Miss Easterbrook, aber es empfiehlt sich, sie mit Mrs. anzureden.»

«Ist sie hier?»

«Bei den anderen in der Bibliothek. Ich glaube, sie hat ein sicheres Alibi für den ganzen gestrigen Abend, aber weil sie zu den höheren Angestellten gehört, wurde sie gebeten, im Haus zu bleiben. Und sie will natürlich so schnell wie möglich an ihrer Arbeit weitermachen, wenn die Leute die Labors wieder betreten dürfen. Wir hatten vor zwei Nächten einen Mord in einer Kalkgrube bei Muddington – das Jackett hier ist eines der Beweisstücke –, und sie möchte damit vorankommen und natürlich auch mit dem üblichen Berg von Arbeit fertig werden.»

«Ich möchte sie gern als Erste sprechen, hier in diesem Labor. Danach Mrs. Bidwell. Gibt es irgendwo eine Decke, mit der wir ihn zudecken können?»

Howarth sagte: «Ich glaube, im Wäscheschrank auf dem nächsten Stock gibt es eine Staubdecke oder etwas Ähnliches.»

«Ich wäre Ihnen dankbar, wenn Sie Inspektor Massingham zeigten, wo der Schrank steht. Wenn Sie so freundlich wären, in der Bibliothek oder in Ihrem Büro zu warten, bis ich hier fertig bin, würde ich mich dann gern mit Ihnen unterhalten.»

Einen Augenblick dachte er, Howarth wollte Einwände erheben. Er runzelte die Stirn, und das hübsche Gesicht umwölbte sich wie bei einem schmollenden Kind. Doch er ging wortlos mit Massingham hinaus. Kerrison stand immer noch, steif wie eine Ehrenwache, bei der Leiche. Er fuhr plötzlich zusammen, als fiele ihm ein, wo er sich befand, und sagte:

«Wenn Sie mich nicht mehr brauchen, sollte ich mich auf den Weg ins Krankenhaus machen. Sie können mich am St. Lukas in Ely oder zu Hause im alten Pfarrhaus erreichen. Ich habe für den Sergeant meine Schritte in der letzten Nacht aufgeschrieben. Ich war den ganzen Abend zu Hause. Um neun Uhr habe ich, wie verabredet, einen meiner Kollegen am Krankenhaus, Dr. J. D. Underwood, angerufen. Wir hatten eine Sache zu besprechen, die bei der nächsten Sitzung des medizinischen Komitees auf der Tagesordnung steht. Ich glaube, er hat bereits bestätigt, dass wir miteinander gesprochen haben. Er hatte die Informationen, auf die ich wartete, noch nicht bekommen, aber er rief trotzdem ungefähr um Viertel vor zehn zurück.»

Es gab im Moment weder einen Grund, Kerrison aufzuhalten, noch ihn zu den Verdächtigen zu zählen. Nachdem er gegangen war, sagte Mercer:

«Ich dachte, ich lasse zwei Sergeanten hier, Reynolds und Underhill, und zwei Konstabler, Cox und Warren, wenn Sie einverstanden sind. Sie sind alle zuverlässige, erfahrene Beamte. Der Chef sagte, wir sollen Ihnen alle Leute und alles, was Sie sonst brauchen, zur Verfügung stellen. Er fuhr heute Morgen zu einer Konferenz nach London, aber er kommt heute Abend zurück. Ich schicke die Männer vom Leichenwagen rauf, wenn Sie soweit sind, dass sie ihn wegbringen können.»

«Gut, ich bin fertig mit ihm. Ich spreche mit Ihren Leuten, wenn ich Miss Easterbrook gesehen habe. Aber sagen Sie bitte einem Ihrer Sergeanten, er möchte in zehn Minuten herkommen und den Schlagstock für das Labor beim Yard verpacken. Der Hubschrauberpilot wird sicherlich zurückfliegen wollen.»

Sie wechselten noch ein paar Worte über die Zusammenarbeit mit der örtlichen Polizei, dann ging Mercer, um sich um den Abtransport der Leiche zu kümmern. Er wollte

Dalgliesh noch mit den Beamten bekannt machen, die er abkommandiert hatte. Damit würde seine Verantwortung enden. Der Fall wäre in Dalglieshs Händen.

6

Zwei Minuten später betrat Claire Easterbrook das Labor. Sie trug eine Sicherheit zur Schau, die ein weniger erfahrener Beobachter als Dalgliesh vielleicht fälschlich als Arroganz oder Gefühllosigkeit gedeutet hätte. Sie war eine schlanke Frau um die Dreißig. Über ihrem kantigen, intelligenten Gesicht trug sie eine Mütze auf dunklem lockigem Haar, das von einer offensichtlich fachmännischen – und ganz sicher teuren – Hand frisiert war und in dicken Strähnen über der Stirn lag und sich auf dem schön gebogenen Nacken ringelte. Sie trug einen kastanienbraunen Pullover aus flauschiger Wolle, darüber einen schwarzen wadenlangen Rock zu hochhackigen Stiefeln. An ihren Händen, deren Fingernägel sehr kurz geschnitten waren, hatte sie keine Ringe. Ihr einziger Schmuck war eine Kette aus großen, auf Silberdraht gezogenen Holzperlen. Auch ohne ihren weißen Kittel machte sie – und das war sicher beabsichtigt – einen beinahe einschüchternden Eindruck beruflicher Tüchtigkeit. Bevor Dalgliesh das Wort an sie richten konnte, sagte sie mit einer Spur von Streitlust:

«Ich fürchte, Sie vergeuden Ihre Zeit mit mir. Mein Freund und ich aßen gestern zusammen in Cambridge im Haus des Rektors seines Colleges zu Abend. Ich war von halb neun bis Mitternacht mit fünf anderen Leuten zusammen. Die Namen habe ich bereits dem Konstabler in der Bibliothek gegeben.»

Dalgliesh sagte freundlich: «Es tut mir Leid, Mrs. Easterbrook, dass ich Sie zu mir gebeten habe, bevor wir Dr. Lorrimers Leiche wegbringen konnten. Und da es wohl ungehörig ist, Sie in Ihrem eigenen Labor zu bitten, Platz zu nehmen, lasse ich es sein. Aber wir brauchen nicht lange.»

Sie wurde rot, als hätte er sie bei einem Fauxpas ertappt. Sie warf einen leicht angeekelten Blick auf die verhüllte, unförmige Gestalt auf dem Boden, auf die unter dem Tuch herausragenden steifen Füße, und sagte:

«Er würde würdiger aussehen, wenn man ihn nicht zugedeckt hätte. So könnte es auch ein Sack voll Lumpen sein. Es ist ein merkwürdiger Aberglaube, dieser allgemeine Instinkt, einen eben Verstorbenen zuzudecken. Schließlich sind wir doch diejenigen, die im Nachteil sind.»

Massingham sagte gelassen: «Doch gewiss nicht, wenn der Rektor und seine Gattin Ihr Alibi bekräftigen?»

Ihre Augen trafen sich, seine kühl und amüsiert, ihre dunkel vor Abneigung.

Dalgliesh sagte: «Dr. Howarth sagte mir, dass Sie jetzt das biologische Labor leiten. Könnten Sie mir bitte erklären, woran Dr. Lorrimer letzte Nacht arbeitete? Fassen Sie nichts an.»

Sie ging sofort zum Tisch und betrachtete die zwei Beweisstücke, die Aktenordner und das wissenschaftliche Zubehör. Sie sagte:

«Würden Sie bitte diesen Ordner aufschlagen?»

Dalgliesh hatte die Handschuhe noch nicht abgestreift. Seine Hände fuhren zwischen die Deckel und klappten den Ordner auf.

«Er prüfte Clifford Bradleys Resultat im Fall Pascoe auf seine Richtigkeit. Der Schläger gehört einem vierundsechzigjährigen Landarbeiter auf einem Marschhof, dessen Frau verschwunden ist. Er heißt Pascoe. Nach seiner Darstellung hat sie ihn sitzen lassen, aber es gibt ein paar mysteriöse Umstände. Die Polizei hat den Stock hierher geschickt, um prüfen zu lassen, ob die Flecken daran von menschlichem Blut stammen. Das Ergebnis ist negativ. Pascoe behauptet, er habe ihn benutzt, um einen verletzten

Hund von seinen Qualen zu erlösen. Bradley stellte fest, dass das Blut auf ein Antihundeserum reagiert, und Lorrimer hat sein Ergebnis nachgeprüft. Tatsächlich wurde also ein Hund damit erschlagen.»

Zu geizig, um eine Kugel zu verschwenden oder einen Tierarzt zu holen, dachte Massingham wütend. Er wunderte sich über sich selbst, dass der Tod dieses unbekannten Köters ihn, zumindest vorübergehend, zorniger machte als der Mord an Lorrimer.

Miss Easterbrook sah sich jetzt das Notizbuch an. Die beiden Männer warteten. Schließlich zog sie die Stirn in Falten und sagte sichtlich verwirrt:

«Das ist eigenartig. Edwin notierte immer, um wie viel Uhr er seine Analyse anfing, wann er damit fertig war und welche Methode er anwandte. Er hat Bradleys Ergebnis in der Pascoe-Sache abgezeichnet, aber es steht nichts davon in dem Ringbuch. Und man sieht ja, dass er mit dem Mord in der Kalkgrube angefangen hat. Aber das ist auch nicht eingetragen. Die letzte Angabe ist von 17 Uhr 45, und die letzte Eintragung hört mittendrin auf. Jemand muss die rechte Seite herausgerissen haben.»

«Warum könnte das Ihrer Meinung nach jemand getan haben?»

Sie sah Dalgliesh gerade in die Augen und sagte ruhig: «Um einen Hinweis auf das, was er bearbeitete, oder das Ergebnis seiner Analyse oder die Zeit, die er dazu brauchte, zu vernichten. Die ersten beiden Möglichkeiten ergeben keinen Sinn. An den Instrumenten hier sieht man, woran er gearbeitet hat, und jeder kompetente Biologe könnte die Arbeit nachvollziehen. Dann trifft also vermutlich der letzte Punkt zu.»

Der intelligente Eindruck, den sie gemacht hatte, war demnach nicht irreführend gewesen. Dalgliesh fragte:

«Wie lange brauchte er wohl, um die Pascoe-Sache nachzuprüfen?»

«Nicht lange. Tatsächlich hat er vor sechs angefangen, und ich glaube, er war fertig, als ich um Viertel nach sechs ging. Ich war die Letzte. Das übrige Personal war schon weg. Sie arbeiten gewöhnlich nicht länger als sechs Uhr. Ich bleibe meistens etwas länger als die andern, aber gestern musste ich mich für das Abendessen noch umziehen.»

«Und die Arbeit an dem Kalkgrubenfall – wie lange könnte die gedauert haben?»

«Schwer zu sagen. Er dürfte bis neun oder länger daran gearbeitet haben. Er bestimmte eine Blutprobe des Opfers und das Blut von dem angetrockneten Fleck nach dem ABO-Blutgruppensystem und wandte die Elektrophorese an, um die Haptoglobine und PGM, die Phosphoglucomutase, zu identifizieren. Elektrophorese ist eine Technik zur Feststellung der Protein- und Enzymbestandteile des Bluts, indem man die Proben auf eine Stärke- oder Agargelschicht gibt und einen elektrischen Strom anschließt. Wie Sie sehen, hatte er den Prozess schon in Gang gesetzt.»

Dalgliesh kannte die wissenschaftliche Anwendung der Elektrophorese, hielt es aber für überflüssig, sie darauf hinzuweisen. Er schlug die Akte über den Kalkgrubenfall auf und sagte:

«Da steht überhaupt nichts drin.»

«Im Allgemeinen trug er das Ergebnis später ein. Aber er hätte bestimmt nicht mit der Analyse angefangen, ohne vorher bestimmte Fakten zu notieren.»

An der Wand standen zwei Abfalleimer. Massingham trat auf die Fußhebel und sah hinein. Der eine mit dem Plastikbeutel darin war anscheinend für die im Labor anfallenden Abfälle und zerbrochenen Gläser gedacht, der andere für Papierabfälle. Er stocherte darin herum: Papiertaschentücher, ein paar zerrissene Briefumschläge, eine Tageszeitung. Nichts, was nach der herausgerissenen Seite aussah.

Dalgliesh sagte:
«Erzählen Sie mir etwas von Lorrimer.»
«Was wollen Sie hören?»
«Alles, was irgendwie erhellen könnte, warum jemand ihn so hasste, dass er ihm den Schädel einschlug.»
«Da kann ich Ihnen wohl leider nicht behilflich sein. Ich habe keine Ahnung.»
«Mochten Sie ihn?»
«Nicht besonders. Allerdings habe ich mir darüber nicht allzu viele Gedanken gemacht. Ich bin mit ihm ganz gut ausgekommen. Er war ein Perfektionist, der keine Dummköpfe um sich haben konnte. Aber es ließ sich gut mit ihm arbeiten, wenn man sein Handwerk versteht. Und das tue ich.»
«*Ihre* Arbeit brauchte er demnach nicht nachzuprüfen. Aber wie stand es mit denen, die ihr Handwerk nicht so gut verstehen?»
«Sie sollten sie besser selbst fragen, Herr Oberkriminalrat.»
«War er bei seinen Leuten beliebt?»
«Was hat Beliebtheit damit zu tun? Ich nehme nicht an, dass ich beliebt bin, aber ich habe keine Angst um mein Leben.» Sie schwieg einen Augenblick, dann fuhr sie in einem entgegenkommenderen Ton fort: «Wahrscheinlich komme ich Ihnen unkooperativ vor. Das möchte ich nicht sein. Ich kann nur einfach nicht helfen. Ich habe nicht die geringste Ahnung, wer ihn umgebracht haben könnte oder warum. Ich weiß nur, dass ich es nicht getan habe.»
«Ist Ihnen in letzter Zeit eine Veränderung an ihm aufgefallen?»
«Eine Veränderung? Sie meinen, in seiner Stimmung oder an seinem Verhalten? Eigentlich nicht. Er machte den Eindruck eines Mannes, der unter starkem Stress steht; aber so war er eben einfach, abgekapselt, verbohrt, überarbeitet. Aber etwas war doch eigenartig. Er interessierte

sich für die neue Büroangestellte, Brenda Pridmore. Sie ist ein hübsches Ding, hat aber kaum sein intellektuelles Niveau, würde ich sagen. Ich glaube, es steckte nichts dahinter, aber immerhin sorgte es für Gesprächsstoff im Labor. Ich denke, er wollte damit irgendjemandem – oder sich selbst – irgendetwas beweisen.»

«Sie haben natürlich von dem Anruf bei Bidwells gehört?»

«Ich könnte mir vorstellen, dass das ganze Labor davon weiß. Ich habe sie ganz bestimmt nicht angerufen, falls Sie das dachten. Auf jeden Fall wäre ich sicher gewesen, dass es nicht klappen würde.»

«Was meinen Sie mit nicht klappen?»

«Es hing doch davon ab, dass der alte Lorrimer gestern Abend nicht zu Hause wäre. Schließlich konnte sich der Anrufer nicht darauf verlassen, dass er nicht schon, bevor er seinen Morgentee vermisste, merken würde, ob Edwin letzte Nacht nach Hause gekommen war oder nicht. Es war reiner Zufall, dass er sich guter Dinge ins Bett legte. Aber das konnte der Anrufer nicht voraussetzen. Normalerweise wäre Edwin viel früher vermisst worden.»

«Gab es gestern einen Grund für die Annahme, der alte Mr. Lorrimer wäre nicht zu Hause?»

«Er sollte eigentlich am Nachmittag in das Krankenhaus in Addenbrook zur Behandlung eines Hautleidens eingeliefert werden. Das ganze Biologie-Labor wusste es wohl. Er rief oft genug an und machte sich Sorgen, ob alles klappen würde und ob Edwin Zeit hätte, ihn in die Klinik zu fahren. Gestern kurz nach zehn rief er an und sagte, es wäre nun doch kein Bett für ihn frei.»

«Wer nahm den Anruf an?»

«Ich. Es klingelte in Edwins privatem Büro, und ich ging dort an den Apparat. Edwin war noch nicht von der Autopsie des Opfers von der Kalkgrube zurück. Ich richtete es ihm aus, als er herkam.»

«Wem haben Sie es noch gesagt?»

«Als ich aus dem Büro kam, sagte ich wohl beiläufig, der alte Mr. Lorrimer müsste nun doch noch nicht ins Krankenhaus gehen. Ich kann mich nicht mehr an den genauen Wortlaut erinnern. Ich glaube, es hat keiner etwas dazu gesagt oder besondere Notiz davon genommen.»

«Und das Labor war zu diesem Zeitpunkt voll besetzt und hörte, was Sie sagten?»

Plötzlich verlor sie die Fassung. Sie wurde rot und zögerte, als bemerkte sie jetzt erst, wohin das alles führte. Die zwei Männer warteten. Dann platzte sie, wütend auf sich selbst, heraus und verteidigte sich ungeschickt:

«Es tut mir Leid, aber ich weiß es nicht mehr. Sie müssen die andern fragen. Es schien mir damals nicht wichtig, und ich hatte viel zu tun. Wir waren alle sehr beschäftigt. Ich glaube, es waren alle da, aber ich kann es nicht mit Sicherheit sagen.»

«Danke», sagte Dalgliesh kühl. «Sie haben mir sehr geholfen.»

7

Mrs. Bidwell erschien in der Tür, als die beiden Männer vom Leichenwagen Lorrimer hinaustrugen. Sie schien das Verschwinden der Leiche zu bedauern und betrachtete den Umriss, den Massingham mit Kreide auf den Boden gemalt hatte, als wäre das ein armseliger Ersatz für die echte Sache. Sie starrte dem geschlossenen Metallbehältnis nach und sagte:

«Armer Teufel! Ich hätte nie geglaubt, dass ich einmal sehen müsste, wie er mit den Füßen voran aus seinem Labor getragen wird. Er war nie beliebt, wissen Sie. Aber ich glaube, das macht ihm keinen Kummer, wo er jetzt ist. Hatten Sie ihn etwa mit einer meiner Staubdecken zugedeckt?»

Sie spähte misstrauisch nach dem Tuch, das jetzt sauber zusammengefaltet auf einem der Tische lag.

«Ja, es ist eine aus dem Wäscheschrank des Instituts.»

«Na ja, wenn Sie sie nur wieder hinlegen, wo Sie sie hergenommen haben. Das heißt, am besten kommt sie gleich zur schmutzigen Wäsche. Aber ich will nicht, dass einer von Ihren Burschen sie wegbringt. So was verschwindet schneller, als man glaubt.»

«Warum war er nicht beliebt, Mrs. Bidwell?»

«Viel zu heikel war er. Na ja, das muss man heutzutage sein, wenn man seine Arbeit schaffen will. Aber nach allem, was man so hört, machte er zu viel Aufhebens von seinem Zeug. Und es ist immer schlimmer mit ihm geworden, da ist nicht dran zu rütteln. Und ziemlich komisch ist er in letzter Zeit auch gewesen. Jedenfalls ständig gereizt. Sie haben sicher von dem hässlichen Vorfall vorgestern in der Halle unten gehört? Werden Sie aber sicher noch. Fragen Sie Inspektor Blakelock. Kurz vorm Mittagessen war's. Dr. Lorrimer hatte einen regelrechten Kampf mit dieser verrückten Tochter von Dr. Kerrison. Hat sie sozusagen rausgeworfen. Geschrien hat sie wie eine Hexe. Ich kam gerade rechtzeitig in die Halle, um es mitzukriegen. Ihr Vater wird darüber nicht begeistert sein, sagte ich zu Inspektor Blakelock. Er hat einen Narren an den Kindern gefressen. Hören Sie auf mich, habe ich gesagt, wenn Dr. Lorrimer sich nicht zusammenreißt, gibt es noch Mord und Totschlag im Labor. Dasselbe habe ich auch zu Dr. Middlemass gesagt.»

«Ich würde gern etwas von dem Anruf heute Morgen hören, Mrs. Bidwell. Wann kam er?»

«Es war ziemlich genau um sieben. Wir saßen beim Frühstück, und ich füllte gerade die Teekanne für die zweite Runde nach. Ich hatte den Kessel noch in der Hand, als es klingelte.»

«Und wer nahm den Anruf an?»

«Bidwell. Das Telefon steht im Vorraum. Er stand auf und ging hinaus. Geflucht hat er, weil er sich gerade über seinen Räucherhering hergemacht hatte. Bidwell hasst kalten Hering. Bei uns gibt es jeden Donnerstag Hering, weil der Wagen vom Fisch-Marshall Mittwochnachmittag aus Ely kommt.»

«Geht gewöhnlich Ihr Mann ans Telefon?»

«Immer. Und wenn er nicht zu Hause ist, lasse ich es klingeln. Ich kann diese verfluchten Dinger nicht ausstehen. Konnte ich noch nie. Hätte auch keins im Haus, wenn unsere Shirley nicht dafür gezahlt hätte, dass die uns eins hinstellen. Sie ist jetzt verheiratet und wohnt in der Gegend von Mildenhall. Sie freut sich eben, dass wir sie anrufen können, wenn wir sie brauchen. Herzlich wenig habe ich davon. Ich verstehe nie, was am anderen Ende geredet wird. Und allein das Klingeln jagt mir einen Heidenschrecken ein. Telegramme und Telefon! Die können mir beide gestohlen bleiben.»

«Wer im Labor kann gewusst haben, dass Ihr Mann immer ans Telefon geht?»

«Die meisten sicher. Sie wissen, ich fasse das Ding nicht an. Da mache ich kein Geheimnis draus. Wir sind alle so gut, wie der liebe Gott uns gemacht hat, und manche sind auch einen Deut schlechter. Deshalb braucht man sich nicht zu schämen.»

«Bestimmt nicht. Ich nehme an, Ihr Mann ist jetzt bei der Arbeit?»

«So ist's. Yeoman's Farm, gehört Captain Massey. Er arbeitet hauptsächlich mit dem Traktor. Seit zwanzig Jahren oder so.»

Dalgliesh nickte Massingham kaum merklich zu. Der Inspektor ging hinaus und sprach leise mit Sergeant Underhill. Am besten fragte man Mr. Bidwell selbst, solange seine Erinnerung an den Anruf noch frisch wäre. Dalgliesh fuhr fort:

«Wie ging's weiter?»

«Bidwell kam zurück. Er sagte, ich sollte heute Morgen nicht ins Labor gehen, weil Mrs. Schofield mich drüben in Leamings dringend brauchte. Ich sollte mit dem Fahrrad rüberkommen, und sie würde mich und das Rad später nach Hause fahren. In ihrem roten Jaguar, wo es hinten halb heraushängt, denke ich. Erst dachte ich, dass es eigentlich zu viel verlangt ist, wo sie doch weiß, dass ich morgens hier sein muss. Aber ich habe nichts gegen Mrs. Schofield, und wenn sie mich braucht, tue ich ihr den Gefallen. Das Labor muss eben warten, habe ich zu Bidwell gesagt. Ich kann nicht an zwei Stellen gleichzeitig sein, habe ich gesagt. Was heute nicht gemacht wird, kommt morgen dran.»

«Sie sind jeden Morgen hier?»

«Außer an den Wochenenden. Ich komme pünktlich um halb neun, damit ich nicht über die Zeit arbeite, und brauche bis zehn. Dann komme ich um zwölf noch einmal, falls einer der Herren sein Essen gewärmt haben will. Die Mädchen machen das gewöhnlich selbst. Danach wasche ich für alle ab. Meistens bin ich so um halb drei fertig. Es ist keine schwere Arbeit, müssen Sie wissen. Scobie – das ist der Laborgehilfe – und ich kümmern uns um die Laborräume, aber die ganze schwere Arbeit wird von einer Putzkolonne aus Ely gemacht. Sie kommen nur montags und freitags von sieben bis neun, ein ganzer Wagen voll, die machen die Halle, die Treppen und das Bohnern und die ganze schwere Arbeit. Inspektor Blakelock kommt an diesen Tagen früher, um ihnen aufzuschließen, und Scobie hat ein Auge auf sie. Nicht dass man hinterher groß sieht, dass sie da waren. Kein Interesse an der Arbeit, wissen Sie. Nicht wie früher, als ich mit zwei Frauen aus dem Dorf alles gemacht habe.»

«Was hätten Sie normalerweise als Erstes getan, wenn heute ein gewöhnlicher Donnerstag gewesen wäre? Denken Sie bitte genau nach, Mrs. Bidwell. Es könnte wichtig sein.»

«Da brauche ich nicht lange nachzudenken. Ich hätte dasselbe getan wie jeden Tag.»

«Und das wäre?»

«Ich bringe Hut und Mantel in die Garderobe im Erdgeschoss, ziehe meinen Kittel über, hole den Eimer und Reinigungs- und Desinfektionsmittel aus dem Besenschrank. Zuerst putze ich die Herren- und Damentoiletten. Dann stecke ich die schmutzige Wäsche in den Wäschekorb und lege saubere Kittel heraus, wo welche gebraucht werden. Danach wische ich Staub und putze im Büro des Direktors und im allgemeinen Sekretariat.»

«Schön», sagte Dalgliesh. «Dann machen wir mal einen kleinen Rundgang.»

Drei Minuten später war eine seltsame kleine Gesellschaft auf dem Weg nach oben. Mrs. Bidwell hatte inzwischen einen marineblauen Kittel übergezogen und trug einen Plastikeimer in der einen Hand und einen Mopp in der anderen. Sie ging voraus, Dalgliesh und Massingham folgten. Die zwei Waschräume lagen im zweiten Stock auf der Gartenseite, gegenüber vom Labor des Dokumentenprüfers. Sie waren offenbar aus einem ehemals eleganten Schlafzimmer umgebaut worden. Doch jetzt verlief in der Mitte des einstigen Zimmers ein schmaler Gang mit einem einzelnen vergitterten Fenster am Ende. Eine schäbig aussehende Tür führte zur Damentoilette auf der linken Seite, eine ähnliche Tür ein paar Schritte weiter zur Herrentoilette rechts. Mrs. Bidwell ging in den linken Raum voraus. Er war größer, als Dalgliesh erwartet hatte, bekam aber nur wenig Licht durch ein einziges rundes, schwenkbares Fenster, etwa eineinviertel Meter über dem Boden, mit undurchsichtigem Glas. Das Fenster war offen. Es gab drei Toiletten. Im Vorraum waren zwei Handwaschbecken mit einem Papiertuchspender und, links neben der Tür, ein Spiegel, darunter ein Tisch mit Kunststoffplatte, der anscheinend als Frisiertisch diente. An der rechten Wand hing ein mit Gas betriebener Verbrennungsofen, daneben waren ein paar Kleiderhaken angebracht, darunter standen zwei ziemlich ramponierte Rohrstühle und ein großer Weidenkorb für die schmutzige Wäsche.

Dalgliesh sagte zu Mrs. Bidwell: «Sieht alles so aus, wie Sie es gewöhnlich vorfinden?»

Mrs. Bidwells kleine scharfe Augen spähten in die Runde. Die Türen zu den drei Toiletten standen offen, und sie inspizierte sie mit einem Blick.

«Nicht besser und nicht schlechter. Sie sind ziemlich ordentlich mit den Toiletten, das muss ich sagen.»

«Und das Fenster steht gewöhnlich offen?»

«Sommers wie winters, außer wenn es sehr kalt ist. Es gibt keine andere Entlüftung, wie Sie sehen.»

«Der Ofen ist ausgeschaltet. Ist das normal?»

«Das ist in Ordnung. Die letzte, die abends geht, schaltet ihn für die Nacht ab, und ich stelle ihn morgens wieder an.»

Dalgliesh sah hinein. Der Ofen war bis auf geringe Aschenreste leer. Er ging zum Fenster. Anscheinend hatte es während der Nacht hereingeregnet, denn man konnte die getrockneten Spritzer auf den Bodenplatten deutlich sehen. Aber auch die Innenseite, die keinen Regen abbekommen haben konnte, war auffallend sauber, und am Rahmen fand sich ebenfalls kein Stäubchen. Er sagte:

«Haben Sie das Fenster gestern geputzt, Mrs. Bidwell?»

«Allerdings. Wie ich Ihnen gesagt habe, putze ich die Toiletten jeden Morgen. Und wenn ich sauber mache, dann richtig. Soll ich anfangen?»

«Ich fürchte, heute müssen Sie das Putzen ausfallen lassen. Nehmen wir an, Sie wären jetzt hier fertig. Wie geht es weiter? Was machen Sie mit der Wäsche?»

Im Wäschekorb lag ein einziger Kittel, der mit den Initialen C.M.E. gekennzeichnet war. Mrs. Bidwell sagte:

«Ich habe nicht mit vielen schmutzigen Kitteln gerechnet, nicht an einem Donnerstag. Meistens kommen sie mit einem pro Woche aus und werfen ihn freitags in den Korb, bevor sie nach Hause gehen. Montag ist eigentlich der Tag, an dem ich mich um die Wäsche kümmern muss und die frischen Kittel herauslege. Sieht aus, als hätte Miss Easterbrook gestern Tee verschüttet. Das sieht ihr eigentlich nicht ähnlich. Aber Miss Easterbrook ist da ziemlich eigen. Sie würden sie nie in einem fleckigen Kittel herumlaufen sehen, ganz gleich, was für ein Wochentag ist.»

Also gab es mindestens eine Person in der biologischen Abteilung, die gewusst hatte, dass Mrs. Bidwell früh ins Labor kommen würde, um einen sauberen Kittel hinzulegen. Es wäre interessant zu hören, wer dabei war, als der pingeligen Miss Easterbrook das kleine Missgeschick mit dem Tee passierte.

Der Waschraum für die Männer unterschied sich, abgesehen vom Pissoir, kaum von dem der Frauen. Er hatte das gleiche runde offen stehende Fenster; auch hier war kein Fleckchen auf der Scheibe oder am Rahmen. Dalgliesh holte einen Stuhl und sah hinaus, wobei er vorsichtig eine Berührung mit dem Fenster oder dem Rahmen vermied. Der Abstand zum darunter liegenden Fenster betrug fast zwei Meter und von da ungefähr genauso viel zum Fenster im ersten Stock. Unter beiden stieß die mit Platten belegte Terrasse direkt an die Hauswand. Das Fehlen von weichem Boden, der Regen in der Nacht und die Tüchtigkeit von Mrs. Bidwell bedeuteten, dass sie nur mit viel Glück Spuren finden würden, die bewiesen, dass jemand an der Wand geklettert wäre. Aber ein einigermaßen schlanker und sportlicher Mann – oder eine Frau – mit starken Nerven und einem Gefühl für die Höhe hätte sicher auf diesem Weg hinausgelangen können. Wenn jedoch der Mörder zum Personal des Labors gehörte? Warum hätte der sein Leben aufs Spiel setzen sollen, da er gewusst haben musste, dass Lorrimer die Schlüssel bei sich trug? Und wenn der

Mörder ein Fremder war, wie sollte man sich dann die verschlossene Eingangstür, das intakte Alarmsystem und die Tatsache, dass Lorrimer ihn eingelassen haben musste, erklären?

Er richtete sein Augenmerk auf die Waschbecken. Keines war besonders schmutzig, aber das eine gleich neben der Tür war unter dem Rand mit einem breiigen Schleim beschmiert. Er beugte seinen Kopf darüber und schnupperte. Sein Geruchssinn war außerordentlich scharf, und vom Abfluss her stellte er einen schwachen, aber unmissverständlichen Geruch von Erbrochenem fest.

Mrs. Bidwell hatte inzwischen den Deckel des Wäschekorbs aufgeklappt. Sie stieß einen kleinen Schrei aus.

«Das ist komisch! Er ist leer!»

Dalgliesh und Massingham drehten sich um.

«Was, dachten Sie, wäre darin, Mrs. Bidwell?»

Sie stürzte hinaus. Dalgliesh und Massingham folgten ihr. Sie riss die Tür zum Dokumentenprüfraum auf und warf einen Blick hinein. Sie schloss die Tür wieder und lehnte sich mit dem Rücken daran. Sie sagte:

«Er ist weg! Er hängt auch nicht an seinem Haken. Wo ist er denn? Wo ist der Kittel von Mr. Middlemass?»

Dalgliesh fragte: «Warum meinten Sie, er wäre im Wäschekorb?»

Mrs. Bidwells schwarze Augen wurden groß. Sie schaute verstohlen nach beiden Seiten, dann sagte sie mit ehrfürchtigem Genuss:

«Weil Blut daran war, darum. Lorrimers Blut!»

8

Zuletzt gingen sie die große Treppe zum Büro des Direktors hinunter. Aus der Bibliothek drang undeutliches Gemurmel, verkrampft und gedämpft wie von einer Trauergemeinde. Ein Polizist stand an der Eingangstür. Sein Gesicht drückte die gleichgültige Wachsamkeit eines Mannes aus, der dafür bezahlt wird, Langeweile zu ertragen, der aber sofort zu handeln bereit wäre, wenn etwas Unberechenbares die Langeweile unterbrechen würde.

Howarth hatte sein Büro nicht abgeschlossen und die Schlüssel stecken lassen. Dalgliesh fand es interessant, dass der Direktor beschlossen hatte, mit dem übrigen Personal in der Bibliothek zu warten, und fragte sich, ob er damit demonstrativ Solidarität mit seinen Kollegen beweisen wollte oder taktvoll zugab, dass sein Büro zu den Räumen zählte, denen Mrs. Bidwell ihre morgendliche Aufmerksamkeit zuwandte, und es deshalb von besonderem Interesse für Dalgliesh sein musste. Aber diese Überlegungen waren sicher zu spitzfindig. Es war kaum anzunehmen, dass Howarth sein Zimmer seit der Entdeckung der Leiche nicht betreten hatte. Wenn es etwas zu beseitigen gab, dann hatte er die beste Möglichkeit von allen dazu gehabt.

Dalgliesh hatte sich das Zimmer beeindruckend vorgestellt, aber er war dennoch überrascht. Die Stuckarbeiten an der gewölbten Decke waren hervorragend, ein fröhliches Gewirr von Girlanden, Muscheln, Bändern und rankenden Reben, überladen und doch geordnet. Der Kamin aus weißem und gemustertem buntem Marmor hatte einen hübschen Fries mit Reliefs von Nymphen und Flöte spielenden Hirten und einen klassischen Wandschmuck über dem Sims mit einem offenen Ziergiebel. Er vermutete, dass der gelungen proportionierte Salon – zu klein, um unterteilt zu werden, und nicht groß genug für einen Laborraum – dem Schicksal eines großen Teils des Hauses eher aus praktischen Erwägungen als wegen Colonel Hoggatts Empfänglichkeit für seine natürliche Vollkommenheit entgangen war. Er war in einem Stil neu eingerichtet, der das Auge nicht verletzte – ein gefälliger Kompromiss von traditionellem Büro und modernem Bücherschrank mit Glastüren, auf der anderen Seite ein verschließbarer Spind und ein Garderobenständer. Ein rechteckiger Tisch mit vier Stühlen, wie man sie in allen Büros des öffentlichen Dienstes findet, stand zwischen den hohen Fenstern, daneben ein Sicherheitsschrank aus Stahl mit einem Kombinationsschloss. Howarths Schreibtisch, ein schlichtes modernes Stück aus dem gleichen Holz wie der Konferenztisch, stand gegenüber der Tür. Außer einem Löscher voller Tintenflecke und einem Schreibzeughalter stand ein kleines Bücherregal aus Holz darauf mit zwei englischen Wörterbüchern, einem Zitatenlexikon und einem modernen Stilwörterbuch. Die Auswahl schien eigenartig für einen Wissenschaftler. Die Drahtkörbe waren mit «Eingang», «Laufendes» und «Ausgang» gekennzeichnet. Im Ausgangskorb lagen zwei Ordner, der obere trug die Aufschrift «Kapelle – Vorschläge zur Unterstellung unter das Amt für Denkmalschutz», der zweite, ein dicker, alter und unhandlicher, schon mehrfach ausgebesserter Ordner, war mit «Neues Laboratorium – Raumaufteilung» beschriftet.

Die leere und unpersönliche Atmosphäre des ganzen Zimmers verblüffte Dalgliesh. Es war offenbar für Howarth neu eingerichtet worden. Der matte graugrüne Teppich und das farblich abgestimmte quadratische Stück unter dem Schreibtisch trugen noch keine Spuren von Abnutzung, die dunkelgrünen Vorhänge hatten noch die ursprünglichen Falten. Es gab nur ein einziges Bild, das über dem Kamin hing, allerdings ein Original, einen frühen Stanley Spencer, der die Himmelfahrt Mariä darstellte. Dicke verkürzte Schenkel in roten Pumphosen schwebten aus einem Kreis von ausgestreckten abgearbeiteten Händen aufwärts, einem Empfangskomitee von gaffenden Engeln entgegen. Das Gemälde, dachte er, war eine ausgefallene Wahl für dieses Zimmer, weder in der Zeit noch im Stil dazu passend. Aber es war neben den Büchern der einzige Gegenstand, der einen persönlichen Geschmack widerspiegelte; Dalgliesh nahm nicht an, dass es aus staatlichen Beständen zur Verfügung gestellt worden war. Ansonsten hatte das Büro die untermöblierte, vorläufige Atmosphäre eines Zimmers, das für einen unbekannten Bewohner renoviert wurde und noch darauf wartete, durch seinen Geschmack und seine Persönlichkeit geprägt zu werden. Man konnte sich nur schwer vorstellen, dass Howarth seit fast einem Jahr hier arbeitete. Mrs. Bidwell spitzte ihren kleinen Mund und sah sich mit offenkundiger Missbilligung durch zusammengekniffene Augen um.

Dalgliesh fragte: «Sieht es so aus, wie Sie es gewohnt sind?»

«Genau. Jeden Morgen, jahraus, jahrein. Eigentlich habe ich hier überhaupt nichts verloren. Natürlich wische und poliere ich hier und da ein bisschen und gehe mit dem Staubsauger über den Teppich. Aber er ist ordentlich und sauber, das muss man ihm lassen. Nicht wie der alte Dr. MacIntyre. Ja, das war ein liebenswürdiger Mann! Aber unordentlich, sage ich Ihnen! Sie hätten seinen Schreibtisch morgens sehen sollen. Und was der qualmte! Man konnte manchmal kaum die andere Seite vom Zimmer sehen. Er hatte so einen hübschen Schädel auf dem Schreibtisch, in dem seine Pfeifen steckten. Den haben sie gefunden, als sie für den Anbau der Fahrzeugprüfung den Graben für die Leitungen ausgehoben haben. Hat über zweihundert Jahre in der Erde gelegen, sagte Dr. Mac, und er zeigte mir den Sprung – gerade wie eine gesprungene Tasse –, wo der Schädel eingeschlagen worden war. Das war ein Mord, den sie nie aufgeklärt haben. Der Schädel fehlt mir richtig. Der hat sich wirklich gut gemacht auf dem Tisch. Und dann hatte er eine Menge Bilder, von sich und seinen Freunden von der Universität mit gekreuzten Rudern darüber, ein buntes vom schottischen Hochland mit struppigem Viehzeug, das in einem See herumplanschte, eines von seinem Vater mit seinen Hunden und dann ein ganz reizendes Bild von seiner Frau – sie war schon tot, die Arme –, ein großes Bild von Venedig mit Gondeln und vielen kostümierten Menschen und eine Zeichnung von Dr. Mac, die ein Freund gemalt hat, auf der der Freund tot daliegt und Dr. Mac mit seinem Jägerhut auf dem Kopf sich über ihn beugt und durch eine Lupe nach Spuren sucht. Das war wirklich urkomisch. Ja, die waren herrlich, die Bilder von Dr. Mac!»

Sie sah den Spencer mit sichtbarem Mangel an Begeisterung an.

«Und heute Morgen ist nichts anders als sonst in dem Zimmer?»

«Ich habe Ihnen ja gesagt, ganz wie immer. Na, sehen Sie doch selbst. Sauber wie ein neues Nudelholz. Es sieht natürlich tagsüber anders aus, wenn er hier arbeitet. Aber er verlässt es immer, wie wenn er nicht vorhätte, am nächsten Morgen wiederzukommen.»

Von Mrs. Bidwell war nichts Neues mehr zu erfahren. Dalgliesh dankte ihr und sagte, sie könne nach Hause gehen, sobald sie Sergeant Reynolds in der Bibliothek die nötigen Informationen gegeben hätte, wo sie den vorigen Abend zugebracht hatte. Er erklärte das mit seinem üblichen Taktgefühl, aber Takt war bei Mrs. Bidwell überflüssig. Sie sagte gut gelaunt und ohne Groll:

«Es ist sowieso zwecklos, wenn Sie mir oder Bidwell etwas anhängen wollen. Wir waren zusammen beim bunten Abend im Dorf. Saßen in der fünften Reihe, zwischen Joe Machin – das ist der Kirchendiener – und Willie Barnes vom Kirchenvorstand, und wir blieben bis zum Schluss der Vorstellung. Wir sind nicht mittendrin davongeschlichen wie einer, den ich Ihnen nennen könnte.»

«Wer schlich sich davon, Mrs. Bidwell?»

«Fragen Sie ihn selbst. Saß außen in der Reihe vor uns, ein Herr, in dessen Büro wir jetzt vielleicht stehen, vielleicht auch nicht. Wollen Sie ihn sprechen? Soll ich ihn hereinbitten?» Sie redete erwartungsvoll und sah nach der Tür wie ein ungeduldiger Jagdhund, der die Ohren auf den Befehl zu apportieren spitzt.

«Wir kümmern uns darum, vielen Dank, Mrs. Bidwell. Und falls wir Sie noch einmal sprechen wollen, melden wir uns. Sie haben uns sehr geholfen.»

«Ich dachte, ich könnte für alle Kaffee kochen, bevor ich gehe. Kann wohl nicht schaden, nicht wahr?»

Es hatte keinen Sinn, ihr nahe zu legen, nicht mit dem Personal oder gar mit dem ganzen Dorf zu reden. Dalgliesh zweifelte nicht daran, dass die Durchsuchung der Waschräume und die Geschichte von dem blutbefleckten Kittel bald allgemein bekannt wären. Aber das konnte keinen großen Schaden anrichten. Der Mörder musste wissen, dass der Polizei sehr schnell die mögliche Bedeutung des fingierten Anrufs in der Frühe bei Mrs. Bidwell aufgehen würde. Er hatte mit intelligenten Männern und Frauen zu tun, die, wenn auch nur stellvertretend, in der Untersuchung eines Verbrechens erfahren waren, die das Vorgehen der Polizei und die Regeln, die jedem seiner Schritte zugrunde lagen, kannten. Er war sicher, dass die meisten, die in der Bibliothek auf ihre Vernehmung warteten, sein Tun bis ins Einzelne im Geiste verfolgten.

Und unter ihnen oder ihnen bekannt war ein Mörder.

9

Polizeidirektor Mercer hatte seine zwei Sergeanten mit einem Blick für das Gegensätzliche ausgewählt, vielleicht auch in der Absicht, möglichen Vorurteilen, die Dalgliesh in Bezug auf Alter und Erfahrung seiner Untergebenen haben mochte, gerecht zu werden. Sergeant Reynolds hatte fast die Altersgrenze erreicht, ein schwerfälliger, breitschultriger, langsam sprechender Beamter der alten Schule, der hier in den Marschen geboren war. Sergeant Underhill, erst vor kurzem befördert, sah jung genug aus, um sein Sohn zu sein. Sein jungenhaft offenes Gesicht mit dem Ausdruck von gezähmtem Idealismus schien Massingham entfernt bekannt. Er hatte den Verdacht, es in einem Pamphlet über die Rekrutierungsmethoden der Polizei gesehen zu haben, aber im Interesse der Zusammenarbeit beschloss er, im Zweifelsfall zu Underhills Gunsten zu entscheiden.

Die vier Polizeibeamten saßen um den Konferenztisch im Büro des Direktors. Dalgliesh gab seinem Team Anweisungen, bevor er mit den vorläufigen Vernehmungen beginnen wollte. Er war sich, wie immer, nervös bewusst, wie die Zeit verstrich. Es war schon nach elf, und er wollte unbedingt im Institut zu einem Ende kommen und den alten Lorrimer aufsuchen. Die äußerlichen Schlüssel zu dem Mord an dessen Sohn mochten im Institut liegen; der Schlüssel zu dem Mann selbst lag anderswo. Aber weder seine Worte noch seine Stimme verrieten Ungeduld.

«Wir gehen zunächst davon aus, dass der Anruf bei Mrs. Bidwell und Lorrimers Tod in Zusammenhang stehen. Das bedeutet, dass der Mörder oder ein Komplize telefoniert hat. Wir halten die Frage nach dem Geschlecht des Anrufers noch offen, bis wir von Bidwell eine Bestätigung erhalten, aber vermutlich war es eine Frau, vermutlich auch jemand, der wusste, dass der alte Lorrimer gestern in ein Krankenhaus kommen sollte, aber nicht wusste, dass die Vereinbarung rückgängig gemacht worden war. Hätte der Mörder den alten Mann zu Hause vermutet, wäre der Trick kaum so geplant worden. Wie Miss Easterbrook erklärt hat, konnte sich niemand darauf verlassen, dass der Alte gestern Abend zeitig zu Bett gehen und erst nachdem das Labor heute mit der Arbeit angefangen hatte, merken würde, dass sein Sohn nicht nach Hause gekommen war.»

Massingham sagte: «Der Mörder hätte es sich angelegen sein lassen, heute Morgen möglichst früh hierher zu kommen, vorausgesetzt, er wusste nicht, dass sein Plan fehlgeschlagen war. Und natürlich vorausgesetzt, der Anruf war kein doppelter Bluff. Es wäre ein sauberer Trick, um uns aufzuhalten, die Nachforschungen zu verwirren und den Verdacht von allen abzulenken, die nicht als Erste heute Morgen kamen.»

«Aber für einen der Verdächtigen hätte es ein noch viel besserer Trick sein können», dachte Dalgliesh. Denn Mrs. Bidwells Erscheinen in Howarths Haus aufgrund des Anrufs hätte dem Direktor eine Ausrede geliefert, so früh ins Labor zu fahren. Er fragte sich, um wie viel Uhr sich Howarth normalerweise blicken ließ. Das war eine Frage, die zu stellen wäre. Er sagte:

«Wir nehmen zunächst an, dass es kein Bluff war. Der Mörder – oder sein Komplize – rief an, um Mrs. Bidwells Ankunft und die Entdeckung der Leiche hinauszuschieben. Was hatte er also vor? Beweise zu konstruieren oder zu vernichten? Etwas wegzuschaffen, was er übersehen hatte; das Schlagholz abzuwischen; Hinweise auf das, was er letzte Nacht hier getan hat, was immer das gewesen sein mag, zu beseitigen; die Schlüssel dem Opfer wieder in die Tasche zu stecken? Blakelock hatte dazu die beste Gelegenheit, aber er hätte ja die Schlüssel gar nicht erst wegnehmen müssen. Der Anruf könnte jemandem die Gelegenheit gegeben haben, den Ersatzschlüsselbund wieder in den Sicherheitsschrank hier zu legen. Aber das wäre auch leicht möglich gewesen, ohne Mrs. Bidwells Erscheinen zu verzögern. Und das kann natürlich auch geschehen sein.»

Underhill sagte: «Aber ist es tatsächlich wahrscheinlich, dass der Anrufer bezweckte, das Auffinden der Leiche zu verzögern und dem Mörder Gelegenheit zu geben, die Schlüssel zurückzubringen? Zugegeben – es war zu erwarten, dass Mrs. Bidwell als Erste heute Morgen die biologische Abteilung betreten würde, wenn sie die frischen Kittel austeilte. Aber der Mörder konnte sich nicht darauf verlassen. Inspektor Blakelock oder Brenda Pridmore hätten gut einen Anlass gehabt haben können, vorher hineinzugehen.»

Dalgliesh hielt das für ein Risiko, das der Mörder vielleicht bewusst eingegangen war. Nach seiner Erfahrung wich die allmorgendliche Routine in einer Institution selten vom Gewohnten ab. Wenn es nicht zu Blakelocks ersten Aufgaben gehörte, die Sicherheit des Labors zu überprüfen – und das war eine weitere Frage, die geklärt werden musste –, begannen er und Brenda Pridmore wahrscheinlich sofort mit ihrer normalen Arbeit am Annahmeschalter. Beim alltäglichen Gang der Dinge wäre Mrs. Bidwell diejenige gewesen, die die Leiche gefunden hätte. Jedes Mitglied des Personals, das vor ihr in das biologische Labor gegangen wäre, hätte einen plausiblen Grund gebraucht, um seine Anwesenheit dort zu erklären, außer natürlich, wenn es sich um jemanden aus dem Biologen-Team gehandelt hätte.

Massingham sagte: «Das mit dem vermissten weißen Kittel ist sonderbar, Sir. Er kann kaum beseitigt oder vernichtet worden sein, damit wir nichts von dem Streit zwischen Middlemass und Lorrimer erfahren. Dieser unersprießliche, aber aufregende kleine Zwischenfall muss schon ein paar Minuten danach im Labor herum gewesen sein. Mrs. Bidwell wird schon dafür gesorgt haben.»

Dalgliesh und Massingham überlegten, wieweit Mrs. Bidwells Beschreibung des Streits, die sie mit einem Höchstmaß an dramatischer Wirkung gegeben hatte, den Tatsachen entspräche. Es lag auf der Hand, dass sie ins Labor gekommen war, nachdem Middlemass zugeschlagen hatte, und in Wirklichkeit sehr wenig mitbekommen hatte. Dalgliesh stand, wie vorausgeahnt, vor einem vertrauten Phänomen: dem Wunsch eines Zeugen, dem die Dürftigkeit seiner Aussage bewusst ist, so viel wie möglich daraus zu machen, um die Polizei nicht zu enttäuschen, gleichzeitig jedoch den Boden der Wahrheit nicht zu verlassen. Strich man Mrs. Bidwells Übertreibungen weg, blieb ein enttäuschend kleiner Kern an wirklichen Fakten übrig.

«Worüber sie sich stritten, könnte ich nicht sagen, nur dass es um eine Dame ging und dass Dr. Lorrimer außer sich war, weil sie mit Mr. Middlemass telefoniert hatte. Die Tür stand offen, und ich habe es mitgekriegt, als ich zur Damentoilette ging. Ich glaube, sie wollte sich mit ihm verabreden, und das hat Dr. Lorrimer nicht gepasst. Ich habe nie ein weißeres Gesicht gesehen. Wie der Tod hat er ausgesehen. Ein blutverschmiertes Taschentuch hat er sich vors Gesicht gehalten und mit seinen schwarzen Augen drüberweggestiert. Und Mr. Middlemass war rot wie ein Puter. War ihm sicher peinlich. Na ja, wir sind auch nicht daran gewöhnt, dass sich die Abteilungsleiter im Hoggatt prügeln. Wenn anständige Herren mit den Fäusten aufeinander losgehen, steckt meistens eine Frau dahinter. Bei dem Mord ist es genauso, wenn Sie mich fragen.»

Dalgliesh sagte: «Wir werden uns von Middlemass seine Version der Angelegenheit erzählen lassen. Ich möchte jetzt kurz mit der versammelten Mannschaft in der Bibliothek sprechen. Dann fangen Inspektor Massingham und ich mit den ersten Vernehmungen an: Howarth, die beiden Frauen, Angela Foley und Brenda Pridmore, Blakelock, Middlemass und alle andern, die keine festen Alibis haben. Sie, Sergeant, kümmern sich bitte um die Routinesachen. Es wäre mir lieb, wenn bei der Durchsuchung jeweils der Leiter der Abteilung anwesend wäre. Sie können am besten sagen, ob sich in ihrem Labor seit gestern etwas verändert hat. Sie suchen vor allem nach dem verschwundenen Blatt aus Lorrimers Ringbuch – wenn ich mir da auch, zugegeben, wenig Hoffnung mache –, ferner nach Hinweisen, was er, abgesehen von dem Kalkgrubenmord, letzte Nacht hier getan hat und wo der vermisste Kittel abgeblieben ist. Ich wünsche eine gründliche Durchsuchung des ganzen Gebäudes, besonders in Hinblick darauf, wie sich jemand Zutritt verschafft haben oder hinausgelangt sein kann. Der Regen letzte Nacht ist ärgerlich. Er hat sicher mögliche Spuren von der Hauswand abgewaschen, aber vielleicht finden Sie dennoch einen Hinweis, dass er durch eines der Toilettenfenster geklettert ist.

Sie brauchen ein paar Leute, die das Gelände absuchen. Der Boden ist vom Regen aufgeweicht, und falls der Mörder mit dem Auto oder Motorrad gekommen ist, gibt es vielleicht Reifenspuren. Wenn wir welche finden, können wir sie hier sofort mit der Reifentabelle vergleichen und sind nicht auf das Londoner Labor angewiesen. Das spart uns wenigstens Zeit. Direkt gegenüber vom Institut ist eine Bushaltestelle. Stellen Sie fest, wann die Busse gehen. Es besteht immer eine geringe Aussicht, dass einem der Fahrgäste oder dem Fahrer etwas aufgefallen ist. Aber zuerst muss das Institutsgebäude durchsucht werden, und zwar so schnell wie möglich, damit die Angestellten ihre Arbeit wieder aufnehmen können. Sie arbeiten an einem frischen Mordfall, und wir dürfen das Labor nicht länger als unbedingt notwendig schließen. Ich würde sie gern morgen früh wieder an ihre Arbeitsplätze lassen.

Dann ist da diese Schmiere, die nach Erbrochenem aussieht, im vordersten Waschbecken der Herrentoilette. Der Geruch aus dem Abfluss ist noch ziemlich eindeutig. Davon muss umgehend eine Probe nach London geschickt werden. Wahrscheinlich müssen Sie den Siphon abschrauben. Wir müssen herausfinden, wer den Waschraum als Letzter benutzte und ob derjenige den Schmutz in dem Becken bemerkte. Wenn keiner zugibt, dass ihm tagsüber schlecht wurde oder keinen Zeugen dafür beibringen kann, müssen wir feststellen, was jeder Einzelne zu Abend gegessen hat. Das Erbrochene könnte von Lorrimer sein, wir müssen also seinen Mageninhalt untersuchen lassen. Ich hätte auch gern Proben von seinem Blut und Haar, die hier im Labor bleiben. Aber darum wird sich Dr. Blain-Thomson kümmern.»

Reynolds sagte: «Setzen wir voraus, dass der entscheidende Zeitpunkt zwischen 18 Uhr 15, als er zuletzt lebend in seinem Labor gesehen wurde, und Mitternacht liegt?»

«Vorerst ja. Wenn ich seinen Vater gesprochen habe und er mir bestätigt, dass er um Viertel vor neun mit ihm telefoniert hat, können wir die Zeitspanne einengen. Und wir werden auch eine genauere Einschätzung der Zeit bekommen, wenn Dr. Blain-Thomson mit der Autopsie fertig ist. Aber mit seiner Schätzung nach dem Grad der Leichenstarre liegt Dr. Kerrison wohl ziemlich richtig.»

Allerdings brauchte Kerrison sich nicht zu irren, falls er selbst der Mörder war. Ein Urteil aufgrund der Leichenstarre war bekanntlich unzuverlässig, und wenn er für sich selbst ein Alibi brauchte, konnte er den Zeitpunkt des Todes leicht bis um eine Stunde früher oder später ansetzen, ohne Verdacht zu erregen. Falls er die Zeit knapp berechnet hatte, brauchte er vielleicht nicht einmal eine Stunde. Es war klug von ihm gewesen, den Polizeiarzt zuzuziehen, um seine Schätzung der Todeszeit bestätigen zu lassen. Aber war es denkbar, dass Dr. Greene, auch wenn er noch so viel Erfahrung in der Untersuchung von Leichen hatte, der Meinung eines gerichtsmedizinischen Gutachters widersprechen würde, es sei denn, dessen Urteil wäre offenkundig falsch? Falls Kerrison schuldig war, wäre er kein großes Risiko eingegangen, als er Greene zuzog.

Dalgliesh stand auf.

«Schön», sagte er. «Dann wollen wir mal anfangen.»

10

Dalgliesh hatte bei einem ersten formlosen Verhör nicht gern mehr als einen Beamten bei sich. Deshalb sollte Massingham mitschreiben. Notizen waren jedoch kaum notwendig, denn Dalgliesh, das wusste der Inspektor, hatte ein äußerst zuverlässiges Erinnerungsvermögen. Aber er fand diese Gewohnheit dennoch nützlich. Sie saßen zusammen am Konferenztisch im Büro des Direktors, doch Howarth blieb lieber stehen. Vielleicht widerstrebte es ihm, in seinen eigenen vier Wänden woanders als an seinem Schreibtisch zu sitzen. Er lehnte zwanglos am Kamin. Ab und zu warf Massingham einen Blick auf das scharf geschnittene Profil, das sich gegen den klassischen Fries abhob. Auf dem Tisch lagen drei Schlüsselbunde: der aus Lorrimers Tasche, der von Inspektor Blakelock und der, den Dr. Howarth aus einer Schachtel im Sicherheitsschrank geholt hatte, nachdem er an dem Kombinationsschloss gedreht hatte. Die Sätze waren identisch, jeweils ein Yale-Schlüssel, zwei Sicherheitsschlüssel für die Eingangstür und ein kleinerer an einem einfachen Metallring. Keiner war gekennzeichnet, vermutlich aus Sicherheitsgründen.

Dalgliesh sagte: «Es gibt nur diese drei Sätze?»

«Außer dem einen in der Polizeistation von Guy's Marsh, ja. Ich habe natürlich heute Morgen schon nachgefragt, ob die Polizei ihren Satz noch hat. Die Schlüssel werden dort in einem Safe unter der Kontrolle des wachhabenden Beamten aufbewahrt. Sie sind nicht angerührt worden. Sie brauchen einen Satz in der Polizeistation für den Fall, dass Alarm gegeben wird. Letzte Nacht gab es keinen Alarm.»

Dalgliesh wusste bereits von Mercer, dass die Schlüssel der Polizeistation überprüft worden waren. Er sagte:

«Und dieser kleine Schlüssel?»

«Der gehört zum Lager für die Beweisstücke. Das geht

so vor sich: Alle hereinkommenden Beweisstücke werden zunächst registriert und dann dort gelagert, bis sie dem Leiter der zuständigen Abteilung übergeben werden, der sie dann einem bestimmten Mitarbeiter zuteilt. Außerdem bewahren wir dort die schon untersuchten Beweisstücke auf, bis die Polizei sie abholt, und solche, die dem Gericht vorgelegen haben und uns zur Vernichtung zurückgeschickt werden. Bei letzteren handelt es sich hauptsächlich um Drogen. Sie werden im Verbrennungsofen vernichtet; der Vorgang wird von einem Mitglied unseres Personals und von dem Beamten, der den Fall bearbeitet, überwacht. Dieser Lagerraum ist ebenfalls durch eine elektronische Warnanlage gesichert, aber wir brauchen natürlich den Schlüssel für die interne Sicherheit, wenn die Anlage nicht eingeschaltet ist.»

«Und sämtliche Innentüren des Instituts, einschließlich der zu Ihrem Büro, waren gesichert, nachdem das innere Alarmsystem eingeschaltet war? Das würde bedeuten, dass ein Eindringling nur durch die Toilettenfenster im obersten Stock unbemerkt hätte entkommen können. Alle anderen Fenster sind vergittert oder an die Alarmanlage angeschlossen, nicht wahr?»

«Das ist richtig. Er könnte natürlich auf diesem Weg auch hereingekommen sein, das hat uns am meisten beunruhigt. Aber es ist nicht gerade einfach, am Haus hochzuklettern, und sobald er einen der Laborräume betreten hätte, wäre ja der Alarm ausgelöst worden. Als ich meine Stelle hier antrat, erwogen wir, auch die Waschräume in das Alarmsystem einzubeziehen, aber es erschien uns dann doch überflüssig. Wir hatten in den über siebzig Jahren seit Bestehen des Instituts hier keinen einzigen Einbruch.»

«Wie geht das im Einzelnen vor sich, wenn das Institut abgeschlossen wird?»

«Nur die beiden Verbindungsmänner der Polizei und Lorrimer als bevollmächtigter Sicherheitsmann waren berechtigt abzuschließen. Er oder der Dienst habende Polizist waren verpflichtet, dafür zu sorgen, dass niemand vom Personal sich im Gebäude befand, dass alle Innentüren verschlossen waren, bevor die Alarmanlage eingeschaltet wurde, und dass die Eingangstür für die Nacht abgeschlossen wurde. Das Alarmsystem in der Polizeistation von Guy's Marsh ist automatisch eingeschaltet, wenn die Tür verschlossen ist, gleich, ob von innen oder von außen.»

«Und diese anderen Schlüssel, die wir bei der Leiche gefunden haben, die drei in dem Lederetui und der einzelne Schlüssel? Erkennen Sie einen davon?»

«Von den dreien keinen. Einer sieht wie ein Autoschlüssel aus, und die zwei anderen sind vermutlich seine Hausschlüssel. Aber der einzelne sieht aus wie der Schlüssel zur Wren-Kapelle. Ich wusste nicht, dass Lorrimer einen besaß, falls ich Recht habe. Es ist zwar nicht wichtig, aber soweit mir bekannt war, existiert nur ein Schlüssel zur Kapelle, und der hängt an dem Brett im Zimmer des Verbindungsmanns. Es ist kein Sicherheitsschloss, und wir machen uns auch keine Gedanken um die Kapelle. Es gibt dort nichts mehr, was wirklich wertvoll ist. Aber gelegentlich tauchen hier Architekten oder Archäologen auf, die sie besichtigen möchten. Wir leihen ihnen den Schlüssel, und sie tragen sich in ein Buch ein. Wir gestatten ihnen allerdings nicht, über das Institutsgelände zu gehen. Sie müssen den Hintereingang von der Landstraße her benutzen. Die Putzkolonne macht dort jeden zweiten Monat sauber und kontrolliert die Heizung – wir müssen sie im Winter wegen der Decke und der empfindlichen Schnitzereien möglichst auf einer gleichmäßigen Temperatur halten –, und Miss Willard geht ab und zu hin, um Staub zu wischen. Als ihr Vater noch Pfarrer von Chevisham war, hielt er manchmal einen Gottesdienst in der Kapelle. Sie scheint deshalb eine sentimentale Beziehung zu dem Gebäude zu haben.»

Massingham ging in das Büro von Chefinspektor Martin und kam mit dem Kapellenschlüssel zurück. Die beiden Schlüssel waren identisch. Das kleine Notizbuch, das er bei dem Schlüssel gefunden hatte, wies aus, dass er zum letzten Mal von Miss Willard am Montag, dem 25. Oktober, geholt worden war. Howarth sagte:

«Wir haben vor, die Kapelle dem Amt für Denkmalschutz zu unterstellen, wenn wir in das neue Gebäude umgezogen sind. Wir haben ständig Ärger mit dem Finanzministerium, weil wir Heizung und Instandhaltung aus unserem Etat bezahlen. Ich habe hier ein Streichquartett aufgebaut, und wir gaben am 26. August ein Konzert in der Kapelle, aber sonst wird sie nie benutzt. Ich nehme an, dass Sie sie ansehen wollen. Sie ist jedenfalls eine Besichtigung wert, ein sehr hübsches Beispiel für die Kirchenarchitektur des späten 17. Jahrhunderts, obwohl sie in Wirklichkeit gar nicht von Wren ist, sondern von Alexander Fort, der stark von ihm beeinflusst war.»

Dalgliesh fragte unvermittelt: «Wie kamen Sie mit Lorrimer aus?»

Howarth antwortete ruhig: «Nicht besonders gut. Ich respektierte ihn als Biologen und kann mich gewiss nicht über seine Arbeit oder seine Zusammenarbeit mit mir als dem Direktor beklagen. Man fand jedoch nicht leicht Zugang zu ihm, und mir war er nicht besonders sympathisch. Aber er war wahrscheinlich einer der anerkanntesten Serologen in unserer Behörde, und er wird uns fehlen. Wenn er einen Fehler hatte, dann war das seine Abneigung, eine Arbeit von einem Kollegen machen zu lassen. Er hatte zwei wissenschaftliche Mitarbeiter, zwei Serologen, in seinem Team, die für die Bestimmung von Blut und sonstigen Flecken, Speichel und Sperma, zuständig waren, aber die Mordfälle übernahm er grundsätzlich selbst. Neben seiner Arbeit im Labor, den Gerichtsterminen und Tatortterminen wandte er noch ziemlich viel Zeit für andere Tätigkeiten auf. Zum

Beispiel hielt er Vorlesungen in Schulungskursen für Detektive und veranstaltete Kurse für junge Polizisten, um sie mit der Tätigkeit unseres Instituts vertraut zu machen.»

Lorrimers Notizbuch lag auf dem Tisch. Dalgliesh schob es Howarth zu und fragte: «Haben Sie das schon einmal gesehen?»

«Sein Notizbuch? Ja, ich glaube, es ist mir in seinem Labor aufgefallen. Oder wenn er es mit sich herumtrug. Er war krankhaft ordentlich und hatte eine Abneigung gegen lose Notizblätter. Alles Wesentliche wurde in dieses Buch eingetragen. Claire Easterbrook sagte mir, dass das letzte Blatt fehlt.»

«Deshalb ist es uns besonders wichtig herauszubekommen, woran er hier, abgesehen von dem Mord in der Kalkgrube, arbeitete. Er hätte wohl auch Zugang zu allen anderen Labors gehabt?»

«Wenn er die interne Alarmanlage ausgeschaltet hätte, ja. Soviel ich weiß, verließ er sich, wenn er als Einziger noch im Haus war, auf das Yale-Schloss und den Riegel an der Eingangstür, und erst bevor er ging, überprüfte er die Innentüren und schaltete den Alarm ein. Es ist natürlich wichtig, den Alarm nicht aus Versehen auszulösen.»

«Wäre er in der Lage gewesen, eine Untersuchung in einer anderen Abteilung vorzunehmen?»

«Je nachdem, was er vorgehabt hätte. Hauptsächlich ging ihn natürlich die Identifizierung und Zuordnung von biologischem Material an, Blut, Blutflecken und die Untersuchung von Fasern und tierischem und pflanzlichem Gewebe. Aber er war insgesamt ein fähiger Naturwissenschaftler, und seine Interessen waren weit gestreut – seine wissenschaftlichen Interessen, meine ich. Gerichtsbiologen, besonders in kleineren Labors, wie dieses bisher eines gewesen ist, sind recht vielseitig. Aber er hätte wohl keines der komplizierten Geräte in der Instrumentenabteilung benutzt, zum Beispiel das Massenspektrometer.»

«Und Sie persönlich können sich nicht vorstellen, womit er sich beschäftigt haben könnte?»

«Nein. Ich weiß allerdings sicher, dass er in meinem Büro war. Ich musste den Namen eines chirurgischen Gutachters, der in einem unserer früheren Fälle für die Verteidigung ausgesagt hatte, nachschlagen und ließ das Ärzteverzeichnis auf meinem Schreibtisch liegen, als ich gestern Abend nach Hause ging. Heute Morgen stand das Buch wieder an seinem Platz in der Bibliothek. Es gab kaum etwas, was Lorrimer mehr ärgerte, als wenn jemand Bücher aus der Bibliothek wegnahm. Aber wenn er letzte Nacht in diesem Büro war, kann ich mir nicht gut vorstellen, dass er lediglich meine Nachlässigkeit in Bezug auf Bibliotheksbücher kontrollieren wollte.»

Zum Schluss fragte Dalgliesh ihn, was er im Einzelnen letzte Nacht getan hatte.

«Ich spielte Geige bei dem bunten Abend. Der Pfarrer, der die Veranstaltung ausgerichtet hat, musste ein paar Minuten füllen und fragte mich, ob das Streichquartett etwas spielen könnte. Er wollte ein kurzes, heiteres Stück haben. Die Spieler waren außer mir ein Chemiker, ein Mitarbeiter der Dokumentenabteilung und eine Schreibkraft aus dem allgemeinen Sekretariat. Eigentlich hätte Miss Easterbrook das Cello spielen sollen, aber sie war zum Abendessen verabredet, was ihr ebenso wichtig war, und daher konnte sie nicht. Wir standen an dritter Stelle im Programm und spielten Mozarts Divertimento in D-Dur.»

«Blieben Sie bis zum Schluss der Veranstaltung?»

«Das hatte ich vor. Aber es war unglaublich stickig im Saal, deshalb ging ich kurz vor der Pause um halb neun hinaus. Ich ging danach nicht mehr wieder hinein.»

Dalgliesh fragte, was er genau gemacht habe.

«Nichts. Ich saß auf einem flachen Grabstein, ungefähr zwanzig Minuten lang, dann ging ich weg.»

«Haben Sie jemanden gesehen, oder sind Sie gesehen worden?»

«Ich sah jemanden im Pferdekostüm aus der Männergarderobe kommen. Inzwischen weiß ich, dass es Middlemass gewesen sein muss, der für Chefinspektor Martin eingesprungen ist. Er hüpfte vorbei, ziemlich ausgelassen, wie mir schien, und schnappte mit dem Maul nach einem Engel auf einem der Gräber. Dann holte ihn die Truppe der Moriskentänzer ein, die aus dem *Moonraker* kamen. Es war ein ganz eigenartiges Bild. Ab und zu schien der Mond durch die Wolkenfetzen, und diese seltsamen Gestalten kamen durch den wallenden Bodennebel mit ihren klingelnden Schellen und den Tannenreisern auf ihren Hüten auf mich zu. Es war wie ein surrealistischer Film oder ein Ballett. Es hätte nur noch eine mittelmäßige Hintergrundmusik dazugehört, am besten Strawinsky. Ich saß reglos auf dem Grabstein, ein wenig abseits, und ich glaube nicht, dass sie mich sahen. Ich verhielt mich jedenfalls ganz still. Die Pferdemaske schloss sich ihnen an, und sie gingen zusammen in die Halle. Dann hörte ich die Geige aufspielen. Ich blieb noch ungefähr zehn Minuten sitzen, dann ging ich weg. Ich lief eine Zeit lang am Deich von Leamings entlang und kam so um zehn nach Hause. Meine Halbschwester Domenica wird die Zeit bestätigen können.»

Dann besprachen sie, wie die Untersuchung geführt werden sollte. Dr. Howarth sagte, er wolle in Miss Foleys Zimmer umziehen und sein Büro der Polizei zur Verfügung stellen. Für den Rest des Tages würde das Institut geschlossen bleiben, aber Dalgliesh meinte, er hoffe, dass es am nächsten Morgen die Arbeit wieder aufnehmen könne. Bevor Howarth ging, sagte Dalgliesh:

«Jeder, mit dem ich bis jetzt gesprochen habe, respektierte Dr. Lorrimer als Biologen. Aber was für ein Mensch war er? Was wussten Sie zum Beispiel von ihm, außer dass er Biologe war?»

Dr. Howarth sagte kühl: «Nichts. Für mich gab es da nichts zu wissen, außer dass er Biologe war. Wenn Sie im Augenblick keine weiteren Fragen haben, möchte ich mich jetzt mit der Personalabteilung des Ministeriums in Verbindung setzen und mich vergewissern, dass sie in der Aufregung über sein recht spektakuläres Ausscheiden nicht vergessen, mir Ersatz zu schicken.»

II

Dank ihrer jugendlichen Spannkraft hatte sich Brenda Pridmore von dem Schock, Lorrimers Leiche gefunden zu haben, rasch erholt. Sie hatte entschieden abgelehnt, sich nach Hause bringen zu lassen, und bis Dalgliesh soweit war, sich mit ihr zu unterhalten, war sie völlig ruhig und brannte sogar darauf, ihre Geschichte loszuwerden. Mit dem Kranz des vollen kastanienbraunen Haars und dem sommersprossigen, von der frischen Luft gebräunten Gesicht strahlte sie bäuerliche Gesundheit aus. Doch die grauen Augen blickten intelligent, und der Mund war weich und sensibel. Aufmerksam wie ein gelehriges Kind und ohne ein Zeichen von Ängstlichkeit sah sie Dalgliesh über den Tisch an. Er dachte für sich, sie habe wohl in ihrem ganzen jungen Leben nur väterliche Freundlichkeit von den Männern erfahren und zweifle nicht daran, dass auch diese fremden Männer von der Polizei sich so verhalten würden. Sie antwortete auf Dalglieshs Fragen und beschrieb exakt, was sich von ihrer Ankunft im Institut an diesem Morgen bis zur Entdeckung der Leiche ereignet hatte. Dalgliesh fragte:

«Haben Sie ihn angefasst?»

«Nein, nein! Ich kniete hin und berührte, glaube ich, seine Wange. Aber das war alles. Ich wusste doch, dass er tot war.»

«Und dann?»

«Ich kann mich nicht mehr daran erinnern. Ich weiß, dass ich die Treppe hinunterrannte, dass Inspektor Blakelock unten stand und mich ansah. Ich brachte kein Wort heraus, aber er sah wohl an meinem Gesicht, dass irgendwas nicht stimmte. Dann erinnere ich mich, wie ich auf dem Stuhl vor Chefinspektor Martins Büro saß und das Porträt von Colonel Hoggatt betrachtete. Danach weiß ich nichts mehr, bis Dr. Howarth und Mrs. Bidwell kamen.»

«Glauben Sie, es könnte jemand an Ihnen vorbeigegangen sein und das Gebäude verlassen haben, als Sie da unten saßen?»

«Der Mörder, meinen Sie? Ich kann mir nicht vorstellen, wie. Ich weiß, ich war nicht ganz da, aber ich war nicht ohnmächtig oder so was Dummes. Ich hätte ganz bestimmt gemerkt, wenn jemand durch die Halle gegangen wäre. Und selbst wenn er es geschafft hätte, an mir vorbeizuschleichen, wäre er doch Dr. Howarth in die Arme gelaufen.»

Dalgliesh fragte sie über ihre Arbeit im Hoggatt-Institut aus und wie gut sie Dr. Lorrimer gekannt habe. Sie plauderte ungekünstelt und zutraulich über ihr Leben, ihre Kollegen, ihre aufregende Arbeit, über Inspektor Blakelock, der so nett zu ihr war und der seine einzige Tochter verloren hatte. Mit jedem Satz erzählte sie mehr, als sie wusste. Dumm war sie nicht, dachte Massingham, sondern einfach ehrlich und treuherzig. Zum ersten Mal hörten sie jemanden mit aufrichtiger Freundlichkeit von Lorrimer sprechen.

«Er war immer furchtbar nett zu mir, obwohl ich nicht in der biologischen Abteilung arbeite. Natürlich war er ein sehr ernster Mann. Er war für so vieles verantwortlich. Die biologische Abteilung ist schrecklich überlastet, er arbeitete meistens bis in die Nacht hinein, prüfte Ergebnisse nach und versuchte, die Rückstände aufzuholen. Ich glaube, er war enttäuscht, dass er nicht zum Nachfolger von Dr. Mac gewählt wurde. Nicht dass er jemals etwas in der Richtung gesagt hätte – das wäre nicht seine Art gewesen –, ich bin ja viel zu jung, und er war viel zu loyal.»

Dalgliesh fragte: «Glauben Sie, jemand könnte sein Interesse für Sie missverstanden haben und vielleicht sogar ein wenig eifersüchtig gewesen sein?»

«Eifersüchtig auf mich, weil Dr. Lorrimer ab und zu an meinem Tisch stehen blieb, um mit mir über meine Arbeit zu sprechen, und weil er nett zu mir war? Aber er war ein alter Mann! Das ist einfach lächerlich!»

Massingham unterdrückte ein Grinsen, als er sich über seinen Block beugte und ein paar schnelle Notizen hinschrieb. Aber vermutlich war der Gedanke wirklich lächerlich, dachte er.

Dalgliesh fragte: «Anscheinend gab es einigen Ärger an dem Tag vor seinem Tod, als Dr. Kerrisons Kinder ins Institut reinschauten. Waren Sie da in der Halle?»

«Sie meinen, als er Miss Kerrison hinauswarf? Nein, richtig rausgeworfen hat er sie nicht, aber er hat tatsächlich in einem sehr scharfen Ton mit ihr gesprochen. Sie war mit ihrem kleinen Bruder gekommen, und sie wollten auf Dr. Kerrison warten. Dr. Lorrimer sah sie an – ja, eigentlich schon, als hasste er sie. Das sah ihm überhaupt nicht ähnlich. Ich glaube, er war schrecklich angespannt. Vielleicht hatte er eine Vorahnung von seinem Tod. Wissen Sie, was er zu mir sagte, als die Beweisstücke von der Kalkgrube hereinkamen? Er sagte, der einzige Tod, den wir fürchten müssen, sei unser eigener. Meinen Sie nicht auch, dass das eine eigenartige Bemerkung war?»

«Sehr seltsam», stimmte Dalgliesh zu.

«Und da fällt mir etwas anderes ein. Sie sagten doch, dass alles irgendwie wichtig sein könnte. Gestern Morgen kam nämlich ein seltsamer Brief für Dr. Lorrimer. Deshalb kam er an meinen Schreibtisch herüber, um seine private

Post abzuholen. Es war ein dünner brauner Umschlag mit gedruckter Anschrift, mit Druckschrift in Großbuchstaben, meine ich. Und nur der Name, kein Titel und nichts. Seltsam, nicht wahr?»

«Bekam er häufig private Post hierher?»

«Nein, eigentlich nicht. Auf unserem Briefkopf steht, dass alle Briefe an den Direktor gerichtet werden sollen. Wir haben am Annahmeschalter nur mit Beweisstücken zu tun, die Korrespondenz geht zur Verteilung in das Sekretariat. Wir geben nur die persönlichen Briefe weiter, aber das sind nicht viele.»

Bei der flüchtigen ersten Durchsuchung, die er und Massingham in Lorrimers peinlich sauberem Büro vorgenommen hatten, hatte Dalgliesh keine private Korrespondenz gefunden. Er fragte Miss Pridmore, ob Dr. Lorrimer zum Essen nach Hause gegangen sei. Sie bejahte die Frage. Es wäre demnach möglich, dass er den Brief mitgenommen hatte. Das konnte viel oder nichts bedeuten. Es war nur ein weiterer kleiner Punkt, dem man nachgehen musste.

Er dankte Brenda Pridmore und erinnerte sie noch einmal daran, zu ihm zu kommen, falls ihr noch etwas einfiele, was von Bedeutung sein könnte, sei es noch so geringfügig. Brenda war nicht gewohnt, sich zu verstellen. Man sah ihr an, dass ihr etwas durch den Kopf ging. Sie wurde rot und blickte auf den Boden. Die Verwandlung von der fröhlichen Vertrauten zum schuldbewussten Schulmädchen war von rührender Komik.

Dalgliesh sagte freundlich: «Ja?»

Sie sagte nichts, zwang sich aber, ihm in die Augen zu sehen, und schüttelte den Kopf. Er wartete einen Augenblick, dann sagte er:

«Die Untersuchung eines Mordes ist nie angenehm. Wie bei den meisten unschönen Dingen im Leben scheint es manchmal leichter, sich nicht hineinziehen zu lassen, sich von etwas Schmutzigem fern zu halten. Aber das ist nicht möglich. Wenn man bei einer Morduntersuchung eine Wahrheit zurückhält, kommt es manchmal auf dasselbe heraus, wie wenn man eine Lüge erzählt.»

«Aber angenommen, jemand sagt etwas weiter, was er weiß. Etwas Persönliches vielleicht, obwohl er eigentlich gar kein Recht hat, das zu wissen – und es lenkt den Verdacht auf die falsche Person?»

Dalgliesh sagte freundlich: «Sie müssen uns vertrauen. Wollen Sie das versuchen?»

Sie nickte und flüsterte «Ja», aber sie sagte nichts mehr. Er hielt es nicht für klug, sie im Augenblick zu drängen. Er ließ sie gehen und schickte nach Angela Foley.

12

Im Gegensatz zu Brenda Pridmores natürlicher Mitteilsamkeit trug Angela Foley eine höfliche, aber unergründliche Miene zur Schau. Sie war ein außergewöhnlich aussehendes Mädchen mit ihrem herzförmigen Gesicht und der breiten, auffallend hohen Stirn, aus der das Haar, fein wie Kinderhaar und von der Farbe reifen Korns, straff zurückgekämmt war. Auf dem Kopf hatte sie es zu einem festen Krönchen zusammengesteckt. Ihre kleinen schrägen Augen lagen so tief, dass es Dalgliesh schwer fiel, ihre Farbe zu erraten. Ihr Mund war klein, fast verkniffen und wirkte verschlossen über dem spitzen Kinn. Sie trug ein Kleid aus hellbrauner Wolle, dazu eine raffiniert gemusterte Jacke mit kurzen Ärmeln und halbhohe Schnürstiefel – ein kunstvoller und exotischer Gegensatz zu Brendas unmodischer Nettigkeit und dem hübschen handgestrickten Twinset.

Falls der gewaltsame Tod ihres Vetters sie bedrückte, verbarg sie es bewundernswert. Sie sagte, sie habe seit fünf Jahren als Sekretärin des Direktors gearbeitet, zuerst für

Dr. McIntyre und jetzt für Dr. Howarth. Sie hatte gleich nach der Schule beim Hoggatt-Institut angefangen und war zunächst Stenotypistin im allgemeinen Sekretariat gewesen. Sie war siebenundzwanzig. Bis vor zwei Jahren hatte sie in einem Einzimmerapartment in Ely gewohnt, aber jetzt lebte sie mit einer Freundin zusammen in der Sprogg-Kate. Sie hatte den ganzen letzten Abend mit ihr verbracht. Edwin Lorrimer und sein Vater waren ihre einzigen lebenden Verwandten gewesen, aber sie hatten nicht viel voneinander gesehen. Die Familie, erklärte sie, als sei das die natürlichste Sache der Welt, habe nie viel Zusammenhalt gehabt.

«Dann wissen Sie also sehr wenig über sein Privatleben, sein Testament zum Beispiel?»

«Nein, gar nichts. Als meine Großmutter ihm ihr ganzes Geld hinterlassen hatte und wir im Büro des Rechtsanwalts waren, sagte er, er wolle mich als Erbin einsetzen. Aber ich glaube, er hatte damals nur ein Schuldgefühl, weil ich im Testament leer ausgegangen war. Wahrscheinlich sagte er das nur so dahin. Und er kann natürlich seine Meinung geändert haben.»

«Wissen Sie noch, wie viel Ihre Großmutter hinterlassen hat?»

Sie schwieg einen Augenblick. Fast schien es ihm, als überlege sie, ob Unwissenheit verdächtiger klänge als die Kenntnis der Summe. Dann sagte sie:

«Ich glaube, so um die 30 000 Pfund. Ich weiß nicht, wie viel es heute ist.»

Er ging knapp, aber gründlich die Ereignisse des frühen Morgens mit ihr durch. Sie und ihre Freundin besaßen einen Mini, aber meistens fuhr sie mit dem Fahrrad zur Arbeit. Das hatte sie auch diesen Morgen getan. Sie war zu ihrer gewohnten Zeit – kurz vor neun – ins Labor gekommen und hatte zu ihrer Überraschung gesehen, dass Dr. Howarth mit Mrs. Bidwell gerade vor ihr in die Einfahrt eingebogen war. Brenda Pridmore hatte die Tür aufgemacht. Inspektor Blakelock war die Treppe heruntergekommen und hatte ihnen die Nachricht von dem Mord mitgeteilt. Sie waren zusammen in der Halle geblieben, während Dr. Howarth nach oben in das biologische Labor gegangen war. Inspektor Blakelock hatte die Polizei und Dr. Kerrison verständigt. Dann war Dr. Howarth zurückgekommen und hatte sie gebeten, mit Inspektor Blakelock nach den Schlüsseln zu sehen. Sie und der Direktor waren die Einzigen im ganzen Haus, die die Zahlenkombination für seinen Sicherheitsschrank kannten. Dr. Howarth hatte sich von seinem Büro aus mit dem Innenministerium in Verbindung gesetzt und die andern gebeten, in der Halle zu warten. Später, nachdem die Polizei und Dr. Kerrison gekommen waren, hatte Dr. Howarth sie zu dem alten Lorrimer gefahren, um ihm die Nachricht zu überbringen. Dann war er ohne sie ins Labor gefahren, und sie hatte ihre Freundin angerufen. Sie und Miss Mawson waren dort geblieben, bis etwa eine Stunde später Mrs. Swaffield, die Frau des Pfarrers, und ein Polizist gekommen waren.

«Was haben Sie in der Windmühlen-Kate gemacht?»

«Ich habe Tee gekocht und meinem Onkel gebracht. Miss Mawson hielt sich fast die ganze Zeit in der Küche auf und wusch ab. Es war ein ziemliches Durcheinander in der Küche, weil das ganze schmutzige Geschirr vom Vortag noch dastand.»

«Was für einen Eindruck machte Ihr Onkel?»

«Er schien verängstigt und war ziemlich ärgerlich, dass man ihn allein gelassen hatte. Ich glaube, er hatte noch nicht voll begriffen, dass Edwin tot war.»

Viel mehr schien man nicht von ihr erfahren zu können. Soweit sie wusste, hatte ihr Vetter keine Feinde. Sie konnte sich nicht vorstellen, wer ihn umgebracht haben könnte. Ihre hohe, ziemlich monotone Stimme, die Stimme eines Kindes, ließ ahnen, dass das alles sie nicht weiter berührte.

Sie zeigte kein Bedauern, brachte keine Theorien vor, beantwortete alle seine Fragen mit dieser gleichförmigen hohen Stimme. Er hätte ein zufälliger und unwichtiger Besucher sein können, dem sie Auskünfte über die Routine der Laborarbeit gab. Er empfand eine instinktive Antipathie gegen sie. Er hatte keine Mühe, dieses Gefühl zu verbergen, aber er registrierte es mit Interesse, weil es zum ersten Mal seit langem passierte, dass ein Mordverdächtiger in ihm eine so unmittelbare physische Reaktion hervorgerufen hatte. Aber er fragte sich, ob es Voreingenommenheit war, dass er in diesen tiefliegenden verschwiegenen Augen Geringschätzung, ja sogar Verachtung aufblitzen sah, und er hätte viel darum gegeben, zu erfahren, was hinter dieser hohen, unebenen Stirn vor sich ging.

Als sie gegangen war, sagte Massingham: «Eigenartig, dass Dr. Howarth sie und Blakelock beauftragte, die Schlüssel zu kontrollieren. Er muss deren Bedeutung sofort erkannt haben. Der Zugang zum Labor ist das grundlegende Problem in diesem Fall. Warum hat er dann nicht selbst nachgesehen? Er kennt doch die Kombination?»

«Weil er zu stolz ist, einen Zeugen mitzunehmen, und zu klug, allein zu gehen. Und vielleicht hat er es für wichtiger gehalten, in der Halle nach dem Rechten zu sehen. Aber zumindest war er darauf bedacht, Angela Foley zu schützen, indem er sie nicht allein gehen ließ. So, dann wollen wir mal sehen, was Blakelock zu sagen hat.»

13

Wie Dr. Howarth zog Blakelock vor, nicht Platz zu nehmen. Er stand stramm und sah Dalgliesh über Howarths Schreibtisch hinweg an, als laufe ein Disziplinarverfahren gegen ihn. Dalgliesh versuchte gar nicht erst, eine entspannte Stimmung zu schaffen. Blakelock hatte die Technik, Fragen zu beantworten, in seinen Tagen als Detektiv-Konstabler im Zeugenstand gelernt. Er gab die Auskünfte, um die er gebeten wurde, nicht mehr und nicht weniger, und seine Augen fixierten dabei einen Punkt irgendwo über Dalglieshs rechter Schulter. Als er seinen Namen mit fester, ausdrucksloser Stimme angab, erwartete Dalgliesh fast, er würde seine rechte Hand nach der Bibel ausstrecken und den Eid leisten.

Auf Dalglieshs Frage beschrieb er seine Schritte von dem Augenblick an, als er sein Haus in Ely verlassen hatte, um zur Arbeit zu gehen. Sein Bericht über das Auffinden der Leiche deckte sich mit dem, was Brenda Pridmore gesagt hatte. Als sie die Treppe heruntergekommen war, hatte er an ihrem Gesicht gesehen, dass etwas nicht in Ordnung war, und war ins Biologie-Labor gestürzt, ohne auf ein Wort von ihr zu warten. Die Tür war offen gewesen, und das Licht hatte gebrannt. Er beschrieb die Lage der Leiche so exakt, als hätten sich ihre starren Umrisse auf seiner Netzhaut eingeprägt. Er hatte sofort gewusst, dass Lorrimer tot war. Er hatte die Leiche nicht berührt, sondern nur instinktiv in die Tasche des Kittels gefasst, um nachzusehen, ob die Schlüssel da wären.

Dalgliesh fragte: «Als Sie heute Morgen am Institut ankamen, warteten Sie, bis Miss Pridmore Sie eingeholt hatte, bevor Sie hineingingen. Warum?»

«Ich sah sie um die Hausecke kommen, nachdem sie ihr Fahrrad abgestellt hatte, und hielt es für höflich, zu warten, Sir. Und ich brauchte die Tür nicht gleich wieder für sie aufzumachen.»

«Und Sie fanden die drei Schlösser und das innere Sicherheitssystem in korrektem Zustand vor?»

«Ja, Sir.»

«Machen Sie einen routinemäßigen Kontrollgang durch das Institut, sobald Sie morgens hier sind?»

«Nein, Sir. Natürlich hätte ich alles sofort kontrolliert,

wenn ich bemerkt hätte, dass sich jemand an den Schlössern zu schaffen gemacht hätte. Aber es war alles in Ordnung.»

«Sie sagten vorhin, der Anruf von Mr. Lorrimer senior habe Sie erstaunt. Fiel Ihnen nicht Lorrimers Auto auf, als Sie heute Morgen kamen?»

«Nein, Sir. Die Abteilungsleiter benutzen die Garagen.»

«Warum schickten Sie Miss Pridmore nach oben, um nachzusehen, ob Dr. Lorrimer da wäre?»

«Ich schickte sie nicht. Sie war unter dem Schalter durchgeschlüpft, bevor ich noch etwas sagen konnte.»

«Sie hatten aber das Gefühl, dass etwas nicht in Ordnung wäre?»

«Das eigentlich nicht, Sir. Ich erwartete nicht, dass sie ihn antreffen würde. Aber ich glaube, mir kam tatsächlich der Gedanke, es sei ihm vielleicht übel geworden oder so.»

«Was für ein Mann war Dr. Lorrimer, Inspektor?»

«Er war der leitende Biologe, Sir.»

«Ich weiß. Ich frage Sie, wie er als Mensch und als Kollege war.»

«Ich kannte ihn eigentlich nicht gut, Sir. Es war nicht seine Art, sich am Annahmeschalter aufzuhalten und ein Schwätzchen zu machen. Aber ich kam gut mit ihm aus. Er war ein guter Wissenschaftler.»

«Ich habe gehört, dass er sich für Brenda Pridmore interessierte. Hieß das nicht, dass er gelegentlich an ihrem Tisch stehen blieb?»

«Nie länger als ein paar Minuten, Sir. Er unterhielt sich gern ab und zu mit ihr. Das tut jeder gern. Es ist schön, so ein junges Ding hier um sich zu haben. Sie ist hübsch und fleißig und begeistert sich für die Arbeit, und ich glaube, Dr. Lorrimer wollte sie voranbringen.»

«Nicht mehr als das, Inspektor?»

Blakelock sagte unbewegt: «Nein, Sir.»

Dalgliesh fragte ihn dann, wie er den letzten Abend verbracht habe. Er sagte, er habe für sich und seine Frau Karten für den bunten Abend gekauft, obwohl seine Frau wegen starker Kopfschmerzen eigentlich keine Lust hatte. Sie litt an neuralgischen Schmerzen, die sie manchmal völlig lähmten. Aber sie hatten sich dennoch den ersten Teil des Programms angesehen und waren in der Pause gegangen, weil die Schmerzen schlimmer geworden waren. Er war zurück nach Ely gefahren und ungefähr Viertel vor neun angekommen. Er und seine Frau wohnten in einem neuen Bungalow außerhalb der Stadt. Sie hatten keine direkten Nachbarn, und er hielt es für unwahrscheinlich, dass jemand ihre Rückkehr bemerkt haben könnte.

Dalgliesh sagte: «Es scheint kaum jemand Lust gehabt zu haben, zum zweiten Teil des Programms dazubleiben. Warum sind Sie überhaupt hingegangen, wo Sie doch wussten, das Ihre Frau sich nicht gut fühlte?»

«Dr. MacIntyre – das ist der ehemalige Direktor, Sir – wünschte, dass sich das Personal des Instituts an den Veranstaltungen im Dorf beteiligte, und Chefinspektor Martin dachte genauso darüber. Deshalb kaufte ich die Karten, und meine Frau meinte, wir sollten sie auch ausnutzen. Sie hoffte, das Konzert würde ihr helfen, die Schmerzen zu vergessen. Aber in der ersten Hälfte ging es ziemlich laut zu, und es wurde tatsächlich schlimmer.»

«Fuhren Sie nach Hause, um sie abzuholen, oder trafen Sie sich hier?»

«Sie kam am frühen Nachmittag mit dem Bus heraus, Sir, und besuchte Mrs. Dean, die Frau des protestantischen Geistlichen. Sie sind alte Bekannte. Ich arbeitete bis um sechs und ging dann auch hin, um meine Frau abzuholen. Wir aßen dort vor der Veranstaltung noch zu Abend.»

«Gehen Sie immer um diese Zeit?»

«Ja, Sir.»

«Und wer schließt das Institut ab, wenn die Wissenschaftler länger bleiben als Sie?»

«Ich sehe immer nach, wer noch im Haus ist, Sir. Wenn von den jüngeren Angestellten jemand Überstunden macht, muss ich hier bleiben, bis er fertig ist. Aber das kommt nicht oft vor. Dr. Howarth hat einen Satz Schlüssel, und er kontrolliert selbst die Alarmanlage und schließt ab, wenn er länger arbeitet.»

«Arbeitete Dr. Lorrimer gewöhnlich noch, wenn Sie gingen?»

«Vielleicht an drei oder vier Abenden in der Woche, Sir. Aber ich hatte keine Bedenken, wenn Dr. Lorrimer der Letzte war. Er war äußerst gewissenhaft.»

«Hätte er jemanden in das Institut gelassen, wenn er allein war?»

«Nein, Sir, es sei denn, Mitglieder des Personals oder jemanden von der Polizei. Aber dann hätte es ein Beamter sein müssen, den er kannte. Er hätte niemanden hereingelassen, der keinen echten Grund gehabt hätte. Dr. Lorrimer nahm es sehr genau mit Leuten, die eigentlich keine Befugnis haben, das Haus zu betreten.»

«War das der Grund, warum er vorgestern versuchte, Miss Kerrison mit Gewalt vor die Tür zu setzen?»

Inspektor Blakelock blieb gelassen. Er sagte: «Mit Gewalt würde ich nicht sagen, Sir. Er hat das Mädchen nicht angerührt.»

«Könnten Sie mir genau schildern, was sich abspielte, Inspektor?»

«Miss Kerrison und ihr kleiner Bruder wollten ihren Vater abholen. Dr. Kerrison hielt eine Vorlesung in dem Schulungskurs für Inspektoren. Ich schlug Miss Kerrison vor, sich auf den Stuhl zu setzen und zu warten, aber Dr. Lorrimer kam in diesem Augenblick die Treppen herunter, um zu fragen, ob der Schlagstock bereits zur Untersuchung eingegangen wäre. Er sah die Kinder und fragte in ziemlich barschem Ton, warum sie hier herumsäßen. Er sagte, ein wissenschaftliches Labor sei kein Platz für Kinder. Miss Kerrison erwiderte, sie habe nicht die Absicht zu gehen, und er ging auf sie zu, als wolle er sie hinauswerfen. Er sah sehr blass aus, dachte ich für mich. Er fasste sie nicht an, aber wahrscheinlich hatte sie Angst, er würde es tun. Ich glaube, sie ist hochgradig nervös, Sir. Sie fing an zu schreien und zu kreischen: ‹Ich hasse Sie. Ich hasse Sie.› Dr. Lorrimer wandte sich ab und ging wieder nach oben. Brenda versuchte, das Mädchen zu beruhigen.»

«Und die beiden gingen weg, bevor ihr Vater fertig war?»

«Ja, Sir. Dr. Kerrison kam ungefähr eine Viertelstunde danach herunter. Ich sagte ihm, seine Kinder hätten ihn abholen wollen, wären aber inzwischen weggegangen.»

«Sie erzählten ihm nicht, was vorgefallen war?»

«Nein, Sir.»

«War das typisch für Dr. Lorrimers Verhalten?»

«Nein, Sir. Aber er hatte schon die ganzen letzten Wochen schlecht ausgesehen. Ich glaube, er hat unter einer starken nervlichen Anspannung gestanden.»

«Und Sie können sich nicht vorstellen, woher dieser nervöse Zustand kam?»

«Nein, Sir.»

«Hatte er Feinde?»

«Nicht dass ich wüsste, Sir.»

«Sie können sich also nicht denken, wer ihm den Tod gewünscht haben könnte?»

«Nein, Sir.»

«Nachdem Dr. Lorrimers Leiche entdeckt worden war, schickte Dr. Howarth Sie mit Miss Foley in sein Büro, um zu kontrollieren, ob sich sein Schlüsselbund im Sicherheitsschrank befand. Würden Sie bitte genau schildern, was Sie beide taten?»

«Miss Foley öffnete den Schrank. Sie und der Direktor sind die Einzigen, die die Zahlenkombination kennen.»

«Und Sie sahen zu?»

«Ja, Sir, aber ich kann mich nicht an die Zahlen erinnern. Ich sah nur, wie sie an dem Schloss drehte und es einstellte.»

«Und weiter?»

«Sie nahm eine Metallkassette heraus und machte sie auf. Sie war nicht abgeschlossen. Die Schlüssel lagen darin.»

«Sie hatten sie die ganze Zeit genau im Auge, Inspektor? Sind Sie hundertprozentig sicher, dass Miss Foley keine Möglichkeit hatte, die Schlüssel unbemerkt in die Kassette zurückzulegen?»

«Ja, Sir. Das wäre völlig ausgeschlossen gewesen.»

«Eine Frage noch, Inspektor. Als Sie nach oben in Lorrimers Labor gingen, war Miss Pridmore allein. Sie sagte mir, sie sei ganz sicher, es könne sich während dieser Zeit niemand aus dem Gebäude gestohlen haben. Haben Sie an diese Möglichkeit gedacht?»

«Dass er die ganze Nacht hier gewesen sein könnte, Sir? Ja, daran dachte ich auch. Aber er kann sich nicht im Büro meines Chefs versteckt haben, denn dann hätte ich ihn gesehen, als ich den internen Alarm abschaltete. Das ist das Zimmer, das dem Eingang am nächsten liegt. Eine andere Möglichkeit wäre das Büro des Direktors gewesen, aber ich kann mir nicht vorstellen, wie er die Halle durchquert und die Tür geöffnet haben sollte, ohne dass Miss Pridmore ihn bemerkt hätte, obwohl sie noch unter der Schockwirkung stand. Die Tür stand ja nicht offen. Er hätte zumindest den Yale-Schlüssel umdrehen müssen.»

«Und Sie sind absolut sicher, dass Sie Ihren eigenen Schlüsselbund in der letzten Nacht immer bei sich hatten?»

«Ganz sicher, Sir.»

«Danke, Inspektor. Das ist alles im Augenblick. Sagen Sie doch bitte Mr. Middlemass, er möchte hereinkommen.»

14

Der Dokumentenprüfer kam gelassen und selbstsicher in das Büro geschlendert. Er machte es sich unaufgefordert auf Howarths Sessel bequem, legte seinen rechten Fuß über das linke Knie und sah Dalgliesh fragend an, als sei er zu Besuch hier und erwarte allenfalls Langeweile von seinem Gastgeber, bemühe sich aber höflich, das nicht zu zeigen. Er trug dunkelbraune Kordhosen, einen beigen Rollkragenpullover aus weicher Wolle, leuchtend rote Socken und Lederslipper. Das Ganze machte einen lässigen, zwanglosen Eindruck, aber Dalgliesh merkte sofort, dass die Hosen maßgeschneidert, der Pullover aus Kaschmirwolle und die Schuhe handgearbeitet waren. Er warf einen Blick auf das Blatt vor sich, auf dem Middlemass seine Schritte seit sieben Uhr des vergangenen Abends aufgeschrieben hatte. Anders als seine Kollegen hatte er seine Aussage nicht mit dem Kugelschreiber geschrieben, sondern einen Füllfederhalter benutzt. Seine hohen, schlanken, schräg laufenden Buchstaben waren dekorativ und gleichzeitig höchst unleserlich. Es war nicht die Handschrift, die Dalgliesh erwartet hatte. Er sagte:

«Bevor wir auf das hier kommen, möchte ich Sie bitten, mir von Ihrem Streit mit Lorrimer zu berichten.»

«Sie meinen, meine Version im Gegensatz zu Mrs. Bidwells?»

«Die Wahrheit – im Gegensatz zu Vermutungen.»

«Es war nicht gerade eine erbauliche Geschichte, und ich kann nicht sagen, dass ich stolz darauf bin. Aber es ging um nichts Wichtiges. Ich hatte gerade mit dem Kalkgrubenfall angefangen, als ich Lorrimer aus dem Waschraum kommen hörte. Ich wollte in einer persönlichen Sache mit ihm reden, deshalb rief ich ihn herein. Wir redeten, gerieten in Rage, er holte zu einem Schlag aus, und ich reagierte mit einem Fausthieb auf seine Nase. Das Blut verteilte sich eindrucksvoll auf meinem Kittel. Ich entschuldigte mich. Er ging hinaus.»

«Worüber stritten Sie sich? Wegen einer Frau?»

«Das wohl kaum, Herr Oberkriminalrat, nicht mit Lorrimer. Ich denke, Lorrimer wusste zwar, dass es zwei Geschlechter gibt, aber ich habe meine Zweifel, ob er diese Regelung guthieß. Es ging um eine unbedeutende Privatangelegenheit, eine Sache, die sich vor ein paar Jahren abspielte. Es hatte nichts mit dem Labor zu tun.»

«Demnach ergibt sich folgendes Bild: Sie nehmen sich ein Beweisstück zu einem Mordfall vor, ein wichtiges Beweisstück, da Sie es selbst untersuchen wollen. Sie sind jedoch nicht so in diese Aufgabe vertieft, dass Sie nicht die Schritte vor der Tür hören und sie als Lorrimers identifizieren. Der Augenblick scheint Ihnen passend, ihn hereinzurufen und etwas zu besprechen, das vor zwei Jahren passierte, etwas, das Sie offenbar in der Zwischenzeit nicht beunruhigt hat, Sie beide jetzt aber so in Harnisch bringt, dass Sie versuchen, einander niederzuschlagen.»

«So ausgedrückt, klingt es exzentrisch.»

«So ausgedrückt, klingt es absurd.»

«Irgendwie war es wohl auch absurd. Es ging um einen Vetter meiner Frau, Peter Ennalls. Er hatte die Schule mit sehr guten Noten in den Naturwissenschaften abgeschlossen und interessierte sich sehr für unsere Tätigkeit. Er fragte mich um Rat, und ich sagte ihm, wie er es anstellen sollte. Schließlich arbeitete er als wissenschaftlicher Angestellter unter Lorrimer im Süd-Labor. Es ging nicht gut. Ich glaube nicht, dass es einzig und allein an Lorrimer lag, aber er hat nicht die Gabe, mit jungen Leuten umzugehen. Am Ende stand Ennalls vor einer gescheiterten Karriere und einer gelösten Verlobung. Er bekam einen Nervenzusammenbruch, wie man das euphemistisch nennt, und ertränkte sich schließlich. Wir hörten Gerüchte, was sich vorher in seinem Labor abgespielt hatte. Unsere Behörde ist nicht so groß; diese Dinge sprechen sich herum. Ich kannte den Jungen nicht sehr gut, aber meine Frau hing sehr an ihm.

Ich gebe Lorrimer nicht die Schuld an Peters Tod. Ein Selbstmörder ist letztlich immer selbst verantwortlich für seinen Tod. Aber meine Frau ist überzeugt, Lorrimer hätte mehr tun können, um ihm zu helfen. Ich rief sie gestern nach dem Mittagessen an, um ihr zu sagen, dass ich später als sonst nach Hause kommen würde, und unser Gespräch erinnerte mich daran, dass ich schon lange mit Lorrimer über Peter hatte reden wollen. Zufällig hörte ich ihn vorbeigehen. Also rief ich ihn herein, und es kam schließlich zu dem, was Mrs. Bidwell zweifellos sehr anschaulich geschildert hat. Mrs. Bidwell entdeckt bestimmt hinter jedem Streit zwischen Männern eine Frau. Und falls sie von einer Frau oder einem Anruf gesprochen hat, so war die Frau meine eigene und das Telefongespräch war das, von dem ich Ihnen erzählt habe.»

Es klang einleuchtend, dachte Dalgliesh. Es mochte sogar stimmen. Der Geschichte von Peter Ennalls würde man nachgehen müssen. Nur bedeutete es leider zusätzliche Arbeit, wo sie ohnehin unter Zeitdruck standen und kaum Zweifel an der Wahrheit der Geschichte bestanden. Aber Middlemass hatte in der Gegenwart gesprochen: «Lorrimer hat nicht die Gabe, mit jungen Leuten umzugehen.» Gab es vielleicht auch hier jüngere Mitarbeiter, die unter ihm gelitten hatten? Aber er beschloss, das vorerst auf sich beruhen zu lassen. Paul Middlemass war ein kluger Mann. Bevor er eine förmliche Aussage machte, würde er Zeit haben, sich die Auswirkungen auf seine Karriere zu überlegen, wenn er seine Unterschrift unter eine Lüge setzte. Dalgliesh sagte:

«Wie ich Ihrer Aussage entnehme, traten Sie gestern Abend in einer Pferdemaske mit den Moriskentänzern beim bunten Abend auf. Dennoch schreiben Sie, Sie können keinen Einzigen nennen, der Ihre Anwesenheit bezeugen kann. Vermutlich konnten Tänzer und Publikum das Pferd herumstolzieren sehen, nicht aber, wer unter der Maske steckte. Aber sah Sie denn niemand im Saal kommen oder gehen?»

«Wenigstens sah mich niemand, der mich kannte. Das ist ärgerlich, aber es ist nun einmal so. Es war sowieso alles komisch. Ich bin eigentlich kein Moriskentänzer. Ich kümmere mich gewöhnlich nicht um diese ländlichen Vergnügungen, und diese Veranstaltungen im Dorf sind nicht das, was ich mir unter Freizeitgestaltung vorstelle. Unser Erster Verbindungsmann, Chefinspektor Martin, hätte diese Nummer geben sollen, aber dann bekam er überraschend die Gelegenheit, in die USA zu fliegen, und bat mich, ihn zu vertreten. Wir haben ungefähr die gleiche Figur, und er dachte wohl, das Kostüm würde mir passen. Er brauchte einen Mann, der recht breite Schultern hat und kräftig genug ist, das Gewicht des Pferdekopfes auszuhalten. Und ich war ihm Dank schuldig – er hatte bei einem Kollegen von der Streife ein gutes Wort für mich eingelegt, als ich vor einem Monat wegen überhöhter Geschwindigkeit gestoppt wurde. Ich konnte also kaum umhin, ihm den Gefallen zu tun.

Ich ging zu einer Probe letzte Woche, und es lief schließlich darauf hinaus, wie Sie sagten, dass ich um die Tänzer herumstolzierte, nachdem sie ihre Nummer hingelegt hatten, mit dem Maul nach dem Publikum schnappte, mit dem Schwanz wedelte und mich überhaupt zum Narren machte. Aber das machte mir eigentlich nichts aus, weil mich ja niemand erkennen konnte. Ich hatte nicht vor, den ganzen Abend bei der Veranstaltung zuzubringen. Deshalb bat ich Bob Gotobed – das ist der Leiter der Gruppe –, mich eine Viertelstunde vor unserem Auftritt von dort aus anzurufen. Wir waren nach der Pause dran, so um halb neun herum. Der Abend begann um halb acht, wie Sie sicher wissen.»

«Und Sie arbeiteten in Ihrem Labor, bis der Anruf kam?»

«Ganz recht. Mein Mitarbeiter holte mir ein paar belegte Brote, die ich an meinem Arbeitsplatz verzehrte. Bob rief um Viertel nach acht an und sagte, es wäre ein bisschen schneller gegangen, ich sollte lieber gleich rüberkommen. Die Tänzer waren schon kostümiert und wollten noch ein Bier im *Moonraker* trinken. Der Saal hat keine Schankerlaubnis, deshalb bekommt das Publikum in der Pause dort nur Kaffee oder Tee vom Frauenverein serviert. Als ich das Labor verließ, dürfte es so zwanzig nach acht gewesen sein.»

«Sie sagen, Lorrimer sei Ihres Wissens da noch am Leben gewesen?»

«Wir wissen, dass er fünfundzwanzig Minuten danach noch lebte, falls sein Vater sich nicht mit dem Anruf irrt. Aber tatsächlich glaube ich, ihn gesehen zu haben. Ich ging durch die Vordertür hinaus, weil das der einzige Ausgang ist, aber ich musste um das Haus herum zu den Garagen gehen, um mein Auto zu holen. Im biologischen Labor brannte Licht, und ich sah kurz eine Gestalt im weißen Kittel hinter einem Fenster vorbeigehen. Ich kann nicht schwören, dass es Lorrimer war. Ich kann nur sagen, dass es mir damals nicht in den Sinn kam, er wäre es nicht. Und ich wusste natürlich, dass er noch im Haus sein musste. Er war dafür verantwortlich, abzuschließen, und er nahm es mit der Sicherheit äußerst genau. Er wäre nicht weggegangen, ohne alle Abteilungen, einschließlich meiner, kontrolliert zu haben.»

«Wie war die Eingangstür abgeschlossen?»

«Nur mit dem Yale-Schloss und dem Riegel. Wie ich es erwartet hatte. Ich schloss mir auf.»

«Was war, als Sie im Saal ankamen?»

«Dazu muss ich ihnen erst die eigenartige Architektur beschreiben. Das Gebäude wurde vor fünf Jahren für wenig Geld von einer hiesigen Baufirma errichtet; das Komitee meinte, man könne Geld einsparen, wenn man auf einen Architekten verzichtete. Sie sagten dem Mann nur, dass sie einen rechteckigen Saal mit einer Bühne, zwei Umkleideräumen und Waschräumen am einen Ende sowie einem Vorraum, einer Garderobe und einem Raum für Erfrischungen am anderen Ende haben wollten. Harry Gotobed und seine Söhne bauten den Saal. Harry ist eine Säule der Freikirche und ein Muster an nonkonformistischer Rechtschaffenheit. Er hat nichts mit dem Theater im Sinn, auch nicht mit dem Laientheater, und ich glaube, es kostete sie einige Mühe, ihn zu überreden, auch eine Bühne zu bauen. Aber er hatte ganz gewiss nicht vor, eine Verbindungstür zwischen den Damen- und Herrengarderoben offen zu lassen. Das Ergebnis ist, dass wir hinter der Bühne zwei separate Räume haben, jeweils mit einem Waschraum. Es gibt auf jeder Seite einen Ausgang zum Friedhof und zwei Türen, die zur Bühne führen, aber tatsächlich keinen gemeinsamen Gang hinter der Bühne. Also ziehen sich die Männer in der Garderobe rechts um und treten auf der rechten Bühnenseite auf, die Frauen auf der linken Seite. Soll also einer von der anderen Seite auf die Bühne kommen, muss er aus der Garderobe nach draußen gehen, im Kostüm, und womöglich durch den Regen über den Friedhof rennen. Wenn er nicht über einen Grabstein stolpert und einen Knöchel bricht oder in ein frisch ausgehobenes Grab fällt, kann er dann endlich triumphierend, wenn auch abgehetzt und verschwitzt, auf der richtigen Seite auftreten.»

Plötzlich warf er den Kopf zurück und lachte lauthals los, dann fing er sich wieder und sagte:

«Sie müssen entschuldigen. Mir ist nur eine Vorstellung der Theatergesellschaft vom letzten Jahr eingefallen. Sie gaben eine von diesen veralteten Familienkomödien, in denen die Schauspieler die meiste Zeit im Abenddress herumstehen und sich in spritzigen Plaudereien üben. Die junge Bridie Corrigan vom Kolonialwarengeschäft spielte das Dienstmädchen. Als sie über den Friedhof rannte, meinte sie, den Geist der alten Maggie Gotobed zu sehen. Sie stürzte mit schiefem Häubchen schreiend auf die Bühne, erinnerte sich aber gerade noch rechtzeitig an ihre Rolle und stieß hervor: ‹Heilige Mutter Gottes, es ist serviert!› Worauf alle gehorsam von der Bühne trotteten, die Männer auf der einen Seite, die Frauen auf der andern. Unser Gemeindesaal, sage ich Ihnen, trägt beträchtlich zur Steigerung des Interesses am Theater bei.»

«Sie gingen also in die Garderobe auf der rechten Seite.»

«Ganz recht. Dort herrschte ein wildes Durcheinander. Die Spieler müssen ihre Straßenmäntel dort hinhängen und gleichzeitig ihre verschiedenen Kostüme bereithalten. Es gibt nur eine Reihe Kleiderhaken, eine Bank in der Mitte und einen kleinen Spiegel, vor dem sich höchstens zwei Leute gleichzeitig zurechtmachen können. Das einzige Handwaschbecken ist in der Toilette. Aber Sie werden sich dort sicher selbst umsehen. Gestern Abend war das reinste Chaos: Straßenmäntel, Kostüme, Schachteln und Requisiten, alles türmte sich auf der Bank oder lag auf dem Boden. Aber ich fand das Pferdekostüm an einem Haken und zog es an.»

«War außer Ihnen noch jemand in der Garderobe?»

«Im Umkleidezimmer war niemand, aber ich hörte jemanden in der Toilette. Ich wusste, dass fast der ganze Trupp drüben im *Moonraker* war. Als ich mich in das Kostüm gezwängt hatte, ging die Tür vom Waschraum auf und Harry Sprogg kam heraus. Er gehört auch zu der Gruppe und war schon im Kostüm.»

Massingham notierte den Namen: Harry Sprogg. Dalgliesh fragte:

«Sprachen Sie mit ihm?»

«Ich nicht. Aber er sagte, er freue sich, dass ich es geschafft hätte, oder so etwas, und die andern wären im *Moonraker.* Er sagte, er sei auf dem Weg dorthin, um sie loszueisen. Er ist der einzige Abstinenzler in der Gruppe, deshalb ist er wohl nicht mit ihnen hingegangen. Er ging hinaus, und ich lief hinter ihm her auf den Friedhof.»

«Ohne etwas zu ihm zu sagen?»

«Ich kann mich nicht erinnern, etwas gesagt zu haben. Wir waren ja nur einen Augenblick da drinnen zusammen. Ich folgte ihm nach draußen, weil es in der Garderobe so muffig war – es hat sogar richtig gestunken –, und das Kostüm war ganz schön schwer und warm. Ich dachte, ich warte lieber draußen, um mich den Jungs anzuschließen, wenn sie aus der Wirtschaft kämen. Ja, und das habe ich auch getan.»

«Haben Sie irgendwen gesehen?»

«Nein, aber das heißt nicht unbedingt, dass niemand da gewesen wäre. Mein Blickfeld war durch die Maske etwas eingeengt. Falls jemand reglos auf dem Friedhof gestanden hätte, hätte ich ihn wohl leicht übersehen. Ich rechnete nicht damit, jemanden dort anzutreffen.»

«Wie lange waren Sie dort?»

«Weniger als fünf Minuten. Ich ging ein wenig auf und ab, klappte zur Probe mein Maul auf und zu und wedelte mit dem Schwanz. Es muss ziemlich albern ausgesehen haben, falls mich jemand beobachtet hat. Dort steht ein besonders scheußliches Grabmal, ein Marmorengel mit einem Ausdruck von Frömmigkeit, dass einem schlecht wird, und einer nach oben weisenden Hand. Ich tänzelte ein- oder zweimal um ihn herum und schnappte mit meinem Maul nach seinem dummen Gesicht. Gott weiß, warum. Vielleicht lag es an dem Mondlicht oder an der Wirkung des Ortes selbst. Dann sah ich die Männer vom *Moonraker* über den Friedhof kommen und mischte mich unter sie.»

«Sprachen Sie dann mit ihnen?»

«Vielleicht habe ich guten Abend oder Hallo gesagt, aber ich glaube nicht. Sie hätten meine Stimme wegen der Maske sowieso nicht erkannt. Ich hob meinen rechten Vorderhuf und machte zum Spaß eine Verbeugung, dann zockelte ich ihnen nach. Wir gingen zusammen in die Garderobe. Wir konnten hören, wie das Publikum die Plätze einnahm, dann steckte der Spielleiter seinen Kopf herein und sagte: ‹Ihr seid dran, Jungs!› Dann gingen die sechs Tänzer auf die Bühne, und ich hörte die Geige aufspielen, das Stampfen von Füßen und das Glöckchengeklingel. Danach setzte eine andere Musik ein, und das war das Zeichen für mich, auf die Bühne zu gehen und meine Nummer abzuziehen. Es gehörte auch zu meiner Rolle, die Stufen von der Bühne hinunterzugehen und im Publikum herumzualbern. Nach dem Gekreische der Mädchen zu urteilen, machte ich meine Sache ganz gut, aber wenn Sie mich fragen wollen, ob mich einer erkannt hat, brauche ich gar nicht lange nachzudenken. Ich kann mir nicht vorstellen, wie sie das gekonnt hätten.»

«Aber nach der Vorstellung?»

«Danach sah mich sicher niemand. Wir stolperten die Stufen von der Bühne in die Garderobe hinunter, aber der Applaus hörte nicht auf. Dann merkte ich zu meinem Schrecken, dass ein paar Idioten im Publikum ‹Zugabe› riefen. Die Burschen in Grün brauchten keine zweite Einladung und waren so schnell wieder oben wie ein Trupp Kanalarbeiter, denen man gerade gesagt hat, dass die Bar jetzt offen ist. Ich stellte mich auf den Standpunkt, dass meine Abmachung mit Bill Martin sich nur auf einen Auftritt bezog, ohne Zugabe, und dass ich mich für diesen Abend genug zum Narren gemacht hatte. Als dann die Fiedel aufspielte und das Stampfen begann, schlüpfte ich aus meinem Kostüm, hängte es an den Nagel und machte mich davon. Soviel ich weiß, sah mich niemand weggehen, und es war auch kein Mensch auf dem Parkplatz, als ich mein Auto aufschloss. Ich war vor zehn zu Hause. Das kann meine

Frau bestätigen, wenn es Sie interessiert. Aber das ist wohl nicht der Fall.»

«Besser wäre es, wenn Sie jemanden auftreiben könnten, der bestätigt, wo Sie zwischen 20 Uhr 45 und Mitternacht waren.»

«Ist mir klar. Zu dumm, nicht wahr? Hätte ich gewusst, dass jemand vorhatte, Lorrimer im Lauf des Abends zu ermorden, hätte ich bestimmt darauf geachtet, die Maske erst im letzten Augenblick, bevor wir auf die Bühne gingen, aufzusetzen. Dummerweise ist der Pferdekopf so groß. Er wird, wie Sie sehen werden, von den Schultern seines Trägers abgestützt und kommt tatsächlich mit dem Kopf oder dem Gesicht nicht in Berührung. Sonst hätten Sie vielleicht ein Haar oder andere Hinweise finden können, dass ich ihn wirklich getragen habe. Und die Fingerabdrücke nutzen Ihnen auch nichts. Ich habe ihn bei der Probe angefasst – und ein Dutzend anderer Hände auch. Diese ganze Sache ist für mich ein Beispiel, was für eine Torheit es ist, wenn man sich gutmütig für etwas hergibt. Hätte ich dem guten Bill nur gesagt, er soll sonst was mit seinem verflixten Pferd machen, dann wäre ich vor acht zu Hause gewesen und hätte mit einem hübschen kleinen Alibi gemütlich in den *Panton Arms* gesessen.»

Dalgliesh fragte zum Schluss des Gesprächs nach dem verschwundenen weißen Kittel.

«Er ist ziemlich ausgefallen geschnitten. Tatsächlich besitze ich ein halbes Dutzend von der Sorte, alle noch von meinem Vater. Die andern fünf liegen im Wäscheschrank, wenn Sie sie sehen wollen. Sie sind tailliert, aus schwerem weißem Leinen, bis zum Hals zugeknöpft, und die Knöpfe tragen das Wappen des Königlich Zahnärztlichen Korps. Ja, und sie haben keine Taschen. Mein Alter hielt Taschen für unhygienisch.»

Massingham dachte, der Mörder hätte einen Kittel, der bereits mit Lorrimers Blut befleckt war, für eine besonders geschickte Tarnkleidung gehalten. Middlemass dachte anscheinend das gleiche und sagte:

«Falls er gefunden wird, kann ich bestimmt nicht mehr mit Gewissheit sagen, welche Blutflecken von unserm Kampf herrühren. An der rechten Schulter war ein ziemlich großer Fleck, aber vielleicht gab es noch ein paar Spritzer mehr. Doch die Serologen werden Ihnen sicher sagen können, wie alt die Flecken ungefähr sind.»

Falls der Kittel jemals gefunden würde, dachte Dalgliesh. Es würde nicht einfach sein, ihn völlig zu vernichten. Aber der Mörder hätte, falls er ihn benutzt hatte, die ganze Nacht dazu Zeit gehabt, sich dieses Beweisstück vom Hals zu schaffen. Er fragte:

«Haben Sie diesen speziellen Kittel sofort nach dem Streit in den Wäschekorb in der Herrentoilette geworfen?»

«Das hatte ich erst vor, aber dann überlegte ich es mir anders. Der Fleck war nicht so groß, und die Ärmel hatten gar nichts abbekommen. Ich zog ihn wieder an und warf ihn erst in den Wäschekorb, als ich mir die Hände wusch, bevor ich das Labor verließ.»

«Wissen Sie noch, welches Waschbecken Sie benutzten?»

«Das erste gleich neben der Tür.»

«War das Becken sauber?»

Falls Middlemass überrascht war, ließ er sich nichts anmerken.

«So sauber, wie es normalerweise nach einem Arbeitstag ist. Ich drehe zum Händewaschen immer kräftig auf, also war es sauber genug, als ich wegging. Und ich auch.»

Das Bild stand Massingham mit erschreckender Deutlichkeit vor Augen: Middlemass in seinem blutbespritzten Kittel tief über das Waschbecken gebeugt, beide Hähne voll aufgedreht, das Wasser strudelnd und durch den Abfluss gurgelnd, Wasser, das von Lorrimers Blut rosa gefärbt war. Und der Zeitpunkt? Wenn der alte Lorrimer wirklich mit seinem Sohn um Viertel vor neun gesprochen hatte, war Middlemass aus dem Schneider, wenigstens für den ersten Teil des Abends. Und dann malte er sich eine andere Szene aus: Lorrimers ausgestreckten Körper, das schrille Läuten des Telefons, Middlemass' behandschuhte Hand, die langsam den Hörer abhob. Aber hätte der alte Lorrimer eine fremde Stimme wirklich mit der seines Sohnes verwechseln können?

Als der Dokumentenprüfer gegangen war, sagte Massingham: «Eine Person hat er wenigstens, die seine Geschichte bestätigen kann. Dr. Howarth sah das Pferd um die Engelsfigur auf dem Friedhof springen. Sie hatten heute Morgen kaum Gelegenheit, diese Geschichte zusammen auszuspinnen. Und wie hätte Howarth sonst davon wissen können?»

Dalgliesh sagte: «Es sei denn, sie hätten die Geschichte gestern Nacht auf dem Friedhof erfunden. Oder aber es war nicht Middlemass, sondern Howarth, der in dem Pferdekostüm steckte.»

15

«Ich mochte ihn nicht, und ich hatte Angst vor ihm, aber ich habe ihn nicht umgebracht. Ich weiß, jeder wird glauben, dass ich es getan habe, aber das ist nicht wahr. Ich könnte niemanden töten – nicht einmal ein Tier, geschweige denn einen Menschen.»

Clifford Bradley hatte die lange Wartezeit bis zu seiner Vernehmung einigermaßen gut durchgestanden. Er redete nicht zusammenhanglos. Er hatte versucht, Haltung zu bewahren. Aber er hatte die giftige Atmosphäre der Angst – dieser am schwersten zu verbergenden Regung – mit ins Zimmer gebracht. Sein ganzer Körper wand sich: die rastlosen Hände, die sich in seinem Schoß verklammerten und voneinander lösten, der zuckende Mund, die ängstlich blinzelnden Augen. Er war keine beeindruckende Erscheinung, und die Angst ließ ihn erst recht jämmerlich wirken. Er würde einen schlechten Mörder abgeben, dachte Massingham. Während er ihn beobachtete, verspürte er so etwas wie das instinktive Schamgefühl, das ein gesunder Mensch in der Gegenwart eines Kranken empfindet. Man konnte sich leicht ausmalen, wie er über dem Waschbecken hing und Schuldgefühle und Schrecken ihn würgten. Weniger leicht war es, sich vorzustellen, wie er das Blatt aus dem Notizbuch riss, den weißen Kittel vernichtete oder den Anruf am frühen Morgen bei Mrs. Bidwell bewerkstelligte. Dalgliesh sagte freundlich:

«Kein Mensch beschuldigt Sie. Sie kennen die Regeln eines Verhörs gut genug, um zu wissen, dass wir so nicht miteinander reden würden, wenn ich im Begriff wäre, Sie zur Vorsicht zu mahnen und auf Ihre Rechte hinzuweisen. Sie sagen, Sie haben ihn nicht getötet. Haben Sie eine Ahnung, wer es getan haben könnte?»

«Nein. Wie sollte ich! Ich wusste überhaupt nichts über ihn. Ich weiß nur, dass ich letzte Nacht bei meiner Frau zu Hause war. Meine Schwiegermutter war zum Abendessen bei uns, und ich brachte sie zum Viertel-vor-acht-Bus nach Ely. Dann ging ich direkt nach Hause und blieb den ganzen Abend da. Meine Schwiegermutter rief gegen neun Uhr an, um uns zu sagen, sie sei gut angekommen. Sie hat nicht mit mir gesprochen, weil ich in der Badewanne lag. Das hat ihr meine Frau gesagt. Aber Sue kann bestätigen, dass ich nur ihre Mutter an den Bus brachte und sonst den ganzen Abend zu Hause war.»

Bradley gab zu, er habe nicht gewusst, dass die Einlieferung des alten Lorrimer ins Krankenhaus verschoben worden war. Er vermutete, er sei im Waschraum gewesen, als der alte Herr angerufen hatte. Aber er wusste nichts von dem Anruf am frühen Morgen bei Mrs. Bidwell, dem aus

Lorrimers Notizbuch gerissenen Blatt, dem verschwundenen Kittel von Paul Middlemass. Auf die Frage, was er am Mittwochabend gegessen habe, antwortete er, es habe Rindfleisch aus der Dose mit Currysoße gegeben, dazu Reis und Dosenerbsen. Zum Nachtisch, erklärte er, hatten sie irgendein trockenes Gebäck mit Vanillesoße gehabt. Massingham schüttelte sich fast, als er diese Einzelheiten genau aufschrieb. Er war froh, als Dalgliesh sagte, Bradley könne gehen. Sie hätten in dem Zustand, in dem er sich augenblicklich befand, wohl kaum noch etwas Wichtiges aus ihm herausholen können. Allerdings war auch von keinem anderen im Institut im Augenblick etwas Neues zu erwarten. Massingham drängte jetzt darauf, Lorrimers Haus und Lorrimers nächsten Verwandten zu sehen.

Doch bevor sie aufbrachen, hatte Sergeant Reynolds eine Meldung. Er konnte nur mit Mühe die Aufregung in seiner Stimme unterdrücken.

«Wir haben Reifenspuren gefunden, unter dem Gebüsch, ungefähr auf dem halben Weg zwischen Straße und Haus. Sie scheinen mir ziemlich frisch zu sein. Wir haben sie gesichert, bis ein Fotograf da ist, dann lassen wir einen Gipsabdruck machen. Wir können kaum etwas mit Sicherheit sagen, bevor wir sie nicht mit der Tabelle verglichen haben, aber ich glaube, bei den Hinterrädern handelt es sich um einen Dunlop- und einen Semperitreifen. Eine seltsame Zusammenstellung – sollte nicht so schwer sein, das Fahrzeug zu ermitteln.»

Zu dumm, dass Polizeidirektor Mercer die Fotografen weggeschickt hatte. Aber das war verständlich. Bei der derzeitigen Arbeitsbelastung der Polizei war es kaum gerechtfertigt, die Leute unbegrenzt herumlungern zu lassen. Die Beamten von der Spurensicherung waren wenigstens noch hier. Er sagte:

«Haben Sie schon Verbindung mit Mr. Bidwell aufnehmen können?»

«Captain Massey sagt, er ist draußen auf dem Zuckerrübenfeld. Er will ihm sagen, dass Sie ihn sprechen wollen, wenn er zu seinem Vesper kommt.»

«Ich bin erleichtert, dass Captain Massey einen gesunden Sinn für die Prioritäten zwischen Landwirtschaft und Mord hat.»

«Sie sind mit der Ernte ziemlich im Rückstand, Sir, aber Captain Massey wird zusehen, dass er bei der Polizeistation in Guy's Marsh vorbeischaut, sobald sie heute Nachmittag mit der Arbeit fertig sind.»

«Wenn er es nicht tut, dann schleppen Sie ihn her, und wenn Sie dazu Captain Masseys Traktor borgen müssen. Dieser Anruf ist wichtig. Ich rede jetzt mit den Abteilungsleitern in der Bibliothek und erkläre ihnen, dass sie sich in ihren Labors aufhalten möchten, wenn Sie die einzelnen Räume durchsuchen. Die andern können nach Hause gehen. Ich sage ihnen, dass wir hoffen, bis heute Abend mit der Durchsuchung fertig zu sein. Es sollte möglich sein, das Institut morgen früh wieder zu öffnen. Inspektor Massingham und ich suchen jetzt Dr. Lorrimers Vater auf, draußen in der Windmühlen-Kate. Wenn sich etwas ergibt, können Sie uns dort oder über den Autofunk von Guy's Marsh aus erreichen.»

Weniger als zehn Minuten später saß Massingham am Steuer des Polizeirovers, und sie fuhren los.

Ein Suchender

I

Die Windmühlen-Kate lag zwei Meilen westlich vom Dorf an der Kreuzung der Stoney-Piggott-Straße mit dem Tenpenny-Weg. Die Straße stieg in leichten Kurven kaum merklich an. Dalgliesh bemerkte erst, dass er sich auf höherem Gelände befand, nachdem Massingham das Auto auf dem grasbewachsenen Seitenstreifen geparkt hatte. Als er sich umdrehte, um die Tür zu schließen, sah er das Dorf unter sich an der Straße aufgereiht. Der Himmel war in Aufruhr, wie für einen Maler geschaffen. Die vor dem fahlen Hellblau der höheren Schichten aufgetürmten weißen, grauen und violetten Kumuluswolken verschoben sich ständig gegeneinander, und hie und da brach der Sonnenschein durch, eilte über die Felder und glitzerte über Dächer und Fenster. Unter diesem Himmel wirkte das Dorf wie ein einsamer Außenposten und doch einladend, wohlhabend und sicher. Gewaltsamer Tod mochte weiter im Osten im dunklen Marschland lauern, aber bestimmt nicht hier unter diesen hübschen heimeligen Dächern. Das Hoggatt-Institut war hinter seinem Wall von Bäumen verborgen, doch das neue Gebäude fiel sofort ins Auge; seine Betonstreben, die Gräben und die zur Hälfte hochgezogenen Wände sahen wie die planmäßige Freilegung einer lange verschütteten Stadt aus.

Das Haus – ein niedriges Backsteingebäude mit weißer, holzverkleideter Fassade, überragt von der abgerundeten Spitze und den Flügeln einer Windmühle – lag abseits der Straße, hinter einem breiten Graben. Eine Brücke aus Holzplanken und ein weiß gestrichenes Gartentor führten zum Gartenweg und zur Haustür. Der erste Eindruck trauriger Vernachlässigung, der vielleicht durch die Abgelegenheit des Hauses und die kahlen Mauern und Fenster hervorgerufen wurde, erwies sich auf den zweiten Blick als unberechtigt. Der herbstliche Vorgarten wirkte etwas verwildert, aber den Rosen auf den beiden runden Beeten zu beiden Seiten des Wegs sah man die gute Pflege an. Aus dem Kies auf dem Pfad wuchs kein Unkraut, der Anstrich an der Tür und den Fenstern glänzte. Ein Stück weiter an der Seite überbrückten zwei breite, dicke Planken den Graben und führten zu einer gepflasterten Stellfläche und einer Garage aus Backsteinen.

Vor dem Polizeiwagen parkte bereits ein alter, verlotterter roter Mini. Dalgliesh schloss aus dem Stapel von kirchlichen Zeitschriften, einem kleineren Bündel, das nach Konzertprogrammen aussah, und einem Bund aus zerzausten Chrysanthemen und Herbstlaub auf dem Rücksitz, dass der Pfarrer – oder eher seine Frau – bereits im Haus war. Vermutlich war sie mit ihren Blumen auf dem Weg zur Kirche, obwohl Donnerstag sicher ein ungewöhnlicher Tag war, um die Kirche zu schmücken. Er hatte sich eben nach seinem prüfenden Blick in das Auto dem Haus zugewandt, als eine Frau aus der Tür trat und geschäftig auf sie zulief. Keiner, der in einem Pfarrhaus geboren und aufgewachsen war, konnte irgendwelche Zweifel haben, dass er Mrs. Swaffield vor sich hatte. Sie war tatsächlich das Urbild einer Landpfarrfrau, füllig, fröhlich, tatkräftig, und sie strahlte die etwas einschüchternde Sicherheit einer Frau aus, die die Gabe hat, auf einen Blick Autorität und Tüchtigkeit zu erkennen und sich sofort zunutze zu machen. Sie trug einen Tweedrock mit einer geblümten Baumwollschürze darüber, einen handgestrickten Twinset, derbe Schuhe und Strümpfe mit Lochmuster. Ein topfartiger Filzhut, durch den eine Hutnadel aus Metall gespießt war, saß fest und unverrückbar über der breiten Stirn.

«Guten Morgen, guten Morgen. Sie sind sicher Oberkriminalrat Dalgliesh und Inspektor Massingham. Winifred Swaffield. Bitte, treten Sie näher. Der alte Herr ist oben und zieht sich um. Er bestand darauf, seinen Anzug anzuziehen, als er hörte, dass Sie auf dem Weg hierher sind, obwohl ich ihm versichert habe, dass es nicht nötig ist. Er wird gleich herunterkommen. Ich denke, im vorderen Wohnzimmer passt es am besten, nicht wahr? Das ist Konstabler Davis, aber Sie wissen natürlich, wer er ist. Er sagt, man hat ihn hergeschickt, damit er aufpasst, dass niemand Dr. Lorrimers Zimmer betritt und keine Leute vorbeikommen und den alten Mr. Lorrimer belästigen. Allerdings ist bis jetzt außer einem Reporter niemand hier gewesen, und den bin ich schnell losgeworden. Das ist soweit in Ordnung. Aber der Konstabler ist mir in der Küche wirklich sehr geschickt zur Hand gegangen. Ich mache gerade etwas zu essen für Mr. Lorrimer. Leider bloß eine Suppe und ein Omelett, aber in der Speisekammer sind anscheinend nur Konserven, und über die wird er in den nächsten Tagen froh sein. Man möchte ja auch nicht beladen wie ein viktorianischer Humanitätsapostel aus dem Pfarrhaus kommen.

Simon und ich wollten ihn eigentlich gleich mit ins Pfarrhaus nehmen, aber er scheint hier nicht so schnell weg zu wollen, und man soll die Leute nicht drängen, besonders nicht die alten. Vielleicht ist es so auch am besten. Simon liegt nämlich mit dieser Zwei-Tage-Grippe, deshalb ist er nicht hier, und wir wollen vermeiden, dass der alte Herr sich ansteckt. Aber wir können ihn heute Nacht nicht allein lassen. Ich dachte, er hätte vielleicht gern Angela Foley bei sich, seine Nichte, aber das lehnte er ab. Jetzt hoffe ich, Millie Gotobed vom *Moonraker* kann es einrichten, dass sie heute Nacht hier schläft, und morgen werden wir weitersehen müssen. Aber ich will Sie nicht mit meinen kleinen Sorgen aufhalten.»

Während sie ihre Rede hielt, waren sie allmählich zum

Wohnzimmer vorgedrungen. Als er Schritte in der engen Diele gehört hatte, war Konstabler Davis aus einer Tür aufgetaucht, vermutlich aus der Küche, hatte strammgestanden, gegrüßt, war rot geworden und hatte Dalgliesh mit einer Mischung aus flehentlicher Bitte und leichter Verzweiflung angeblickt, bevor er wieder verschwand. Durch die Tür war ein appetitanregender Geruch nach Suppe hereingeweht.

Das Wohnzimmer war muffig und roch unangenehm nach Tabak. Es war angemessen eingerichtet, machte aber dennoch einen freudlosen, ungemütlichen Eindruck. Es war voll gestopft mit Dingen, die an das Altwerden und seine armseligen Tröstungen gemahnten. Der Kamin war verschalt worden, und ein altmodischer zischender Gasofen strahlte seine unangenehme Hitze auf das Plüschsofa aus, auf dem zwei fettige Kreise die Stelle markierten, wo zahllose Köpfe sich angelehnt hatten. Um den quadratischen Tisch mit kugelig geschnitzten Beinen standen vier passende Stühle mit Kunststoffsitzen, an der Wand gegenüber dem Fenster eine Anrichte mit den lädierten Resten eines Teeservices. Auf der Anrichte standen zwei Flaschen Guinness und ein benutztes Glas. Rechts vom Ofen gab es einen hohen Ohrensessel, daneben einen Weidentisch mit einer wackligen Lampe, einem Tabaksbeutel, einem Aschenbecher mit einem Bild von der Landungsbrücke in Brighton, einem Damebrett mit den Steinen darauf; dazwischen lagen Brotkrümel und über allem eine dicke Staubschicht. Ein großes Fernsehgerät füllte den Alkoven links vom Ofen fast ganz aus. Darüber waren ein paar Bücherbretter angebracht, auf denen eine Reihe populärer Romane stand – alle in gleicher Größe und gleicher Aufmachung, anscheinend von einem Buchclub, in dem Mr. Lorrimer eine Zeit lang Mitglied gewesen war. Sie sahen aus, als wären sie ungeöffnet und ungelesen hingestellt worden.

Dalgliesh und Massingham hatten auf dem Sofa Platz genommen. Mrs. Swaffield saß aufrecht auf der Kante des Ohrensessels und lächelte sie ermunternd an. Sie brachte in das freudlose Zimmer eine ermutigende Atmosphäre, die an selbst gekochte Marmelade erinnerte, an gut geführte Sonntagsschulen und Frauenchöre, die Blakes «Jerusalem» sangen. Beide fühlten sich auf Anhieb wohl in ihrer Gegenwart. Beide hatten, bei aller Verschiedenheit ihrer Herkunft, diesen Frauentyp schon kennen gelernt. Es war nicht so, dachte Dalgliesh, dass sie nicht mit den ausgefransten und lumpigen Rändern des Lebens in Berührung gekommen wäre. Sie hatte aber die Gabe, sie mit fester Hand glattzubügeln und umzusäumen.

Dalgliesh fragte: «Wie fühlt er sich?»

«Erstaunlich gut. Er redet von seinem Sohn fortwährend in der Gegenwart, was mich ein wenig beunruhigt, aber ich glaube, es ist ihm inzwischen doch bewusst geworden, dass Edwin tot ist. Ich will damit nicht andeuten, dass der alte Herr senil ist. Nicht im Mindesten. Aber manchmal ist es schwierig, sich in die Gefühle sehr alter Menschen hineinzudenken. Es muss natürlich ein schrecklicher Schock gewesen sein. Furchtbar, meinen Sie nicht? Wahrscheinlich ist eine von diesen Londoner Verbrecherbanden eingebrochen, um ein Beweisstück an sich zu bringen. Im Dorf reden sie, es gäbe keine Hinweise auf einen Einbruch, aber ein wirklich entschlossener Einbrecher kommt überall hinein, habe ich mir sagen lassen. Pater Gregory hat jedenfalls schreckliche Aufregungen wegen Einbrüchen in St. Marien in Guy's Marsh gehabt. Die Almosenbüchse wurde zweimal geplündert, und zwei Kniebänkchen wurden gestohlen, ausgerechnet die beiden, die vom Frauenverein zur Feier seines fünfzigjährigen Jubiläums mit gestickten Deckchen geschmückt worden waren. Gott weiß, wer an denen Interesse haben könnte. Zum Glück haben wir hier in dieser Richtung keine Probleme gehabt. Für Simon wäre es schlimm, wenn er die Kirche abschließen müsste. Chevisham ist immer ein friedliches Dorf gewesen. Gerade darum ist dieser Mord ein solcher Schock.»

Das Dorf wusste also bereits, dass im Labor nicht eingebrochen worden war. Dalgliesh war nicht überrascht. Vermutlich war einer vom Personal so indiskret gewesen. Vielleicht hatte einer unter dem Vorwand, zu Hause anzurufen und Bescheid zu sagen, dass er nicht zum Mittagessen kommen könne, begierig die aufregende Nachricht nach draußen getragen. Aber es wäre sinnlos, den Schuldigen zu ermitteln. Nach seiner Erfahrung sickerten Neuigkeiten in einer dörflichen Gemeinschaft in einer Art verbaler Osmose durch; es würde schon an Anmaßung grenzen, wollte man versuchen, diese geheimnisvolle Ausbreitung zu kontrollieren oder aufzuhalten. Mrs. Swaffield war, wie jede ordentliche Pfarrfrau, ganz sicher eine der Ersten, die es erfahren hatten. Dalgliesh sagte:

«Schade, dass Miss Foley und ihr Onkel anscheinend nicht gut miteinander stehen. Wenn er vorübergehend zu ihr ziehen könnte, wären Sie zumindest Ihre dringendste Sorge los. Miss Foley und ihre Freundin waren hier, als Sie heute Morgen herkamen, wenn ich es recht verstanden habe?»

«Ja, beide. Dr. Howarth kam persönlich mit Angela, um die Nachricht zu überbringen, was sehr aufmerksam von ihm war, das muss man schon sagen. Dann fuhr er zurück ins Labor und ließ sie hier. Er wollte natürlich nicht zu lange wegbleiben. Angela rief wohl ihre Freundin an, die dann gleich herkam. Dann kam der Konstabler, und ich war kurz nach ihm hier. Es gab keinen Grund für Angela und Miss Mawson, zu bleiben, nachdem ich hier war, und Dr. Howarth wollte unbedingt, dass das Personal möglichst vollzählig im Labor wäre, wenn Sie ankämen.»

«Und soweit Sie wissen, gibt es keine anderen Verwandten und keine engen Freunde?»

«Meines Wissens nicht. Sie lebten ganz für sich. Der alte Mr. Lorrimer geht weder in die Kirche noch nimmt er am Gemeindeleben teil. Deshalb haben Simon und ich ihn nie richtig kennen gelernt. Ich weiß, man erwartet vom Pfarrer, dass er an die Türen klopft und die Leute aus ihren Winkeln lockt, aber Simon ist davon überzeugt, dass das nicht viel Sinn hat. Und ich muss sagen, er hat wohl Recht. Dr. Lorrimer ging allerdings in die Kirche in Guy's Marsh. Pater Gregory könnte Ihnen vielleicht etwas über ihn erzählen, obgleich ich glaube, er hat nicht besonders aktiv am kirchlichen Leben teilgenommen. Er holte gewöhnlich Miss Willard am alten Pfarrhaus ab und fuhr sie rüber. Vielleicht lohnt es sich, mit ihr zu sprechen, obwohl ich es für unwahrscheinlich halte, dass sie sich besonders nahe gestanden haben. Ich denke, er fuhr sie nur zur Kirche, weil Pater Gregory es vorgeschlagen hatte, und nicht so sehr aus eigenem Antrieb. Sie ist eine sonderbare Person, nicht unbedingt die Richtige, um nach den Kindern zu sehen, könnte ich mir denken. Aber da kommt ja der, den Sie eigentlich sprechen wollen.»

Der Tod, dachte Dalgliesh, zerstört eine Familienähnlichkeit genauso wie die Persönlichkeit; es gibt keine Übereinstimmung zwischen den Lebenden und den Toten. Der Mann, der zwar etwas schlurfend, aber immer noch aufrecht ins Zimmer kam, war einmal genauso groß wie sein Sohn gewesen. In dem spärlichen, aus der hohen Stirn zurückgekämmten grauen Haar waren noch ein paar schwarze Strähnen, die wässrigen, eingesunkenen Augen unter den faltigen Lidern waren ebenso dunkel. Aber es gab keine Verwandtschaft mit dem starren Körper, der im Labor auf dem Boden gelegen hatte. Der Tod, der sie für immer getrennt hatte, hatte ihnen auch ihre Ähnlichkeit genommen.

Mrs. Swaffield machte sie mit einer so entschiedenen, aufmunternden Stimme miteinander bekannt, als wären sie alle plötzlich taub geworden. Dann murmelte sie etwas von der Suppe in der Küche und entschwand taktvoll. Massingham beeilte sich, dem alten Mann einen Stuhl anzubieten, aber Mr. Lorrimer wies ihn mit einer steifen, ruckhaften Kopfbewegung ab. Etwas zögernd, als sei ihm das Wohnzimmer fremd, ließ er sich schließlich in dem schäbigen hohen Ohrensessel rechts neben dem Kamin nieder, anscheinend sein gewohnter Sitzplatz, und schaute Dalgliesh fest an.

Mit seinem altmodischen und schlecht geschnittenen blauen Anzug, der aufdringlich nach Mottenkugeln roch und jetzt lose um den geschrumpften Körper hing, und der kerzengeraden Haltung sah er pathetisch aus, fast grotesk, aber nicht ohne Würde. Dalgliesh fragte sich, warum er sich die Mühe gemacht hatte, sich umzuziehen. War es eine Geste des Respekts für seinen toten Sohn, das Bedürfnis, seiner Trauer den üblichen Rahmen zu geben, ein ruheloser Drang, sich mit etwas zu beschäftigen? Oder war es ein tief verwurzelter Glaube, dass der Vertreter des Gesetzes, der da auf dem Weg zu ihm war, durch einen äußerlichen Beweis von Ehrerbietung milde gestimmt werden könnte? Dalgliesh fühlte sich an die Beerdigung eines jungen Konstablers erinnert, der im Dienst ums Leben gekommen war. Was er unerträglich ergreifend empfunden hatte, war nicht die düstere Schönheit der Trauerfeier gewesen, auch nicht der Anblick der kleinen Kinder, die Hand in Hand mit achtsamer Feierlichkeit hinter dem Sarg ihres Vaters hergingen. Es war vielmehr der anschließende Empfang in dem kleinen Haus des Polizisten gewesen, der sorgsam überlegte, selbst bereitete Imbiss und die Getränke, die die Witwe, obwohl sie es sich kaum leisten konnte, für die Kollegen und Freunde ihres Mannes angeboten hatte. Vielleicht hatte die Beschäftigung ihr vorübergehend Mut gemacht oder sie in der Erinnerung getröstet. Vielleicht fühlte sich auch der alte Mr. Lorrimer besser, weil er sich ein wenig Mühe gemacht hatte.

Massingham setzte sich etwas weiter weg von Dalgliesh auf das ziemlich unförmige Sofa und nahm seinen Notizblock vor. Zum Glück war der alte Mann wenigstens ruhig. Man konnte nie wissen, wie die Angehörigen so einen Schicksalsschlag hinnehmen würden. Dalgliesh, wusste er, stand in dem Ruf, das richtige Wort für die Hinterbliebenen zu finden. Seine Beileidsbekundung mochte kurz, fast förmlich sein, aber sie klang zumindest echt. Er hielt es für selbstverständlich, dass die Familie mit der Polizei zusammenzuarbeiten wünschte, nicht der Vergeltung wegen, sondern für die Sache der Gerechtigkeit. Er leistete der wechselseitigen psychologischen Abhängigkeit, die häufig zwischen Detektiv und Hinterbliebenen bestand und so gefährlich leicht ausgebeutet werden konnte, keinen Vorschub. Er machte keine blendenden Versprechungen, schüchterte nie die Schwachen ein, war nie nachsichtig gegenüber den Rührseligen. Und doch schienen ihn alle zu mögen, dachte Massingham. Gott weiß, warum. Manchmal war er so kalt, dass es kaum noch menschlich war.

Er hatte Dalgliesh beobachtet, wie er aufgestanden war, als der alte Mr. Lorrimer ins Zimmer gekommen war; aber er hatte sich nicht gerührt, um den alten Mann zu seinem Sessel zu führen. Massingham hatte einen raschen Blick auf Dalglieshs Gesicht geworfen und den vertrauten Ausdruck forschenden, unvoreingenommenen Interesses gesehen. Konnte überhaupt etwas seinen Chef zu spontanem Mitleid rühren?, fragte er sich. Er dachte an den anderen Fall, den sie vor einem Jahr gemeinsam bearbeitet hatten, als er noch Sergeant gewesen war. Ein Kind war ermordet worden. Dalgliesh hatte die Eltern mit dem gleichen kühlen, abschätzenden Blick angesehen. Aber er hatte einen Monat lang achtzehn Stunden am Tag gearbeitet, bis er den Fall gelöst hatte. Und sein nächster Lyrikband hatte dieses außerordentliche Gedicht über ein ermordetes Kind enthalten, das keiner im Yard – auch jene nicht, die behaupteten, es zu verstehen – dem Autor gegenüber zu erwähnen gewagt hatte. Jetzt sagte er:

«Wie Mrs. Swaffield sagte, ist mein Name Dalgliesh, und das ist Inspektor Massingham. Ich nehme an, Dr. Howarth hat Ihnen mitgeteilt, dass wir Sie besuchen kämen. Es tut mir sehr Leid um Ihren Sohn. Fühlen Sie sich in der Lage, ein paar Fragen zu beantworten?»

Mr. Lorrimer machte eine Kopfbewegung zur Küche hin.

«Was macht sie da drinnen?»

Seine Stimme überraschte: hoch, mit einer Spur der Verdrossenheit des Alters, aber für einen alten Mann ungewöhnlich kräftig.

«Mrs. Swaffield? Sie kocht eine Suppe, glaube ich.»

«Wahrscheinlich hat sie die Zwiebeln und Karotten aus dem Gemüsefach genommen. Mir war so, als hätte ich Karotten gerochen. Edwin weiß, dass ich keine Karotten in der Suppe mag.»

«Hat er immer für Sie gekocht?»

«Er macht die ganze Küchenarbeit, wenn er nicht gerade an irgendeinem Tatort ist. Ich esse mittags nicht viel, aber er stellt mir etwas zum Aufwärmen hin, Eintopf vom vorigen Abend oder vielleicht ein bisschen Fisch und Soße. Heute Morgen stellte er nichts hin, weil er letzte Nacht nicht zu Hause war. Ich musste mir selbst das Frühstück machen. Am liebsten esse ich Speck, aber ich dachte, ich lasse es lieber, falls er heute Abend welchen haben will. Meistens isst er Rührei mit Speck, wenn er spät nach Hause kommt.»

Dalgliesh fragte: «Mr. Lorrimer, können Sie sich denken, warum irgendjemand den Tod Ihres Sohnes wünschte? Hatte er Feinde?»

«Warum sollte er Feinde haben. Er hatte außer im Labor keine Bekannten. Jeder im Labor hatte größte Hochachtung vor ihm. Das hat er mir selbst gesagt. Warum sollte ihm jemand schaden wollen? Edwin lebte ganz in seiner Arbeit.»

Er sprach den letzten Satz aus, als sei es ein origineller Ausdruck, auf den er ziemlich stolz war.

«Sie riefen ihn gestern Abend im Institut an, nicht wahr? Um welche Zeit war das?»

«Es war Viertel vor neun. Der Fernseher ging kaputt. Manchmal flimmert er oder das Bild läuft weg, aber da weiß ich mir zu helfen. Edwin hat mir den Einstellknopf hinten gezeigt. Diesmal war der Bildschirm ganz schwarz bis auf einen kleinen hellen Kreis in der Mitte, und der verschwand dann auch. Ich konnte die Neun-Uhr-Nachrichten nicht sehen, deshalb rief ich Edwin an und bat ihn, den Fernsehmann herzuschicken. Wir haben den Apparat gemietet, und sie sollen eigentlich sofort kommen, ganz gleich wann, aber sie finden immer eine Ausrede. Als ich sie letzten Monat bestellte, kamen sie erst nach zwei Tagen.»

«Wissen Sie noch, was Ihr Sohn Ihnen am Telefon sagte?»

«Er sagte, es hätte keinen Sinn, so spät am Abend anzurufen. Er wollte es als Erstes heute früh tun, bevor er zur Arbeit ging. Aber das konnte er natürlich nicht, weil er nicht nach Hause kam. Der Fernseher ist immer noch kaputt. Ich rufe nicht gern selbst an. Edwin kümmert sich immer um solche Sachen. Meinen Sie, Mrs. Swaffield könnte vielleicht anrufen?»

«Das tut sie sicher gern. Sagte er, dass er jemanden erwartete, als Sie mit ihm sprachen?»

«Nein, er schien in Eile, als wäre es ihm nicht recht, dass ich anrief. Aber er sagte immer, ich sollte ihn im Labor anrufen, wenn ich nicht zurechtkäme.»

«Und er sagte nichts weiter, als dass er den Fernsehmechaniker heute Morgen anrufen würde?»

«Was sollte er sonst sagen? Er hielt nie gern lange Schwätzchen am Telefon.»

«Riefen Sie ihn nicht gestern im Institut wegen Ihres Krankenhaustermins an?»

«Ganz recht. Ich sollte gestern Nachmittag in das Krankenhaus nach Addenbrooke kommen. Edwin sollte mich hinfahren. Wegen meines Beins, wissen Sie. Schuppenflechte. Sie wollen eine neue Therapie versuchen.»

Er machte eine Bewegung, als wolle er sein Hosenbein aufrollen. Dalgliesh sagte schnell:

«Das ist ja schön für Sie, Mr. Lorrimer. Wann erfuhren Sie, dass das Bett doch nicht frei ist?»

«Ungefähr um neun haben sie angerufen. Er war gerade weggegangen. Deshalb telefonierte ich mit dem Labor. Ich kenne natürlich die Nummer der biologischen Abteilung. Da arbeitet er nämlich – in der biologischen Abteilung. Miss Easterbrook nahm das Gespräch an und sagte, Edwin sei im Krankenhaus bei einer Autopsie, aber sie würde es ihm ausrichten, sobald er zurückkäme. In Addenbrooke sagten sie, ich könnte wahrscheinlich nächsten Dienstag ein Bett bekommen. Aber wer soll mich jetzt hinfahren?»

«Ich denke, Mrs. Swaffield wird sich etwas einfallen lassen, oder vielleicht kann Ihre Nichte helfen. Möchten Sie sie nicht bei sich haben?»

«Nein. Was könnte sie schon tun. Sie war heute Morgen mit dieser Freundin hier, dieser Schriftstellerin. Edwin mag sie alle beide nicht. Die Freundin – Miss Mawson heißt sie wohl – hat da oben rumgekramt. Ich habe sehr gute Ohren. Jedenfalls habe ich sie gehört. Ich ging auf den Flur, und da kam sie gerade herunter. Sie sagte, sie wäre im Bad gewesen. Aber warum trug sie die Handschuhe zum Geschirrspülen, wenn sie ins Bad gegangen war?»

Ja, warum wohl, dachte Dalgliesh. Er ärgerte sich plötzlich, dass Konstabler Davis nicht früher hier gewesen war. Es war die natürlichste Sache der Welt, dass Howarth mit Angela Foley gekommen war, um die Nachricht zu überbringen, und dass Angela bei ihrem Onkel geblieben war.

Irgendjemand musste bei ihm bleiben, und wer käme dafür eher infrage als seine einzige Verwandte? Es war wohl auch ganz normal, dass Angela Foley ihre Freundin zur Unterstützung hergebeten hatte. Vermutlich waren beide an Lorrimers Testament interessiert. Schön, auch das war verständlich genug. Massingham rutschte auf dem Sofa hin und her. Dalgliesh spürte, dass er es kaum abwarten konnte, nach oben in Lorrimers Zimmer zu gehen. Ihm selbst ging es genauso. Aber Bücher und Papiere, die traurigen Überbleibsel eines erloschenen Lebens, konnten warten. Wer konnte wissen, ob der lebende Zeuge ein zweites Mal so gesprächig wäre? Er fragte:

«Was fing Ihr Sohn mit sich an, Mr. Lorrimer?»

«Am Feierabend, meinen Sie? Er hält sich meistens in seinem Zimmer auf. Er liest dann wohl. Er hat eine richtige Bibliothek da oben. Ein Gelehrter, das ist Edwin. Er macht sich nicht viel aus dem Fernsehen, deshalb sitze ich meistens allein hier. Manchmal kann ich seinen Plattenspieler hören. Dann arbeitet er an den meisten Wochenenden im Garten, das Auto muss gewaschen werden, dazu das Kochen und die Einkäufe. Er ist ziemlich ausgefüllt. Und er hat ja gar nicht viel Zeit. Meistens ist er bis sieben Uhr im Labor, an manchen Abenden noch länger.»

«Und Freunde?»

«Nein. Mit Freunden hat er nicht viel im Sinn. Wir leben ganz für uns.»

«Fuhr er nicht an manchen Wochenenden weg?»

«Wo sollte er hinfahren? Und was wäre dann mit mir? Außerdem muss er ja einkaufen. Wenn er nicht an einen Tatort gerufen wird, fahren wir am Samstagmorgen nach Ely und gehen in den Supermarkt. Dann essen wir irgendwo in der Stadt zu Mittag. Darauf freue ich mich immer.»

«Was für Anrufe bekam er denn?»

«Vom Labor? Nur wenn der Verbindungsmann der Polizei anruft, weil er am Ort eines Verbrechens gebraucht wird. Das passiert manchmal mitten in der Nacht. Aber er weckt mich nie. Er kann das Telefon in sein Zimmer umstellen. Er legt mir nur eine Nachricht hin, und meistens ist er schon wieder zurück, um mir um sieben Uhr eine Tasse Tee zu bringen. Heute Morgen hat er das natürlich nicht getan. Deshalb habe ich im Labor angerufen. Ich habe zuerst seine Nummer gewählt, aber da hat niemand abgehoben. Deshalb habe ich dann bei der Annahme angerufen. Er hat mir beide Nummern gegeben, falls ich einmal bei einem Notfall nicht durchkäme.»

«Und sonst rief ihn niemand in letzter Zeit an? Niemand kam ihn besuchen?»

«Wer sollte ihn besuchen kommen? Und angerufen hat auch niemand, außer dieser Frau.»

Dalgliesh sagte sehr ruhig: «Was für eine Frau, Mr. Lorrimer?»

«Ich weiß nicht, wer die Frau war. Ich weiß nur, dass sie angerufen hat. Montag vor einer Woche war das. Edwin badete gerade, und das Telefon hörte nicht auf zu klingeln. Deshalb dachte ich, ich gehe besser ran.»

«Können Sie sich genau erinnern, was sich abspielte und was gesprochen wurde, Mr. Lorrimer, vom ersten Wort an, als Sie den Hörer abhoben? Lassen Sie sich Zeit, wir haben keine Eile. Es könnte wichtig sein.»

«Da ist nicht viel zu erinnern. Ich wollte gerade unsere Nummer sagen und sie bitten, am Apparat zu bleiben, aber sie ließ mich überhaupt nicht zu Wort kommen. Sie begann sofort, als ich den Hörer abhob, zu sprechen. Sie sagte: ‹Wir hatten Recht, da ist irgendwas im Gang.› Dann sagte sie etwas über eine Karte, die verbrannt wäre, und sie hätte die Zahlen.»

«Dass die Karte verbrannt wäre und sie die Zahlen hätte?»

«Genau so. Es hört sich jetzt komisch an, aber so etwas hat sie gesagt. Dann nannte sie mir die Zahlen.»

«Wissen Sie sie noch, Mr. Lorrimer?»

«Nur die letzte, die war 1840. Oder es können auch zwei Zahlen gewesen sein, 18 und 40. Die habe ich mir behalten, weil unsere erste Wohnung nach der Hochzeit Nummer 18 war, die nächste war Nummer 40. Es war der reine Zufall. Jedenfalls sind mir die beiden Zahlen im Gedächtnis geblieben. Aber an die anderen erinnere ich mich nicht.»

«Wie viel Zahlen waren es zusammen?»

«Zusammen drei oder vier, glaube ich. Erst kamen zwei andere und dann die 18 und die 40.»

«Wonach haben sich die Zahlen angehört, Mr. Lorrimer? Dachten Sie, sie gab Ihnen eine Telefonnummer durch – oder eine Autonummer zum Beispiel? Können Sie sich erinnern, welchen Eindruck sie damals auf Sie machten?»

«Eindruck? Wieso? Eher wie eine Telefonnummer, meine ich. Ich glaube, eine Autonummer war es nicht. Es waren nämlich keine Buchstaben dabei. Es klang wie ein Datum: achtzehn vierzig.»

«Haben Sie eine Ahnung, wer angerufen haben könnte?»

«Nein. Ich glaube nicht, dass es jemand vom Labor war. Es hörte sich nicht nach einer vom Personal an.»

«Wie meinen Sie das, Mr. Lorrimer? Wie klang die Stimme?»

Der alte Mann saß still und starrte geradeaus. Seine Hände, die so lange Finger wie die seines Sohns hatten, deren Haut aber trocken und fleckig wie sprödes Leder war, hingen schwer zwischen seinen Knien. Sie wirkten eigenartig groß im Vergleich zu den zerbrechlichen, schmalen Handgelenken. Nach einer Weile sagte er:

«Aufgeregt.» Dann schwieg er wieder. Die beiden Detektive sahen ihn an. Massingham dachte, dass sein Chef hier wieder einmal sein Geschick bewies. Er selbst wäre längst nach oben gegangen, um nach dem Testament und anderen Papieren zu suchen. Aber diese Aussage, die sie so vorsichtig aus ihm herauslockten, war überaus wichtig. Nach einem Augenblick sprach der alte Mann weiter. Das Wort klang erstaunlich, als er es aussprach. Er sagte:

«Verschwörerisch. Ja, so hat sie sich angehört. Verschwörerisch.»

Sie warteten geduldig ab, aber er fügte nichts mehr hinzu. Dann sahen sie, dass er weinte. Sein Gesicht zeigte keine Veränderung, aber eine einzelne Träne fiel, glänzend wie eine Perle, auf seine ausgedörrte Hand. Er betrachtete sie, als frage er sich, was das sein könnte. Dann sagte er:

«Er war mir ein guter Sohn. Damals, als er zum Studium nach London ging, verloren wir den Kontakt. Er schrieb seiner Mutter und mir, aber er kam nicht nach Hause. Aber in diesen letzten Jahren, seit ich allein bin, hat er sich um mich gekümmert. Ich beklage mich nicht. Ich glaube wohl, dass er mir etwas Geld hinterlassen hat, und ich habe meine Pension. Aber es ist hart, wenn die Jungen zuerst gehen. Und wer wird sich jetzt um mich kümmern?»

Dalgliesh sagte ruhig: «Wir müssen einen Blick in sein Zimmer werfen und seine Papiere durchsehen. Ist das Zimmer abgeschlossen?»

«Abgeschlossen? Warum sollte man es abschließen? Außer Edwin ging niemand hinein.»

Dalgliesh gab Massingham einen Wink, und der Inspektor ging hinaus, um Mrs. Swaffield zu rufen. Dann gingen beide nach oben.

2

Das Zimmer war schmal und lang, ziemlich niedrig und hatte schlichte weiße Wände. Durch das Fenster blickte man auf ein Viereck ungemähten Rasens, ein paar knorrige

Apfelbäume, die sich unter der Last der in der Herbstsonne grün und golden leuchtenden Früchte bogen, eine wild wuchernde Hecke voller Beeren und dahinter die Windmühle. Selbst in dem milden Mittagslicht wirkte die Mühle wie ein Wrack. Die Farbe hatte sich von den Wänden gelöst, und die großen Flügel, von denen die Leisten wie faule Zähne abgefallen waren, hingen schwer und träge in der bewegten Luft. Hinter der Windmühle dehnte sich das schwarze Marschland zwischen den Deichen. Die frisch gepflügten Furchen glänzten in der herbstlichen Sonne.

Dalgliesh riss sich von diesem schwermütigen, stillen Bild los, um sich im Zimmer umzusehen. Massingham machte sich bereits am Sekretär zu schaffen. Die Klappe war nicht verschlossen. Er hob sie ein wenig an und ließ sie wieder fallen. Dann probierte er die Schubladen. Nur die oberste links war abgeschlossen. Wenn er ungeduldig darauf wartete, dass Dalgliesh Lorrimers Schlüssel aus der Tasche holte, um sie aufzuschließen, so verbarg er seinen Eifer. Es war allgemein bekannt, dass der Ältere, obgleich er schneller als alle seine Kollegen arbeiten konnte, sich gern gelegentlich Zeit ließ. Im Augenblick hatte er es anscheinend nicht eilig. Er betrachtete das Zimmer mit seinen melancholischen dunklen Augen und stand ganz still, als nähme er unsichtbare Ströme in sich auf.

Der Raum strahlte eine seltsame Ruhe aus. Die Proportionen stimmten und die Möbel waren gut platziert. In diesem ordentlichen Studierzimmer mochte ein Mann seinen Gedanken wohl freien Lauf lassen können. Ein Einzelbett mit einer hübschen rot und braun gemusterten Decke stand an der Wand gegenüber dem Fenster. An dem langen Bord über dem Bett war eine Leselampe angeschraubt, daneben standen Radio und Plattenspieler, eine Uhr, eine Wasserkaraffe und das anglikanische Gebetbuch. Vor dem Fenster stand ein Arbeitstisch aus Eiche mit einem Bürostuhl davor. Der Tisch war bis auf einen Tintenlöscher und einen braun und blau bemalten irdenen Krug mit Bleistiften und Kugelschreibern leer. Die einzigen anderen Möbelstücke waren ein abgenutzter Ohrensessel mit einem niedrigen Tischchen daneben, ein zweitüriger Kleiderschrank links von der Tür und auf der rechten Seite ein altmodischer Schreibschrank mit einer Rollklappe. Das Telefon hing an der Wand. Es gab keine Bilder und keinen Spiegel, keine männlichen Accessoires, keinen überflüssigen Kleinkram auf dem Schreibschrank oder der Tischplatte. Alles war praktisch, sinnvoll, schlicht. Es war ein Zimmer, in dem sich ein Mann zu Hause fühlen konnte.

Dalgliesh ging zum Bücherregal. Nach seiner Schätzung mussten es ungefähr vierhundert Bücher sein, die die ganze Wand bedeckten. Es gab nicht viel Belletristisches, obgleich die englischen und russischen Romanciers des 19. Jahrhunderts vorhanden waren. Die meisten Bücher waren historische Werke oder Biographien, und ein Fach enthielt philosophische Werke: Teilhard de Chardins *Wissenschaft und Christus,* Jean-Paul Sartres *Das Sein und das Nichts,* Simone Weils *Das Erste und das Letzte,* Platons *Staat* und eine Geschichte der spätantiken und frühmittelalterlichen Philosophie. Anscheinend hatte Lorrimer versucht, im Selbstunterricht Altgriechisch zu lernen. Auf dem Regal standen ein griechisches Elementarbuch und ein Wörterbuch.

Massingham hatte ein Buch über vergleichende Religionswissenschaft in die Hand genommen. Er sagte:

«Er scheint einer jener Menschen gewesen zu sein, die sich damit quälen, den Sinn ihrer Existenz ergründen zu wollen.»

Dalgliesh stellte den Sartre-Band, in dem er geblättert hatte, wieder an seinen Platz. «Finden Sie das verwerflich?»

«Ich halte es für nichtig. Metaphysische Spekulation ist

ähnlich sinnlos wie die Erörterung der Bedeutung unserer Lungen. Sie sind zum Atmen da.»

«Und das Leben zum Leben. Sie halten das für ein hinlängliches persönliches Credo?»

«Um ein Höchstmaß an Freuden und ein Minimum an Schmerzen zu erreichen, ja, Sir, so trifft es zu. Und um mit Gelassenheit die Schicksalsschläge, denen man nicht ausweichen kann, zu ertragen, denke ich. Mensch sein heißt, sich genügend gegen sie zu versichern, ohne sich welche einzubilden. Jedenfalls glaube ich nicht, dass man letztlich verstehen kann, was sich nicht anfassen und messen lässt.»

«Ein logischer Positivist. Sie befinden sich in guter Gesellschaft. Aber er musste sein Leben lang überprüfen, was er sehen oder berühren oder messen konnte. Es scheint ihn nicht befriedigt zu haben. Sehen wir einmal, ob uns seine privaten Papiere etwas sagen können.»

Er hob sich die verschlossene Schublade bis zuletzt auf und richtete seine Aufmerksamkeit zunächst auf den Schreibschrank. Er schob die Klappe zurück. Dahinter kamen zwei kleine Schubfächer und mehrere Brieffächer zum Vorschein. Und hier fand sich, sauber beschriftet und geordnet, alles, was zu Lorrimers einzelgängerischem Leben gehört hatte. Eine Schublade mit drei unbezahlten Rechnungen und eine für Belege. Ein beschrifteter Umschlag mit dem Trauschein seiner Eltern, seiner Geburtsurkunde und seinem Taufschein. Sein Pass, ein anonymes Gesicht, Augen, die wie hypnotisiert starrten, angespannte Halsmuskeln, als hätte er anstelle der Kameralinse einen Gewehrlauf vor sich gehabt. Ein Vertrag über eine Lebensversicherung. Quittierte Rechnungen über Heizmaterial, Strom und Gas. Ein Wartungsvertrag für die Zentralheizung. Der Mietkaufvertrag für den Fernseher. Ein Hefter mit seinen Bankauszügen. Eine Mappe gab Aufschlüsse über sein Vermögen; sein Kapital war sicher angelegt, keine Wagnisse, keine Spekulationen.

Es gab nichts, was seinen Beruf betraf. Offenbar hatte er sein Leben ebenso sorgfältig geordnet wie seine Papiere. Alles, was mit seinem Beruf zu tun hatte, die Protokolle, die Entwürfe für seine wissenschaftlichen Arbeiten, bewahrte er in seinem Büro im Labor auf. Wahrscheinlich wurden sie auch dort geschrieben. Das war wohl der Grund für seine Überstunden. Es wäre sicher unmöglich gewesen, von dem Inhalt seines Schreibschranks auf seine Beschäftigung zu schließen.

Sein Testament steckte zusammen mit dem kurzen Brief einer Anwaltsfirma in Ely – Messrs. Pargeter, Coleby & Hunt – in einem besonderen beschrifteten Umschlag. Es war sehr knapp gefasst und ungefähr fünf Jahre alt. Lorrimer vermachte darin seinem Vater das Haus und 10 000 Pfund, seinen gesamten übrigen Besitz seiner Kusine Angela Maud Foley. Nach der Mappe mit den Belegen über seine Kapitalanlagen zu urteilen, würde Miss Foley eine brauchbare Summe erben.

Schließlich holte Dalgliesh Lorrimers Schlüsselbund aus der Tasche und schloss die linke obere Schublade auf. Das Schloss ließ sich leicht öffnen. Die Schublade war voll gestopft mit Blättern, die mit Lorrimers Handschrift bedeckt waren. Dalgliesh nahm sie heraus und ging damit an den Tisch vorm Fenster. Er gab Massingham ein Zeichen, sich den Sessel an den Tisch zu rücken. Sie setzten sich zusammen hin. Es waren insgesamt achtundzwanzig Briefe, und sie lasen sie gemeinsam, ohne ein Wort zu sprechen. Massingham sah aus den Augenwinkeln, wie Dalgliesh ein Blatt mit seinen langen Fingern aufnahm, dann fallen ließ, ihm über den Tisch zuschob und das nächste nahm. Die Uhr schien unnatürlich laut zu ticken, sein eigenes Atemholen kam ihm peinlich aufdringlich vor. Die Briefe enthüllten schonungslos eine verbissene Liebe. Alles war darin: die Unfähigkeit zu akzeptieren, dass ein Verlangen nicht mehr erwidert wurde, die dringende Bitte um Erklärungen, die, würden sie gegeben, die Qual nur verstärken konnten, das verquälte Selbstmitleid, das plötzliche Aufflackern sinnloser neuerlicher Hoffnungen, die launischen Ausfälle gegen die Uneinsichtigkeit der Geliebten, die nicht erkannte, wo ihr Glück lag, die entwürdigende Selbsterniedrigung.

«Ich begreife, dass du nicht in den Marschen leben willst. Aber das braucht uns kein Kopfzerbrechen zu machen, Liebling. Ich könnte mich in das Zentrallabor versetzen lassen, wenn du London vorziehst. Oder wir könnten ein Haus in Cambridge oder Norwich suchen, das sind annehmbare Städte. Du sagtest einmal, dass du die Architektur dort magst. Oder ich könnte – wenn dir das lieber ist – hier bleiben, und wir würden für dich eine Wohnung in London mieten. Ich würde dich so oft wie möglich besuchen, sicher könnte ich es fast jeden Sonntag einrichten. Die Woche ohne dich wäre eine Ewigkeit, aber alles könnte ich ertragen, wenn ich nur wüsste, dass du zu mir gehörst. Du gehörst doch zu mir. Alle Bücher, all das Suchen und Lesen, was bringt das letzten Endes? Bis du mir beigebracht hast, dass die Antwort so einfach ist.»

Einige Briefe waren voller Sinnlichkeit. Vermutlich gelang diese Art von Liebesbriefen in den wenigsten Fällen, dachte Massingham für sich. Wusste denn der arme Teufel nicht, dass sie nur abstoßend wirkten, wenn das Verlangen erloschen war? Vielleicht waren die Verliebten, die sich über die geheimsten Dinge in einer Gartenlaube aussprachen, die klügsten. Wenigstens blieb ihre Verliebtheit ihre persönliche Angelegenheit. In diesem Brief jedoch waren die sexuellen Schilderungen entweder peinlich eindringlich, fast pornographisch, oder klinisch steril. Erstaunt verspürte er ein Gefühl, das er nur Scham nennen konnte. Es rührte eigentlich nicht daher, dass die Ergüsse zum Teil bis in die letzten Einzelheiten gingen. Er war daran gewöhnt, die private Pornographie von Ermordeten durchzulesen. Aber diese Briefe mit ihrer Mischung von roher Begierde und edler Empfindung lagen jenseits seiner Erfahrung. Das nackte Elend, das aus ihnen sprach, erschien ihm neurotisch, sinnlos. Sex vermochte ihn schon lange nicht mehr zu schockieren, Liebe, stellte er fest, konnte es offenbar.

Der Widerspruch zwischen der Stille im Zimmer dieses Mannes und den aufgewühlten Gedanken verblüffte ihn. Er dachte, sein Beruf lehre ihn wenigstens, keinen persönlichen Schutt anzuhäufen. Die Arbeit bei der Polizei war ebenso nützlich wie die Religion, indem sie einen lehrte, jeden Tag so zu leben, als sei es der letzte. Und nicht nur Mord führte zu einer Verletzung der Privatsphäre. Jeder plötzliche Tod konnte die Folgen haben. Wenn der Hubschrauber bei der Landung zerschellt wäre – was für ein Bild würde sich aus seiner Hinterlassenschaft für Außenstehende ergeben? Ein Angepasster, Konservativer, ein Spießer, dessen Ein und Alles seine körperliche Tüchtigkeit war? *Homme moyen sensuel,* und *moyen* übrigens auch auf allen anderen Gebieten? Er dachte an Emma, mit der er schlief, wann immer sie Gelegenheit dazu hatten, Emma, die wohl schließlich Lady Dungannon werden würde, wenn sie nicht – was allerdings immer wahrscheinlicher wurde – einen erstgeborenen Sohn mit besseren Zukunftschancen und mehr Zeit für sie fände. Er fragte sich, was Emma, diese fröhliche Genießerin mit ihrer offenherzigen Freude am Bett, mit diesen zügellosen, onanistischen Phantasien, dieser demütigenden Chronik der Qualen einer abgewiesenen Liebe angefangen hätte.

Ein halbes Blatt war mit einem einzigen Namen bedeckt. Domenica, Domenica, Domenica. Und dann Domenica Lorrimer, eine schwerfällige, misstönende Zusammensetzung. Vielleicht hatte er das auch empfunden, denn er hatte es nur einmal geschrieben. Die Buchstaben wirkten steif und zaghaft wie die eines jungen Mädchens, das heimlich den erhofften zukünftigen Nachnamen übt. Sämtliche Briefe waren undatiert, ohne Anrede und Unterschrift. Ein paar waren anscheinend erste Entwürfe, ein quälendes Suchen nach dem sich entziehenden Wort, Blätter voller Streichungen.

Doch jetzt schob Dalgliesh ihm den letzten Brief zu. Hier gab es keine Änderungen, keine Unsicherheiten, und falls ein Entwurf dazu existiert hatte, war er von Lorrimer vernichtet worden. Dieser Brief war so eindeutig wie eine amtliche Erklärung. Die Wörter, mit schwarzer Tinte in Lorrimers kräftiger gerader Schrift geschrieben, standen in gleichmäßigen Zeilen wie bei einer Schönschreibübung. Vielleicht war das endlich ein Brief, den er hatte abschicken wollen.

«Ich habe lange nach Worten gesucht, um zu erklären, was mit mir geschehen ist, was du an mir bewirkt hast. Du weißt, wie schwer mir das fällt. Jahr um Jahr habe ich amtliche Berichte verfasst, dieselben Wendungen, dieselben langweiligen Schlüsse. Mein Kopf war ein auf den Tod programmierter Computer. Ich war in Dunkelheit geboren, lebte in einer tiefen Höhle, kauerte auf der Suche nach Wärme an meinem unzulänglichen Feuerchen, beobachtete die Schatten, die flackernde Bilder auf die Höhlenwände zeichneten, und versuchte, in ihren groben Umrissen irgendeine Bedeutung, einen Sinn meiner Existenz zu finden, eine Hilfe, die Dunkelheit zu ertragen. Und dann kamst du und nahmst mich an der Hand und führtest mich hinaus ins Sonnenlicht. Und da war die wirkliche Welt, die meine Augen mit ihren Farben und ihrer Schönheit blendete. Und es bedurfte nur deiner Hand und des Mutes, ein paar kleine Schritte aus den Schatten und Vorstellungen hinaus in das Licht zumachen. EX UMBRIS ET IMAGINIBUS IN VERITATEM.»

Dalgliesh legte den Brief auf den Tisch. Er sagte:

«‹Herr, lass mich mein Ende wissen und die Zahl meiner Tage, damit ich vergewissert bin, wie lange ich zu leben habe.› Wenn Lorrimer die Wahl gehabt hätte, wäre es ihm wahrscheinlich lieber gewesen, der Mord an ihm bliebe ungestraft, als dass andere Augen als seine eigenen diese Briefe läsen. Was halten Sie davon?»

Massingham war nicht sicher, ob seine Meinung zu dem Inhalt der Briefe oder zu ihrem Stil erwartet wurde. Er sagte ausweichend:

«Der Abschnitt über die Höhle ist beeindruckend. Er scheint lange daran gearbeitet zu haben.»

«Aber nicht ganz originell. Ein Echo von Platons *Staat*. Und wie bei Platons Höhlenmensch blendet die Helligkeit, und das Licht tut den Augen weh. George Orwell schrieb irgendwo, dass Mord, das Verbrechen an sich, nur aus starken Gefühlswallungen möglich sei. Nun, diesen Aufruhr der Gefühle haben wir hier, aber wir scheinen die falsche Leiche zu haben.»

«Glauben Sie, Sir, Dr. Howarth wusste Bescheid?»

«Ich bin fast sicher. Erstaunlich ist, dass anscheinend keiner im Labor etwas wusste. So eine Neuigkeit hätte Mrs. Bidwell, um nur sie zu nennen, niemals für sich behalten. Ich würde sagen, wir erkundigen uns zuerst bei der Anwaltsfirma, ob das Testament nicht geändert wurde, und dann nehmen wir uns die Dame vor.»

Aber das Programm musste umgestoßen werden. Das Wandtelefon läutete und zerriss die Stille des Zimmers. Massingham nahm das Gespräch an. Es war Sergeant Underhill, der, allerdings erfolglos, versuchte, seiner Stimme die Aufregung nicht anmerken zu lassen.

«Ein Major Hunt von Messrs. Pargeter, Coleby & Hunt in Ely möchte Mr. Dalgliesh treffen. Er möchte lieber nicht am Telefon sprechen. Er fragt, ob Sie zurückrufen und Bescheid geben können, wann es Mr. Dalgliesh passt, zu ihm zu kommen. Und wir haben einen Zeugen, Sir! Er ist jetzt drüben bei der Polizei in Guy's Marsh. Sein Name ist Alfred Goddard. Er saß gestern in dem Bus, der zehn nach neun am Institut vorbeifährt.»

3

«Er rannte die Einfahrt herunter, als wäre der Leibhaftige hinter ihm her.»

«Können Sie ihn beschreiben, Mr. Goddard?»

«Hm. Alt war er nicht.»

«Wie jung?»

«Ich hab nie gesagt, dass er jung war. Ich habe ihn überhaupt nicht nah genug gesehen. Aber gerannt ist er nicht wie 'n alter Mann.»

«Rannte er vielleicht zum Bus?»

«Den hätte er sowieso nicht gekriegt.»

«Winkte er nicht?»

«Natürlich nicht. Der Fahrer hätte ihn auch nicht gesehen. Ist doch witzlos, hinter einem Bus herzuwinken.»

Die Polizeistation von Guy's Marsh war ein viktorianisches rotes Backsteingebäude mit einem Ziergiebel aus weißem Holz, das einem Bahnhof aus den Pioniertagen der Eisenbahn so ähnlich sah, dass Dalgliesh den Verdacht hatte, die Behörden im 19. Jahrhundert hätten gespart, indem sie denselben Architekten und dieselben Baupläne verwendeten.

Mr. Alfred Goddard wartete gemütlich im Vernehmungsraum. Er hatte einen großen Becher dampfenden Tee vor sich und schien sich ganz zu Hause zu fühlen, aber er wirkte weder hocherfreut noch beeindruckt, plötzlich ein Schlüsselzeuge in einer Morduntersuchung zu sein. Er war ein nussbrauner, verrunzelter, zwergenhafter Bauer, der nach kräftigem Tabak, Alkohol und Kuhmist roch. Dalgliesh erinnerte sich, dass die ersten Siedler im Marschland von ihren Nachbarn auf dem höher gelegenen Land «Gelbbäuche» genannt worden waren, weil sie wie Frösche über ihre schwarzen Felder gekrochen waren, oder «Schlammwühler», weil sie wie auf Schwimmfüßen durch den Morast planschten. Beide Namen passten auf Mr. Goddard. Dalgliesh stellte mit Interesse fest, dass er um sein linkes Handgelenk etwas gebunden hatte, das wie ein Lederriemen aussah, und vermutete, dass es getrocknete Aalhaut war, das uralte Zaubermittel, um Rheumatismus abzuwehren. Die verkrüppelten Finger, die sich steif um den Becher spannten, deuteten allerdings an, dass der Talisman alles andere als wirksam gewesen war.

Dalgliesh bezweifelte, dass er sich überhaupt gemeldet hätte, wenn Bill Carney, der Busschaffner, ihn nicht als regelmäßigen Benutzer des Mittwochabendbusses von Ely über Chevisham nach Stoney Piggott gekannt und die Polizisten, die ihn ausgefragt hatten, zu der abgelegenen Hütte geschickt hätte. Als sie ihn in seiner Viehhürde aufstöberten, ließ er jedoch keinen Groll gegen Bill Carney oder die Polizei durchblicken, sondern verkündete, er sei bereit, Fragen zu beantworten, wenn sie ihm, wie er sich ausdrückte, «höflich» gestellt würden. Der größte Kummer seines Lebens schien der Bus nach Stoney Piggott zu sein: weil er Verspätung hatte, nicht oft genug fuhr, die Fahrpreise stiegen und ganz besonders, weil man so dumm gewesen war, auf seiner Linie seit kurzem probeweise doppelstöckige Busse verkehren zu lassen und er folglich jeden Mittwoch wegen seiner Pfeife nach oben verbannt wurde.

«Was für ein Glück für uns, dass Sie oben saßen», hatte Massingham gesagt. Mr. Goddard hatte nur verächtlich in seinen Becher geschnaubt.

Dalgliesh fragte weiter: «Ist Ihnen überhaupt irgendetwas an ihm aufgefallen, Mr. Goddard? Seine Größe, seine Haarfarbe, wie er angezogen war?»

«Hm. Mittelgroß und 'n ziemlich kurzer Mantel, 'n Regenmantel vielleicht. Nicht zugeknöpft vielleicht.»

«Wissen Sie noch die Farbe?»

«Vielleicht eher dunkel. Ich hab ihn ja bloß 'ne Sekunde gesehen, sag ich doch. Dann sind Bäume dazwischengekommen. Der Bus ist ja schon vorbei gewesen, wie ich ihn entdeckt hab.»

Massingham warf ein: «Der Fahrer sah ihn nicht, der Schaffner auch nicht.»

«Wird schon so sein. Sie waren unten. Wie soll'n sie ihn da sehen. Und der Fahrer muss ja den verdammten Bus fahren.»

Dalgliesh sagte: «Mr. Goddard, die nächste Frage ist sehr wichtig. Erinnern Sie sich, ob Licht im Institut brannte?»

«Institut? Was meinen Sie?»

«Das Haus, aus dem die Gestalt rannte.»

«Licht im Haus? Warum sagen Sie nicht Haus, wenn Sie Haus meinen?»

Mr. Goddard mimte eifriges, angestrengtes Nachdenken, spitzte seine Lippen zu einer Grimasse und schloss halb die Augen. Sie warteten. Nach einer schlau berechneten Pause verkündete er:

«Schwaches Licht, kann sein. Jedenfalls kein grelles. Doch, ich glaub, ich hab Licht aus den unteren Fenstern gesehen.»

Massingham fragte: «Sind Sie ganz sicher, dass es ein Mann war?»

Mr. Goddard bedachte ihn mit einem Blick, in dem sich Tadel und Verdruss mischten. Er sah aus wie ein Kandidat im mündlichen Examen, der die gestellte Frage offenbar für unfair hält.

«Also Hosen hat er angehabt. Wenn es kein Mann war, hat er wenigstens so ausgesehen.»

«Aber absolut sicher können Sie es nicht sagen?»

«Heutzutage kann man sich ja über nichts mehr sicher sein. Das waren noch Zeiten, als die Leute sich noch ordentlich und gottesfürchtig angezogen haben. Ob Mann oder Frau, es war ein Mensch, und gerannt ist er auch. Mehr hab ich nicht gesehen.»

«Es könnte also auch eine Frau gewesen sein, die Hosen trug?»

«Ist aber nicht gerannt wie eine Frau. Die rennen doch so blödsinnig, die halten die Knie zusammen und schnicken die Füße nach außen wie Enten. Ein Jammer, dass sie die Knie nicht auch zusammenhalten, wenn sie nicht laufen, sag ich.»

Seine Folgerung war vermutlich richtig, dachte Dalgliesh. Keine Frau lief genau wie ein Mann. Goddards Eindruck war der eines jüngeren laufenden Mannes gewesen, und wahrscheinlich war seine Beobachtung richtig. Zu viele Fragen konnten ihn jetzt nur noch verwirren.

Der Fahrer und der Schaffner, die aus dem Busdepot gerufen worden waren und noch ihre Uniformen trugen, konnten Goddards Geschichte nicht bestätigen, aber was sie hinzufügten, war nützlich. Es war nicht überraschend, dass keiner von beiden den laufenden Mann gesehen hatte, denn die fast zwei Meter hohe Mauer und die darüberhängenden Bäume versperrten vom unteren Deck aus den Blick auf das Institut. Sie hätten das Haus nur in dem Augenblick sehen können, als der Bus an der offenen Einfahrt vorbeifuhr und vor der Haltestelle abbremste. Aber wenn Mr. Goddard Recht hatte, war die Gestalt erst erschienen, als der Bus wieder anfuhr. Sie hatten ihn also unmöglich sehen können.

Beide jedoch konnten wenigstens bestätigen, dass der Bus am Mittwochabend pünktlich gewesen war. Bill Carney hatte sogar bei der Abfahrt auf die Uhr gesehen. Es war 21 Uhr 12 gewesen. Der Bus hatte an der Haltestelle ein paar Sekunden gehalten. Zwar hatte keiner der drei

Fahrgäste Anstalten gemacht, auszusteigen, aber sowohl der Fahrer als auch der Schaffner hatten eine Frau gesehen, die im Schatten der überdachten Haltestelle wartete, und angenommen, sie würde einsteigen. Das war jedoch nicht der Fall gewesen. Stattdessen hatte sie sich abgewandt und war weiter in den Schatten der Haltestelle zurückgetreten, als der Bus anhielt. Der Schaffner hatte sich gewundert, dass sie hier wartete, denn sein Bus war der letzte am Abend. Aber es hatte etwas genieselt, und er war der Meinung gewesen – ohne sich allerdings zu viel dabei zu denken –, dass sie sich nur untergestellt hatte. Es war nicht seine Sache, wie er zu Recht bemerkte, Fahrgäste in den Bus zu ziehen, wenn sie nicht mitfahren wollten.

Dalgliesh bat beide um eine Beschreibung der Frau, aber sie konnten dazu nicht viel sagen. Beide waren sich einig, dass sie ein Kopftuch getragen und den Mantelkragen hochgestellt hatte. Der Fahrer meinte, sie habe Hosen und einen Regenmantel mit Gürtel angehabt. Bill Carney stimmte in Bezug auf die Hosen zu, meinte jedoch, sie habe einen Dufflecoat getragen. Ihr einziger Grund zu der Annahme, es sei eine Frau gewesen, war das Kopftuch, das sie allerdings nicht beschreiben konnten. Sie glaubten nicht, dass sie sie wiedererkennen würden. Sie hielten es für unwahrscheinlich, dass einer der drei Fahrgäste im Unterdeck etwas beitragen könne. Zwei davon waren ältere Leute, die den Bus regelmäßig benutzten. Sie hatten anscheinend geschlafen. Den dritten kannten sie nicht.

Dalgliesh war sich darüber im Klaren, dass alle drei ausfindig gemacht werden mussten. Das gehörte zu jenen zeitraubenden Aufgaben, die notwendig waren, aber selten wertvolle Hinweise erbrachten. Doch manchmal war es erstaunlich, wie viel gerade die Leute bemerkten, von denen man es am wenigsten erwartete. Vielleicht waren die beiden Schläfer aufgeschreckt, als der Bus abbremste, und hatten die Frau besser sehen können als der Schaffner und der Fahrer. Mr. Goddard hatte sie natürlich nicht bemerkt. Er fragte sarkastisch, wie sie sich das vorstellten; er habe nicht durch das Dach der Haltestelle durchsehen können und sowieso in die andere Richtung geschaut, und das sei ja wohl auch für sie nur gut gewesen. Dalgliesh beeilte sich, ihn zu besänftigen, und sah zu, wie der alte Mann in das Polizeiauto einstieg, nachdem seine Aussage endlich zu seiner Genugtuung vollständig und unterschrieben war. Wie ein kleiner Knirps, aber doch mit einiger Würde, saß er aufrecht auf dem Rücksitz des Autos, das ihn zu seinem Häuschen zurückbrachte.

Aber es vergingen noch einmal zehn Minuten, bis Dalgliesh und Massingham nach Ely aufbrechen konnten. Albert Bidwell hatte sich netterweise, wenn auch etwas verspätet, auf der Polizeistation eingefunden und ein paar größere Schlammproben von seinem Acker und eine mürrische, grollende Stimmung mitgebracht. Massingham fragte sich, wie er und seine Frau sich kennen gelernt haben mochten und was zwei so verschiedene Menschen zusammengeführt hatte. Sie war bestimmt in London geboren: er stammte aus dem Marschland. Er war so schweigsam, wie sie geschwätzig, so unbeweglich, wie sie gewitzt, und so uninteressiert, wie sie begierig nach Klatsch und Nervenkitzel war.

Er bestätigte, den Anruf angenommen zu haben. Es war eine Frau gewesen, die mitgeteilt hatte, dass Mrs. Bidwell nach Leamings gehen sollte, um Mrs. Schofield zu helfen, anstatt ins Institut. Er erinnerte sich nicht, ob die Anruferin ihren Namen genannt hatte, aber er glaubte, sie habe es nicht. Er hatte gelegentlich Gespräche von Mrs. Schofield entgegengenommen, wenn sie anrief, um seine Frau zu bitten, ihr bei Essenseinladungen oder ähnlichen Anlässen zur Hand zu gehen, eben so Weibergeschäfte. Er konnte nicht sagen, ob die Stimme genauso geklungen hatte. Auf die Frage, ob er angenommen habe, Mrs. Schofield sei am

Apparat gewesen, antwortete er, er habe sich überhaupt nichts gedacht.

Dalgliesh fragte: «Können Sie sich erinnern, ob die Anruferin sagte, Ihre Frau solle nach Leamings kommen oder gehen?»

Die Bedeutung dieser Frage begriff er offensichtlich nicht, aber er hörte sie sich mürrisch und argwöhnisch an und sagte nach längerem Schweigen, er wisse es nicht. Als Massingham fragte, ob möglicherweise gar keine Frau, sondern ein Mann mit verstellter Stimme angerufen habe, sah er ihn so angeekelt an, als tue ihm ein Mensch Leid, der sich solche ausgespitzten Gemeinheiten ausmalen könne. Aber durch diese Frage ließ er sich zu seiner längsten Erwiderung hinreißen. Er sagte – in einem Ton, als sei das sein letztes Wort –, er wisse nicht, ob es eine Frau war oder ein Mann, der sich für eine Frau oder ein Mädchen ausgab. Er wisse nicht mehr, als dass er seiner Frau etwas ausrichten sollte, und das hätte er getan. Und wenn er geahnt hätte, was für Scherereien er bekommen würde, wäre er nicht ans Telefon gegangen.

Und damit mussten sie sich zufrieden geben.

4

Nach Dalglieshs Erfahrung waren sämtliche Anwälte, die in Kathedralstädten ihren Beruf ausübten, standesgemäß untergebracht, und das Büro von Messrs. Pargeter, Coleby & Hunt bildete keine Ausnahme. Es war ein gut erhaltenes und gepflegtes Haus im Stil des frühen 19. Jahrhunderts, das an den Park vor der Kathedrale stieß. Der ebenholzfarbene Anstrich der eindrucksvollen Tür glänzte, als sei die Farbe noch feucht, und der Messingklopfer in Form eines Löwenkopfs war blank poliert, sodass er fast weiß aussah. Ein älterer spindeldürrer Sekretär öffnete die Tür. In seinem altmodischen schwarzen Anzug und dem steifen Kragen schien er einem Roman von Dickens entstiegen zu sein. Seine traurig ergebene Miene hellte sich bei ihrem Anblick ein wenig auf, als freue er sich auf die Aussicht auf Umstände und Arbeit. Er deutete eine Verbeugung an, als Dalgliesh sich vorstellte, und sagte:

«Major Hunt erwartet Sie selbstverständlich, Sir. Er bringt gerade ein Gespräch mit einem Klienten zu Ende. Wenn Sie bitte hier Platz nehmen möchten – er wird Sie höchstens ein paar Minuten warten lassen.»

Das Wartezimmer, in das sie geführt wurden, erinnerte durch seine behagliche Atmosphäre und gewollte Unordnung an den Salon eines Herrenclubs. Die Sessel waren aus Leder und so tief, dass man sich kaum vorstellen konnte, wie ein älterer Herr ohne Schwierigkeiten wieder aufstehen sollte. Trotz der Hitze von den beiden altmodischen Heizkörpern brannte ein Kohlefeuer im Kamin. Auf dem großen runden Mahagonitisch lagen Zeitschriften, die sich den Interessen des landbesitzenden Adels widmeten und größtenteils recht alt aussahen. In einem Bücherschrank standen hinter Glas Bücher über die Geschichte der Grafschaft und illustrierte Bände über Architektur und Malerei. Das Ölgemälde über dem Kaminsims, auf dem ein Phaeton mit Pferden und bereitstehende Reitknechte dargestellt waren, sah nach einem Stubbs aus. Vermutlich war es einer, dachte Dalgliesh.

Er hatte sich kaum flüchtig in dem Zimmer umgesehen und war gerade ans Fenster getreten, um einen Blick auf die Marienkapelle der Kathedrale zu werfen, als der Sekretär zur Tür hereinkam und sie in Major Hunts Zimmer führte. Der Mann, der sich hinter seinem Schreibtisch erhob, um sie zu begrüßen, war äußerlich das Gegenteil seines Sekretärs. Er war ein untersetzter, aufrechter Mann, fast über seine mittleren Jahre hinaus, mit rosigem Gesicht und fortgeschrittener Glatze. Seine Augen blickten durchdringend unter den ruhelosen stachligen Augenbrauen hervor. Er trug einen fadenscheinigen Tweedanzug, dem man jedoch den guten Schneider ansah. Als er Dalgliesh die Hand reichte, sah er ihn mit einem offen abschätzenden Blick an, als überlege er, in welche Schublade er ihn stecken solle, dann nickte er, als sei er zufrieden gestellt. Er sah immer noch mehr nach Soldat als nach Anwalt aus, und Dalgliesh vermutete, dass die Stimme, mit der er sie begrüßte, das laute, herrische Bellen auf dem Exerzierplatz und in den Wirren des Zweiten Weltkriegs gelernt hatte.

«Guten Morgen, guten Morgen. Bitte nehmen Sie Platz, Herr Oberkriminalrat. Sie kommen in einer tragischen Angelegenheit. Ich glaube, wir haben noch nie einen unserer Klienten durch Mord verloren.»

Der Sekretär räusperte sich. Es war genau das Hüsteln, das Dalgliesh erwartet hätte, harmlos, aber diskret mahnend und nicht zu überhören.

«Wir hatten 1923 Sir James Cummins. Er wurde von seinem Nachbarn, Mr. Cartwright, erschossen, und zwar wegen der Verführung von Mrs. Cartwright durch Sir James, eine Kränkung, die noch durch Streitigkeiten über Fischereirechte erschwert wurde.»

«Ganz recht, Mitching. Aber das war zu Zeiten meines Vaters. Sie henkten den armen Cartwright. Ein Jammer, meinte mein Vater immer. Er hatte einen guten Ruf als Soldat, überlebte die Somme und Arras und endete am Galgen. Voller Narben aus den Gefechten, der arme Teufel. Die Geschworenen hätten sicher seine Begnadigung empfohlen, wenn er die Leiche nicht zerstückelt hätte. Er hat sie doch zerstückelt, nicht wahr, Mitching?»

«Ganz recht, Sir. Den Kopf fanden sie im Obstgarten verscharrt.»

«Das hat Cartwright den Rest gegeben. Englische Geschworene nehmen das Zerhacken von Leichen nicht hin.

Crippen würde heute noch leben, wenn er Belle Elmore in einem Stück vergraben hätte.»

«Kaum, Sir. Crippen wurde 1860 geboren.»

«Nun ja, er wäre jedenfalls noch nicht lange tot. Es hätte mich nicht überrascht, wenn er hundert geworden wäre. Nur drei Jahre mehr als Ihr Vater, Mitching, und er war ganz ähnlich gebaut, vorstehende Augen, drahtig. Dieser Typ lebt ewig. Aber zurück zur Sache. Sie trinken beide einen Kaffee, hoffe ich. Ich kann Ihnen versprechen, man kann ihn trinken. Mitching hat eine von diesen Glasretortengeschichten installiert, und wir mahlen unsere Bohnen selbst. Also dann bitte Kaffee, Mitching.»

«Miss Makepeace ist schon dabei, Sir.»

Major Hunt strahlte sattes Wohlbefinden aus, und Massingham vermutete mit leichtem Neid, dass die Geschäfte mit seinen Klienten hauptsächlich bei einem guten Mittagessen erledigt worden waren. Er und Dalgliesh hatten schnell ein belegtes Brötchen mit einem Bier in einem Lokal zwischen Chevisham und Guy's Marsh hinuntergeschlungen. Dalgliesh, von dem jeder wusste, wie sehr er Wein und ein gutes Essen schätzte, hatte die unangenehme Gewohnheit, die Mahlzeiten zu übergehen, wenn er mitten in einem Fall steckte. Massingham war nicht kleinlich, was die Qualität betraf, aber die Quantität fand er bedauerlich. Doch sie würden wenigstens Kaffee bekommen.

Mitching hatte bei der Tür Stellung bezogen und machte keine Anstalten, hinauszugehen. Das war offenbar völlig in Ordnung. Dalgliesh kamen die beiden wie ein Paar Komödianten vor, die ihre wechselseitige Zungenfertigkeit zu vervollkommnen suchten und sich nur widerwillig eine Gelegenheit entgehen ließen, sie anzuwenden. Major Hunt sagte:

«Sie wollen natürlich Auskünfte über Lorrimers Testament.»

«Und über alles, was Sie sonst von ihm wissen.»

«Das wird nicht viel sein, fürchte ich. Ich habe ihn nur zweimal gesehen, seit ich mich um das Vermögen seiner Großmutter kümmere. Aber ich will selbstverständlich tun, was ich kann. Wenn Mord zum Fenster hereinkommt, geht die Geheimhaltung zur Tür hinaus. Ist es nicht so, Mitching?»

«Es gibt keine Geheimnisse, Sir, in dem grellen Licht, das auf das Schafott fällt.»

«Ich bin nicht sicher, ob Sie mich richtig verstanden haben, Mitching. Und wir haben jetzt keine Schafotte mehr. Sind Sie gegen die Todesstrafe, Herr Oberkriminalrat?»

Dalgliesh sagte: «Ich bin so lange dagegen, bis wir absolut sicher sein können, dass uns unter keinen Umständen Fehler unterlaufen.»

«Das ist die konventionelle Antwort, aber sie lässt eine ganze Menge Fragen offen, nicht wahr? Doch Sie sind ja nicht hier, um über die Todesstrafe zu diskutieren. Wir wollen keine Zeit verlieren. Nun zum Testament. Wo habe ich Mr. Lorrimers Kassette hingestellt, Mitching?»

«Hier ist sie, Sir.»

«Dann bringen Sie sie her, bringen Sie sie her.»

Der Sekretär holte die schwarze Blechkassette von einem Seitentisch und stellte sie vor Major Hunt. Der Major öffnete sie feierlich und nahm das Testament heraus. Dalgliesh sagte:

«Wir haben ein Testament in seinem Schreibtisch gefunden. Es ist auf den 3. Mai 1971 datiert. Es sieht wie das Original aus.»

«Dann hat er es also nicht vernichtet? Das ist interessant. Das könnte bedeuten, dass er sich noch nicht endgültig entschlossen hatte.»

«Demnach gibt es ein späteres Testament?»

«Allerdings gibt es ein späteres Testament, Herr Oberkriminalrat. Allerdings. Das ist der Grund, warum ich Sie sprechen wollte. Er hat es erst letzten Freitag unterschrieben und das Original und den einzigen Durchschlag hier bei mir gelassen. Ich habe beide Papiere hier. Vielleicht lesen Sie es lieber selbst.»

Er reichte das Testament über den Tisch. Es war sehr kurz. Lorrimer widerrief in der üblichen Form alle früheren Testamente, erklärte, im Vollbesitz seiner geistigen Kräfte zu sein, und verfügte über seinen gesamten Besitz auf weniger als einem Dutzend Zeilen. Das Haus und eine Summe von 10000 Pfund fielen an seinen Vater. 1000 Pfund bekam Brenda Pridmore, um ihr zu ermöglichen, alle Bücher zu kaufen, die sie für ihre weitere wissenschaftliche Ausbildung brauchte. Sein ganzes übriges Vermögen fiel der Gerichtsmedizinischen Akademie zu, die daraus einen nach ihrem Gutdünken bemessenen Geldpreis für einen Forschungsbeitrag zu irgendeinem Aspekt der wissenschaftlichen Verbrechensuntersuchung vergeben sollte; die Forschungsarbeit sollte von einer dreiköpfigen Jury beurteilt werden, deren Mitglieder jährlich von der Akademie zu bestimmen wären. Angela Foley wurde nicht erwähnt.

Dalgliesh sagte: «Gab er Ihnen eine Erklärung, warum er Angela Foley, seine Kusine, in dem Testament nicht berücksichtigte?»

«Das hat er tatsächlich. Ich hielt es für richtig, ihn darauf hinzuweisen, dass im Falle seines Todes seine Kusine, als einzige überlebende Verwandte außer seinem Vater, das Testament vielleicht anfechten würde. In diesem Fall würde die Verhandlung vor Gericht Geld kosten und möglicherweise sein Vermögen stark in Mitleidenschaft ziehen. Ich hielt es nur für richtig, ihn auf alle möglichen Konsequenzen hinzuweisen. Sie hörten doch, was er antwortete, Mitching?»

«In der Tat, Sir. Der verstorbene Mr. Lorrimer brachte seine Missbilligung der Lebensführung seiner Kusine zum Ausdruck. Er bedauerte insbesondere die Beziehung, die nach seinen Worten zwischen seiner Kusine und der Dame besteht, mit der sie, wie ich heraushörte, einen gemeinsamen Haushalt führt. Er sagte, er wünsche nicht, dass besagte Gefährtin in den Genuss seines Vermögens komme. Wenn seine Kusine das Testament anfechten wolle, sei er bereit, die Sache dem Gericht zu überlassen. Es würde ihn in keiner Weise mehr berühren. Er hätte seine Wünsche deutlich gemacht. Er wies auch darauf hin, wenn ich mich recht entsinne, Sir, dass das Testament nur für eine Übergangszeit gedacht sei. Er hatte die Absicht zu heiraten, und die Eheschließung würde das Testament selbstverständlich rechtsunwirksam machen. Er sah jedoch die geringe Möglichkeit, dass seine Kusine im Falle seines überraschenden Todes alles erben würde. Dagegen wollte er sich in der Zwischenzeit absichern, bis seine persönlichen Angelegenheiten geordnet wären.»

«Ganz recht, Mitching, so erklärte er es tatsächlich. Ich muss sagen, es versöhnte mich ein wenig mit dem neuen Testament. Wenn er sich mit Heiratsabsichten trug, würde das Testament nicht lange gültig bleiben, und er könnte alles neu bedenken. Nicht, dass ich das Testament unbedingt für nicht gerecht, nicht anständig gehalten hätte. Ein Mann hat das Recht, über seinen Besitz zu verfügen, wie er es für richtig befindet, falls der Staat ihm etwas lässt, worüber er verfügen kann. Es schien mir allerdings ein wenig sonderbar, dass er in dem einstweiligen Testament die Dame nicht erwähnte, die er demnächst heiraten wollte. Aber vermutlich dachte er ganz folgerichtig. Hätte er ihr eine unbedeutende Summe hinterlassen, wäre sie kaum erbaut gewesen, und hätte er ihr das Ganze vermacht, würde sie vermutlich auf der Stelle einen anderen heiraten, der dann alles bekäme.»

Dalgliesh fragte: «Er erzählte Ihnen nichts Näheres von der geplanten Heirat?»

«Nicht einmal den Namen der Dame. Und ich stellte natürlich keine Fragen. Ich bin gar nicht sicher, ob er eine bestimmte Frau im Sinn hatte. Es hätte auch eine allgemeine Absicht oder vielleicht eine Ausrede für die Änderung des Testaments sein können. Ich beglückwünschte ihn lediglich und wies ihn darauf hin, dass das neue Testament ungültig würde, sobald die Heirat stattfände. Er sagte, das sei ihm bekannt, und er werde zu gegebener Zeit wiederkommen, um ein neues Testament aufzusetzen. Für die Zwischenzeit wünschte er diese Regelung, und ich schrieb es entsprechend nieder. Mitching und meine Schreibkraft als zweiter Zeuge haben unterschrieben. Ah, da kommt sie ja mit dem Kaffee. Sie erinnern sich, dass Sie Mr. Lorrimers Testament unterschrieben haben, wie?»

Das magere, schüchterne Mädchen, das den Kaffee hereingebracht hatte, nickte verschreckt, als der Major sie ankläffte, und beeilte sich, dass sie aus dem Zimmer kam. Major Hunt sagte zufrieden:

«Sie weiß es noch genau. Sie war so verängstigt, dass sie kaum schreiben konnte. Aber sie hat unterschrieben. Es liegt alles vor. Alles richtig und in Ordnung. Wir können wohl ein rechtskräftiges Testament vorlegen, wie, Mitching? Aber es interessiert mich doch, ob die junge Frau kämpfen wird.»

Dalgliesh fragte, um wie viel Angela Foley kämpfen würde.

«Um den größten Teil von 50 000 Pfund, würde ich sagen. Kein Vermögen heutzutage, aber brauchbar, sehr brauchbar. Das ursprüngliche Kapital kam von Annie Lorrimer, seiner Großmutter väterlicherseits, die ihn zum Alleinerben eingesetzt hatte. Eine außergewöhnliche alte Frau. Geboren und aufgewachsen in den Marschen. Sie hatte mit ihrem Mann ein Geschäft drüben in Low Willow. Tom Lorrimer vertrug die Winter in den Marschen nicht, trank sich in ein relativ frühes Grab, und sie führte den Laden allein weiter. Das Geld kam natürlich nicht ausschließlich aus dem Geschäft, obwohl sie es zu einem günstigen

Zeitpunkt verkaufte. Nein, sie hatte ein Gespür für Pferde. Ganz außerordentlich. Gott weiß, wo sie das her hatte. Saß in ihrem ganzen Leben nie auf einem Pferd, soviel ich weiß, machte aber dreimal im Jahr ihr Geschäft zu und fuhr nach Newmarket. Sie verlor keinen Penny, habe ich gehört, und legte jedes Pfund, das sie gewann, auf die hohe Kante.»

«Was für eine Familie hatte sie? War Lorrimers Vater ihr einziger Sohn?»

«So ist es. Sie hatte einen Sohn und eine Tochter, Angela Foleys Mutter. Konnte sie beide nicht ausstehen, soweit ich das beurteilen kann. Die Tochter ließ sich mit dem Dorfküster ein, und die Alte setzte sie, als es passiert war, in bewährtem viktorianischem Stil vor die Tür. Die Ehe ging nicht gut, und ich glaube, Maud Foley hat ihre Mutter nicht mehr gesehen. Sie starb fünf Jahre nach der Geburt des Mädchens an Krebs. Die alte Frau wollte ihre Enkeltochter nicht bei sich aufnehmen, und sie wurde schließlich der Gemeindefürsorge unterstellt. Sie verbrachte wohl den größten Teil ihres Lebens in Heimen.»

«Und der Sohn?»

«Oh, der heiratete die Lehrerin der Dorfschule, und die Ehe ging recht gut, soweit ich weiß, aber die Familienbande waren nie sehr eng. Die alte Dame wollte ihr Geld nicht ihrem Sohn vermachen, sagte sie, weil das zweimal Erbschaftssteuer gekostet hätte. Sie war schon etliche Jährchen über vierzig, als er zur Welt kam. Aber ich glaube, der eigentliche Grund war, dass sie ihn nicht besonders mochte. Ich glaube, sie hat auch nicht viel von ihrem Enkel Edwin zu sehen bekommen, aber irgendwo musste sie ihr Geld ja lassen, und sie gehörte zu einer Generation, für die das Blut dicker war als ein Wohltätigkeitssüppchen – und männliches dicker als weibliches. Von der Tatsache abgesehen, dass sie ihre Tochter hinausgeworfen und sich nie für ihre Enkelin interessiert hatte, hielt ihre Generation nichts davon, Frauen vorbehaltlos Geld zu vererben; das ermutigt nur Verführer und Mitgiftjäger, dachte man. Also vermachte sie alles ihrem Enkel Edwin Lorrimer. Als sie starb, hatte er wohl ein schlechtes Gewissen gegenüber seiner Kusine. Wie Sie wissen, setzte er sie in seinem ersten Testament als Erbin ein.»

Dalgliesh sagte: «Wissen Sie, ob Lorrimer ihr mitteilte, dass er vorhabe, sein Testament zu ändern?»

Der Anwalt blickte ihn scharf an.

«Er hat mir nichts gesagt. Unter diesen Umständen wäre es günstig für sie, wenn sie beweisen könnte, dass er es ihr gesagt hatte.»

So günstig, dachte Dalgliesh, dass sie diese Tatsache bei der ersten Vernehmung sicher erwähnt hätte. Aber selbst wenn sie sich für die Erbin ihres Vetters gehalten hatte, musste sie nicht unbedingt seine Mörderin sein. Wenn sie einen Anteil vom Geld ihrer Großmutter hätte haben wollen, hätte sie nicht bis jetzt zu warten brauchen, um dafür zu morden.

Das Telefon läutete. Major Hunt murmelte eine Entschuldigung und griff nach dem Hörer. Dann legte er seine Hand über die Sprechmuschel und sagte zu Dalgliesh:

«Es ist Miss Foley. Sie ruft von der Windmühlen-Kate an. Der alte Mr. Lorrimer möchte mit mir über das Testament sprechen. Er will wissen, ob das Haus jetzt ihm gehört. Möchten Sie, dass ich es ihm sage?»

«Das überlasse ich Ihnen. Aber er ist der nächste Verwandte. Er kann die Einzelheiten des Testaments genauso gut jetzt wie später erfahren. Und sie auch.»

Major Hunt zögerte. Dann sprach er ins Telefon.

«Gut, Betty, verbinden Sie mich mit Miss Foley.»

Er sah Dalgliesh wieder an.

«Diese Neuigkeit wird in Chevisham für einigen Wirbel sorgen.»

Dalgliesh hatte plötzlich Brenda Pridmores eifriges junges Gesicht vor sich, das ihn über Howarths Schreibtisch angestrahlt hatte.

«Ja», sagte er finster. «Ja, das fürchte ich auch.»

5

Howarths Haus, Leamings, lag gut drei Meilen von Chevisham entfernt an der Straße nach Cambridge. Es war ein modernes Gebäude aus Beton, Holz und Glas mit zwei weißen Flügeln wie gefaltete Segel. Trotz der beginnenden Dämmerung sah es auf der leichten Erhebung über dem flachen Marschland beeindruckend aus. Das Haus stand ganz für sich in großartiger Einsamkeit; seine Wirkung beruhte einzig auf der Vollkommenheit der Linien und der kunstvollen Schlichtheit. Außer einer schwarzen Holzhütte auf Pfählen, trostlos wie ein Richtplatz, war kein Gebäude weit und breit zu sehen, und über dem Horizont im Osten hing ein aufregend verschnörkeltes Luftbild, der wunderbare Turm und das Achteck der Kathedrale von Ely. Von den Zimmern an der Rückseite musste man einen grenzenlosen Himmel vor sich haben und auf weite freie Felder blicken, durch die der Leamingsdeich schnitt, und den jahreszeitlichen Wandel von der aufgerissenen schwarzen Erde über die Frühlingssaaten bis zur Ernte erleben; hier würde man nichts als den Wind und im Sommer das unaufhörliche leise Rauschen des Korns hören.

Der Bauplatz war klein gewesen, und der Architekt hatte erfinderisch sein müssen. Es gab keinen Garten; eine kurze Auffahrt führte zu einem gepflasterten Vorplatz und der doppelten Garage. Vor der Garage stand ein roter Jaguar XJS neben Howarths Triumph. Massingham warf einen neidischen Blick auf den neuen Jaguar und fragte sich, wie Mrs. Schofield die übliche lange Lieferfrist umgangen hatte. Sie fuhren hinauf und parkten neben den beiden Wagen. Noch bevor Dalgliesh den Motor abgestellt hatte, war Howarth herausgekommen und wartete auf sie. Er trug einen langen blau und weiß gestreiften Metzgerkittel, in dem er sich sehr wohl zu fühlen schien, denn er hielt es offenbar nicht für nötig, dieses seltsame Gewand zu erklären oder sich umzuziehen. Als sie die freitragenden hölzernen Stufen hinaufgingen, gratulierte Dalgliesh ihm zu dem Haus. Howarth sagte:

«Der Entwurf stammt von einem schwedischen Architekten, der auch einige moderne Gebäude in Cambridge gebaut hat. Tatsächlich gehört es einem Studienfreund. Er verbringt mit seiner Frau ein paar Jahre in Harvard. Wenn sie sich entschließen, in den Staaten zu bleiben, verkaufen sie es vielleicht. Jedenfalls haben wir für die nächsten achtzehn Monate eine Bleibe und können uns in Ruhe nach etwas anderem umsehen, wenn es sein muss.»

Sie stiegen eine breite Wendeltreppe aus Holz hinauf. Oben hörte jemand, sehr laut, eine Platte mit dem Schlusssatz des dritten Brandenburgischen Konzerts. Der strahlende polyphone Klang brandete gegen die Wände und erfüllte das ganze Haus; Massingham konnte sich fast vorstellen, es würde sich auf seinen weißen Flügeln erheben und fröhlich über die Felder segeln. Dalgliesh musste laut sprechen, um die Musik zu übertönen:

«Mrs. Schofield fühlt sich hier wohl?»

Howarths Stimme klang bewusst beiläufig. «Ach, irgendwann mag es sie wieder forttreiben. Domenica liebt die Abwechslung. Meine Halbschwester leidet an dem Baudelaireschen *horreur de domicile* – meistens möchte sie lieber woanders sein. Ihre natürliche Umgebung ist London, aber sie wohnt zur Zeit bei mir, weil sie eine neue limitierte Crabbe-Ausgabe für Paradine Press illustriert.»

Die Musik war zu Ende. Howarth blieb stehen und sagte mit einem rauen Unterton, als bedaure er schon die plötzliche Regung, sich mitzuteilen:

«Ich glaube, ich sollte Ihnen sagen, dass meine Schwester seit achtzehn Monaten verwitwet ist. Ihr Mann kam bei einem Autounfall ums Leben. Sie saß damals am Steuer, aber sie hatte Glück. Wenigstens nehme ich an, dass sie Glück hatte. Sie bekam kaum einen Kratzer ab. Charles Schofield starb nach drei Tagen.»

«Das tut mir Leid», sagte Dalgliesh. Der Zyniker in ihm fragte sich, warum Howarth ihm das erzählte. Er hatte ihn für einen sehr verschlossenen Mann gehalten, für einen, der nicht leichthin über persönliche oder familiäre Tragödien spricht. War das ein Appell an seine Ritterlichkeit, eine versteckte Bitte, sie mit besonderer Rücksicht zu behandeln? Oder wollte Howarth ihm zu verstehen geben, dass sie immer noch vom Schmerz aufgewühlt sei, unberechenbar, nicht im Gleichgewicht? Er konnte kaum andeuten wollen, dass sie seit dem Unglück dem unwiderstehlichen Drang nachgegeben hatte, ihre Liebhaber zu töten.

Sie waren inzwischen oben angekommen und standen auf einem breiten Balkon, der frei im Raum zu hängen schien. Howarth stieß eine Tür auf und sagte:

«Ich lasse Sie jetzt allein. Ich fange heute zeitig mit den Vorbereitungen fürs Abendessen an. Sie ist da drin.» Er rief:

«Darf ich dir Oberkriminalrat Dalgliesh und Detektiv-Inspektor Massingham aus London vorstellen. Die Männer in der Mordsache. Meine Schwester, Domenica Schofield.»

Es war ein sehr großes Zimmer mit einem dreieckigen Fenster vom Dach bis zum Fußboden, das wie ein Schiffsbug über die Felder hinausragte. Die hohe gewölbte Decke war aus hellem Kiefernholz. Es war spärlich, aber sehr modern eingerichtet und erinnerte mehr an das Arbeitszimmer eines Musikers als an ein Wohnzimmer. Vor der Wand standen ein paar Geigenkästen und Notenständer durcheinander, und darüber war eine moderne und offensichtlich teure Stereoanlage angebracht. Ein einziges Bild, ein Ölbild, hing an der Wand. Die gesichtslose metallene Maske darauf mit den zwei unpersönlichen kalten Augen, die durch den Schlitz funkelten, passte zu der Nüchternheit des Raums, zur tiefen Schwärze der beginnenden Nacht über dem Marschland.

Domenica Schofield stand vor einer Staffelei mitten im Zimmer. Sie lächelte nicht, als sie sich nach ihnen umwandte und sie mit diesen Augen, den Augen ihres Bruders, ansah. Dalgliesh fühlte sich wieder betroffen von den verwirrenden blauen Teichen unter dicken, geschwungenen Augenbrauen. Diese Augenblicke wurden immer seltener, aber immer, wenn er unerwartet einer schönen Frau gegenüberstand, machte sein Herz einen Sprung. Es war eher eine sinnliche Freude als eine sexuelle Regung, und er war froh, dass er zu diesem Gefühl noch fähig war – sogar mitten in einer Morduntersuchung.

Aber er fragte sich, wieweit dieses elegante, ruhige Umdrehen, dieser ernste, abwesende und doch prüfende Blick aus den ungewöhnlichen Augen einstudiert waren. In diesem Licht wirkte die Iris, wie bei ihrem Bruder, fast violett, das Weiße durchsetzt mit einem helleren Blau. Sie hatte einen blassen, honigfarbenen Teint, das flachsblonde Haar war aus der Stirn gekämmt und im Nacken zusammengebunden. Ihre Bluejeans lagen eng an den kräftigen Schenkeln an, darüber trug sie ein am Hals offenes, blau und grün kariertes Hemd. Dalgliesh schätzte sie etwa zehn Jahre jünger als ihren Halbbruder. Als sie sprach, klang ihre Stimme eigenartig tief für eine Frau und ein wenig heiser.

«Nehmen Sie Platz.» Sie deutete mit der rechten Hand vage auf einen der lederbezogenen Chromstühle. «Stört es Sie, wenn ich weitermache?»

«Nein, wenn es Sie nicht stört, wenn wir uns dabei unterhalten, und wenn Sie nichts dagegen habe, dass ich sitze, während Sie stehen.»

Er zog den Stuhl näher an die Staffelei heran, sodass er ihr Gesicht und gleichzeitig ihre Arbeit sehen konnte, und setzte sich hin. Der Stuhl war sehr bequem. Er spürte, dass ihre Unhöflichkeit ihr bereits Leid tat. Bei jeder Gegenüberstellung hat der Stehende einen psychologischen Vorteil, jedoch nicht, wenn der Gegner offensichtlich gemütlich an einem selbst ausgesuchten Platz sitzt. Massingham hatte fast demonstrativ lautlos einen Stuhl hochgehoben und an die Wand links neben die Tür gestellt. Es musste ihr bewusst sein, dass er hinter ihr saß, aber sie ließ sich nichts anmerken. Sie konnte kaum etwas gegen eine Situation einwenden, die sie selbst geschaffen hatte. Aber anscheinend spürte sie, dass das Gespräch nicht besonders glücklich begonnen hatte, denn sie sagte:

«Es tut mir Leid, dass ich so arg beschäftigt bin, aber ich muss meinen Termin einhalten. Mein Bruder hat Ihnen vermutlich gesagt, dass ich eine neue Ausgabe von Crabbes Gedichten für Paradine Press illustriere. Diese Zeichnung gehört zu ‹Aufschub› – Dinah inmitten ihrer wunderlichen Träume.»

Es war Dalgliesh klar, dass sie eine ausgebildete, fähige Künstlerin sein musste, um den Auftrag zu bekommen, und doch machte die Empfindsamkeit und Sicherheit der Federzeichnung einen starken Eindruck auf ihn. Sie war auffallend detailliert, aber nicht übertrieben, eine höchst dekorative und schön getroffene Ausgewogenheit zwischen der schlanken Mädchengestalt und Crabbes einzeln aufgezählten Wunschobjekten. Sie waren alle da, peinlich genau gezeichnet; die gemusterte Tapete, der Rosenteppich, der Hirschkopf und die mit Juwelen besetzte, emaillierte Uhr. Es war, dachte er, eine sehr englische Illustration zu dem englischsten aller Dichter. Sie gab sich Mühe mit den historischen Details. An der rechten Wand hing ein

Korkbrett, an das sie Skizzen, anscheinend Vorstudien, geheftet hatte; ein Baum, halbfertige Interieurs, Möbelstücke, kleine Landschaftsimpressionen. Sie sagte:

«Es ist gut, dass man die Arbeit eines Dichters nicht unbedingt mögen muss, um ihn angemessen zu illustrieren. Wer hat noch Crabbe einen ‹Papst in Wollsocken› genannt? Nach zwanzig Zeilen beginnt es in meinem Kopf in gereimten Verspaaren zu pochen. Aber vielleicht mögen Sie unsere Klassiker. Sie schreiben Gedichte, nicht wahr?»

Wie sie es sagte, klang es, als sammle er aus Liebhaberei Zigarettenschachteln.

Dalgliesh sagte: «Ich schätze Crabbe, seit ich als Junge gelesen habe, dass Jane Austen sagte, sie hätte sich gut als Mrs. Crabbe vorstellen können. Als er zum ersten Mal nach London kam, war er so arm, dass er seine sämtlichen Kleider ins Pfandhaus tragen musste, und dann kaufte er sich von dem Geld eine Ausgabe von Drydens Gedichten.»

«Und das heißen Sie gut?»

«Es sagt mir zu.» Er zitierte:

«Viel Not und Elend gab es auf der Erde,
Doch heimisch ward bei ihr nie solch Beschwerde.
Sie dauerte der Witwen Trän', der Mütter Kummer,
Allein sie betete, versank in ruhigen Schlummer.
Denn sie genoss. Ihr Herz war nicht so klein,
Dass ein Gefühl es ausgefüllt allein.»

Sie warf einen raschen Blick aus den Augenwinkeln auf ihn.

«In diesem Fall gibt es zum Glück keine weinende Witwe oder trauernde Mutter. Und ich hörte mit neun Jahren auf, meine Gebete herzusagen. Oder wollten Sie nur beweisen, dass Sie Crabbe auswendig können?»

«Natürlich Letzteres», antwortete Dalgliesh. «Eigentlich bin ich gekommen, um mit Ihnen über das hier zu sprechen.»

Er zog ein Bündel Briefe aus seiner Manteltasche, faltete einen davon auf und hielt ihn ihr hin. Er fragte:

«Ist das Lorrimers Schrift?»

Sie warf einen gelangweilten Blick auf das Blatt.

«Sicher. Schade, dass er sie nicht abgeschickt hat. Ich hätte sie gern gelesen, aber jetzt wohl nicht mehr.»

«Wahrscheinlich unterscheiden sie sich nicht sehr von denen, die er tatsächlich abgeschickt hat.»

Einen Augenblick glaubte er, sie würde es abstreiten, jemals welche von ihm erhalten zu haben. Dann dachte er: Ihr ist eingefallen, dass wir das leicht über den Postboten erfahren können. Er sah die blauen Augen wachsam werden. Sie sagte:

«So endet die Liebe, nicht mit einem Knall, sondern mit einem Winseln.»

«Ich würde es eher einen Aufschrei vor Schmerz nennen als ein Winseln.»

Sie hatte aufgehört zu arbeiten und betrachtete prüfend die Zeichnung. Sie sagte: «Es ist eigenartig, wie uninteressant das Elend ist. Er hätte lieber versuchen sollen, ehrlich zu sein. ‹Mir bedeutet es eine ganze Menge, dir bedeutet es nicht sehr viel. Warum kannst du dann nicht großzügig sein? Es würde dich nichts kosten, nur ab und an eine halbe Stunde deiner Zeit.› Ich hätte mehr Achtung vor ihm gehabt.»

«Aber er bat nicht um eine geschäftliche Vereinbarung», sagte Dalgliesh. «Er verlangte Liebe.»

«Das war etwas, was ich nicht zu verschenken hatte, und er hatte kein Recht, es von mir zu verlangen.»

Keiner von uns, dachte Dalgliesh, hat ein Recht, das zu erwarten. Plötzlich kam ihm ein Satz von Plutarch in den Sinn. «Knaben werfen im Spaß Steine auf Frösche. Aber die Frösche sterben nicht im Spaß, sie sterben im Ernst.»

«Wann haben Sie Schluss gemacht?»

Einen Augenblick schien sie überrascht.

«Ich wollte Sie gerade fragen, woher Sie wissen, dass ich Schluss gemacht habe. Natürlich, Sie haben ja die Briefe. Ich kann mir denken, dass er wimmerte. Ich sagte ihm vor etwa zwei Monaten, dass ich ihn nicht mehr sehen wollte. Seitdem habe ich kein Wort mehr mit ihm geredet.»

«Sagten Sie ihm den Grund?»

«Nein. Ich weiß nicht einmal, ob es einen Grund gab. Muss es denn einen geben? Es war kein anderer Mann im Spiel, falls Sie daran gedacht haben. Was für eine wunderbar einfache Ansicht Sie vom Leben haben. Ich könnte mir denken, dass die Polizeiarbeit eine Zettelkastenmentalität erzeugt. Opfer – Edwin Lorrimer. Verbrechen – Mord. Angeklagt – Domenica Schofield. Motiv – Sex. Urteil – Schuldig. Wie schade, dass Sie es nicht mehr mit ‹Strafe – Tod› zu einem sauberen Abschluss bringen können. Sagen wir also, ich hatte ihn über.»

«Als Sie seine sexuellen und emotionalen Möglichkeiten ausgeschöpft hatten?»

«Sagen wir besser, die intellektuellen, wenn Sie mir diese Arroganz verzeihen. Ich finde, die physischen Möglichkeiten sind ziemlich rasch erschöpft, meinen Sie nicht? Aber wenn ein Mann Geist hat, Intelligenz, seine höchstpersönlichen, ausgefallenen Interessen, dann hat eine Beziehung irgendeinen Sinn. Ich kannte einmal einen Mann, der eine Autorität auf dem Gebiet des Kirchenbaus im 17. Jahrhundert war. Wir fuhren meilenweit, um uns Kirchen anzusehen. Das hat mich damals fasziniert, und ich weiß heute eine ganze Menge über das späte 17. Jahrhundert. Das ist etwas auf der Habenseite.»

«Wogegen Lorrimers einzige intellektuelle Interessen populäre Philosophie und Kriminologie waren.»

«Gerichtsbiologie. Er hatte seltsame Hemmungen, sich darüber zu unterhalten. Die Verpflichtung auf Geheimhaltung war wahrscheinlich an dem Ort eingegraben, den er als den Sitz seiner Seele bezeichnet hätte. Außerdem war er sogar langweilig, wenn er von seinem Beruf sprach. Wissenschaftler sind das ausnahmslos, habe ich festgestellt. Mein Bruder ist der einzige Wissenschaftler, den ich je kennen gelernt habe, der mich nicht nach den ersten zehn Minuten, die ich mit ihm zusammen bin, anödet.»

«Wo haben Sie mit ihm geschlafen?»

«Die Frage ist eine Unverschämtheit. Ist das wichtig?»

«Es könnte sein – für die Zahl der Personen, die von dem Verhältnis wussten.»

«Keiner wusste etwas. Es passt mir nicht, wenn meine Privatangelegenheiten auf der Damentoilette im Hoggatt durchgehechelt werden.»

«Demnach wusste es niemand außer Ihrem Bruder und Ihnen?»

Sie mussten vorher zu dem Schluss gekommen sein, es sei töricht und gefährlich, zu leugnen, dass Howarth von dem Verhältnis wusste.

«Hoffentlich wollen Sie mich nicht fragen, ob er es guthieß.»

«Nein. Ich habe vorausgesetzt, dass er es nicht guthieß.»

«Wie, zum Teufel, kommen Sie darauf!» Es sollte locker klingen, fast scherzhaft, aber Dalgliesh hörte den scharfen, abwehrenden und zornigen Unterton heraus. Er sagte freundlich:

«Ich versuche nur, mich in seine Lage zu versetzen. Wenn ich gerade eine neue Stelle angetreten hätte, noch dazu eine recht schwierige, würde ich in der Affäre meiner Halbschwester mit einem Mitglied meiner Mannschaft, dazu einem, das sich vermutlich zurückgesetzt fühlte, eine Erschwerung sehen, auf die ich lieber verzichten möchte.»

«Vielleicht haben Sie nicht das Selbstvertrauen meines Bruders. Er war nicht auf Edwin Lorrimers Unterstützung angewiesen, um sein Institut erfolgreich zu leiten.»

«Brachten Sie ihn hierher?»

«Einen Untergebenen meines Bruders hier in seinem

eigenen Haus verführen? Wenn ich meinen Bruder nicht leiden könnte, hätte das der Sache vielleicht einen zusätzlichen Reiz gegeben. Den hätte sie, zugegeben, am Ende sogar gebrauchen können. Da dem aber nicht so ist, wäre es lediglich geschmacklos gewesen. Wir besitzen beide einen Wagen, und seiner ist besonders geräumig.»

«Ich dachte, das wäre der Notbehelf von neugierigen Halbwüchsigen. Es muss ungemütlich und kalt gewesen sein.»

«Sehr kalt. Ein weiterer Grund für meinen Entschluss, die Beziehung zu beenden.» Dann drehte sie sich nach ihm um und sagte unerwartet heftig:

«Hören Sie, ich versuche nicht, Sie zu schockieren. Ich versuche, die Wahrheit zu sagen. Ich hasse Tod und Zerstörung und Gewalt. Wer tut das nicht? Aber ich trauere nicht, für den Fall, dass Sie mir Ihr Beileid aussprechen wollten. Es gibt nur einen Mann, dessen Tod mir wehgetan hat, und das ist nicht Edwin Lorrimer. Und ich fühle mich nicht verantwortlich. Warum sollte ich? Ich bin nicht verantwortlich. Auch wenn er sich selbst umgebracht hätte, würde ich mich nicht für schuldig halten. Wie die Dinge liegen, glaube ich nicht, dass sein Tod etwas mit mir zu tun hat. Wahrscheinlich hätte eher er die Lust haben können, mich zu töten. Ich hatte nie das winzigste Motiv, ihn zu ermorden.»

«Haben Sie irgendeine Vorstellung, wer es getan haben könnte?»

«Ein Fremder, denke ich. Jemand, der in das Institut einbrach, um ein Beweisstück unterzuschieben oder eins zu vernichten. Vielleicht ein betrunkener Autofahrer, der seine Blutprobe an sich bringen wollte. Edwin überraschte ihn, und der Eindringling erschlug ihn.»

«Die Blutproben werden nicht in der biologischen Abteilung analysiert.»

«Dann war es vielleicht ein persönlicher Feind, jemand, der einen Groll auf ihn hatte. Schließlich ist er wohl ein bekannter Mann im Zeugenstand gewesen. Tod eines Sachverständigen.»

Dalgliesh sagte: «Es bleibt aber die Schwierigkeit, wie der Mörder in das Institut gelangt und wie er herausgekommen ist.»

«Er verschaffte sich wahrscheinlich im Laufe des Tages Zutritt und versteckte sich, bis das Gebäude für die Nacht abgeschlossen wurde. Ich überlasse es Ihnen, zu entdecken, wie er herauskam. Vielleicht schlich er sich, als das Institut am Morgen aufmachte, in dem Durcheinander hinaus, nachdem dieses Mädchen – Brenda Pridmore, nicht wahr? – die Leiche entdeckt hatte. Sicher hatte niemand ständig die Eingangstür im Auge.»

«Und der fingierte Telefonanruf bei Mrs. Bidwell?»

«Da besteht wohl kein Zusammenhang, würde ich sagen. Einfach eine Frau, die ihr einen Streich spielen wollte und jetzt vermutlich zu viel Angst hat, um zuzugeben, wie es war. Ich würde an Ihrer Stelle bei den jüngeren weiblichen Institutsangestellten nachhaken. Das ist die Art von Scherzen, die nicht besonders kluge junge Leute vielleicht lustig finden.»

Dalgliesh fragte sie dann, was sie am vorigen Abend gemacht hatte. Sie sagte, sie habe ihren Bruder nicht zu dem bunten Abend begleitet, weil sie eine Abneigung gegen diese dörflichen Vergnügungen habe, Mozart nicht gleichgültig heruntergespielt hören möchte und außerdem ein paar Zeichnungen fertig bekommen musste. Sie hatten früh zu Abend gegessen, ungefähr um Viertel vor sieben, und Howarth war zwanzig nach sieben aus dem Haus gegangen. Sie hatte gearbeitet und war weder durch Telefon noch durch Besuch gestört worden, bis ihr Bruder kurz nach zehn zurückkam. Er hatte ihr einen heißen Whisky als Schlaftrunk gebracht und von seinem Abend erzählt. Beide waren dann früh zu Bett gegangen.

Sie sagte von sich aus, ohne danach gefragt worden zu

sein, ihr Bruder habe einen völlig normalen Eindruck gemacht, als er nach Hause gekommen war, allerdings seien sie beide sehr müde gewesen. In der Nacht davor habe man ein ermordetes Mädchen gefunden, er sei am Tatort gewesen und kaum zum Schlafen gekommen. Sie habe gelegentlich Mrs. Bidwell zu sich bestellt, zum Beispiel vor und nach dem Abendessen, zu dem sie und Howarth bald nach ihrem Einzug eingeladen hatten, aber sie hätte sie gewiss niemals an einem Tag, an dem sie im Institut arbeitete, zu sich gebeten.

Dalgliesh fragte: «Erzählte Ihr Bruder Ihnen, dass er nicht die ganze Zeit bei dem bunten Abend war?»

«Er sagte mir, er habe ungefähr eine halbe Stunde auf einem Grabstein gesessen und Betrachtungen über die Sterblichkeit angestellt. Ich kann mir vorstellen, dass er in diesem Stadium der Vorstellung die Toten unterhaltsamer fand als die Lebenden.»

Dalgliesh sah zu der hohen geschwungenen Holzdecke auf. Er sagte:

«Es muss recht teuer sein, dieses Haus im Winter warm zu halten. Wie wird es geheizt?»

Da war es wieder, dieses rasche, verstohlene Aufblitzen in den blauen Augen.

«Wir haben eine Gaszentralheizung. Es gibt kein offenes Feuer, eines der Dinge, die wir hier vermissen. Wir können also den Kittel von Paul Middlemass nicht verbrannt haben. Tatsächlich wären wir verrückt gewesen, wenn wir es versucht hätten. Das Klügste wäre gewesen, ihn mit Steinen in den Taschen zu beschweren und in die Schleuse von Leamings zu werfen. Man würde ihn wahrscheinlich irgendwann herausfischen, aber ich wüsste nicht, wie man dann noch feststellen sollte, wer ihn hineingeworfen hat. So hätte ich es jedenfalls gemacht.»

«Nein, das hätten Sie nicht», sagte Dalgliesh freundlich. «Der Kittel hatte keine Taschen.»

Sie machte keine Anstalten, sie hinauszubegleiten, aber Howarth erwartete sie unten an der Treppe. Dalgliesh sagte:

«Sie haben mir nicht gesagt, dass Ihre Schwester Lorrimers Geliebte war. Haben Sie sich vielleicht eingeredet, das sei nicht wichtig?»

«Für seinen Tod? Warum sollte es? Es mag wichtig gewesen sein für sein Leben. Ob auch für ihres, bezweifle ich stark. Und ich bin nicht der Wärter meiner Schwester. Sie kann durchaus für sich selbst sprechen, wie Sie wohl bemerkt haben.»

Er ging mit ihnen bis zum Auto und benahm sich so förmlich wie jemand, der unwillkommene Gäste verabschiedet. Dalgliesh sagte – die Hand schon am Türgriff: «Sagt Ihnen die Zahl 1840 etwas?»

«In welchem Zusammenhang?»

«Welchen Sie wollen.»

Howarth sagte ruhig: «Whewell veröffentlichte die *Philosophie der induktiven Wissenschaften*; Tschaikowsky wurde geboren; Berlioz komponierte die *Symphonie funèbre et triomphale.* Weiter reichen meine Kenntnisse über dieses gewöhnliche Jahr nicht. Oder wenn Sie einen anderen Zusammenhang haben wollen: das Verhältnis der Masse des Protons zur Masse des Elektrons.»

Massingham rief von der anderen Seite des Rovers: «Ich dachte, das wäre 1836, oder nehmen Sie es nicht so genau mit dem Aufrunden? Guten Tag, Sir.»

Als sie von der Einfahrt in die Straße einbogen, fragte Dalgliesh:

«Wie kommt es, dass Sie ausgerechnet ein so unwichtiges Stückchen Wissen behalten haben?»

«Aus der Schule. Es war vielleicht ein Nachteil, als dieser soziale Mischmasch anfing, aber der Unterricht war nicht schlecht. Das ist eine Zahl, die im Gedächtnis haften bleibt.»

«Nicht in meinem. Was halten Sie von Mrs. Schofield?»
«Ich hatte sie mir nicht so vorgestellt.»
«Nicht so attraktiv, so begabt oder so arrogant?»
«Alles zusammen. Ihr Gesicht erinnert mich an jemanden, an eine Schauspielerin. Eine französische, glaube ich.»
«Simone Signoret, als sie jung war. Es überrascht mich, dass Sie alt genug sind, sich an sie zu erinnern.»
«Letztes Jahr spielten sie wieder einmal *Goldhelm*.»
Dalgliesh sagte: «Sie hat uns mindestens eine kleine Lüge erzählt.»
Abgesehen von der einen großen Lüge, die sie möglicherweise erzählt hatte, dachte Massingham. Er hatte genug Erfahrung, um zu wissen, dass es jene zentrale Lüge war, die Versicherung der Unschuld, die so schwer aufzudecken war; und die kleinen geschickten, häufig so unnötigen Erfindungen, die sich am Ende verwirrten und alles verrieten.
«Ja, Sir?»
«Über den Ort, wo sie und Lorrimer miteinander schliefen, auf dem Rücksitz seines Autos. Das glaube ich nicht. Und Sie?»
Es kam selten vor, dass Dalgliesh einen Untergebenen so direkt fragte. Massingham wurde nervös, er fühlte sich examiniert. Er überlegte eine Zeit lang, bevor er antwortete.
«Vom psychologischen Standpunkt könnte es falsch sein. Sie ist eine wählerische, verwöhnte Frau, die eine hohe Achtung vor sich selbst hat. Und sie muss zugesehen haben, wie man nach diesem Unfall, bei dem sie gefahren war, den Körper ihres Mannes aus dem zertrümmerten Auto zog. Irgendwie kann ich mir nicht vorstellen, dass ihr Sex auf irgendwelchen Autorücksitzen Spaß macht. Es sei denn, sie wollte damit die böse Erinnerung austreiben. Das könnte sein.»
Dalgliesh lächelte. «Ich hatte eigentlich nicht so tief schürfende Gedanken. Ein knallroter Jaguar, noch dazu

das letzte Modell, ist wohl nicht gerade das unauffälligste Fahrzeug, um mit einem Liebhaber durch die Gegend zu kutschieren. Und der alte Mr. Lorrimer sagte, sein Sohn habe abends oder nachts kaum das Haus verlassen, höchstens wenn er an einen Tatort gerufen wurde. Diese Gelegenheiten sind nicht vorherzusehen. Andererseits war er häufig noch spät in seinem Labor. Diese Verspätungen können nicht alle mit der Arbeit zu tun gehabt haben. Ich glaube, dass er und Mrs. Schofield ihre Rendezvous ziemlich nahe beim Institut hatten.»

«Glauben Sie, das ist wichtig, Sir?»

«Wichtig genug, um sie zu einer Lüge zu verleiten. Warum sollte es ihr sonst etwas ausmachen, wenn wir wüssten, wo sie sich vergnügten? Ich könnte es noch verstehen, wenn sie uns sagte, wir sollten uns um unsere eigenen Angelegenheiten kümmern. Warum machte sie sich die Mühe zu lügen? Und dann war da noch einmal ein Augenblick, wo sie ganz kurz die Fassung verlor, als sie nämlich über die Kirchenbauten des 17. Jahrhunderts sprach. Ich hatte den Eindruck, als wäre da ein winziger, kaum merkbarer Augenblick der Verwirrung gewesen, als habe sie bemerkt, dass sie aus Versehen etwas Unbesonnenes gesagt hatte oder zumindest etwas, was sie lieber für sich behalten hätte. Wenn wir die Verhöre morgen hinter uns haben, denke ich, sehen wir uns einmal die Kapelle auf dem Institutsgelände an.»

«Aber Sergeant Reynolds war heute Morgen dort, Sir, nachdem er das Gelände abgesucht hatte. Es ist einfach eine abgeschlossene, leere Kapelle. Er hat nichts gefunden.»

«Vermutlich, weil es nichts zu finden gibt. Es ist nur einfach so eine Ahnung von mir. Jetzt sollten wir aber erst einmal zurück nach Guy's Marsh zu dieser Pressekonferenz fahren, und dann muss ich mit dem Polizeichef reden, falls er wieder da ist. Danach möchte ich Brenda Pridmore gern noch einmal sehen, und später will ich ins alte Pfarrhaus fahren und mit Dr. Kerrison sprechen. Aber das kann noch ein bisschen warten. Sehen wir erst mal, wie es bei Mrs. Gotobed im *Moonraker* mit dem Abendessen aussieht.»

6

Zwanzig Minuten später stand Howarth in der Küche in Leamings, die ein nicht ganz gelungener Kompromiss zwischen einem Laboratorium und ländlicher Häuslichkeit war, und rührte eine Vinaigrette. Der unangenehme, aufdringliche Geruch des Olivenöls, das in einem dünnen goldenen Strom aus der Flasche floß, ließ ihn wie immer an Italien und an seinen Vater denken, diesen dilettantischen Sammler, der den größten Teil des Jahres in der Toskana oder in Venedig verbracht und von dort allen möglichen Krimskrams mit nach Hause geschleppt hatte. Sein zügelloses, hypochondrisches Einzelgängerleben hatte an seinem fünfzigsten Geburtstag geendet, und das hatte zu ihm gepasst, denn er hatte nichts so sehr gefürchtet wie das Alter. Seinen beiden mutterlosen Kindern war er weniger ein Fremder als ein Rätsel gewesen – selten in Person bei ihnen, aber geheimnisvoll in ihren Gedanken vorhanden.

Maxim erinnerte sich der Gestalt im lila und golden gemusterten Schlafrock, die eines Nachts am Fußende seines Bettes gestanden hatte, in jener ungewöhnlichen Nacht der unterdrückten Stimmen, der hastig eilenden Füße, der unerklärlichen Ruhe, in der seine Stiefmutter gestorben war. Er war in den Ferien aus dem Internat nach Hause gekommen, acht Jahre alt, unbeachtet während der Krise der Krankheit, voller Ängste und allein. Er erinnerte sich deutlich an die leise, ziemlich erschöpfte Stimme seines Vaters, die schon den stumpfen Klang des Leids angenommen hatte.

«Deine Stiefmutter ist vor zehn Minuten gestorben, Maxim. Offenbar hat das Schicksal mich nicht zum Gatten bestimmt. Ich werde einen solchen Schmerz nicht noch einmal riskieren. Du, mein Junge, musst dich um deine Stiefschwester kümmern. Ich verlasse mich auf dich.»

Und dann hatte sich eine kalte Hand beiläufig auf seine Schulter gelegt, als übertrage sie eine Last. Er hatte sie, als Achtjähriger, wörtlich akzeptiert und nie abgeschüttelt. Zuerst hatte ihn die Größe der Verpflichtung erschreckt. Er erinnerte sich, wie er dagelegen und entsetzt in die Dunkelheit gestarrt hatte. Kümmere dich um deine Schwester. Domenica war drei Monate alt. Wie konnte er nach ihr sehen? Wie sollte er ihr zu essen geben? Wie sie anziehen? Was würde aus der Schule? Man würde ihm nicht erlauben, zu Hause zu bleiben, um für seine Schwester zu sorgen. Er lächelte schief, wie ihm die Erleichterung einfiel, als er am nächsten Morgen entdeckte, dass das Kindermädchen doch im Haus bleiben sollte. Er dachte an seine ersten Anstrengungen, seiner Verantwortung gerecht zu werden, indem er entschlossen die Stange des Kinderwagens packte und mit aller Kraft versuchte, ihn die Allee hinaufzuschieben, oder sich abmühte, Domenica auf ihren Stuhl zu heben.

«Lass mich das machen, Maxim, du bist mir mehr im Weg, als dass du mir hilfst.»

Aber später hatte das Kindermädchen allmählich gemerkt, dass er mehr half als störte, dass das Kind unbesorgt in seiner Obhut gelassen werden konnte, während sie und die einzige andere Hausangestellte ihren eigenen unkontrollierten Beschäftigungen nachgingen. Seine Schulferien hatte er meistens damit verbracht, dass er sich mit um Domenica kümmerte. Aus Rom, Verona, Florenz und Venedig hatte sein Vater über seinen Anwalt die finanziellen und schulischen Dinge geregelt. Er selbst aber hatte die Kleider gekauft, sich um die Schule gekümmert, hatte sie getröstet und ihr Ratschläge gegeben. Er hatte versucht, ihr in den Nöten und Ungewissheiten der Pubertät zu helfen, bevor er sie selbst vollends ausgestanden hatte. Er war ihr Streiter gegen die Welt gewesen. Er musste lächeln. Er dachte daran, wie sie ihn in Cambridge aus ihrem Internat angerufen und gebeten hatte, sie in derselben Nacht abzuholen: «Vor der Hockeyhalle, dem grausigen Folterhaus, um Mitternacht. Ich klettere die Feuerleiter hinunter. Versprich es.» Und dann ihr Geheimwort des Trotzes und der Treue: *«Contra mundum.»*

«Contra mundum.»

Sein Vater kam aus Italien angereist, aber die dringenden Bitten der Oberin um ein Gespräch brachten ihn so wenig aus der Fassung, dass es auf der Hand lag, dass er sowieso nach England hatte fahren wollen.

«Es war gewiss unnötig überspannt von deiner Schwester, wie sie sich davongemacht hat. Verabredung um Mitternacht. Dramatische Autofahrt durch halb England. Die Oberin schmerzte es anscheinend besonders, dass sie ihren Koffer zurückgelassen hat, obwohl ich einsehe, dass er auf der Feuerleiter hinderlich gewesen wäre. Und du musst die ganze Nacht vom College weg gewesen sein. Das wird dein Tutor nicht gern gesehen haben.»

«Ich bin kein Student mehr, Vater. Ich habe vor achtzehn Monaten Examen gemacht.»

«Was du nicht sagst. Die Zeit vergeht so schnell in meinem Alter. Physik, nicht wahr? Ein seltsames Studium. Hättest du sie nicht nach der Schule auf die übliche Art abholen können?»

«Wir wollten möglichst schnell so weit wie möglich von dort weg sein, ehe sie merkten, dass sie verschwunden war und zu suchen anfingen.»

«Eine kluge Taktik – bis zu einem gewissen Grad.»

«Dom hasst es, zur Schule zu gehen, Vater. Sie fühlt sich dort todunglücklich.»

«Das war ich auch in der Schule, aber es wäre mir nie in den Sinn gekommen, etwas anderes zu erwarten. Die Oberin scheint eine reizende Frau zu sein. Neigt zu Mundgeruch, wenn sie aufgeregt ist, aber ich hätte nicht gedacht, dass deine Schwester sich daran stören würde. Sie können kaum in so nahen Kontakt gekommen sein. Sie rechnet übrigens nicht damit, Domenica wieder zu sehen.»

«Muss Domenica denn irgendwohin gehen, Vater? Sie ist fast fünfzehn. Sie braucht nicht mehr zur Schule zu gehen. Und sie möchte Malerin werden.»

«Ich denke schon, dass sie zu Hause bleiben kann, bis sie alt genug für die Kunstakademie ist, wenn du das vorschlagen wolltest. Aber es lohnt sich kaum, in unserem Haus in London für eine einzige Person den Haushalt führen zu lassen. Ich fahre nächste Woche wieder nach Venedig. Ich bin nur hier, um mich von Dr. Mavers-Brown untersuchen zu lassen.»

«Vielleicht könnte sie für einen Monat oder so mit dir nach Italien gehen. Sie würde schrecklich gern die Accademia sehen. Und sie sollte wirklich Florenz kennen lernen.»

«Oh, ich glaube, das lässt sich nicht einrichten, mein Junge, das kommt gar nicht infrage. Sie soll sich lieber ein Zimmer in Cambridge nehmen, dann kannst du ein Auge auf sie haben. Sie haben ein paar ganz anständige Bilder im Fitzwilliam-Museum. Du meine Güte, was für eine Verantwortung man sich mit Kindern auflädt! Das ist genau das Falsche, dass ich mich bei meinem Gesundheitszustand mit solchen Dingen abgeben muss. Mavers-Brown hat mir dringend angeraten, Aufregungen zu vermeiden.»

Und nun lag er in seinem ganzen Eigendünkel auf einem der schönsten Begräbnisplätze, dem protestantischen Friedhof in Rom. Wenn ihm der Gedanke an den Tod nicht so zuwider gewesen wäre, dachte Maxim, hätte ihm das ebenso gut gefallen, wie er dem aggressiven italienischen Autofahrer gegrollt hätte, dessen falsch eingeschätzte Beschleunigung an der Kreuzung der Via Vittoria mit dem Corso ihn dorthin gebracht hatte.

Er hörte seine Schwester die Treppe herunterkommen.

«Sie sind also gegangen.»

«Vor zwanzig Minuten etwa. Wir hatten nur ein kurzes Wortgeplänkel auf dem Weg zum Auto. Ist Dalgliesh beleidigend geworden?»

«Nicht mehr als ich ihm gegenüber. Gleiche Punktzahl, würde ich sagen. Ich glaube, er mag mich nicht.»

«Ich glaube, er mag niemanden besonders. Aber er gilt als hochintelligent. Fandest du ihn anziehend?»

Sie beantwortete die unausgesprochene Frage. «Das wäre das gleiche, als wenn ich mit einem Henker ins Bett ginge.»

Sie stippte einen Finger in die Vinaigrette.

«Zu viel Essig. Was hast du inzwischen getan?»

«Außer dem Kochen? An Vater gedacht. Weißt du, Dom, dass ich mit elf Jahren felsenfest davon überzeugt war, er habe unsere Mütter ermordet?»

«Alle beide? Ich meine, deine und meine? Was für eine verrückte Idee. Wie hätte er das tun können? Deine starb an Krebs und meine an Lungenentzündung. Das hätte er kaum so einrichten können.»

«Ich weiß. Er schien nur einfach der geborene Witwer zu sein. Ich dachte damals, er hätte es getan, um sie daran zu hindern, noch mehr Kinder zu bekommen.»

«Das hätte er damit allerdings erreicht. Hast du dich gefragt, ob ein Hang zum Morden erblich ist?»

«Eigentlich nicht. Aber sehr viel ist erblich. Vaters totale Unfähigkeit, Beziehungen herzustellen, zum Beispiel. Diese unglaubliche Versenkung in sich selbst. Weißt du, er wollte mich tatsächlich in Stoneyhurst anmelden, bis ihm einfiel, dass deine Mutter, nicht meine, römisch-katholisch war.»

«Schade, dass er es rechtzeitig gemerkt hat. Ich hätte sehen mögen, was die Jesuiten aus dir gemacht hätten. Das Problem bei einer religiösen Erziehung für eine gottlose Person wie mich ist, dass man sein Leben lang das Gefühl nicht los wird, dass man etwas verloren hat, und nicht, dass es nicht vorhanden ist.»

Sie ging an den Tisch und rührte mit den Fingern in einer Schüssel mit Pilzen.

«Ich kann Beziehungen knüpfen. Das dumme ist, dass sie mich bald langweilen und nicht von Dauer sind. Und ich scheine nur eine Art zu kennen, nett zu sein. Es ist nur gut, dass unsere Beziehung Bestand hat, nicht wahr? Du wirst mir bleiben, bis zu dem Tag, an dem ich sterbe. Soll ich mich jetzt umziehen oder möchtest du, dass ich mich um den Wein kümmere?»

«Du wirst mir bleiben, bis zu dem Tag, an dem ich sterbe.» *Contra mundum.* Jetzt war es zu spät, dieses Band zu zerreißen, selbst wenn er es gewollt hätte. Er dachte an Charles Schofields bandagierten Kopf, an die sterbenden Augen, die hinter den zwei Schlitzen im Verband immer noch boshaft waren, an die geschwollenen Lippen, die sich mühsam bewegten.

«Meinen Glückwunsch, Giovanni. Denke an mich in deinem Garten in Parma.»

Was so erschreckend gewesen war, war nicht die Lüge an sich, auch nicht, dass Schofield sie geglaubt hatte oder so getan hatte, als glaubte er sie, sondern dass er seinen Schwager stark genug hasste, um mit diesem Spott auf den Lippen zu sterben. Oder hatte er vorausgesetzt, ein Physiker, ein kläglicher Philister, würde die englischen Dramatiker nicht kennen? Selbst seine Frau, diese unermüdliche, sexuell so versierte Person, war nicht so dumm gewesen.

«Ich glaube, ihr würdet miteinander schlafen, wenn Domenica zufällig Lust dazu hätte. Der Makel des Inzests würde ihr nichts ausmachen. Aber das habt ihr nicht nötig, nicht wahr? Ihr braucht so etwas Normales wie Sex nicht, um euch noch näher zu sein. Ihr braucht beide keinen anderen. Darum mache ich mich davon. Ich gehe jetzt weg, solange noch etwas von mir da ist, das weggehen kann.»

«Max, was ist denn mit dir?»

Domenicas Stimme, vor Unruhe lauter als sonst, rief ihn in die Gegenwart zurück. Seine Gedanken eilten durch ein Kaleidoskop von wirren Jahren, durch überlagerte wirbelnde Bilder der Kindheit und der Jugend, zu jenem letzten, unvergesslichen Bild, das überscharf für immer in seinem Gedächtnis eingeprägt war: Lorrimers starre Finger, die sich an den Boden seines Labors krallten, Lorrimers stumpfe halb offene Augen, Lorrimers Blut. Er sagte:

«Zieh dich um. Ich kümmere mich um den Wein.»

7

«Was werden die Leute sagen?»

«Du denkst immer daran, was die Leute sagen, Mami. Was macht das schon, was sie sagen? Ich habe nichts getan, weswegen ich mich schämen müsste.»

«Natürlich nicht. Wenn jemand etwas anderes behauptet, wird dein Vater das schnell richtig stellen. Aber du weißt, wie sie in diesem Dorf reden. 1000 Pfund. Ich konnte es kaum glauben, als der Rechtsanwalt anrief. Ein schöner Batzen. Und bis Lillie Pearce die Neuigkeit im *Stars and Plough* verbreitet hat, werden es ganz gewiss 10000 sein.»

«Wen kümmert es, was Lillie Pearce sagt, die dumme alte Kuh.»

«Brenda! Nimm dich zusammen. Wir müssen in diesem Dorf leben.»

«Du vielleicht. Ich nicht. Und wenn die Leute so denken, dann ziehe ich weg, je eher, desto besser. Ach, Mami, mach doch nicht so ein Gesicht! Er wollte mir nur helfen, er wollte etwas Nettes tun. Und wahrscheinlich hat er es ganz impulsiv getan.»

«Es war trotzdem nicht sehr durchdacht von ihm, oder nicht? Er hätte sich mit deinem Vater oder mir besprechen können.»

«Aber er wusste doch nicht, dass er so schnell sterben würde.»

Brenda und ihre Mutter waren allein im Haus, weil Arthur Pridmore nach dem Abendessen zur monatlichen Versammlung des Kirchenvorstands gegangen war. Sie waren mit dem Geschirrspülen fertig, und der ganze lange Abend lag vor ihnen. Zu unruhig, um sich vor den Fernseher zu setzen, und zu sehr durch die außergewöhnlichen Ereignisse des Tages abgelenkt, um ein Buch in die Hand zu nehmen, saßen sie, halb aufgeregt, halb ängstlich, vor dem Kaminfeuer. Arthur Pridmores beruhigende Gestalt in dem hohen Lehnstuhl fehlte ihnen. Schließlich zwang sich Mrs. Pridmore, wieder in den Alltag zurückzufinden, und holte ihren Nähkorb.

«Es wird wenigstens zu einer hübschen Hochzeitsfeier beitragen. Wenn du es annehmen musst, bringst du es am besten auf die Post. Dort trägt es Zinsen, und du hast es, wenn du es brauchst.»

«Ich brauche es jetzt. Für Bücher und ein Mikroskop, wofür Dr. Lorrimer es gedacht hatte. Deshalb hat er es mir vermacht, und dafür will ich es ausgeben. Wenn jemand Geld für einen bestimmten Zweck hinterlässt, darf man es außerdem nicht für etwas anderes verwenden. Und das will ich auch nicht. Ich frage Papa, ob er mir ein Bücherregal und einen Arbeitstisch für mein Zimmer baut, und dann fange ich sofort an, mich in den Naturwissenschaften weiterzubilden.»

«Er hätte nicht an dich denken sollen. Was ist mit Angela Foley? Hat ein schweres Leben gehabt, das Mädchen. Sie hat nie auch nur einen einzigen Penny von dem Vermögen ihrer Großmutter gesehen, und jetzt das.»

«Das geht uns nichts an, Mami. Es war seine Entscheidung. Vielleicht hätte er ihr etwas vermacht, wenn sie sich nicht gestritten hätten.»

«Was meinst du mit streiten? Wann?»

«Irgendwann letzte Woche. Am Dienstag, glaube ich. Es war gerade bevor ich nach Hause ging und fast das ganze Personal schon gegangen war. Inspektor Blakelock schickte mich nach oben in die Biologie, um nach einem Bericht für das Gericht zu fragen. Sie bat ihn um Geld, und er sagte, er würde ihr nichts geben, und dann sagte er etwas von einem neuen Testament.»

«Soll das heißen, du hast dagestanden und gehorcht?»

«Ja, aber ich konnte doch nichts dafür. Sie redeten ziemlich laut. Er sagte böse Worte über Stella Mawson, weißt du, die Schriftstellerin, mit der Angela Foley zusammen wohnt. Ich habe nicht absichtlich gelauscht. Ich wollte gar nichts hören.»

«Du hättest weggehen können.»

«Und den ganzen Weg von der Halle nach oben noch einmal machen? Auf jeden Fall musste ich ihn nach dem Bericht über den Fall Cummings fragen. Ich konnte nicht runtergehen und Inspektor Blakelock sagen, ich hätte keine Antwort bekommen, weil Dr. Lorrimer sich mit seiner Kusine stritt. Außerdem haben wir in der Schule immer gehorcht, wenn es etwas zu horchen gab.»

«Du bist nicht mehr in der Schule. Wirklich, Brenda, du machst mir manchmal Sorgen. Einen Augenblick benimmst du dich wie ein vernünftiger Erwachsener, und im nächsten Moment würde jeder denken, du wärst vierzehn. Du bist achtzehn Jahre alt, du bist erwachsen. Was hat die Schule damit zu tun?»

«Ich weiß gar nicht, warum du dich so aufregst. Ich habe keinem Menschen etwas davon gesagt.»

«Du wirst es aber dem Detektiv von Scotland Yard sagen müssen.»

«Mami! Das kann ich nicht! Es hat doch überhaupt nichts mit dem Mord zu tun.»

«Woher willst du das wissen? Du sollst der Polizei alles sagen, was wichtig ist. Hat er das nicht zu dir gesagt?»

Genau das hatte er ihr gesagt. Brenda erinnerte sich an seinen Blick, an ihr schuldbewusstes Erröten. Er hatte gewusst, dass sie etwas für sich behielt. Sie sagte mit dickköpfigem Trotz:

«Aber ich kann doch Angela Foley nicht des Mordes beschuldigen. Außerdem», erklärte sie triumphierend, als ihr ein Satz von Inspektor Blakelock einfiel, «wäre es nur Hörensagen, kein ordentlicher Beweis. Er würde gar keine Notiz davon nehmen. Und, Mami, da ist noch etwas anderes. Angenommen, sie rechnete gar nicht damit, dass er sein Testament so rasch ändern würde? Dieser Rechtsanwalt sagte dir, dass Dr. Lorrimer das neue Testament letzten Freitag gemacht hat, nicht wahr? Wahrscheinlich, weil er sowieso am Freitag zu einer Tatortbesichtigung nach Ely fahren musste. Der Anruf von der Polizei kam um zehn Uhr. Er muss anschließend zu seinem Anwalt gegangen sein.»

«Was willst du damit sagen?»

«Nichts. Nur, wenn die Leute denken, ich hätte ein Motiv gehabt, dann hat sie auch eins gehabt.»

«Selbstverständlich hast du kein Motiv gehabt. Das ist geradezu lächerlich! Niederträchtig ist das. Ach, Brenda, wenn du nur mit Papa und mir zu dem bunten Abend gegangen wärst.»

«Nein, danke. Miss Spencer mit ihren komischen Liedern und die Kinder aus der Sonntagsschule mit ihrem langweiligen Maibaumtanz und der Frauenverein mit seinen Tischglöckchen und der alte Mr. Matthews, der mit seinen akustischen Löffeln klappert. Das habe ich alles schon gesehen.»

«Aber du hättest ein Alibi gehabt.»

«Das hätte ich auch gehabt, wenn du mit Papa zu Hause bei mir geblieben wärst.»

«Es würde überhaupt keine Rolle spielen, wo du warst, wenn diese 1000 Pfund nicht wären. Wir wollen bloß hoffen, dass Gerald Bowlem es versteht.»

«Wenn er es nicht versteht, dann weiß er, wo er dran ist! Ich sehe gar nicht ein, was das mit Gerald zu tun hat. Ich bin nicht mit ihm verheiratet, übrigens auch nicht verlobt. Er mischt sich besser nicht ein.»

Sie sah ihre Mutter an und erschrak plötzlich. Sie hatte es erst ein einziges Mal vorher erlebt, dass sie so aussah. Das war in der Nacht gewesen, als sie ihre zweite Fehlgeburt gehabt und von Dr. Greene erfahren hatte, dass sie keine Kinder mehr würde haben können. Brenda war damals erst zwölf gewesen. Aber plötzlich erinnerte sie sich wieder. Das Gesicht ihrer Mutter hatte genau wie jetzt ausgesehen, als hätte eine Hand darüber gestrichen und es ausgelöscht, die ganze Heiterkeit weggewischt, die Konturen von Stirn und Wangen stumpf gemacht, den Augen ihren Glanz genommen und eine formlose Maske der Zerstörung übrig gelassen.

Sie erinnerte sich genau, und jetzt verstand sie, was sie vorher nur gefühlt hatte, die Wut und den Groll, dass ihre Mutter, unzerstörbar wie ein Fels in der Brandung, selbst anfällig für Schmerzen sein sollte. Sie war da, um Brendas Schmerzen zu lindern, nicht um selbst zu leiden, zu trösten, nicht Trost zu suchen. Aber jetzt war Brenda älter, und sie war fähig zu verstehen. Sie sah ihre Mutter deutlich wie eine Fremde, der sie eben zum ersten Mal begegnet war. Das billige Kleid aus Kunstfaser, fleckenlos rein wie immer, mit der Brosche am Ausschnitt, die Brenda ihr zum letzten

Geburtstag geschenkt hatte. Die leicht geschwollenen Knöchel über den flachen Schuhen, die dicklichen Hände mit den braunen Altersflecken, der Ehering aus stumpf gewordenem Gold, der in das Fleisch einschnitt, das gelockte Haar, das einmal kastanienbraun wie ihr eigenes gewesen war, immer noch schlicht nach der Seite gekämmt und von einer Schildpattspange gehalten, die frische, fast faltenlose Haut. Impulsiv fiel sie ihrer Mutter um den Hals.

«Du, Mami, mach dir keine Sorgen. Es wird alles wieder gut. Oberkriminalrat Dalglicsh wird herausbekommen, wer es getan hat, und dann wird alles wieder wie vorher sein. Komm, ich koche dir einen Kakao. Wir brauchen doch nicht zu warten, bis Papa von seiner Versammlung zurück ist. Wir trinken jetzt schon eine Tasse. Mami, es ist doch alles in Ordnung. Wirklich. Es ist alles in Ordnung.»

Gleichzeitig hörten sie das lauter werdende Brummen eines Autos, das auf ihr Haus zukam. Sie sahen einander in die Augen, wortlos, schuldbewusst, wie zwei Verschwörer. Das war nicht ihr alter Morris. Er konnte es auch gar nicht sein. Die Sitzung des Kirchenvorstands war nie vor halb neun zu Ende.

Brenda ging ans Fenster und starrte hinaus. Das Auto hielt an. Sie drehte sich nach ihrer Mutter um.

«Es ist die Polizei! Oberkriminalrat Dalgliesh!»

Mrs. Pridmore stand entschlossen auf. Ohne ein Wort zu sagen, legte sie ihre Hand kurz auf die Schulter ihrer Tochter, dann ging sie in den Flur hinaus und machte die Tür auf, bevor Massingham die Hand gehoben hatte, um zu klopfen. Sie sagte durch schmale Lippen:

«Bitte, kommen Sie herein. Ich bin froh, dass Sie da sind. Brenda muss Ihnen etwas erzählen, etwas, was Sie, glaube ich, wissen sollten.»

8

Der Tag ging seinem Ende entgegen. In seinem Zimmer im *Moonraker* hörte Dalgliesh die Kirchenglocke halb zwölf schlagen. Er saß im Bademantel an dem kleinen Tisch vorm Fenster. Das Zimmer sagte ihm zu. Es war das größere von zweien, die Mrs. Gotobed hatte anbieten können. Das einzige Fenster blickte über den Friedhof auf das Gemeindehaus und das Fenstergeschoss und den viereckigen Feldsteinturm der St.-Nikolai-Kirche. Es gab nur drei Fremdenzimmer in dem Gasthaus. Das kleinste und, weil es über der Bierbar lag, lauteste hatte Massingham bekommen. Das größte Gästezimmer war bereits an ein amerikanisches Ehepaar vergeben, das – vielleicht auf der Suche nach Familienerinnerungen – durch Ostanglien reiste. Sie hatten an ihrem Tisch im Speisezimmer gesessen und eifrig Landkarten und Reiseführer studiert. Falls man ihnen gesagt hatte, dass die neu eingetroffenen Gäste Polizisten waren, die einen Mordfall untersuchten, waren sie zu wohlerzogen, um Interesse zu verraten. Nach einem kurzen Lächeln und einem guten Abend in ihrem weichen amerikanischen Tonfall hatten sie ihre Aufmerksamkeit wieder Mrs. Gotobeds ausgezeichnetem Hasenbraten zugewandt.

Es war sehr ruhig. Die gedämpften Geräusche von der Bar waren schon verstummt. Vor mehr als einer Stunde hatte er die letzten Gäste gehört, die sich vor der Tür lautstark verabschiedet hatten. Er wusste, dass Massingham den Abend an der Bar verbracht hatte, vermutlich in der Erwartung, aus den Gesprächen ein paar nützliche Informationen aufzuschnappen. Dalgliesh hoffte, dass das Bier gut geschmeckt hatte. Er war nahe genug am Marschland geboren, um zu wissen, dass es andernfalls für Massingham ein öder Abend gewesen wäre.

Er stand auf, um sich die Beine zu vertreten und den Rücken zu strecken, und sah sich zufrieden im Zimmer um. Die Dielen waren aus altem Eichenholz, schwarz und dick wie Schiffsplanken. In dem eisernen viktorianischen Kamin brannte ein Feuer aus Holz und Torf, dessen beißender Rauch sich unter einer mit Weizenähren und gebundenen Blumensträußen verzierten Abzugshaube ringelte. Das große Doppelbett aus Messing war hoch und an den vier Ecken mit großen, glänzenden Kugeln geschmückt, die groß wie Kanonenkugeln waren. Mrs. Gotobed hatte vorher die gehäkelte Überdecke zurückgeschlagen, und darunter war ein einladend dickes Federbett zum Vorschein gekommen. In irgendeinem Viersternehotel hätte er wohl mehr Luxus angetroffen, aber kaum solche Gemütlichkeit.

Er machte sich wieder an die Arbeit. Der Tag war voll gestopft gewesen mit Verhören und noch einmal Verhören, Telefongesprächen mit London, einer überstürzt angesetzten und unbefriedigenden Pressekonferenz, zwei Beratungen mit dem Polizeidirektor und dem Zusammenklauben von Bruchstücken von Tatsachen und von Mutmaßungen, die am Ende ineinander passen und das vollständige Bild ergeben würden. Es mochte eine platte Analogie sein, dieser Vergleich einer Ermittlung mit dem Zusammensetzen eines Puzzlespiels. Aber er traf die Sache ziemlich genau, nicht zuletzt deshalb, weil es so oft dieses eine so schwer auffindbare Stück mit dem entscheidenden Ausschnitt eines menschlichen Gesichts war, welches das Bild vollständig machte.

Er blätterte seine Aufzeichnungen bis zu dem letzten Verhör des Tages mit Henry Kerrison im alten Pfarrhaus durch. Er hatte den Geruch des Hauses noch in der Nase, einen muffigen Geruch nach Küche und Möbelpolitur, der Kindheitserinnerungen weckte, Erinnerungen an Besuche mit den Eltern in viel zu großen, schlecht geheizten Pfarrhäusern auf dem Land. Kerrisons Haushälterin und seine Kinder waren schon lange zu Bett gegangen, und im Haus hatte sich eine melancholische, erdrückende Stille ausgebreitet, als hingen alle Tragödien und Enttäuschungen der zahlreichen früheren Pfründeninhaber noch in der Luft.

Kerrison war selbst an die Tür gekommen und hatte ihn und Massingham in sein Arbeitszimmer geführt, wo er gerade bei der Leichenschau aufgenommene Dias von Verletzungen sortierte, die er in der kommenden Woche im Trainingskurs für Detektive vorführen wollte. Auf dem Schreibtisch stand eine Fotografie von ihm als Jungen mit einem älteren Mann, offensichtlich seinem Vater. Sie standen auf einem Felsvorsprung und hatten Kletterseile über den Schultern. Was Dalgliesh ebenso interessierte wie das Foto selbst, war die Tatsache, dass Kerrison es aufgehoben hatte.

Er war anscheinend über den späten Besuch nicht verstimmt gewesen. Es schien durchaus möglich, dass er sich über ihre Gesellschaft sogar gefreut hatte. Er hatte unter dem Licht seiner Schreibtischlampe weitergearbeitet, alle Bilder in dem Diabetrachter geprüft und die geeigneten aussortiert – ernsthaft wie ein Schuljunge bei seinem Hobby. Er hatte ihre Fragen ruhig und präzise beantwortet, jedoch so, als sei er mit seinen Gedanken weit weg. Dalgliesh hatte ihn gefragt, ob seine Tochter ihm von ihrem Zusammenstoß mit Lorrimer berichtet habe.

«Ja, sie erzählte es mir. Als ich nach meiner Vorlesung zum Mittagessen nach Hause kam, fand ich sie weinend in ihrem Zimmer. Aber Nell ist überempfindlich, und es ist nicht immer möglich, die genaue Wahrheit aus ihr herauszubekommen.»

«Sprachen Sie ihn darauf an?»

«Ich sprach mit niemandem darüber. Ich überlegte, ob ich es nicht tun sollte, aber dann hätte ich Inspektor Blakelock und Miss Pridmore ausfragen müssen, und ich wollte die beiden nicht in die Sache hineinziehen. Sie mussten mit Lorrimer zusammenarbeiten. Ich ja übrigens auch.

Die erfolgreiche Arbeit einer geschlossenen Einrichtung wie des Hoggatt hängt weitgehend von einem guten Verhältnis zwischen den Angestellten ab. Ich hielt es für das Beste, die Angelegenheit auf sich beruhen zu lassen. Man mag darin Klugheit sehen oder es für Feigheit halten. Ich weiß es nicht.»

Er lächelte traurig und fügte hinzu: «Ich weiß nur, dass es kein Motiv für einen Mord war.»

Ein Motiv für einen Mord. Dalgliesh hatte genug Motive an diesem ausgefüllten, jedoch nicht sehr befriedigenden Tag entdeckt. Aber das Motiv war der unwichtigste Faktor bei einer Morduntersuchung. Er hätte liebend gern die psychologischen Feinheiten eines Motivs gegen ein einziges handfestes und unverrückbares Beweisstück eingetauscht, das die Verbindung eines Verdächtigen mit dem Verbrechen hergestellt hätte. Und das fehlte bis jetzt. Er wartete immer noch auf den Bericht aus dem Londoner Labor über die Untersuchung des Schlagstocks und des Erbrochenen. Die geheimnisvolle Gestalt, die der alte Goddard aus dem Labor hatte laufen sehen, blieb ein Geheimnis; bis jetzt war keine weitere Person ausfindig gemacht worden oder von sich aus erschienen, die bewiesen hätte, dass es sich nicht um ein Hirngespinst des alten Mannes handelte. Die Reifenspuren in der Nähe des Tors waren zwar inzwischen nach dem Reifenindex im Labor einwandfrei identifiziert worden, aber das zugehörige Auto hatte man noch nicht gefunden. Es war nicht überraschend, dass man weder eine Spur von Middlemass' weißem Kittel noch einen Hinweis, ob oder wie er beseitigt worden war, gefunden hatte. Eine Untersuchung des Gemeindehauses und des Pferdekostüms hatte nichts erbracht, was Middlemass' Darstellung des Abends widerlegt hätte. Das Pferd war eine schwere, die ganze Gestalt verhüllende Konstruktion aus Segeltuch und Futterstoff, und man sah sofort, dass sein Träger nicht einmal – im Fall

Middlemass – an den eleganten handgearbeiteten Schuhen zu erkennen gewesen wäre.

Die wichtigsten Geheimnisse des Falls bestanden weiterhin. Wer hatte die Nachricht an Lorrimer über die Karte, die verbrannt worden war, und die Zahl 1840 telefonisch durchgegeben? War es dieselbe Frau, die Mrs. Bidwell angerufen hatte? Was hatte auf dem aus Lorrimers Notizbuch gerissenen Blatt gestanden? Was hatte Lorrimer veranlasst, dieses ungewöhnliche Testament aufzusetzen?

Er hob den Kopf von den Akten und lauschte. Da war ein Geräusch, kaum wahrnehmbar, wie das Krabbeln von Myriaden von Insekten. Er kannte es aus weit zurückliegenden Nächten, in denen er im Kinderzimmer im Pfarrhaus seines Vaters in Norfolk wach gelegen hatte; es war ein Klang, den er im Lärm der Städte nie gehört hatte, das erste leise Wispern des nächtlichen Regens. Es dauerte nicht lange, bis die Tropfen an das Fenster prasselten und der Wind im Kamin ächzte. Die Flammen duckten sich flackernd und züngelten dann hell auf. Ein heftiger Regenguss trommelte gegen die Fensterscheibe, dann war der kurze Sturm so schnell, wie er begonnen hatte, vorbei. Er öffnete das Fenster, um den Geruch der feuchten Nachtluft zu atmen, und starrte hinaus in die Dunkelheit, in der die schwarze Marscherde mit dem etwas helleren Himmel zusammenfloß.

Als sich seine Augen an die Nacht gewöhnt hatten, konnte er das niedrige Rechteck des Gemeindehauses und dahinter den mittelalterlichen Turm der Kirche erkennen. Dann segelte der Mond hinter den Wolken hervor, und der Friedhof wurde sichtbar. Die Säulen und Grabsteine glänzten matt, als strahlten sie ihr eigenes geheimnisvolles Licht aus. Unter ihm lag schwach schimmernd der Kiesweg, auf dem in der Nacht davor die Moriskentänzer mit klingenden Schellen durch den aufsteigenden Nebel getanzt waren. Während er auf den Friedhof blickte, malte er sich aus, wie das Pferd ihnen entgegengesprungen war, auf den Boden gestampft, seinen grotesken Kopf zwischen den Grabsteinen gereckt und mit dem großen Maul in die Luft geschnappt hatte. Und wieder fragte er sich, wer in seiner Haut gesteckt hatte.

Die Tür unter seinem Fenster ging auf. Mrs. Gotobed erschien und rief leise lockend nach ihrer Katze: «Schneeball! Schneeball! Komm, sei brav.» Es blitzte weiß auf, und die Tür wurde geschlossen. Dalgliesh machte das Fenster zu und beschloss ebenfalls, es für diesen Tag genug sein zu lassen.

Die blaue Seidenschnur

1

Die Sprogg-Kate, gedrungen und kopflastig unter dem niederen abweisenden Strohdach, das mit einem Drahtnetz gegen die Winterstürme über den Marschen gewappnet war, war von der Straße aus fast unsichtbar. Sie lag ungefähr eine drei viertel Meile nordöstlich vom Dorf. Auf dem dreieckigen Rasenstück davor, der Sproggwiese, wuchsen Weidenbäume. Dalgliesh und Massingham stießen das weiße Gittertor auf, auf dem jemand optimistisch, aber vergebens «Sprogg» durch «Lavendel» ersetzt hatte, und traten in einen Vorgarten, der blitzsauber war und ebenso gut der Garten einer Stadtrandvilla hätte sein können. Eine Akazie mitten auf dem Rasen prangte in ihrem herbstlichen Schmuck aus Rot und Gold, die gelben, über die Tür gezogenen Kletterrosen gaukelten noch ein wenig Sommer vor, und ein dicht bepflanztes Beet mit Geranien, Fuchsien und Dahlien, die an Stöcke gebunden und vorbildlich gepflegt waren, hob sich in bunter Pracht von der bronzefarbenen Buchenhecke ab. Neben der Tür hing ein Korb mit rosa Geranien, die ihre schönste Zeit bis auf ein paar vereinzelte leuchtende Blüten hinter sich hatten. Der Türklopfer in Form eines Fisches war so blitzblank poliert, dass jede einzelne Schuppe glänzte.

Eine zierliche, fast zerbrechliche Frau öffnete die Tür. Sie war barfuß und trug eine in verschiedenen Grüntönen mit Braun gemusterte Bluse über ihrer Kordhose. Ihr starkes dunkles Haar war voller grauer Fäden. Sie trug es kurz, mit einer Innenrolle und einem dichten Pony, der bis auf die Augenbrauen reichte. Ihre Augen waren das Auffallendste an ihr, sehr groß, mit grünen Tupfen in der braunen

Iris, durchscheinend klar unter den stark geschwungenen Brauen. Ihr Gesicht war blass und angespannt, mit tief eingegrabenen Linien, die über die Stirn und von den Nasenflügeln zu den Mundwinkeln liefen. Es war das Gesicht eines gemarterten Masochisten auf einem mittelalterlichen Triptychon, dachte Dalgliesh, mit hervortretenden, knotigen Muskeln, als seien sie gefoltert worden. Aber keiner, den diese bemerkenswerten Augen ansahen, konnte es unscheinbar oder nichts sagend nennen. Dalgliesh sagte:

«Miss Mawson? Adam Dalgliesh, mein Kollege Inspektor Massingham.»

Sie sah ihn offen, aber unverbindlich an und sagte ohne ein Lächeln:

«Kommen Sie bitte in mein Arbeitszimmer. Wir machen das Feuer im Wohnzimmer erst abends an. Angela ist leider im Augenblick nicht hier, falls Sie sie sprechen wollen. Sie ist mit Mrs. Swaffield drüben in der Windmühlen-Kate und trifft sich dort mit den Leuten von der Sozialversicherung. Sie versuchen, den alten Lorrimer zu überreden, in ein Altersheim zu gehen. Anscheinend leistet er den Schmeicheleien der Bürokraten hartnäckigen Widerstand. Da kann man ihm nur Glück wünschen.»

Die Eingangstür öffnete sich direkt ins Wohnzimmer. Das Zimmer mit seiner niedrigen Balkendecke aus Eiche überraschte ihn. Wenn man es betrat, glaubte man, in ein Antiquitätengeschäft zu kommen, allerdings in eines, dessen Besitzer sein seltsames Warenangebot mit viel Sinn für die Gesamtwirkung angeordnet hatte. Auf dem Kaminabschluss und überhaupt auf jedem Sims stand ein schmückender Gegenstand, drei Hängeregale waren voll von Bechern, Teekannen, bemalten Krügen und Figuren aus Staffordshire-Porzellan, und die Wände waren fast ganz mit Drucken, gerahmten alten Landkarten, kleinen Ölbildern und viktorianischen Schattenrissen in ovalen Rahmen bedeckt. Über dem Kamin hing der aufregendste Gegenstand, ein gebogenes Schwert in einer kunstvoll gearbeiteten Scheide. Dalgliesh fragte sich, ob das Zimmer lediglich einen blinden Kauftrieb widerspiegelte oder ob diese sorgsam angeordneten Gegenstände als beruhigende Talismane gegen die fremden, ungezähmten Geister der herandrängenden Marschen dienten. In der Feuerstelle waren Holzscheite übereinander geschichtet, aber noch nicht angezündet. Der Klapptisch unter dem Fenster war bereits für zwei gedeckt.

Miss Mawson ging zu ihrem Arbeitszimmer voraus. Es war ein kleiner Raum an der Rückseite des Hauses. Durch das vergitterte Fenster blickte man auf eine mit Platten belegte Terrasse, einen Rasen mit einer Sonnenuhr in der Mitte und ein großes, noch nicht abgeerntetes Feld mit Zuckerrüben. Er stellte mit Interesse fest, dass sie mit der Hand schrieb. Es gab zwar eine Schreibmaschine, aber sie stand auf einem anderen Tisch. Auf dem Arbeitstisch vor dem Fenster lag nur ein Packen unliniiertes Papier, das mit einer steilen, zierlichen Schrift in schwarzer Tinte bedeckt war. Die Schrift lief in geraden, gleichmäßigen Linien über das Papier, sogar die Korrekturen am Rand waren so ordentlich angebracht. Dalgliesh sagte:

«Entschuldigen Sie, wenn wir Sie bei der Arbeit stören.»

«Das tun Sie nicht. Bitte, nehmen Sie Platz. Es geht mir heute Morgen sowieso nicht gut von der Hand. Andernfalls hätte ich ein ‹Bitte nicht stören› an den Türklopfer gehängt, und Sie wären nicht hereingelassen worden. Ich bin aber trotzdem fast fertig. Bis auf ein Kapitel. Ich nehme an, Sie wollen, dass ich Angela ein Alibi verschaffe. Der Polizei helfen, heißt es nicht so? Was haben wir am Mittwochabend getan? Und wann und warum und wo und mit wem?»

«Wir möchten Ihnen gern ein paar Fragen stellen, das ist richtig.»

«Aber diese vermutlich als erste. Das ist kein Problem.

Wir verbrachten den Abend und die Nacht von Viertel nach sechs an zusammen. Zu dieser Zeit kam sie nach Hause.»

«Und was haben Sie getan, Miss Mawson?»

«Das Übliche. Wir schlossen den Arbeitstag mit einem Drink ab, ich mit einem Whisky, Angela mit Sherry. Ich fragte sie nach ihrem Tag und sie erkundigte sich nach meinem. Dann zündete sie das Feuer an und kochte das Abendessen. Es gab Avocados mit Vinaigrette, einen Huhneintopf und Käse mit Weißbrot. Wir wuschen zusammen ab, und danach tippte Angela bis neun Uhr mein Manuskript. Um neun schalteten wir den Fernseher an, sahen die Nachrichten und danach einen Spielfilm. Der ging bis Viertel vor elf, dann Kakao für Angela, Whisky für mich und ins Bett.»

«Sie gingen beide nicht mehr aus dem Haus?»

«Nein.»

Dalgliesh fragte, wie lange sie schon im Dorf wohnte.

«Ich? Acht Jahre. Ich bin in dieser Gegend geboren, in Soham nämlich, und verbrachte den größten Teil meiner Kindheit hier. Mit achtzehn ging ich zum Studium nach London, machte ein Examen und arbeitete dann bei verschiedenen Stellen im Zeitungs- und Verlagswesen. Ich kam vor acht Jahren her, als ich hörte, dass dieses Haus vermietet wurde. Damals beschloss ich, meine feste Anstellung aufzugeben und mich ganz auf das Schreiben zu konzentrieren.»

«Und Miss Foley?»

«Sie wohnt seit zwei Jahren bei mir. Ich suchte eine Teilzeitbürokraft, und sie meldete sich auf meine Annonce in unserer Lokalzeitung. Sie hatte damals ein möbliertes Zimmer in Ely, wo sie sich nicht besonders wohl fühlte. Deshalb schlug ich ihr vor, zu mir zu ziehen. Sie war vorher auf den Bus angewiesen, um ins Labor zu kommen. Von hier aus hat sie es natürlich viel bequemer.»

«Sie haben also lange genug im Dorf gelebt, um die Menschen kennen zu lernen.»

«Soweit man sie hier in den Marschen jemals kennen lernt. Aber nicht gut genug, um für Sie mit dem Finger auf einen Mörder deuten zu können.»

«Wie gut kannten Sie Dr. Lorrimer?»

«Vom Sehen. Ich erfuhr erst, dass Angela seine Kusine war, als sie zu mir zog. Sie hatten kaum Kontakt, und er kam nie hierher. Ich habe natürlich fast das ganze Personal irgendwann kennen gelernt. Dr. Howarth gründete, kurz nachdem er seine Stelle angetreten hatte, ein Streichquartett, und letzten August gaben sie ein Konzert in der Wren-Kapelle. Danach gab es Wein und Käse in der Sakristei. Ich habe einige Angestellte dort kennen gelernt. Tatsächlich kannte ich sie natürlich schon vorher vom Sehen und dem Namen nach, wie das auf dem Dorf so ist. Wir benutzen dasselbe Postamt und trinken unser Bier in derselben Wirtschaft. Aber wenn Sie Klatsch aus dem Dorf oder dem Institut hören wollen, dürfen Sie nicht zu mir kommen.»

Dalgliesh sagte: «War das Konzert in der Kapelle ein Erfolg?»

«Eigentlich nicht. Howarth spielt für einen Amateur sehr gut Geige und Claire Easterbrook ist eine ausgezeichnete Cellistin, aber die beiden andern waren der Sache nicht ganz gewachsen. Er hat das Experiment nicht wiederholt. Ich glaube, es gab nicht wenige unfreundliche Bemerkungen über den gerade erst Zugezogenen, der seine Pflicht darin sehe, die zu kurz gekommenen Einheimischen mit Kultur vertraut zu machen. Vielleicht ist ihm das zu Ohren gekommen. Er macht fast den Eindruck, als begreife er sich als einen, der allein versucht, den Widerspruch zwischen dem Wissenschaftler und dem Künstler zu überbrücken. Oder vielleicht war er mit der Akustik nicht zufrieden. Meine persönliche Meinung ist, dass die drei andern nicht mehr mit ihm spielen wollten. Als Leiter des Quartetts benahm er sich wahrscheinlich genauso arrogant wie als Direktor. Das Labor funktioniert tatsächlich besser; die Arbeitsleistung ist um zwanzig Prozent gestiegen. Ob die Angestellten glücklicher sind, ist eine Sache für sich.»

Sie war durchaus nicht immun gegen Dorf- und Laborklatsch, dachte Dalgliesh. Er überlegte, warum sie so offenherzig war. Ebenso freimütig, fragte er sie direkt:

«Warum gingen Sie gestern in der Windmühlen-Kate in den oberen Stock?»

«Dass der Alte Ihnen das erzählt hat! Ich möchte wissen, was er wohl dachte, hinter was ich her wäre. Ich ging nach oben ins Bad, weil ich ein Scheuermittel suchte, um den Spülstein zu reinigen. Es war allerdings nichts da.»

«Sie kennen natürlich Lorrimers Testament?»

«Ich denke, das ganze Dorf weiß davon. Tatsächlich war ich wahrscheinlich die Erste, die es erfuhr. Der alte Herr wurde allmählich nervös, weil er wissen wollte, ob er Geld zu erwarten hätte. Deswegen rief Angela den Rechtsanwalt an. Sie hatte ihn damals kennen gelernt, als das Testament ihrer Großmutter verlesen wurde. Er sagte ihr, Lorrimers Vater bekäme das Haus und 10 000 Pfund, und sie konnte ihn also beruhigen.»

«Und Miss Foley selbst hat nichts bekommen?»

«So ist es. Und die neue Büroangestellte, an der Edwin anscheinend Gefallen gefunden hatte, bekommt tausend Pfund.»

«Ein nicht besonders gerechtes Testament.»

«Sind Ihnen jemals Erben über den Weg gelaufen, die ein Testament für gerecht gehalten hätten? Das Testament seiner Großmutter war schlimmer. Angela verlor das Geld damals, als es ihrem Leben vielleicht eine andere Richtung hätte geben können. Jetzt ist sie nicht mehr darauf angewiesen. Wir kommen hier sehr gut zurecht.»

«Dann war es wohl kein Schock für sie. Sagte er ihr nichts von seinen Absichten?»

«Falls Sie das für eine taktvolle Art halten, herauszubekommen, ob sie ein Motiv zum Mord hatte, können Sie sie selbst fragen. Da kommt sie gerade.»

Angela Foley kam durch das Wohnzimmer und zog auf dem Weg ihr Kopftuch ab. Ihr Gesicht verfinsterte sich, als sie den Besuch sah, und sie sagte gereizt und ärgerlich:

«Miss Mawson arbeitet am liebsten morgens. Sie sagten nicht, dass Sie kommen wollten.»

Ihre Freundin lachte: «Sie haben mich nicht gestört. Ich habe einen nützlichen Einblick in die Methoden der Polizei bekommen. Sie erreichen auch etwas, ohne taktlos zu sein. Du bist zeitig zurück.»

«Das Fürsorgeamt hat angerufen und gesagt, dass sie erst nach dem Mittagessen hinfahren können. Mein Onkel will sie nicht sehen, mich allerdings erst recht nicht. Er isst heute Mittag bei Swaffields im Pfarrhaus, deshalb dachte ich, ich könnte ebenso gut nach Hause kommen.»

Stella Mawson zündete sich eine Zigarette an.

«Du bist im richtigen Augenblick gekommen. Mr. Dalgliesh erkundigte sich gerade taktvoll, ob du ein Motiv hattest, deinen Vetter zu ermorden. In anderen Worten, erzählte dir Edwin, dass er vorhatte, sein Testament zu ändern?»

Angela Foley blickte Dalgliesh an und sagte ruhig: «Nein. Er besprach seine Angelegenheiten nie mit mir und ich meine nicht mit ihm. Ich glaube, ich habe in den letzten zwei Jahren nicht mit ihm gesprochen, höchstens über Berufliches.»

Dalgliesh sagte: «Es ist aber doch gewiss erstaunlich, dass er ein seit langem bestehendes Testament ändern wollte, ohne mit Ihnen darüber zu sprechen.»

Sie zuckte mit den Schultern und erklärte: «Das ging mich nichts an. Er war nur mein Vetter, nicht mein Bruder.

Er ließ sich vor fünf Jahren vom Südlabor ans Hoggatt versetzen, damit er sich um seinen Vater kümmern konnte, nicht weil ich hier bin. Er kannte mich eigentlich gar nicht. Und wenn er mich gekannt hätte, zweifle ich, ob er mich gemocht hätte. Er war mir nichts schuldig, nicht einmal Gerechtigkeit.»

«Mochten Sie ihn?»

Sie schwieg und dachte nach, als sei das eine Frage, zu der sie selbst gern die Antwort gewusst hätte. Stella Mawson beobachtete sie aus schmalen Augen durch ihren Zigarettenrauch. Schließlich sagte Miss Foley:

«Nein, ich mochte ihn nicht. Er machte mir sogar ein wenig Angst. Er war wie ein Mann, der an einer schweren seelischen Bürde trägt, der nicht weiß, wo sein Platz im Leben ist. Zuletzt waren die nervlichen Anspannungen und das Elend fast greifbar. Es berührte mich peinlich, und ich fand es, ja, irgendwie bedrohlich. Die Menschen um ihn, die in sich gefestigt sind, schienen es nicht zu bemerken oder sich nicht darum zu kümmern. Aber die weniger Sicheren fühlten sich bedroht. Deshalb, glaube ich, hatte Clifford Bradley solche Angst vor ihm.»

Stella Mawson sagte: «Bradley erinnerte Edwin wahrscheinlich an sich selbst, wie er vor einigen Jahren gewesen war. Er war schrecklich unsicher, auch in seinem Beruf, als er anfing. Erinnerst du dich, wie er nachts seine Aussage einstudierte, bevor er im Zeugenstand auftreten musste? Wie er alle möglichen Fragen aufschrieb, die der gegnerische Anwalt vielleicht stellen würde, damit er seine Antworten sofort und sicher parat hätte, wie er alle wissenschaftlichen Formeln auswendig lernte, um die Geschworenen zu beeindrucken? Er hatte sich bei einem seiner ersten Fälle ziemlich dumm angestellt, und das konnte er sich nie verzeihen.»

Danach trat eine kurze, fast peinliche Stille ein. Angela Foley schien etwas sagen zu wollen, überlegte es sich aber anders. Ihr rätselhafter Blick hielt ihre Freundin fest. Stella Mawson wandte die Augen ab. Sie ging an ihren Schreibtisch und drückte die Zigarette aus. Dann sagte sie:

«Deine Tante hat es dir doch erzählt. Sie musste ihn gewöhnlich abhören und die Fragen immer wieder vorlesen – Abende voller Anspannung und unfassbarer Langeweile. Weißt du es nicht mehr?»

«Doch», sagte Angela mit ihrer teilnahmslosen hohen Stimme. «Ja, ich erinnere mich.» Sie wandte sich an Dalgliesh.

«Haben Sie sonst noch Fragen an mich? Ich muss nämlich noch einiges erledigen. Dr. Howarth erwartet mich vor dem Nachmittag nicht im Institut. Und Stella wird auch arbeiten wollen.»

Die beiden Frauen begleiteten sie gemeinsam hinaus und blieben in der Tür stehen, als verabschiedeten sie höflich abreisende Gäste. Dalgliesh erwartete fast, sie würden zum Abschied winken. Er hatte Miss Foley nicht nach dem Streit mit ihrem Vetter gefragt. Vielleicht käme dafür noch der richtige Zeitpunkt, aber soweit war er noch nicht. Er fand es interessant, aber eigentlich nicht überraschend, dass sie gelogen hatte. Aber was ihn mehr interessierte, war Stella Mawsons Geschichte, wie Lorrimer seine Aussagen in der Nacht vor der Verhandlung geprobt hatte. Wer immer ihr das erzählt hatte – er war völlig sicher, dass es nicht Angela Foley gewesen war.

Als sie wegfuhren, sagte Massingham: «50 000 Pfund könnten ihr Leben von Grund auf verändern, sie würden sie unabhängig machen und ihr ermöglichen, hier herauszukommen. Was für ein Leben ist das denn für eine junge Frau oder für beide, hier in diesem abgelegenen Morast festzusitzen! Sie kommt mir fast wie ein Aschenputtel vor.»

Ausnahmsweise fuhr Dalgliesh. Massingham sah die düsteren Augen im Spiegel, die langen Hände, die locker auf dem Lenkrad lagen. Dalgliesh sagte:

«Ich dachte gerade daran, was der gute George Greenall, der erste Detektiv-Sergeant, unter dem ich gearbeitet habe, mir sagte. Er war damals 25 Jahre bei der Kriminalpolizei. Nichts, was die Menschen betraf, überraschte ihn, nichts schockierte ihn. Er sagte: ‹Man wird dir erzählen, Hass sei die zerstörerischste Macht auf der Erde. Glaub's nicht, Junge. Das ist die Liebe. Und wenn du Detektiv werden willst, solltest du lernen, sie zu erkennen, wenn du ihr begegnest.›»

2

Brenda kam am Freitagmorgen über eine Stunde zu spät ins Labor. Nach dem aufregenden Tag hatte sie verschlafen, und ihre Mutter hatte sie absichtlich nicht geweckt. Sie hatte ohne Frühstück weggehen wollen, aber Mrs. Pridmore hatte ihr wie immer den Teller mit Rührei und Speck hingestellt und darauf bestanden, dass Brenda nicht aus dem Haus ginge, bevor sie etwas gegessen hatte. Brenda spürte nur zu deutlich, dass ihre Eltern es am liebsten sähen, wenn sie nie mehr einen Fuß in das Hoggatt-Institut setzte, und hielt es deshalb für besser, nicht zu widersprechen.

Sie kam atemlos im Institut an und entschuldigte sich bei Inspektor Blakelock, der versuchte, mit den in den letzten zwei Tagen angekommenen Beweisstücken, den ständigen Neuzugängen und einem ununterbrochen läutenden Telefon fertig zu werden. Sie fragte sich, wie er sie empfangen würde, ob er schon von den 1000 Pfund gehört hätte und, wenn ja, ob er sich anders verhalten würde. Aber er zeigte sein gewohntes gleichmütiges Wesen. Er sagte:

«Wenn Sie Ihre Sachen abgelegt haben, sollen Sie sofort zum Direktor kommen. Er ist in Miss Foleys Büro. Die

Polizei benutzt seines. Lassen Sie den Tee heute einmal sein. Miss Foley kommt erst nach dem Mittagessen. Sie muss sich wegen ihres Onkels mit jemandem von der Fürsorge treffen.»

Brenda freute sich, dass sie Angela Foley nicht gleich unter die Augen treten musste. Das Eingeständnis vom letzten Abend gegenüber Oberkriminalrat Dalgliesh kam ihr zu sehr wie ein Verrat vor, als dass sie sich in ihrer Haut wohl gefühlt hätte. Sie sagte:

«Und alle andern sind heute da?»

«Clifford Bradley hat es nicht geschafft. Seine Frau rief an und sagte, er fühle sich nicht wohl. Die Polizei ist seit halb neun hier. Sie haben alle Beweisstücke überprüft, besonders die Drogen, und sie haben das ganze Institut zum zweiten Mal durchsucht. Anscheinend glauben sie, dass etwas Merkwürdiges hier vor sich geht.»

Inspektor Blakelock war selten so gesprächig gewesen. Brenda fragte:

«Was soll das bedeuten, etwas Merkwürdiges?»

«Das haben sie nicht gesagt. Aber sie wollen sämtliche Akten des Instituts sehen, in deren Registriernummern 18 oder 40 oder 1840 vorkommt.»

Brenda machte große Augen.

«Meinen Sie nur die von diesem Jahr, oder müssen wir bis zu denen auf Mikrofilm zurückgehen?»

«Ich habe erst einmal die vom laufenden und vom letzten Jahr herausgesucht, und Sergeant Underhill und der Konstabler sehen sie im Augenblick durch. Ich weiß nicht, was sie sich davon versprechen, und sie sehen so aus, als wüssten sie es selbst nicht. Jetzt beeilen Sie sich aber besser. Dr. Howarth sagte, Sie sollen sofort zu ihm kommen, wenn Sie hier sind.»

«Aber ich kann weder Steno noch Schreibmaschine schreiben! Was meinen Sie, wofür er mich braucht?»

«Er hat nichts gesagt. Hauptsächlich Akten heraussuchen, denke ich. Und wahrscheinlich werden Sie für ihn telefonieren und alle möglichen Gänge machen müssen.»

«Wo ist Oberkriminalrat Dalgliesh? Ist er nicht hier?»

«Er und Inspektor Massingham gingen vor etwa zehn Minuten weg, ich denke, um jemanden zu verhören. Kümmern Sie sich nicht darum. Unsere Arbeit ist hier. Wir müssen zusehen, dass alles im Institut glatt weiterläuft.»

Für Inspektor Blakelocks Verhältnisse war das fast schon ein Tadel. Brenda lief schnell in Miss Foleys Büro. Es war bekannt, dass der Direktor es nicht mochte, wenn man anklopfte, deshalb raffte Brenda ihr ganzes Selbstvertrauen zusammen und trat ein. Sie dachte: Ich kann nur mein Bestes tun. Wenn das nicht gut genug ist, muss er sich eben wohl oder übel damit abfinden. Er saß am Schreibtisch und studierte offenbar eine Akte. Er sah auf, ohne ihren Gruß mit einem Lächeln zu erwidern, und sagte:

«Inspektor Blakelock hat Ihnen gesagt, dass ich Ihre Hilfe heute Morgen brauche, solange Miss Foley weg ist? Sie können bei Mrs. Mallett im Hauptbüro arbeiten.»

«Ja, Sir.»

«Die Polizei braucht noch weitere Akten. Sie interessieren sich nur für bestimmte Nummern. Aber ich nehme an, Inspektor Blakelock hat Ihnen das schon erklärt.»

«Ja, Sir.»

«Sie arbeiten jetzt an den Ordnern von 1976 und 1975. Sie suchen also am besten zuerst die entsprechenden Akten von 1974 heraus und dann alle früheren Jahrgänge, die sie brauchen.»

Er blickte von seiner Akte auf und sah sie zum ersten Mal direkt an.

«Dr. Lorrimer hat Ihnen etwas Geld hinterlassen, nicht wahr?»

«Ja, Sir. 1000 Pfund für Bücher und Instrumente.»

«Sie brauchen mich nicht mit Sir anzureden. Dr. Howarth genügt. Mochten Sie ihn?»

«Ja. Ja, wirklich.»

Dr. Howarth hatte den Blick wieder gesenkt und wendete ein paar Seiten um.

«Merkwürdig, ich hätte nicht gedacht, dass er auf Frauen anziehend gewirkt hätte – oder umgekehrt.»

Brenda sagte mit Nachdruck: «So war das nicht.»

«Wie war es nicht? Meinen Sie, er dachte nicht an Sie als Frau?»

«Ich weiß nicht. Ich meine, ich dachte nicht, er würde versuchen …»

Sie unterbrach sich. Dr. Howarth blätterte weiter. Er sagte:

«Sie zu verführen?»

Brenda fasste ihren ganzen Mut zusammen, wobei ihr ein plötzlich aufwallender Zorn half. Sie sagte:

«Das hätte er wohl nicht gekonnt, nicht wahr? Nicht hier im Institut. Und woanders habe ich ihn nie getroffen. Und wenn Sie überhaupt etwas von ihm wüssten, würden Sie nicht so sprechen.»

Sie war entsetzt über ihre eigene Unverschämtheit. Aber der Direktor sagte nur – ziemlich traurig, wie ihr schien:

«Vermutlich haben Sie Recht. Ich kannte ihn überhaupt nicht.»

Sie suchte krampfhaft nach einer Erklärung.

«Er erklärte mir, worum es bei den Naturwissenschaften geht.»

«Und worum geht es dabei?»

«Er erklärte, dass die Wissenschaftler Theorien aufstellen, wie die materielle Welt funktioniert, und sie dann durch Experimente überprüfen. Solange die Experimente gelingen, gelten die Theorien. Wenn sie fehlschlagen, müssen die Wissenschaftler eine andere Theorie finden, um die

Fakten zu erklären. Er sagte, dass es in den Naturwissenschaften diesen aufregenden Widerspruch gibt, dass nämlich eine Enttäuschung keine Niederlage zu sein braucht. Sie ist ein Schritt nach vorn.»

«Haben Sie nicht in der Schule Naturwissenschaften gewählt? Ich dachte, Sie hätten einen Abschluss in Physik und Chemie?»

«Niemand hat es mir jemals so erklärt.»

«Nein. Vermutlich hat man Sie mit Experimenten zum Magnetismus und den Eigenschaften des Kohlendioxyds gelangweilt. Übrigens hat Miss Foley einen Bericht über das Verhältnis der personellen Besetzung zur Arbeitsbelastung geschrieben. Ich hätte gern, dass die Zahlen nachgeprüft werden – Mrs. Mallett wird das mit Ihnen tun – und das Papier bis zur Konferenz in der nächsten Woche bei allen Direktoren vorliegt. Sie wird Ihnen die Liste mit den Adressen geben.»

«Ja, Sir. Ja, Dr. Howarth.»

«Und bringen Sie diesen Ordner doch bitte Miss Easterbrook in die Biologie.»

Er sah zu ihr auf, und zum ersten Mal dachte sie, dass er freundlich aussah. Er sagte in einem sehr netten Ton:

«Ich weiß, wie Ihnen zumute ist. Mir ging es genauso. Doch es gibt nur noch einen weißen Umriss auf dem Fußboden, einfach einen Kreidestrich. Das ist alles.»

Er reichte ihr den Ordner. Sie war entlassen. An der Tür blieb Brenda stehen. Der Direktor sagte:

«Was gibt's?»

«Ich dachte gerade, dass eine Ermittlung wie eine Wissenschaft sein muss. Der Detektiv formuliert eine Theorie, dann probiert er sie aus. Wenn die Fakten, die er entdeckt, passen, bestätigt sich die Theorie. Wenn nicht, dann muss er eine andere Theorie und einen andern Verdächtigen finden.»

Dr. Howarth sagte trocken: «Der Vergleich ist einleuchtend. Aber die Versuchung, die passenden Fakten auszuwählen, ist vermutlich größer. Und der Detektiv experimentiert mit Menschen. Ihre Eigenschaften sind komplex und verschließen sich einer exakten Analyse.»

Eine Stunde später brachte Brenda Sergeant Underhill den dritten Aktenstapel in das Büro des Direktors. Der Detektiv-Konstabler mit dem freundlichen Gesicht sprang auf und nahm ihr den Packen ab. Das Telefon auf Dr. Howarths Schreibtisch läutete, und Sergeant Underhill nahm das Gespräch entgegen. Dann legte er auf und sah seinen Kollegen an.

«Das war London. Sie haben mir das Ergebnis der Blutanalyse durchgegeben. Der Schlagstock war tatsächlich die Tatwaffe. Lorrimers Blut ist daran. Und sie haben das Erbrochene analysiert.»

Er sah auf, als ihm plötzlich einfiel, dass Brenda noch im Zimmer war, und wartete, bis sie gegangen war und die Tür geschlossen hatte. Der Konstabler sagte:

«Und weiter?»

«Was wir vermutet hatten. Denken Sie sich den Rest selbst aus. Ein Gerichtsmediziner weiß natürlich, dass man die Blutgruppe nicht an dem Erbrochenen feststellen kann. Die Magensäure zerstört die Antikörper. Sie können allenfalls sagen, woraus sich das Essen zusammensetzte. Sie brauchen also, wenn es Ihr Erbrochenes ist und Sie zu den Verdächtigen zählen, nichts anderes zu tun, als eine falsche Aussage über Ihr Abendessen zu machen. Wer könnte Sie widerlegen?»

Sein Kollege sagte: «Es sei denn …»

Sergeant Underhill griff wieder nach dem Telefon und nickte.

«Genau. Wie ich sagte – Sie können es sich selbst ausdenken.»

3

Nach den letzten Tagen mit Regenschauern und einer launenhaften Herbstsonne war der Morgen kalt, aber strahlend. Die Sonne lag unerwartet warm auf dem Nacken. Aber selbst in dem milden Licht machte das alte Pfarrhaus mit seinen Steinen in der Farbe roher Leber und dem alles überwuchernden Efeu einen deprimierenden Eindruck. Das offen stehende Eisentor an der Einfahrt hing schief in den Angeln. Es war von der ungepflegten Hecke, die den Garten begrenzte, fast zugewachsen. Zwischen den Steinen der Auffahrt kam Unkraut hervor. Das Gras auf dem Rasen war zerrupft und plattgedrückt, wo anscheinend jemand einen ungeschickten Versuch gemacht hatte, es mit einer stumpfen Maschine zu mähen, und die beiden Blumenrabatten waren ein Gestrüpp aus Winterastern und kümmerlichen Dahlien, die fast im Unkraut erstickten. Ein hölzernes Pferdchen auf Rädern lag umgekippt am Rand des Rasens, aber das war das einzige Zeichen, dass das Haus bewohnt war.

Als sie auf das Haus zugingen, tauchten jedoch zwei Kinder vor der Haustür auf, blieben stehen und starrten sie an. Es konnten nur Kerrisons Kinder sein, und als Dalgliesh und Massingham näher kamen, fiel ihnen auch die große Ähnlichkeit auf. Das Mädchen musste wohl schon über das Schulalter hinaus sein, aber sie wirkte kaum wie sechzehn, wenn man von einer gewissen erwachsenen Wachsamkeit in den Augen absah. Sie hatte glattes dunkles Haar, das aus der hohen, unebenen Stirn zurückgekämmt und zu kurzen, zerzausten Zöpfen geflochten war, die sie mit Gummiringen zusammenhielt. Sie trug die unvermeidlichen verwaschenen Bluejeans ihrer Generation, darüber einen braunen Pullover, der so weit war, dass er ihrem Vater gepasst hätte. Um ihren Hals hatte sie etwas, das Dalgliesh für einen Lederriemen hielt. Auf ihren schmutzigen nackten Füßen zeichneten sich hellere Streifen von ihren Sommersandalen ab.

Das Kind drängte sich näher an sie, als es die Fremden kommen sah. Es war ein drei- oder vierjähriger pummeliger Junge mit rundem Gesicht, breiter Nase und einem weichen hübschen Mund. Sein Gesicht war eine zartere Miniatur seines Vaters, die gleichen geraden dunklen Brauen über den schweren Augenlidern. Er trug enge blaue Shorts und einen von ungeübter Hand gestrickten, bunt gestreiften Pullover, an den er einen dicken Ball drückte. Seine stämmigen Beine steckten in kurzen roten Stiefelchen. Er lockerte den Griff um seinen Ball und fixierte Dalgliesh mit einem forschen, verblüffend gescheiten Blick.

Dalgliesh wurde sich bewusst, dass er im Grunde nichts über Kinder wusste. Die meisten seiner Bekannten waren kinderlos, und die anderen hatten sich daran gewöhnt, ihn einzuladen, wenn ihr anspruchsvoller, lauter, egoistischer Nachwuchs in der Schule war. Sein einziger Sohn war mit seiner Mutter gestorben, genau 24 Stunden nach seiner Geburt. Obwohl er sich das Gesicht seiner Frau, außer in Träumen, kaum noch vorstellen konnte, war der Eindruck jener wächsernen, puppengleichen Züge über dem winzigen eingewickelten Körper, der verklebten Augenlider, des undurchdringlichen Blicks in sich selbst ruhenden Friedens so deutlich und unmittelbar, dass er sich manchmal fragte, ob es wirklich das Bild seines Kindes war, das er so kurz, aber aufmerksam betrachtet hatte, oder ob er das Urbild eines toten Kindes verinnerlicht hatte. Sein Sohn wäre jetzt älter als dieser Junge. Er käme schon in die schwierigen Jahre der Pubertät. Er hatte sich vor langem eingeredet, froh zu sein, dass ihm das erspart geblieben war.

Aber jetzt wurde ihm plötzlich bewusst, dass da ein ganzes Gebiet menschlicher Erfahrung war, dem er, einmal abgewiesen, den Rücken gekehrt hatte, und dass diese Ablehnung ihn irgendwie als Menschen reduzierte. Dieser flüchtige Schmerz des Verlusts überraschte ihn in seiner Intensität. Er zwang sich, über dieses unbekannte und unwillkommene Gefühl nachzudenken.

Plötzlich lachte das Kind und hielt ihm den Ball hin. Er fühlte sich ebenso verwirrt und geschmeichelt, wie wenn eine streunende Katze mit hochgestelltem Schwanz auf ihn zustolziert wäre und sich herabgelassen hätte, sich streicheln zu lassen. Sie starrten einander an. Dalgliesh lächelte zurück. Dann sprang Massingham vor und schnickte den Ball aus den dicken Fingern.

«Komm. Spielen wir Fußball.»

Er dribbelte den blau-gelben Ball über den Rasen. Sofort lief der Kleine auf seinen kurzen Beinen hinterher. Die zwei verschwanden um die Hausecke, und Dalgliesh hörte das helle, heisere Lachen des Jungen. Das Mädchen sah ihnen nach. Ihr Gesicht hatte plötzlich einen liebevoll besorgten Ausdruck. Dann blickte sie Dalgliesh an.

«Hoffentlich kickt er den Ball nicht ins Feuer. Es ist fast aus, aber die Glut ist noch sehr heiß. Ich habe Abfälle verbrannt.»

«Da machen Sie sich mal keine Gedanken. Er passt schon auf. Und er hat jüngere Brüder.»

Sie sah ihm zum ersten Mal aufmerksam ins Gesicht.

«Sie sind Oberkriminalrat Dalgliesh, nicht wahr? Wir sind Nell und William Kerrison. Mein Vater ist leider nicht zu Hause.»

«Ich weiß. Wir sind hergekommen, um mit der Haushälterin zu sprechen, Miss Willard, nicht? Ist sie da?»

«Ich an Ihrer Stelle würde überhaupt keine Notiz nehmen von dem, was sie sagt. Sie lügt wie gedruckt. Und sie geht an Papis Bar. Wollen Sie nicht mich und William ausfragen?»

«Irgendwann, wenn Ihr Vater zu Hause ist, kommt eine Polizistin mit uns, um sich mit euch zu unterhalten.»

«Die will ich nicht sehen. Ich habe nichts dagegen, mit Ihnen zu sprechen. Aber eine Polizistin will ich nicht sehen, ich habe was gegen Fürsorgerinnen.»

«Eine Polizistin ist keine Fürsorgerin.»

«Das ist dasselbe. Sie schreibt Beurteilungen, nicht wahr? Wir hatten eine Fürsorgerin hier, als meine Mutter weggegangen war. Das war vor der Verhandlung über das Sorgerecht, und sie hat William und mich angesehen, als wären wir ein öffentliches Ärgernis, als hätte uns jemand vor ihrer Tür ausgesetzt. Sie ging auch im Haus herum, steckte überall ihre Nase hinein, bewunderte angeblich alles und tat so, als wäre es ein Höflichkeitsbesuch.»

«Polizistinnen – und Polizisten – tun nie, als kämen sie eben mal auf einen Höflichkeitsbesuch. Das würde uns keiner abnehmen, oder nicht?»

Sie machten kehrt und gingen auf das Haus zu. Das Mädchen sagte:

«Werden Sie herausbekommen, wer Lorrimer umgebracht hat?»

«Das hoffe ich. Ich denke schon.»

«Und was geschieht dann mit ihm, mit dem Mörder, meine ich?»

«Er wird dem Untersuchungsrichter vorgeführt. Dann, wenn dieser die Beweise für ausreichend hält, wird ihm vor dem Schwurgericht der Prozess gemacht.»

«Und dann?»

«Wenn er des Mordes für schuldig befunden wird, verhängt der Richter die gesetzlich vorgeschriebene Strafe – lebenslänglich. Das bedeutet, dass er eine lange Zeit im Gefängnis sein wird, vielleicht zehn Jahre oder länger.»

«Aber das ist dumm. Damit kommen die Dinge nicht wieder in Ordnung. Es macht Dr. Lorrimer nicht wieder lebendig.»

«Es bringt nichts in Ordnung, aber dumm ist es nicht. Das Leben ist fast allen von uns kostbar. Selbst Menschen, die kaum mehr als ihr nacktes Leben besitzen, wollen es bis zum letzten natürlichen Augenblick leben. Keiner hat das Recht, es ihnen zu nehmen.»

«Sie reden, als wäre das Leben Williams Ball. Wenn ihm der weggenommen wird, weiß er, was er verloren hat. Dr. Lorrimer weiß nicht, dass er etwas verloren hat.»

«Er hat die Jahre verloren, die er vielleicht noch vor sich gehabt hätte.»

«Wie wenn man William einen Ball wegnähme, den er nur vielleicht bekommen würde. Es bedeutet überhaupt nichts. Das sind nur Worte. Angenommen, er wäre sowieso nächste Woche gestorben. Dann hätte er nur sieben Tage verloren. Man bringt niemanden zehn Jahre ins Gefängnis, um für sieben verlorene Tage zu bezahlen. Vielleicht wären es nicht einmal glückliche Tage gewesen.»

«Selbst wenn er ein alter Mann gewesen wäre, der nur noch einen Tag zu leben gehabt hätte, hätte er ein Recht darauf gehabt, diesen Tag zu leben. So sagt das Gesetz. Vorsätzliches Töten ist auch in diesem Fall Mord.»

Das Mädchen sagte nachdenklich: «Ich nehme an, es war anders, als die Menschen noch an Gott glaubten. Dann wäre vielleicht ein Ermordeter in Todsünde gestorben und in die Hölle gekommen. Die sieben Tage hätten dann einen Unterschied machen können. Vielleicht hätte er bereut und Zeit gehabt, die Absolution zu erhalten.»

Dalgliesh sagte: «Alle diese Probleme sind einfacher für Menschen, die an Gott glauben. Die andern, die das nicht tun oder nicht können, müssen das Beste tun, was ihnen möglich ist. Das eben ist das Gesetz – das Beste, was wir tun können. Menschliche Gerechtigkeit ist unvollkommen, aber es ist die einzige Gerechtigkeit, die wir haben.»

«Wollen Sie mir ganz sicher keine Fragen stellen? Ich weiß, dass Papi ihn nicht getötet hat. Er ist kein Mörder. Er war zu Hause bei William und mir, als Dr. Lorrimer starb. Wir brachten William um halb acht zusammen ins

Bett und blieben noch zwanzig Minuten bei ihm. Papi las ihm aus einem Bilderbuch vor. Dann legte ich mich hin, weil ich Kopfschmerzen hatte und mich nicht wohl fühlte, und Papi brachte mir einen Becher Kakao, den er extra für mich gemacht hatte. Er setzte sich zu mir und las mir Geschichten vor, bis er dachte, ich wäre eingeschlafen. Aber ich schlief noch nicht. Ich tat nur so. Er schlich sich kurz vor neun aus dem Zimmer, aber da war ich noch wach. Soll ich Ihnen sagen, wieso ich das weiß?»

«Wenn Sie wollen.»

«Weil ich die Kirchenuhr schlagen hörte. Dann ging Papi weg, und ich lag im Dunkeln und dachte nach. Er kam noch einmal, um nach mir zu sehen, ungefähr eine halbe Stunde später, aber ich tat weiter so, als ob ich schliefe. Damit ist Papi heraus, nicht wahr?»

«Wir wissen nicht genau, wann Dr. Lorrimer starb, aber ich glaube, ja, dann kommt er wohl nicht in Frage.»

«Es sei denn, ich belüge Sie.»

«Die Leute lügen die Polizei häufig an. Und Sie?»

«Nein. Aber ich glaube, ich würde es tun, wenn ich Papi damit retten würde. Das mit Dr. Lorrimer macht mir gar nichts aus, wissen Sie? Ich bin froh, dass er tot ist. Er war kein guter Mensch. Am Tag vor seinem Tod gingen William und ich ins Labor, um Papi zu besuchen. Er unterrichtete am Vormittag in dem Übungskurs für Detektive, und wir dachten, wir holen ihn vor dem Mittagessen ab. Inspektor Blakelock ließ uns in der Halle sitzen, und das Mädchen, das ihm an der Annahme hilft, die Hübsche, lachte mit William und holte einen Apfel für ihn aus ihrer Tasche. Und dann kam Dr. Lorrimer die Treppe herunter und entdeckte uns. Ich wusste, dass er es war, weil der Inspektor ihn mit seinem Namen ansprach. Er sagte: ‹Was suchen denn diese Kinder hier? Ein Labor ist kein Ort für Kinder.› Ich sagte: ‹Ich bin kein Kind. Ich bin Miss Eleanor Kerrison, und das ist mein Bruder William, und wir warten auf unseren Vater.› Er starrte uns an, als hasste er uns, und sein Gesicht war ganz weiß und zuckte. Er sagte: ‹Hier könnt ihr jedenfalls nicht warten.› Dann sprach er sehr unfreundlich mit Inspektor Blakelock. Als Dr. Lorrimer gegangen war, meinte er, wir sollten lieber gehen, aber er sagte zu William, er sollte sich nichts draus machen und zog ein Bonbon aus seinem Ohr. Wussten Sie, dass Inspektor Blakelock zaubern kann?»

«Nein. Das habe ich nicht gewusst.»

«Wollen Sie sich das Haus ansehen, bevor ich Sie zu Miss Willard bringe? Sehen Sie sich gern Häuser an?»

«Sehr gern, aber vielleicht nicht jetzt.»

«Den Salon müssen Sie trotzdem sehen. Er ist unser bestes Zimmer. Bitte, sehen Sie, ist er nicht wunderschön?»

Der Salon war keineswegs wunderschön. Es war ein düsteres, eichengetäfeltes, voll gestopftes Zimmer, das aussah, als habe sich kaum etwas verändert, seit hier die Frau und die Töchter des viktorianischen Pfarrers in ihren gestärkten Kleidern gesessen und für die Armen genäht hatten. Die unterteilten Fenster, eingerahmt von dunkelroten, lange nicht mehr gewaschenen Vorhängen, ließen kaum Tageslicht herein, sodass Dalgliesh in eine düstere Kälte trat, der das spärliche Feuer kaum etwas anhaben konnte. Ein riesiger Mahagonitisch mit einem Marmeladentopf mit Winterastern darauf stand vor der gegenüberliegenden Wand, und der Kamin, ein reich verziertes Marmorgebilde, verschwand fast hinter zwei wuchtigen durchhängenden Sesseln und einem schäbigen Sofa. Eleanor sagte mit einer plötzlichen Förmlichkeit, als habe das Zimmer sie an ihre Pflichten als Gastgeberin erinnert:

«Ich versuche, wenigstens einen Raum in Ordnung zu halten, für den Fall, dass wir Besuch bekommen. Sind die Blumen nicht hübsch? William hat sie in die Vase gestellt. Bitte nehmen Sie Platz. Darf ich Ihnen eine Tasse Kaffee anbieten?»

«Das wäre sehr nett, aber ich glaube, wir sollten uns nicht aufhalten. Wir sind tatsächlich hier, um Miss Willard zu sprechen.»

Massingham und William erschienen in der Tür, beide mit erhitzten Gesichtern vom Laufen. William hatte den Ball unter seinen linken Arm geklemmt. Eleanor ging durch eine messingbeschlagene Tür und über einen mit Steinplatten belegten Flur zur Rückseite des Hauses voraus. William machte sich von Massingham los und lief hinter ihr her. Mit seinen dicken Fingern versuchte er vergebens, sich an den hautengen Jeans festzuhalten. Sie blieb vor einer unpolierten Eichentür stehen und sagte:

«Sie ist da drin. Sie hat es nicht gern, wenn William und ich hineingehen. Aber sie stinkt sowieso, deshalb wollen wir gar nicht hinein.»

Sie nahm William an der Hand und ging weg.

Dalgliesh klopfte an. Aus dem Zimmer kam ein hastiges Geraschel, wie von einem Tier, das in seinem Versteck aufgestöbert wird. Dann ging die Tür ein wenig auf, und ein dunkles misstrauisches Auge blickte durch den schmalen Spalt. Dalgliesh sagte:

«Miss Willard? Oberkriminalrat Dalgliesh und Sergeant Massingham von Scotland Yard. Wir untersuchen den Mord an Dr. Lorrimer. Dürfen wir eintreten?»

Das Auge wurde sanfter. Sie gab einen kleinen verlegenen Seufzer oder eher einen Schnarcher von sich, dann machte sie die Tür ganz auf.

«Selbstverständlich. Selbstverständlich. Leider bin ich noch nicht auf Besuch eingestellt, noch nicht vorzeigbar, wie mein altes Kindermädchen immer sagte. Aber ich habe Sie nicht erwartet, und morgens um diese Zeit mache ich mir immer ein stilles Stündchen hier.»

Eleanor hatte Recht, das Zimmer roch. Ein Geruch, den Massingham nach einem unauffälligen Schnuppern als eine Mischung aus süßem Sherry, ungewaschenen Kleidern und billigem Parfum identifizierte. Es war sehr warm. Kleine blaue Flämmchen züngelten um die hoch in dem viktorianischen Kamin aufgeschichteten rot glühenden Briketts. Das Kippfenster, das den Blick auf die Garage und die Wildnis im Garten hinter dem Haus freigab, stand oben nur einen winzigen Spalt offen, obwohl es draußen recht mild war, und die Luft im Zimmer, pelzig und schwer wie eine schmutzige Decke, lastete drückend auf ihnen. Das Zimmer selbst strahlte eine abstoßende, übertriebene Weiblichkeit aus. Alles wirkte irgendwie süßlich weich, die baumwollbezogenen Sitze der beiden Sessel, die vielen dicken Kissen auf der viktorianischen Chaiselongue, der kleine Teppich aus imitiertem Fell vor dem Kamin. Der Kaminsims war mit Fotos in Silberrahmen voll gestellt; fast alle zeigten einen Geistlichen in Soutane und seine Frau, die Miss Willards Eltern sein mussten. Sie standen Seite an Seite – aber doch, als gehörten sie nicht zusammen – vor immer anderen, immer gleich langweiligen Kirchenfassaden. Den Ehrenplatz nahm ein Studiofoto von Miss Willard selbst ein, jung, geziert, schüchtern, das dicke Haar in krause Wellen gelegt. Auf einem schmalen Wandbrett rechts von der Tür stand eine kleine holzgeschnitzte Madonna ohne Arme mit dem lachenden Kind auf der Schulter. Ein Nachtlicht brannte auf einem Untersatz und warf einen milden Schein auf den sanft geneigten Kopf und die blicklosen Augen. Dalgliesh nahm an, dass es eine Kopie, und sogar eine gute, eines Museumsstücks aus dem Mittelalter war. Ihre zarte Schönheit unterstrich die Geschmacklosigkeit des Zimmers und schmückte es dennoch. Sie schien auszudrücken, dass es mehr als eine Art von menschlicher Einsamkeit gebe, von menschlichem Leid, und dass dieselbe Gnade sie alle in sich schließe.

Miss Willard bat sie, auf der Chaiselongue Platz zu nehmen.

«Mein eigener kleiner Bereich», sagte sie fröhlich. «Ich

bin gern für mich, wissen Sie. Ich erklärte Dr. Kerrison, es wäre mir nur möglich, hier zu wohnen, wenn ich meine Ungestörtheit hätte. Das ist eine seltene und schöne Sache, meinen Sie nicht auch? Ohne sie verdorrt der menschliche Geist.»

Dalgliesh blickte auf ihre Hände und schätzte sie danach auf Mitte vierzig, obgleich ihr Gesicht älter aussah. Das dunkle Haar, trocken, grob und in kleine Löckchen gedreht, bildete einen Gegensatz zu ihrer welken Haut. Zwei Kringel über der Stirn ließen darauf schließen, dass sie rasch die Lockenwickler herausgenommen hatte, als es an die Tür geklopft hatte. Aber sie hatte sich schon geschminkt. Unter jedem Auge war ein runder Rougefleck, und der Lippenstift war in die kleinen Fältchen um die Lippen eingedrungen. Ihr kleines eckiges Kinn sah aus, als sei es lose wie bei einer Marionette. Sie war noch nicht angekleidet. Ihr gesteppter Morgenmantel aus geblümtem Nylon war voller Flecken, die nach Tee und Eigelb aussahen. Darunter trug sie ein hellblaues Nachtgewand aus Nylon mit angeschmutzten Rüschen am Hals. Massingham war von einem zwiebelartigen Wulst aus schlaffer Baumwolle direkt über ihren Schuhen so fasziniert, dass er kaum die Augen abwenden konnte, bis er bemerkte, dass es die Ferse ihrer Socken war, in die sie in der Eile verkehrt herum geschlüpft war. Sie sagte:

«Sie wollen sicher mit mir über Dr. Kerrisons Alibi sprechen. Natürlich ist es geradezu lächerlich, dass er eines beibringen muss, wo er so ein gutmütiger Mensch ist, so völlig unfähig zur Gewalt. Aber zufällig kann ich Ihnen behilflich sein. Er war mit Sicherheit bis nach neun zu Hause, und ich sah ihn weniger als eine Stunde später wieder. Aber das ist alles Zeitvergeudung. Sie haben einen hervorragenden Ruf, Herr Oberkriminalrat, aber das hier ist ein Verbrechen, das die Wissenschaft nicht lösen kann. Nicht umsonst nennt man das Land hier die schwarzen

Marschen. Durch alle Jahrhunderte ist das Böse aus diesem sumpfigen Grund gekommen. Wir können das Böse bekämpfen, Herr Oberkriminalrat, aber nicht mit Ihren Waffen.»

Massingham sagte: «Gut, aber wir wollen doch unseren Waffen erst einmal eine Chance geben.»

Sie sah ihn an und lächelte mitleidig.

«Aber alle Türen waren verschlossen. Alle Ihre wissenschaftlichen Hilfsmittel waren intakt. Niemand hat eingebrochen, und niemand kann hinausgelangt sein. Und dennoch wurde er erschlagen. Das war keine menschliche Hand, Inspektor.»

«Es war mit großer Sicherheit eine stumpfe Waffe, Miss Willard, und ich habe nicht die geringsten Zweifel, dass es an ihrem einen Ende eine menschliche Hand gab. Unsere Aufgabe ist es, herauszufinden, wessen Hand, und ich hoffe, Sie können uns helfen. Sie führen meines Wissens für Dr. Kerrison und seine Tochter den Haushalt?»

Miss Willard bedachte ihn mit einem Blick, in dem sich Mitleid über solche Unwissenheit und leichter Tadel mischten.

«Ich bin keine Haushälterin, Herr Oberkriminalrat. Ganz gewiss keine Haushälterin. Sagen wir besser, ein arbeitender Gast des Hauses. Dr. Kerrison brauchte jemanden, der hier wohnt, damit die Kinder nicht allein sind, wenn er an den Ort eines Verbrechens gerufen wird. Sie sind leider Kinder aus einer gescheiterten Ehe. Die alte traurige Geschichte. Sie sind nicht verheiratet, Herr Oberkriminalrat?»

«Nein.»

«Wie vernünftig.» Sie seufzte, und dieses Aufseufzen drückte grenzenloses Bedauern aus. Dalgliesh ließ sich nicht beirren:

«Sie leben also vollkommen für sich?»

«Ich habe meine eigene kleine Wohnung. Dieses Wohnzimmer und nebenan ein Schlafzimmer. Hinter dieser Tür hier ist meine eigene Kochnische. Ich will Sie jetzt lieber nicht herumführen, weil es da nicht ganz so aussieht, wie ich es gern hätte.»

«Wie läuft denn genau der häusliche Alltag ab, Miss Willard?»

«Sie machen sich ihr Frühstück selbst. Der Doktor isst natürlich meistens im Krankenhaus zu Mittag; Nell und William essen eine Kleinigkeit, wenn sie sich die Mühe macht, etwas zuzubereiten, und ich kümmere mich um mich selbst. Abends koch ich für alle, irgendetwas Einfaches, wir sind alle keine großen Esser. Wegen William essen wir sehr zeitig. Eigentlich ist es mehr ein später Tee. Nell und ihr Vater übernehmen am Wochenende die ganze Kocherei. Es klappt wirklich ganz gut.»

Ganz gut für dich, dachte Massingham. Gewiss schien William kräftig und gut genährt zu sein, aber das Mädchen sah aus, als sollte es lieber zur Schule gehen, als sich ohne Hilfe mit diesem einsamen und freudlosen Monstrum von einem Haus abzumühen. Er fragte sich, wie sie mit Miss Willard zurechtkam. Als hätte sie seine Gedanken gelesen, sagte Miss Willard:

«William ist ein goldiger kleiner Kerl. Absolut kein Problem. Ich sehe ihn eigentlich kaum. Aber Nell ist schwierig, sehr schwierig sogar. Wie die meisten Mädchen in diesem Alter. Sie brauchte die feste Hand einer Mutter. Sie wissen natürlich, dass Mrs. Kerrison ihren Mann vor einem Jahr verlassen hat. Sie ging mit einem seiner Kollegen vom Krankenhaus durch. Er war völlig am Boden zerstört. Jetzt versucht sie vor Gericht, die Entscheidung über das Sorgerecht rückgängig zu machen und die Kinder zu bekommen, wenn in etwa einem Monat die Scheidung ausgesprochen wird, und ich bin überzeugt, dass es gut wäre, wenn es nach ihren Wünschen verliefe. Kinder sollten bei der Mutter sein. Nicht, dass Nell noch ein richtiges Kind wäre. Eigentlich kämpfen sie ja auch um den Jungen, nicht um Nell. Wenn Sie mich fragen, machen sich beide nichts aus ihr. Sie macht ihrem Vater ganz schön die Hölle heiß. Albträume, Schreikrämpfe, Asthma. Nächsten Montag fährt er für drei Tage nach London zu einer Tagung über Gerichtsmedizin. Diesen kleinen Ausflug wird sie ihn sicher büßen lassen, wenn er zurück ist. Neurotisch ist sie. Bestraft ihn, weil er ihren Bruder mehr liebt als sie, obwohl er selbst das natürlich nicht so sieht.»

Dalgliesh fragte sich, wie sie zu dieser glatten psychologischen Einschätzung gekommen war, die er nicht unbedingt für falsch hielt. Er empfand ein tiefes Mitleid mit Kerrison.

Plötzlich wurde es Massingham übel. Die Wärme und der widerwärtige Geruch im Zimmer überwältigten ihn. Ein kalter Schweißtropfen fiel auf sein Notizbuch. Er murmelte eine Entschuldigung, ging auf unsicheren Beinen zum Fenster und zog am Rahmen. Es gab zuerst nicht nach, dann fiel es herunter. Ein Schwall kühler, erfrischender Luft drang herein. Das schwache Flämmchen vor der Madonna flackerte und ging aus.

Als er sein Notizbuch wieder in die Hand nahm, war Dalgliesh bereits bei den Fragen nach dem betreffenden Abend. Miss Willard sagte, sie habe das Abendessen gekocht: Hackfleisch, Kartoffeln und Tiefkühlerbsen und zum Nachtisch eine Mandelsüßspeise. Sie hatte allein das Geschirr abgewaschen und danach der Familie gute Nacht gesagt. Als sie in ihr Wohnzimmer gegangen war, hatten sie noch alle im Salon gesessen, aber Dr. Kerrison und Nell wollten gerade William ins Bett bringen. Sie hatte von der Familie nichts gesehen oder gehört, bis sie kurz nach neun an die Haustür gegangen war, um nachzusehen, ob sie richtig abgeschlossen war. Dr. Kerrison war manchmal ein bisschen nachlässig mit dem Abschließen und dachte nicht immer daran, wie nervös sie war, weil sie allein im Erdgeschoss schlief. Man las manchmal so schreckliche Dinge. Sie war am Arbeitszimmer vorbeigegangen, und da die Tür nur angelehnt gewesen war, hatte sie Dr. Kerrison am Telefon sprechen gehört. Sie war wieder in ihr Wohnzimmer gegangen und hatte den Fernseher eingeschaltet.

Dr. Kerrison hatte kurz vor zehn bei ihr hereingeschaut, um sich mit ihr über eine kleine Gehaltserhöhung zu unterhalten, aber sie waren durch das Telefon unterbrochen worden. Er war nach vielleicht zehn Minuten wiedergekommen, und sie hatten etwa eine halbe Stunde zusammengesessen. Es war angenehm gewesen, eine Gelegenheit zu einem privaten Gespräch zu haben, ohne dass die Kinder dauernd dazwischenredeten. Dann hatte er ihr eine gute Nacht gewünscht und sie allein gelassen. Sie hatte den Fernseher wieder eingeschaltet und bis kurz vor Mitternacht davor gesessen, dann war sie zu Bett gegangen. Sie war fest davon überzeugt, dass sie gehört hätte, wenn Dr. Kerrison das Auto herausgeholt hätte, da ihr Wohnzimmer zur Garage hin lag, die seitlich an das Haus angebaut war. Aber das könnten sie ja selbst sehen.

Sie hatte am nächsten Morgen verschlafen und erst um neun Uhr gefrühstückt. Sie war aufgewacht, als das Telefon läutete, aber erst als Dr. Kerrison aus dem Labor kam, hatte sie von dem Mord an Dr. Lorrimer erfahren. Dr. Kerrison war kurz nach neun rasch zu Hause vorbeigefahren, hatte ihr und Nell erzählt, was passiert war, und das Krankenhaus angerufen, um zu sagen, dass er telefonisch über den Annahmeschalter im Institut erreicht werden könne.

Dalgliesh sagte: «Soviel ich weiß, fuhr Dr. Lorrimer Sie regelmäßig zum Elf-Uhr-Gottesdienst in St. Marien nach Guy's Marsh. Er scheint ein einsamer und nicht sehr glücklicher Mensch gewesen zu sein. Niemand scheint ihn gut gekannt zu haben. Ich habe mich gefragt, ob er bei Ihnen die Gesellschaft und Freundschaft fand, die ihm anscheinend in seinem Berufsleben fehlte.»

Massingham hob neugierig die Augen, um ihre Reaktion auf diese unverhüllte Aufforderung, ihr Seelenleben bloßzulegen, zu sehen. Sie klappte ihre Augen wie ein Vogel zu, während sich ein roter Fleck wie ein Ausschlag auf ihrem Hals ausbreitete. Sie sagte mit einem Versuch, kokett zu sein:

«Jetzt glaube ich fast, Sie machen sich über mich lustig, Herr Oberkriminalrat. Aber Sie sprachen von Freundschaft. Das schließt Vertrauen ein. Ich hätte ihm gern geholfen, aber es war nicht einfach, ihn näher kennen zu lernen. Und dazu kam der Altersunterschied. Ich bin nicht sehr viel älter, weniger als fünf Jahre, denke ich. Aber das ist für einen verhältnismäßig jugendlichen Mann eine ganze Menge. Nein, leider waren wir nur zwei hochkirchliche schwarze Schafe in diesem evangelischen Sumpfland. Wir saßen in der Kirche nicht einmal zusammen. Ich saß immer in der dritten Bank von der Kanzel aus und er am liebsten ganz hinten.»

Dalgliesh blieb hartnäckig: «Aber er muss sich in Ihrer Gesellschaft wohl gefühlt haben. Holte er Sie nicht jeden Sonntag ab?»

«Nur weil Pater Gregory ihn darum gebeten hatte. Es verkehrt zwar ein Bus nach Guy's Marsh, aber dann muss ich eine halbe Stunde warten, und da Dr. Lorrimer sowieso am alten Pfarrhaus vorbeifahren musste, meinte Pater Gregory, es sei doch vernünftig, wenn er mich mitnähme. Er kam nie herein. Ich war immer schon fertig und wartete draußen an der Einfahrt auf ihn. Wenn sein Vater krank war oder er selbst zu einem Fall gerufen wurde, sagte er telefonisch ab. Manchmal konnte er mir nicht rechtzeitig Bescheid sagen, was für mich unangenehm war. Aber ich wusste, er würde nicht mehr kommen, wenn er bis zwanzig vor elf nicht da war, und dann ging ich zur Bushaltestelle. Aber meistens klappte es, außer in den ersten sechs Monaten dieses Jahres, als er nicht mehr zur Messe ging.

Aber Anfang September rief er mich an und sagte, er würde mich wieder wie immer abholen. Natürlich fragte ich ihn nicht nach dem Grund dieser Unterbrechung. Jeder macht diese dunklen Phasen der Seele durch.»

Demnach hatte er aufgehört, zur Messe zu gehen, als die Affäre mit Domenica Schofield begonnen hatte, und seine Kirchgänge erst wieder aufgenommen, als die Sache zu Ende war. Dalgliesh fragte:

«Ging er zur Kommunion?»

Sie war nicht erstaunt über diese Frage.

«Nicht seit er Mitte September wieder zur Messe kam. Es bedrückte mich ein wenig, muss ich gestehen. Tatsächlich überlegte ich, ob ich ihm nicht vorschlagen sollte, mit Pater Gregory zu reden, falls ihn etwas quälte. Aber so etwas ist eine heikle Sache. Und es ging mich eigentlich nichts an.»

Und sie hatte ihm nicht zu nahe treten wollen, dachte Massingham. Diese Mitfahrgelegenheiten mussten sehr bequem gewesen sein. Dalgliesh fragte: «Er hat also gelegentlich mit Ihnen telefoniert. Haben Sie ihn jemals angerufen?»

Sie wandte sich ab und schüttelte nervös ein Kissen auf.

«Du meine Güte, nein! Wie käme ich dazu! Ich kenne nicht einmal seine Nummer.»

Massingham sagte: «Ich finde es eigenartig, dass er nicht hier im Dorf, sondern in Guy's Marsh zur Kirche ging.»

Miss Willard sah ihn streng an.

«Ganz und gar nicht. Mr. Swaffield ist ein sehr verdienstvoller Mann, aber er ist weit, sehr weit von der Hochkirche entfernt. Die Marschen sind immer ausgeprägt evangelisch gewesen. Als mein lieber Vater hier Pfarrer war, hatte er ständig Meinungsverschiedenheiten mit dem Kirchenvorstand über das Sakrament. Und außerdem wollte Dr. Lorrimer, glaube ich, nicht in die Kirchen- und Dorfaktivitäten hineingezogen werden. Dem kann man sich nur schwer entziehen, wenn man erst einmal als festes Mitglied der Gemeinde bekannt ist. Pater Gregory erwartete das nicht von ihm. Er wusste, dass Dr. Lorrimer für seinen Vater sorgen musste und dass sein Beruf ihn sehr beanspruchte. Übrigens war ich sehr traurig, dass die Polizei nicht Pater Gregory geholt hat. Man hätte auf jeden Fall einen Priester zu der Leiche rufen sollen.»

Dalgliesh sagte freundlich: «Er war bereits seit Stunden tot, als die Leiche entdeckt wurde, Miss Willard.»

«Trotzdem hätte er einen Priester haben sollen.»

Sie stand auf, als wolle sie zu verstehen geben, das Verhör sei zu Ende. Dalgliesh war nur zu froh, gehen zu können. Er bedankte sich förmlich und bat Miss Willard, sich umgehend mit ihm in Verbindung zu setzen, falls ihr noch etwas Wichtiges einfiele.

Er und Massingham waren schon an der Tür, als sie plötzlich im Befehlston rief: «Junger Mann!»

Die beiden Detektive drehten sich nach ihr um. Sie redete Massingham wie eine altmodische Gouvernante an, die ein Kind ermahnt: «Seien Sie so nett und schließen Sie das Fenster, das Sie so rücksichtslos aufgerissen haben, und zünden Sie die Kerze wieder an.»

Sanftmütig, als gehorche er einem lange vergessenen Kindermädchenbefehl, kam er ihrer Aufforderung nach. Sie mussten allein den Weg aus dem Haus finden und begegneten niemandem. Als sie im Auto saßen und die Sicherheitsgurte anlegten, platzte Massingham heraus:

«Du lieber Himmel, man sollte doch wirklich meinen, Kerrison könnte eine geeignetere Person als diese alte Hexe für seine Kinder finden. Das ist eine Schlampe, eine Quartalssäuferin, eine Halbverrückte.»

«Es ist nicht so einfach für Kerrison. Ein abgelegenes Dorf, ein großes, kaltes Haus und eine Tochter, mit der man sicher nicht so leicht zurechtkommt. Vor die Wahl zwischen dieser Art von Arbeit und dem Stempelngehen gestellt, würden die meisten Frauen heutzutage wohl das letztere vorziehen. Haben Sie sich das Feuer angesehen?»

«Nichts für uns. Anscheinend verbrennen sie von Zeit zu Zeit Gartenabfälle und alte Möbelstücke, die sie in einem der Wagenschuppen gestapelt haben. William sagte, dass Nell das Feuer heute früh gemacht hat.»

«William kann demnach sprechen?», fragte Dalgliesh.

«Oh, sprechen kann er tatsächlich. Ich bin allerdings nicht sicher, ob Sie ihn verstehen könnten, Sir. Glaubten Sie Miss Willard, als sie Kerrison das Alibi lieferte?»

«Ich glaube ihr genauso bereitwillig, wie ich Mrs. Bradley und Mrs. Blakelock glaubte, als sie Bradleys und Blakelocks Alibis bestätigten. Wer kann das sagen? Wir wissen, dass Kerrison tatsächlich um neun Dr. Collingwood angerufen hat und dass er hier war, um den Rückruf ungefähr um zehn Uhr anzunehmen. Wenn Miss Willard bei ihrer Geschichte bleibt, ist er für diese Stunde aus dem Schneider, und ich habe so ein Gefühl, als wäre diese Stunde die entscheidende. Aber wie konnte er das wissen? Und wenn er es wusste, wie konnte er dann davon ausgehen, dass wir uns so genau auf den Zeitpunkt des Todes würden festlegen können? Er saß bis um neun bei seiner Tochter und schaute vor zehn bei Miss Willard vorbei. Das riecht sehr nach dem Versuch, zu beweisen, dass er während dieser ganzen Stunde zu Hause war.»

Massingham sagte: «Er muss zu Hause gewesen sein, dafür haben wir den Anruf um zehn Uhr. Und ich kann mir nicht vorstellen, wie er ins Hoggatt hätte kommen, Lorrimer umbringen und dennoch in weniger als sechzig Minuten zu Hause sein können, wenigstens nicht, wenn er zu Fuß gegangen wäre. Und Miss Willard schien sicher, dass er das Auto nicht aus der Garage holte. Möglicherweise hätte er es schaffen können, wenn er die Abkürzung durch das neue Labor gegangen wäre, aber knapp wäre es auf jeden Fall gewesen.»

In diesem Augenblick piepte das Funkgerät. Dalgliesh nahm die Durchsage an. Der Kontrollraum der Polizeistation in Guy's Marsh meldete, dass Sergeant Reynolds im Institut mit ihm Kontakt aufnehmen wollte. Der Laborbericht aus London war eingegangen.

4

Sie kamen beide an die Tür. Mrs. Bradley hielt ein schlafendes Kind im Arm. Bradley sagte:

«Kommen Sie herein. Es ist wegen dem Erbrochenen, nicht wahr? Ich habe Sie erwartet.»

Sie gingen in das Wohnzimmer. Er bot Dalgliesh und Massingham die beiden Sessel an und setzte sich ihnen gegenüber auf das Sofa. Seine Frau setzte sich neben ihn und lehnte das Baby an ihre Schulter. Dalgliesh fragte:

«Wünschen Sie einen Rechtsanwalt?»

«Nein. Wenigstens im Augenblick nicht. Ich bin bereit, Ihnen die volle Wahrheit zu sagen, und sie kann mir nichts anhaben. Vermutlich kann ich höchstens meine Stelle verlieren. Aber das ist das Schlimmste, was mir passieren kann. Und ich glaube, ich bin jetzt so weit, dass es mir nichts mehr ausmacht.»

Massingham schlug sein Notizbuch auf. Dalgliesh sagte zu Susan Bradley:

«Möchten Sie nicht Ihr Baby in seinen Wagen legen, Mrs. Bradley?»

Sie starrte Dalgliesh mit blitzenden Augen an, schüttelte heftig den Kopf und drückte das Baby fest an sich, als fürchtete sie, sie würden es ihr aus den Armen reißen. Massingham war dankbar, dass das Kind wenigstens schlief. Aber es wäre ihm lieber gewesen, wenn weder das Kind noch die Mutter da gewesen wären. Er betrachtete das Kind, das in seinem rosa Schlafanzug an der Schulter seiner Mutter schlief, den Kranz von längeren Härchen über der Mulde des zarten Halses, den runden kahlen Flecken am Hinterkopf, die fest geschlossenen Augen und die komische Stupsnase. Die zierliche Mutter mit diesem weichen Bündel war ein größeres Hemmnis als eine ganze Firma von hartnäckigen, gegen die Polizei arbeitenden Rechtsanwälten.

Es sprach eine ganze Menge dafür, einen Verdächtigen auf den Rücksitz des Polizeiautos zu packen und ihn zur Dienststelle zu fahren, um seine Aussage in der funktionellen Anonymität des Vernehmungszimmers aufzunehmen. Sogar das Wohnzimmer der Bradleys rief in ihm eine Mischung aus Gereiztheit und Mitleid hervor. Es roch immer noch neu und unfertig. Es gab keinen Kamin. Der Fernseher hatte einen Ehrenplatz über dem an der Wand montierten elektrischen Heizgerät; darüber hing ein Kaufhausdruck von Wellen, die gegen Felsen brandeten. Die Wand gegenüber war passend zu den geblümten Vorhängen tapeziert, aber die drei anderen Wände waren kahl und hatten schon Risse im Verputz. Am Tisch stand ein Babystuhl aus Metall, darunter lag ein Stück Wachstuch, um den Teppich zu schonen. Alles sah neu aus, als hätten sie keinerlei persönliche Kleinigkeiten mit in die Ehe gebracht, als wären sie sozusagen nackt in den Besitz dieses kleinen charakterlosen Zimmers gekommen. Dalgliesh sagte:

«Wir gehen davon aus, dass Ihre frühere Darstellung Ihrer Schritte am Mittwochabend nicht der Wahrheit entspricht oder unvollständig ist. Wie war es also wirklich?»

Massingham fragte sich einen Augenblick, warum Dalgliesh Bradley nicht auf seine Rechte aufmerksam machte; dann glaubte er zu verstehen. Bradley hätte vielleicht die Nerven gehabt zu töten, wenn er bis aufs Äußerste gereizt worden wäre, aber nie den Mut aufgebracht, sich aus einem Fenster im dritten Stock fallen zu lassen. Und wie hätte er sonst aus dem Gebäude kommen sollen? Lorrimers Mörder hatte entweder die Schlüssel benutzt oder war aus dem Fenster geklettert. Ihre ganzen Nachforschungen, ihre wiederholten sorgfältigen Durchsuchungen hatten diese Annahme bestätigt. Es gab keinen anderen Weg.

Bradley sah seine Frau an. Ihre Blicke trafen sich flüchtig, und sie reichte ihm ihre freie Hand. Er drückte sie fest, und sie rückten näher zusammen. Er feuchtete seine Lippen an, dann begann er zu sprechen, als sei seine Rede seit langem einstudiert:

«Am Dienstag hatte Dr. Lorrimer seine persönliche Beurteilung über mich fertig geschrieben. Er sagte mir, er wollte am nächsten Tag mit mir darüber sprechen, bevor er sie an Dr. Howarth weiterleitete, und er rief mich, gleich nachdem er ins Labor gekommen war, in sein Büro. Er hatte eine ungünstige Beurteilung geschrieben, und den Vorschriften entsprechend musste er mir erklären, warum. Ich wollte mich verteidigen, aber ich konnte nicht. Und wir waren auch nicht völlig unbeobachtet. Ich spürte, dass das ganze Labor wusste, worum es ging, und dass alle lauschten und warteten. Außerdem flößte er mir solche Angst ein. Ich weiß auch nicht genau, wieso. Ich kann nicht erklären, warum er so auf mich wirkte. Er brauchte im Labor nur in meiner Nähe zu arbeiten, und schon fing ich an zu zittern. Wenn er an einen Tatort gerufen wurde, fühlte ich mich wie im Himmel. Dann konnte ich wunderbar arbeiten. Die jährliche Beurteilung war nicht ungerecht. Mir war klar, dass meine Leistungen abgefallen waren. Aber zum Teil war es seine Schuld. Er schien meine Unzulänglichkeit als persönliche Beleidigung aufzufassen. Schlechte Arbeit war ihm unerträglich. Er war auf meine Fehler fixiert. Und weil ich so ängstlich war, machte ich nur noch mehr verkehrt.»

Er unterbrach sich. Niemand sagte etwas. Dann fuhr er fort:

«Wir gingen nicht zum bunten Abend, weil wir keinen Babysitter finden konnten und außerdem Sues Mutter zum Abendessen erwarteten. Ich war kurz vor sechs zu Hause. Nach dem Essen – Curryfleisch, Reis und Erbsen – brachte ich sie an den Viertel-vor-acht-Bus. Ich kam sofort wieder zurück. Aber ich dachte unaufhörlich an die schlechte Beurteilung, was Dr. Howarth sagen würde, was ich machen sollte, wenn er eine Versetzung empfahl, wie wir irgendwie dieses Haus verkaufen könnten. Wir mussten es kaufen, als die Preise einen Höchststand erreicht hatten, und im Augenblick wäre es fast unmöglich, es ohne finanzielle Einbußen zu verkaufen. Außerdem dachte ich, kein anderes Labor würde mich nehmen wollen. Dann kam mir der Gedanke, ich könnte noch einmal ins Labor gehen und ihn zur Rede stellen. Ich glaube, ich hatte eine vage Vorstellung, dass ich mich mit ihm verständigen könnte, dass ich mit ihm auf einer menschlichen Ebene sprechen und ihm klar machen könnte, wie mir zumute war. Auf jeden Fall hatte ich das Gefühl, verrückt zu werden, wenn ich hier sitzen bliebe. Ich musste mir Bewegung machen, und ich ging in Richtung auf das Hoggatt los. Ich sagte Sue nichts von meinem Vorhaben, und sie versuchte, mich zu überreden, zu Hause zu bleiben. Aber ich ging trotzdem weg.»

Er sah Dalgliesh an und sagte:

«Könnte ich ein Glas Wasser haben?»

Ohne ein Wort zu sagen, stand Massingham auf und suchte die Küche. Er sah keine Gläser, aber auf dem Abtropfgestell standen zwei gespülte Tassen. Er füllte eine mit kaltem Wasser und brachte sie ins Zimmer. Bradley trank es in einem Zug. Er fuhr sich mit der Hand über den feuchten Mund und sprach weiter:

«Ich sah keinen Menschen auf dem Weg zum Institut. Die Leute hier im Dorf gehen nach Einbruch der Dunkelheit nicht gern aus dem Haus, und vermutlich waren die meisten beim bunten Abend. In der Halle des Instituts brannte Licht. Ich läutete, und Lorrimer kam an die Tür. Er schien überrascht, mich zu sehen, aber ich sagte, dass ich ihn sprechen wollte. Er schaute auf die Uhr und sagte, er habe höchstens fünf Minuten für mich Zeit. Ich ging mit ihm nach oben ins Biologie-Labor.»

Er sah Dalgliesh direkt an. Er sagte:

«Es war ein eigenartiges Gespräch. Ich spürte, dass er ungeduldig war und mich los sein wollte, und manchmal dachte ich, er höre kaum auf das, was ich sagte, oder sei sich nicht einmal meiner Anwesenheit bewusst. Ich stellte mich nicht geschickt an. Ich versuchte zu erklären, dass ich nicht absichtlich Fehler machte, dass ich die Arbeit wirklich gern hatte und das Beste daraus machen wollte, dass ich der Behörde Ehre machen wollte. Ich versuchte, seine Wirkung auf mich zu erklären. Ich weiß nicht, ob er mir überhaupt zuhörte. Er stand da und starrte den Boden an.

Und schließlich blickte er auf und begann zu reden. Er sah mich eigentlich nicht an, er blickte durch mich hindurch, fast als wäre ich gar nicht da. Und er sagte Dinge, schreckliche Dinge, als seien sie Worte in einem Spiel, das nichts mit mir zu tun hätte. Ich hörte dieselben Worte immer und immer wieder. Versager. Nutzlos. Hoffnungslos. Unzulänglich. Er sagte sogar irgendetwas von der Ehe, als ob ich auch sexuell ein Versager wäre. Ich glaube, er war wahnsinnig. Ich kann nicht beschreiben, wie das war, der ganze Hass, der aus ihm hervorbrach, Hass und Elend und Verzweiflung. Ich stand zitternd da, und dabei ergoss sich dieser Wortschwall über mich, als … als wäre es ein Haufen Dreck. Und dann heftete er seinen Blick auf mich, und ich wusste, dass er mich sah, mich, Clifford Bradley. Seine Stimme bekam einen ganz anderen Klang. Er sagte:

‹Sie sind ein drittrangiger Biologe und ein viertrangiger Gerichtswissenschaftler. Genau das waren Sie, als Sie bei uns eingestellt wurden, und Sie werden sich nie ändern. Ich habe zwei Alternativen. Entweder ich prüfe jedes einzelne Ihrer Resultate nach, oder ich riskiere, dass unsere Arbeit und dieses Labor vor Gericht in Misskredit geraten. Beide Möglichkeiten sind nicht tragbar. Deshalb schlage ich vor, Sie sehen sich nach einer neuen Stelle um. Und jetzt habe ich andere Dinge zu tun, lassen Sie mich also bitte allein.›

Er wandte mir den Rücken zu, und ich ging hinaus. Mir war klar, dass die Situation unmöglich war. Ich hätte besser daran getan, nicht zu kommen. Er hatte mir noch nie gesagt, was er tatsächlich von mir hielt, wenigstens nicht in diesen Worten. Ich fühlte mich schlecht und elend, und ich merkte, dass ich weinte. Dadurch verachtete ich mich umso mehr. Ich stolperte die Treppe hinauf zur Herrentoilette und schaffte es gerade noch bis zum ersten Waschbecken, bevor ich mich übergab. Ich weiß nicht, wie lange ich da stand und mich über das Becken beugte und weinte und mich übergab. Vielleicht waren es drei oder vier Minuten. Dann drehte ich das kalte Wasser auf und wusch mein Gesicht ab. Ich versuchte, mich zusammenzureißen. Aber ich zitterte immer noch und es war mir immer noch übel. Ich setzte mich auf eine der Toiletten und ließ meinen Kopf auf meine Hände sinken.

Ich weiß nicht, wie lange ich dort saß. Zehn Minuten vielleicht, es kann aber auch länger gewesen sein. Mir war bewusst, dass ich seine Meinung über mich nie würde ändern können, dass ich ihn nie dazu bringen würde, mich zu verstehen. Er benahm sich nicht wie ein Mensch. Mir wurde klar, dass er mich hasste. Aber nun begann auch ich ihn zu hassen, wenn auch auf andere Art. Ich würde gehen müssen; dafür würde er sorgen. Aber ich könnte ihm wenigstens sagen, was ich von ihm hielt. Ich könnte mich wie ein Mann benehmen. Ich ging also die Treppe hinunter in das Biologie-Labor.»

Wieder unterbrach er sich. Das Kind bewegte sich im Arm seiner Mutter und stieß im Schlaf einen kleinen Schrei aus. Susan Bradley begann automatisch, es zu wiegen und beruhigend vor sich hin zu summen, wandte aber ihre Augen nicht von ihrem Mann. Schließlich redete er weiter:

«Er lag mit dem Gesicht nach unten zwischen den beiden mittleren Labortischen. Ich sah nicht nach, ob er tot war. Ich weiß, es müsste mir eigentlich schrecklich sein, dass ich ihn so liegen ließ und keine Hilfe holte. Aber ich fühle nichts. Ich bringe immer noch kein Mitleid auf. Aber damals, in jenem Augenblick, war ich nicht froh, dass er tot war. Das einzige Gefühl, dessen ich mir bewusst war, war Entsetzen. Ich stürzte die Treppe hinunter und aus dem Labor, als wäre sein Mörder hinter mir her. Die Tür war nur mit dem Yale-Schlüssel abgeschlossen, und ich muss wohl den Bodenriegel hochgezogen haben, aber ich kann mich nicht erinnern. Ich rannte die Einfahrt hinunter. Es fuhr gerade ein Bus vorbei, aber er fuhr eben an, als ich das Tor erreichte. Als ich auf der Straße stand, sah ich ihn noch fahren. Dann sah ich ein Auto näher kommen und trat instinktiv in den Schatten der Mauer zurück. Das Auto wurde langsamer und bog in die Einfahrt zum Institut ein. Dann zwang ich mich, langsam und normal zu gehen. Und das nächste, woran ich mich erinnere, ist, dass ich zu Hause war.»

Zum ersten Mal sagte Susan Bradley etwas:

«Clifford erzählte mir alles. Und das musste er natürlich. So furchtbar, wie er aussah, wusste ich sofort, dass etwas Entsetzliches passiert sein musste. Wir überlegten zusammen, wie wir uns verhalten sollten. Wir wussten, dass er mit dem, was Dr. Lorrimer passiert war, nichts zu tun hatte. Aber wer würde Cliff glauben? Jeder in seiner Abteilung wusste, was Dr. Lorrimer von ihm hielt. Er würde zwangsläufig verdächtigt werden, und wenn Sie dann noch herausbekämen, dass er dort gewesen war, im Labor, und genau in dem Augenblick, in dem es passierte, wie hätte er da noch hoffen können, Sie von seiner Unschuld zu überzeugen. Also beschlossen wir zu sagen, wir seien den ganzen Abend zusammen gewesen. Meine Mutter rief tatsächlich um neun Uhr an, um zu sagen, sie sei gut angekommen, und ich sagte ihr, dass Clifford gerade badete. Sie war nie ganz mit unserer Heirat einverstanden gewesen, und deshalb wollte ich ihr gegenüber nicht zugeben, dass Clifford ausgegangen war. Sie hätte nur angefangen, an ihm herumzumäkeln, dass er mich und das Baby allein ließ. Wir wussten also, dass sie bestätigen würde, was ich gesagt hatte, und dass uns das helfen könnte, obwohl sie nicht mit ihm selbst gesprochen hatte. Aber dann fiel Cliff ein, dass er sich übergeben hatte.»

Ihr Mann unterbrach sie und sprach jetzt so eifrig, als wolle er die beiden Männer zwingen, ihn zu verstehen und ihm zu glauben:

«Ich wusste, dass ich mein Gesicht mit kaltem Wasser abgewaschen hatte, aber ich konnte nicht sicher sein, dass das Becken sauber war. Je mehr ich darüber nachdachte, umso größer wurde meine Gewissheit, dass man das Erbrochene noch sehen würde. Und mir war klar, was Sie daraus ersehen könnten. Ich bin ein Ausscheider, aber das beunruhigte mich nicht. Ich wusste, dass die Magensäure die Antikörper zersetzen würde und meine Blutgruppe also nicht bestimmt werden könnte. Aber da war das Currypulver und der Farbstoff an den Dosenerbsen. Daraus würden sich genug Schlüsse über die Mahlzeit ziehen lassen, um mich zu identifizieren. Und ich konnte nicht lügen, was unser Abendessen betraf, weil Sues Mutter mit uns gegessen hatte.

Deshalb verfielen wir auf die Idee, Mrs. Bidwell daran zu hindern, zeitig im Labor zu sein. Ich gehe immer vor neun zur Arbeit und wäre also ganz normal als Erster dort gewesen. Ich hatte vor, sofort zur Toilette zu gehen und das Waschbecken zu säubern. Dann wäre der einzige Beweis für meine Anwesenheit im Labor am vorhergehenden

Abend für immer vernichtet gewesen. Niemand hätte es jemals erfahren.»

Susan Bradley sagte: «Es war meine Idee, Mrs. Bidwell anzurufen, und ich war es, die mit ihrem Mann sprach. Wir wussten, dass sie nicht am Telefon sein würde. Sie nahm nie den Hörer ab. Aber Cliff hatte nicht mitbekommen, dass der alte Mr. Lorrimer am Tag davor nicht ins Krankenhaus eingeliefert worden war. Er war nicht in seiner Abteilung, als Mr. Lorrimer anrief. Deshalb ging der ganze Plan schief. Mr. Lorrimer rief Inspektor Blakelock an, und alle kamen fast gleichzeitig mit Cliff. Danach konnten wir nichts mehr tun, als abwarten.»

Dalgliesh konnte sich ausmalen, wie schrecklich diese Wartezeit gewesen sein musste. Kein Wunder, dass Bradley nicht in der Lage gewesen war, zur Arbeit ins Labor zu gehen. Er fragte:

«Als Sie am Labor läuteten – wie lange dauerte es, bis Lorrimer aufmachte?»

«Er war sofort an der Tür. Er kann nicht aus der biologischen Abteilung heruntergekommen sein. Er muss sich irgendwo im Erdgeschoss aufgehalten haben.»

«Sagte er irgendetwas davon, dass er einen Besucher erwartete?»

Die Versuchung lag auf der Hand. Aber Bradley antwortete:

«Nein. Er sagte, er habe zu tun, und ich bezog das auf die Analyse, an der er arbeitete.»

«Und als Sie die Leiche fanden, sahen und hörten Sie nichts von dem Mörder?»

«Nein. Ich sah mich natürlich auch nicht um. Ich weiß nicht, warum, aber ich bin ganz sicher, dass er da war, sogar ganz in der Nähe.»

«Fiel Ihnen die Lage des Schlagstocks auf oder die Tatsache, dass eine Seite aus Lorrimers Notizbuch gerissen war?»

«Nein. Nichts. Alles, woran ich mich erinnere, ist Lorrimer, die Leiche und der dünne Faden Blut.»

«Hörten Sie die Türklingel, als Sie im Waschraum waren?»

«Nein, aber ich glaube, die kann man da oben nicht hören, höchstens noch im ersten Stock. Und ich bin sicher, ich hätte sie sowieso nicht hören können, während ich mich übergab.»

«Als Dr. Lorrimer Ihnen die Tür aufmachte, fiel Ihnen da etwas Ungewöhnliches auf, außer dass er so schnell da war?»

«Nur, dass er sein Ringbuch bei sich hatte.»

«Sind Sie ganz sicher?»

«Ja, ganz sicher. Es war aufgeklappt.»

Demnach hatte Bradleys Erscheinen irgendetwas unterbrochen, womit Lorrimer gerade beschäftigt war. Und er hatte sich im Erdgeschoss aufgehalten, der Etage, auf der das Büro des Direktors, das Archiv und das Lager der Beweisstücke lagen.

Dalgliesh sagte: «Nun zu dem Auto, das in die Einfahrt einbog, als Sie wegliefen. Was für eine Marke war es?»

«Das sah ich nicht. Ich erinnere mich nur an die Scheinwerfer. Wir haben selbst kein Auto, und deshalb erkenne ich die verschiedenen Modelle nicht so leicht, wenn ich sie nicht genau ansehe.»

«Können Sie sich erinnern, wie es gefahren wurde? Bog der Fahrer so zielstrebig ab, als wisse er genau Bescheid? Oder zögerte er, als habe er einen passenden Platz zum Halten gesucht und plötzlich die offene Einfahrt entdeckt?»

«Er bremste nur ein wenig ab und fuhr direkt hinein. Ich glaube, es war jemand, der den Ort kannte. Aber ich wartete nicht ab, ob er bis vor das Haus fuhr. Am nächsten Tag wusste ich natürlich, dass es nicht die Polizei aus Guy's Marsh oder jemand mit einem Schlüssel gewesen sein konnte, sonst wäre die Leiche früher entdeckt worden.»

Er schaute Dalgliesh ängstlich an.

«Was wird jetzt mit mir? Ich kann keinem im Labor mehr in die Augen sehen.»

«Inspektor Massingham fährt Sie zur Polizei nach Guy's Marsh, damit Sie eine formelle Aussage machen und unterschreiben können. Ich werde Dr. Howarth erklären, wie sich das abgespielt hat. Ob und wann Sie wieder ins Labor gehen, muss ihm und der vorgesetzten Stelle überlassen bleiben. Ich könnte mir denken, dass man Ihnen einen Sonderurlaub gibt, bis die Sache erledigt ist.»

Wenn sie je erledigt sein würde. Falls Bradley die Wahrheit gesagt hatte, wussten sie jetzt, dass Lorrimer zwischen 20 Uhr 45, als sein Vater mit ihm telefoniert hatte, und unmittelbar vor 21 Uhr 11, als der Bus nach Guy's Marsh an der Chevishamer Haltestelle abgefahren war, getötet worden war. Die Untersuchung des Erbrochenen war ein wichtiger Schlüssel für sie. Es hatte die Todeszeit bestimmt und das Rätsel um den Anruf bei Mrs. Bidwell gelöst. Aber es hatte sie nicht auf den Mörder hingewiesen. Und wenn Bradley unschuldig war, der Fall aber nicht gelöst würde, was für ein Leben würde er dann innerhalb oder außerhalb des kriminologischen Dienstes führen? Er wartete, bis Massingham und Bradley abgefahren waren, und machte sich dann auf den Weg ins Hoggatt-Institut. Die Aussicht auf das Gespräch mit Howarth stimmte ihn nicht heiter. Als er sich noch einmal umwandte, sah er, dass Susan Bradley noch mit dem Baby auf dem Arm in der Tür stand und ihm nachsah.

5

Howarth sagte: «Ich will Ihnen jetzt nicht mit Platituden kommen und mir selbst die Schuld geben. Ich halte nicht viel von stellvertretender Haftung. Trotzdem hätte mir klar sein müssen, dass Bradley am Ende seiner Kräfte war. Vermutlich hätte der alte Dr. MacIntyre es nicht so weit kommen lassen. Aber jetzt muss ich erst einmal die Personalabteilung anrufen. Ich könnte mir denken, dass sie ihn vorerst beurlauben werden. Von unserer Arbeit her gesehen kommt das äußerst ungelegen. Sie brauchen in der Biologie jede Hand, die sie bekommen können. Claire Easterbrook übernimmt von Lorrimers Arbeit so viel, wie sie bewältigen kann, aber irgendwo ist auch bei ihr eine Grenze. Im Augenblick ist sie mit den Analysen zum Kalkgrubenmord beschäftigt. Sie besteht darauf, die Elektrophorese noch einmal durchzuführen. Ich mache ihr keinen Vorwurf; sie wird schließlich als Zeugin auftreten müssen. Sie kann nur ihre eigenen Resultate vertreten.»

Dalgliesh fragte, was wohl aus Clifford Bradley würde.

«Nun, es gibt sicher irgendeine Dienstvorschrift für die entsprechenden Umstände. Die gibt es immer. Er wird mit dem üblichen Kompromiss zwischen Zweckdienlichkeit und Menschlichkeit behandelt werden; natürlich nur, wenn Sie ihn nicht wegen Mordes festnehmen lassen. In diesem Fall würde sich das Problem, vom Standpunkt der Behörde aus, von selbst lösen. Übrigens rief die PR-Stelle an. Wahrscheinlich sind Sie noch nicht dazu gekommen, die heutigen Zeitungen durchzusehen. Einige regen sich ganz schön auf über Fragen der Sicherheit der Labors. ‹Sind unsere Blutproben sicher?› Und eine der Sonntagszeitungen hat einen Artikel über die Wissenschaft im Dienst der Verbrechensbekämpfung angekündigt. Sie schicken jemanden, der sich um drei Uhr mit mir unterhalten will. Die PR-Stelle möchte Sie übrigens gern sprechen. Sie wollen heute Nachmittag eine weitere Pressekonferenz ansetzen.»

Als Howarth gegangen war, ging Dalgliesh zu Sergeant Underhill und nahm sich die vier großen Aktenpakete vor, die Brenda Pridmore herausgesucht hatte. Es war erstaunlich, wie viele der 6000 Fälle und der fast 25 000 einzelnen

Beweisstücke, mit denen das Labor im Jahr zu tun hatte, die Zahlen 18, 40 oder 1840 in ihren Registriernummern hatten. Die Fälle kamen aus allen Abteilungen: Biologie, Toxikologie, Kriminalistik, Dokumentenprüfung, Blutalkoholanalyse, Fahrzeugprüfung. Fast jeder Wissenschaftler von der Ebene des höheren Angestellten an hatte mit ihnen zu tun gehabt. Alle schienen tadellos geordnet zu sein. Er war immer noch davon überzeugt, dass die mysteriöse telefonische Nachricht an Lorrimer der Schlüssel des Rätsels um seinen Tod war. Aber es schien immer unwahrscheinlicher, dass die Zahlen, falls der alte Mr. Lorrimer sie richtig behalten hatte, sich irgendwie auf die Aktennummern bezogen.

Um drei Uhr beschloss er, die Ordner erst einmal liegen zu lassen und zu probieren, ob ein wenig körperliche Betätigung seine Gedanken anregen würde. Es war Zeit, dachte er, einen Spaziergang durch den Park zu machen und einen Blick in die Wren-Kapelle zu werfen. Er wollte gerade seinen Mantel überziehen, als das Telefon läutete. Es war Massingham, der von der Polizei in Guy's Marsh aus anrief. Das Auto, das Mittwochabend in der Einfahrt zum Institut geparkt hatte, war endlich ausfindig gemacht worden. Es war ein grauer Cortina, der einer Mrs. Maureen Doyle gehörte. Mrs. Doyle hielt sich zurzeit bei ihren Eltern in Ilford in Essex auf, aber sie hatte bestätigt, dass es ihr Wagen war und dass er in der Nacht, als der Mord passierte, von ihrem Mann, Detektiv-Inspektor Doyle, gefahren worden war.

6

Das Vernehmungszimmer der Polizei in Guy's Marsh war klein, stickig und überfüllt. Polizeidirektor Mercer mit seiner massigen Figur nahm mehr Platz weg, als ihm zukam, und atmete, wie es Massingham schien, auch mehr Luft, als ihm zukam. Von den fünf anwesenden Männern, einschließlich einem Stenographen, schien Doyle der zufriedenste und am wenigsten betroffene zu sein. Dalgliesh verhörte ihn. Mercer stand vor dem vergitterten Fenster.

«Sie waren Mittwochnacht beim Institut. Wir fanden frische Reifenspuren unter den Bäumen rechts von der Einfahrt, und zwar Ihre Reifenspuren. Wenn Sie unsere Zeit vertun wollen, können Sie sich die Abgüsse ansehen.»

«Ich gebe zu, dass es meine Reifenspuren sind. Ich parkte dort kurz Montagnacht.»

«Warum?» Die Frage wurde so ruhig, so vernünftig gestellt, als hätte Dalgliesh ein echtes menschliches Interesse an der Antwort.

«Ich war mit jemandem zusammen» – er machte eine kurze Pause und fügte dann hinzu: «Sir.»

«Ich hoffe um Ihretwillen, dass Sie vorletzte Nacht mit jemandem zusammen waren. Selbst ein peinliches Alibi ist besser als keins. Sie hatten einen Streit mit Lorrimer. Sie sind eine der wenigen Personen, denen er die Tür aufgemacht hätte. Und Sie parkten Ihr Auto unter den Bäumen. Wenn Sie ihn nicht ermordet haben, warum versuchen Sie dann, uns davon zu überzeugen, dass Sie es taten?»

«Sie glauben in Wirklichkeit gar nicht, dass ich ihn getötet habe. Wahrscheinlich verdächtigen Sie bereits jemanden oder wissen schon, wer es getan hat. Sie können mir keine Angst machen, weil ich weiß, dass Sie keine Beweise haben. Sie können auch keine finden. Ich fuhr den Cortina, weil die Kupplung am Renault kaputt war, und nicht, weil ich nicht erkannt werden wollte. Ich war bis acht Uhr mit Sergeant Beale zusammen. Wir hatten einen Mann namens Barry Taylor in Muddington verhört, und danach suchten wir ein paar Leute auf, die ebenfalls auf dem Tanz am letzten Dienstag waren. Von acht an fuhr ich allein, und wohin, das ist meine eigene Angelegenheit.»

«Nicht, wenn es sich um einen Mordfall handelt. Sagen Sie nicht genau das Ihren Verdächtigen, wenn sie mit diesem schönen alten Gemeinplatz über die Unverletzlichkeit ihres Privatlebens kommen? Da müssen Sie sich schon etwas Besseres einfallen lassen, Doyle.»

«Ich war Mittwochnacht nicht beim Labor. Die Reifenspuren stammen vom letzten Montag, als ich dort parkte.»

«Der Dunlopreifen am linken Hinterrad ist neu. Er wurde am Montagnachmittag in Gorringes Werkstatt montiert, und Ihre Frau holte den Cortina erst um zehn Uhr am Mittwochmorgen ab. Wenn Sie nicht ins Institut gefahren sind, um Lorrimer zu treffen, was haben Sie stattdessen dort gemacht? Und wenn Ihr Anliegen legitim war, warum haben Sie dicht hinter dem Tor und unter den Bäumen geparkt?»

«Wenn ich dort gewesen wäre, um Lorrimer zu ermorden, hätte ich das Auto in einer Garage hinter dem Haus abgestellt. Das wäre sicherer gewesen, als den Cortina an der Einfahrt stehen zu lassen. Und ich kam erst nach neun dort an. Ich wusste, dass Lorrimer Überstunden wegen der Kalkgrubensache machen würde, aber nicht so lange. Es war kein Licht mehr im Labor. Die Wahrheit ist, wenn Sie sie unbedingt wissen wollen, dass ich eine Frau an der Kreuzung am Ortsausgang von Manea auflas. Ich hatte es nicht eilig, nach Hause zu kommen, und suchte einen ruhigen, abgelegenen Platz, wo ich halten konnte. Das Labor schien mir genauso gut wie irgendein anderer. Wir waren dort von etwa Viertel nach neun bis fünf vor zehn. In dieser Zeit ist niemand aus dem Haus gekommen.»

Er hatte sich Zeit gelassen bei dem, was vermutlich als eine schnelle Nummer geplant war, dachte Massingham. Dalgliesh fragte:

«Haben Sie sich die Mühe gemacht, herauszufinden, wer sie war, haben Sie sich vorgestellt?»

«Ich sagte ihr, ich sei Ronny McDowell. Ich dachte mir

nichts weiter dabei. Sie sagte, ihr Name sei Dora Meakin. Ich glaube nicht, dass mehr als einer von uns log.»

«Und das ist alles? Oder sagte sie, wo sie wohnt oder arbeitet?»

«Sie sagte, sie arbeitet in der Zuckerrübenfabrik und wohnt bei dem verfallenen Maschinenhaus auf der Huntersmarsch. Das liegt ungefähr drei Meilen von Manea. Sie sagte, sie sei verwitwet. Als rechter Gentleman habe ich sie unten an dem Weg abgesetzt, der zur Huntersmarsch führt. Wenn sie nicht geflunkert hat, müsste das genügen, um sie zu finden.»

Polizeidirektor Mercer sagte finster: «Ich hoffe für Sie, dass dem so ist. Ihnen ist doch klar, was das für Sie bedeutet?»

Doyle lachte. Es klang überraschend sorglos.

«O ja, das weiß ich. Aber darüber sollten Sie sich keine Gedanken machen. Ich scheide aus dem Polizeidienst aus, und zwar sofort.»

Dalgliesh fragte: «Sind Sie ganz sicher mit dem Licht? Es war dunkel im Labor?»

«Ich hätte nicht dort gehalten, wenn es nicht so gewesen wäre. Es war kein einziges Licht zu sehen. Und obwohl ich gestehen muss, dass ich ein paar Minuten etwas in Anspruch genommen war, könnte ich schwören, dass niemand die Einfahrt herunterkam, solange wir dort waren.»

«Oder aus der Tür?»

«Das wäre unter Umständen möglich. Aber die Einfahrt ist keine vierzig Meter lang. Ich glaube, das hätte ich gemerkt, es sei denn, jemand wäre ganz schnell herausgehuscht. Ich bezweifle, ob das jemand riskiert hätte, wenn er meine Scheinwerfer gesehen hatte und wusste, dass da ein Auto stand.»

Dalgliesh sah Mercer an. Er sagte: «Wir müssen zurück nach Chevisham. Die Huntersmarsch nehmen wir uns auf dem Weg vor.»

7

Angela Foley beugte sich über die Rücklehne des viktorianischen Sofas und massierte ihrer Freundin den Nacken. Das störrische Haar kitzelte ihre Handrücken, als sie ruhig und zart die verkrampften Muskeln knetete und dabei jeden einzelnen Wirbel unter der heißen, gespannten Haut fühlte. Stella saß vornübergebeugt und stützte den Kopf auf die Hände. Beide schwiegen. Draußen blies ein leichter, reinigender Wind in Böen über die Marschen, wirbelte die dürren Blätter auf der Terrasse auf und wehte den dünnen weißen Holzrauch vom Kamin der Kate. Aber drinnen im Wohnzimmer war es ganz still, bis auf das Knistern des Feuers, das Ticken der Standuhr und das Geräusch ihres Atems. Das Haus war von dem harzigen Geruch der brennenden Apfelbaumscheite erfüllt, und aus der Küche zog ein appetitlicher Duft von dem Rinderbraten herein, der von gestern übrig war und zum Aufwärmen auf dem Herd stand.

Nach einer Weile sagte Angela Foley: «Besser? Möchtest du einen kalten Umschlag auf die Stirn?»

«Nein, das ist herrlich. Es ist schon fast weg. Komisch, dass ich diese Kopfschmerzen immer nur an Tagen bekomme, wenn es mit dem Schreiben besonders gut gelaufen ist.»

«Noch zwei Minuten, dann kümmere ich mich besser um das Essen.»

Angela krümmte die Finger und massierte weiter. Stellas Stimme klang gedämpft durch ihren Pullover. Sie sagte unvermittelt:

«Wie war das bei dir eigentlich als Kind, als Fürsorgezögling?»

«So genau weiß ich das gar nicht. Ich meine, ich war nicht in einem Heim oder so etwas. Meistens war ich bei Pflegeeltern.»

«Na ja, und wie war das? Du hast es mir eigentlich nie richtig erzählt.»

«Es ging ganz gut. Nein, das ist nicht wahr. Es war so ähnlich, wie wenn man in einer zweitklassigen Pension wohnt, wo man unerwünscht ist und weiß, dass man die Rechnung nicht bezahlen kann. Bis ich dich kennen lernte und hierher kam, habe ich mich immer so gefühlt. Ich war eigentlich nicht zu Hause in der Welt. Meine Pflegeeltern waren sicher nett. Sie meinten es wenigstens gut. Aber ich war kein hübsches Kind, und ich war nicht dankbar. Es kann nicht viel Spaß machen, anderer Leute Kinder großzuziehen, und vermutlich erwartet man schon so etwas wie Dankbarkeit. Jetzt im Nachhinein kann ich verstehen, dass ich ihnen nicht viel Freude gemacht habe, unansehnlich und kratzbürstig, wie ich war. Ich hörte einmal eine Nachbarin zu meiner dritten Pflegemutter sagen, dass ich mit meiner gewölbten Stirn und dem winzigen Gesicht wie ein Fötus aussähe. Ich nahm es anderen Kindern übel, dass sie eine Mutter hatten und ich nicht. Ich bin davon immer noch nicht ganz weg. Es ist verachtenswert, aber ich mag nicht einmal Brenda Pridmore, das neue Mädchen an unserer Annahme, weil man so deutlich sieht, dass sie ein geliebtes Kind ist und ein ordentliches Zuhause hat.»

«Das hast du jetzt auch. Aber ich verstehe, was du meinst. Mit fünf Jahren hat man entweder erfahren, dass die Welt gut ist, dass alles und jeder auf dieser Welt einem mit Liebe begegnet. Oder man weiß, dass man abgelehnt wird. Keiner kann diese erste Lektion mehr verlernen.»

«Doch, ich zum Beispiel. Weil es dich gibt. Stella, meinst du nicht, wir sollten uns nach einem anderen Haus umsehen, vielleicht näher bei Cambridge? Dort gibt es bestimmt Stellen für eine qualifizierte Sekretärin.»

«Wir werden kein anderes Haus brauchen. Ich habe heute Mittag mit meinem Verlag telefoniert. Ich glaube, es geht alles in Ordnung.»

«Mit Hearne & Collingwood? Aber wie kann das in Ordnung gehen? Ich dachte, du sagtest …»

«Es geht alles in Ordnung.»

Plötzlich schüttelte Stella die hilfreichen Hände ab und stand auf. Sie ging in den Flur und kam mit dem Dufflecoat über den Schultern und den Stiefeln in der Hand zurück. Sie setzte sich auf den Sessel am Kamin, um die Stiefel anzuziehen. Angela Foley sah ihr wortlos zu. Dann zog Stella aus ihrer Jackentasche einen offenen braunen Briefumschlag und warf ihn ihr zu. Er fiel auf den Samtbezug des Sofas.

«Hier, das wollte ich dir noch zeigen.»

Verwirrt nahm Angela das gefaltete Blatt heraus. Sie sagte:

«Wo hast du das gefunden?»

«Ich fand es in Edwins Schreibtisch, als ich ihn nach dem Testament durchsuchte. Damals dachte ich, ich könnte vielleicht Gebrauch davon machen. Jetzt habe ich mich anders entschieden.»

«Aber, Stella, das hättest du für die Polizei dortlassen müssen! Es ist eine Spur. Das müssen sie erfahren. Das ist es wahrscheinlich, was Edwin an jenem Abend gemacht hat, das hat er nachgeprüft. Das ist doch wichtig. Wir können es nicht für uns behalten.»

«Dann gehst du am besten in die Windmühlen-Kate und tust so, als hättest du es gerade gefunden. Sonst wird es ein bisschen peinlich, wenn wir erklären müssen, wie wir dazu gekommen sind.»

«Das wird uns aber die Polizei nicht glauben. Sie hätten es nicht übersehen. Ich frage mich, wann das im Labor angekommen ist. Eigenartig, dass er es mit nach Hause nahm und nicht einmal wegschloss.»

«Warum sollte er? Sein Schreibtisch hat nur eine verschließbare Schublade, und ich glaube, niemand, nicht einmal sein Vater, betrat jemals das Zimmer.»

«Aber, Stella, das könnte eine Erklärung sein, warum er umgebracht wurde! Das könnte ein Motiv zum Mord sein.»

«Nein, das glaube ich nicht. Es ist nichts weiter als ein bisschen Gehässigkeit, grundlos, anonym, ohne Beweise. Die Erklärung für Edwins Tod ist einfacher und gleichzeitig komplizierter als das. Mord ist meistens so. Aber die Polizei könnte es für ein Motiv halten, und das käme uns gelegen. Langsam komme ich zu der Überzeugung, ich hätte es lieber dort liegen lassen sollen.»

Sie hatte inzwischen ihre Stiefel angezogen und war fertig zum Ausgehen. Angela Foley sagte:

«Du weißt, wer ihn ermordet hat, nicht wahr?»

«Schockiert es dich, dass ich mich nicht sofort diesem ungewöhnlich gut aussehenden Oberkriminalrat anvertraut habe?»

Angela flüsterte: «Was hast du jetzt vor?»

«Nichts. Ich habe keine Beweise. Soll die Polizei die Arbeit tun, für die sie bezahlt wird. Ich hätte vielleicht mehr Gemeinsinn bewiesen, wenn wir die Todesstrafe hätten. Ich fürchte mich nicht vor den Geistern gehenkter Männer. Sie können an allen vier Ecken meines Betts stehen und die ganze Nacht heulen, wenn es ihnen Spaß macht. Aber ich könnte nicht weiterleben – ich könnte nicht weiterarbeiten, was für mich auf dasselbe herauskommt –, wenn ich wüsste, dass ich einen Mitmenschen ins Gefängnis gebracht hätte, und zwar für den Rest seines Lebens.»

«Nicht für sein ganzes Leben. Vielleicht für zehn Jahre.»

«Ich könnte es auch bei zehn Tagen nicht aushalten. Ich gehe jetzt weg. Ich bleibe nicht lange.»

«Aber, Stella, es ist schon fast sieben! Wir wollten doch jetzt zu Abend essen.»

«Der Braten wird nicht schlecht.»

Angela Foley sah der Freundin wortlos nach, als sie auf die Tür zuging. Dann sagte sie:

«Stella, woher wusstest du, wie Edwin in der Nacht vor seinem Auftritt im Zeugenstand seine Aussage einstudierte?»

«Wenn nicht von dir, und du sagtest, du hättest es mir nicht erzählt, dann muss ich es erfunden haben. Ich kann es von keinem anderen wissen. Am besten schreibst du es meiner blühenden Phantasie zu.»

Ihre Hand lag auf der Türklinke. Angela rief:

«Stella, geh heute Abend nicht weg. Bleib bei mir. Ich habe Angst.»

«Um dich oder um mich?»

«Um uns beide. Bitte gehe nicht weg. Nicht heute Abend.»

Stella wandte sich um. Sie lächelte und breitete ihre Hände aus. Die Geste mochte Resignation ausdrücken oder ein Abschiedsgruß sein. Als sie die Haustür aufmachte, heulte der Wind auf und blies einen Schwall kalter Luft herein. Dann hallte das Geräusch der zufallenden Tür durch das Haus, und Stella war fort.

8

«Mein Gott, was für ein trostloser Platz!»

Massingham schlug die Autotür zu und betrachtete ungläubig die Aussicht, die sich ihnen bot. Der Weg, über den sie gerumpelt waren, hatte schließlich an einer schmalen eisernen Brücke über einen Schleusenkanal geendet, in dem das Wasser grau und ölig zwischen hohen Deichen floß. Auf der anderen Seite lag ein verlassenes Maschinenhaus aus dem vorigen Jahrhundert. Die Steine lagen zum Teil in einem unordentlichen Haufen neben dem scheinbar still stehenden Wasser, und durch die eingestürzte Wand sah man ein Stück des großen Rads. Die zwei Häuschen daneben lagen unter dem Wasserspiegel. Dahinter verloren sich die umgepflügten dunklen Flächen von uneingefriedeten Feldern im Rot und Purpur des Abendhimmels. Der Stamm eines versteinerten Baums, einer Sumpfeiche, auf den der Pflug gestoßen war, war aus dem Morast gezogen und zum Trocknen neben die Fahrspur geworfen worden. Er sah wie ein verstümmeltes vorgeschichtliches Wesen aus, das seine amputierten Glieder einem verständnislosen Himmel entgegenreckte. Obwohl die letzten zwei Tage trocken und zum Teil sonnig gewesen waren, sah die Landschaft durchtränkt von dem wochenlangen Regen aus, die Gärten vor den Häuschen waren nass, die Stämme der wenigen verkümmerten Bäume wirkten voll gesogen wie Schwämme. Es schien ein Land zu sein, das nie von einem Sonnenstrahl getroffen wurde. Als ihre Schritte über die eiserne Brücke hallten, flog eine vereinzelte Ente mit aufgeregtem Gezeter auf, aber sonst lag völlige Stille über der Gegend.

Nur hinter den Vorhängen des einen Hauses brannte Licht, und sie gingen an zerzausten Büscheln welker Heideastern vorbei auf die Haustür zu. Die Farbe blätterte ab, und der eiserne Türklopfer war so verrostet, dass Dalgliesh ihn kaum anheben konnte. Nach dem dumpfen, energischen Schlag blieb es eine Zeit lang still. Dann wurde die Tür geöffnet.

Vor ihnen stand eine farblose Frau von etwa vierzig Jahren. Die hellen Augen in dem nichts sagenden Gesicht blickten ängstlich. Das ungepflegte strohfarbene Haar war straff zurückgekämmt und wurde von zwei Kämmen gehalten. Sie trug ein braunkariertes Kleid aus Kräuselkrepp und eine weite Strickjacke in einem harten Blauton darüber. Als Massingham sie sah, wollte er sich mit einer Entschuldigung auf der Zunge instinktiv zurückziehen, doch Dalgliesh sagte:

«Mrs. Meakin? Polizei. Dürfen wir eintreten?»

Sie machte sich nicht die Mühe, auf den Ausweis, den er ihr hinhielt, einen Blick zu werfen. Sie schien nicht einmal sehr erstaunt zu sein. Wortlos drückte sie sich an die Flurwand und ließ sie an sich vorbei in das Wohnzimmer gehen. Es war klein und sehr einfach möbliert, aufgeräumt und sauber wie geleckt. Es war kühl und roch feucht. In dem elektrischen Öfchen brannte nur ein Heizstab, und die Glühbirne, die ohne Schirm von der Decke hing, gab ein grelles, aber unzureichendes Licht. Ein einfacher Tisch mit vier Stühlen stand in der Mitte des Zimmers. Anscheinend hatte sie gerade mit dem Abendessen anfangen wollen. Auf dem Tablett stand ein Teller mit drei Fischstäbchen, einem Schlag Kartoffelpüree und Erbsen. Daneben stand ein ungeöffneter Karton mit Apfelkuchen.

Dalgliesh sagte: «Es tut mir Leid, dass wir Sie beim Essen stören. Möchten Sie den Teller in die Küche tragen, um ihn warm zu halten?»

Sie schüttelte den Kopf und machte eine Handbewegung auf die Stühle. Sie setzten sich wie drei Kartenspieler um den Tisch, das Tablett mit dem Essen zwischen sich. Von den Erbsen breitete sich eine grünliche Flüssigkeit aus, die langsam zwischen die Fischstäbchen lief. Es war kaum zu glauben, dass von einer so kleinen Mahlzeit ein so starker Geruch ausgehen konnte. Sie hatte es anscheinend auch gemerkt, denn nach einer Weile schob sie das Tablett zur Seite. Dalgliesh zog ein Foto von Doyle aus der Tasche und reichte es ihr über den Tisch. Er sagte:

«Soviel ich weiß, waren Sie vorgestern Abend eine Zeit lang mit diesem Mann zusammen.»

«Mr. McDowell. Er ist doch nicht in Schwierigkeiten? Sie sind keine Privatdetektive? Er war nett, ein richtiger Gentleman, ich möchte ihn nicht in Schwierigkeiten bringen.»

Ihre Stimme war tief und ziemlich ausdruckslos, die Stimme einer Bäuerin, dachte Dalgliesh. Er sagte:

«Nein, wir sind keine Privatdetektive. Er ist in gewissen Schwierigkeiten, aber nicht Ihretwegen. Wir sind Polizeibeamte. Sie können ihm am ehesten helfen, wenn Sie die Wahrheit sagen. Was uns tatsächlich interessiert, ist, wann Sie ihn trafen und wie lange Sie mit ihm zusammen waren.»

Sie sah ihn über den Tisch an.

«Sie meinen, es geht um eine Art Alibi.»

«Ganz recht. Ein Art Alibi.»

«Er las mich an der Stelle auf, wo ich immer stehe, an der Kreuzung etwa eine halbe Meile außerhalb von Manea. Das muss so um sieben Uhr gewesen sein. Dann fuhren wir in eine Wirtschaft. Die meisten fangen damit an, dass sie mir einen Drink ausgeben. Das ist der Teil, der mir Spaß macht. Ich sitze gern mit jemandem in einer Wirtschaft, beobachte die Leute, höre auf die Stimmen und den Lärm. Gewöhnlich trinke ich einen Sherry oder vielleicht einen Portwein. Wenn sie mich fragen, trinke ich ein zweites Glas. Mehr als zwei trinke ich aber nie. Manchmal haben sie es eilig, wieder wegzukommen, und bieten mir nur einen Drink an.»

Dalgliesh fragte ruhig: «Wohin sind Sie gefahren?»

«Ich weiß nicht, wo es war, aber wir fuhren etwa eine halbe Stunde. Ich merkte, dass er sich überlegte, wohin wir fahren sollten, bevor er losfuhr. Deshalb denke ich mir, dass er hier in der Gegend wohnt. Die meisten wollen aus der Umgebung weg, wo man sie kennt. Das ist mir aufgefallen, das und der rasche Blick, mit dem sie sich umsehen, bevor wir eine Wirtschaft betreten. Die Wirtschaft hieß *The Plough.* Ich sah draußen das erleuchtete Schild. Wir saßen natürlich an der besseren Bar, es war wirklich ganz nett. Sie hatten dort ein Torffeuer, und dann gab es da ein Regal mit einer ganzen Menge Zierteller in verschiedenen Farben und zwei Vasen mit künstlichen Rosen hinter der Bar, und vor dem Feuer saß eine schwarze Katze. Der Barkeeper hieß Joe. Er hatte rote Haare.»

«Wie lange blieben Sie dort?»

«Nicht lange. Ich trank zwei Glas Portwein, und er hatte zwei doppelte Whisky. Dann sagte er, wir müssten gehen.»

«Wohin fuhr er Sie danach, Mrs. Meakin?»

«Ich glaube, nach Chevisham. Ich konnte einen Wegweiser an einer Kreuzung erkennen. Das war kurz bevor wir anhielten. Wir bogen in die Einfahrt zu einem großen Gebäude ein und parkten unter den Bäumen. Ich fragte, wer da wohnte, und er sagte, niemand, es würde nur von einer Behörde benutzt. Dann machte er das Licht aus.»

Dalgliesh sagte freundlich: «Und dann liebten sie sich in dem Auto. Gingen Sie auf die Rücksitze, Mrs. Meakin?»

Sie war weder überrascht noch peinlich berührt bei dieser Frage.

«Nein, wir blieben vorn.»

«Mrs. Meakin, das ist jetzt sehr wichtig. Können Sie noch sagen, wie lange sie dort blieben?»

«Ja, gewiss, ich konnte die Uhr am Armaturenbrett sehen. Es war fast Viertel nach neun, als wir hinkamen, und wir blieben bis kurz vor zehn dort. Ich weiß es deshalb, weil ich ein bisschen unruhig war und mich fragte, ob er mich wohl unten, wo der Weg aufhört, absetzen würde. Mehr erwartete ich nicht. Ich hätte es gar nicht gewollt, dass er mich bis an die Tür gebracht hätte. Aber es kann sehr unangenehm sein, wenn man mich hinterher einfach stehen lässt, ein paar Meilen von zu Hause. Manchmal ist es nicht einfach, zurückzukommen.»

Sie redet, dachte Massingham, als beklage sie sich über die lokalen öffentlichen Verkehrsmittel. Dalgliesh sagte:

«Verließ jemand das Haus und lief die Einfahrt hinunter, als Sie da im Auto waren? Hätten Sie es bemerkt, wenn jemand herausgekommen wäre?»

«Ja, sicher. Ich hätte gesehen, wenn jemand über die Stelle gegangen wäre, wo die Einfahrt auf die Straße stößt.

Gegenüber war eine Straßenlampe, die die Einfahrt beleuchtete.»

Massingham fragte plump: «Aber hätten Sie denn darauf geachtet? Waren Sie nicht mit etwas anderem beschäftigt?»

Sie lachte plötzlich auf – ein raues, misstönendes Lachen, das beide erschreckte.

«Glauben Sie, das machte mir Spaß? Nehmen Sie an, ich habe das gern?» Dann wurde ihre Stimme wieder tonlos, fast unterwürfig. Sie sagte bestimmt:

«Ich hätte es bemerkt.»

Dalgliesh fragte: «Worüber unterhielten Sie sich, Mrs. Meakin?»

Die Frage munterte sie ein wenig auf. Sie wandte sich fast eifrig an Dalgliesh.

«Ach, der hatte so seine Probleme. Die hat jeder, nicht wahr? Manchmal hilft es, sich bei einem Fremden auszusprechen, bei einem, den man ganz sicher kein zweites Mal trifft. Sie fragen nie, ob sie mich noch einmal sehen können. Er auch nicht. Aber er war nett und wollte mich nicht so schnell wie möglich wieder los sein. Manchmal stoßen sie mich fast aus dem Auto. So benimmt man sich nicht; das tut weh. Aber er war anscheinend froh, sich unterhalten zu können. Eigentlich ging es um seine Frau. Sie will nicht auf dem Land leben. Sie stammt aus London und liegt ihm ständig in den Ohren, dass sie wieder in die Stadt möchte. Sie will, dass er seine Stelle aufgibt und für ihren Vater arbeitet. Sie ist jetzt zu Hause bei ihren Eltern, und er weiß nicht, ob sie überhaupt zurückkommt.»

«Er sagte Ihnen nicht, dass er Polizist ist?»

«Nein, wirklich? Er sagte, er sei Antiquitätenhändler. Er schien darüber ganz gut Bescheid zu wissen. Aber ich achte nie so genau darauf, wenn sie mir von ihrem Beruf erzählen. Meistens geben sie nur an.»

Dalgliesh sagte freundlich: «Mrs. Meakin, was Sie da

tun, ist äußerst riskant. Das wissen Sie selbst, nicht wahr? Eines Tages wird ein Mann anhalten, der mehr als eine Stunde Ihrer Zeit will, ein gefährlicher Mann.»

«Ich weiß. Manchmal, wenn das Auto abbremst und ich da am Straßenrand stehe und warte und mich frage, wie er wohl sein wird, kann ich mein Herz klopfen hören. Dann ist mir klar, dass ich Angst habe. Aber ich fühle wenigstens etwas. Es ist besser, Angst zu haben, als allein zu sein.»

Massingham sagte: «Es ist besser, allein als tot zu sein.»

Sie sah ihn an.

«Ja, meinen Sie, Sir? Aber dann wissen Sie überhaupt nichts davon, nicht wahr?»

Fünf Minuten später gingen sie weg, nachdem sie Mrs. Meakin erklärt hatten, dass am nächsten Tag ein Polizeibeamter sie abholen und nach Guy's Marsh fahren würde, damit sie dort eine förmliche Aussage machte. Sie schien nichts dagegen zu haben und fragte nur, ob man es in ihrer Fabrik erfahren würde. Dalgliesh beruhigte sie.

Als sie über die Brücke gegangen waren, wandte Massingham sich noch einmal nach dem Häuschen um. Sie stand noch in der Tür, eine schmale Gestalt, die sich vor dem Licht abhob. Er sagte zornig:

«Gott, ist das alles hoffnungslos. Warum verschwindet sie nicht von hier und zieht in die Stadt, nach Ely oder Cambridge, damit sie ein bisschen Leben sieht?»

«Sie hören sich an wie einer jener berufsmäßigen Tröster, deren Rat für die Einsamen immer derselbe ist: ‹Gehen Sie hier weg, treffen Sie Menschen, treten Sie einem Club bei.› Was, wenn man es recht überlegt, genau das ist, was sie tut.»

«Es wäre gut für sie, wenn sie aus diesem Haus herauskäme, eine andere Arbeit fände.»

«Was für eine Arbeit? Wahrscheinlich denkt sie, sie kann froh sein, dass sie eine Stelle hat. Und das ist zumindest ein Zuhause. Man braucht Jugend, Energie und Geld, um sein

Leben von Grund auf zu ändern. Sie hat nichts davon. Sie kann nur auf die einzige ihr bekannte Art versuchen, nicht verrückt zu werden.»

«Aber wozu? Um schließlich als weitere Leiche in eine Kalkgrube geworfen zu werden?»

«Vielleicht. Das sucht sie vermutlich unbewusst. Es gibt mehr als einen Weg, mit dem Tod zu spielen. Sie würde vorbringen, dass ihre Art zu leben ihr wenigstens den Trost einer warmen, hell beleuchteten Bar gibt und immer die Hoffnung lässt, das nächste Mal werde es anders sein. Sie wird es nicht sein lassen, nur weil ihr zwei zufällig aufkreuzende Polizisten erzählen, es sei gefährlich. Das weiß sie sowieso. Lassen Sie uns um Gottes willen von hier wegfahren.»

Als sie ihre Sicherheitsgurte anlegten, sagte Massingham: «Wer hätte gedacht, dass sich Doyle mit der abgeben würde. Ich kann mir zwar vorstellen, dass er sie auflas. Wie Lord Chesterfield sagte, sind bei Nacht alle Katzen grau. Aber fast eine volle Stunde mit ihr zu verbringen und ihr sein Herz auszuschütten?»

«Beide wollten etwas voneinander. Wollen wir hoffen, dass sie es bekommen haben.»

«Doyle hat etwas bekommen: ein Alibi. Und wir sind durch ihr Stelldichein ein schönes Stück vorangekommen. Wir wissen jetzt, wer Lorrimer umgebracht hat.»

Dalgliesh sagte: «Wir glauben zu wissen, wer und wie. Wir meinen vielleicht auch zu wissen, warum. Aber wir haben nicht die geringste Spur eines Beweises, und ohne den können wir keine weiteren Schritte unternehmen. Im Augenblick haben wir nicht einmal ausreichende Fakten, um die Ausstellung eines Haussuchungsbefehls zu rechtfertigen.»

«Also was dann, Sir?»

«Zurück nach Guy's Marsh. Wenn die Doyle-Sache erledigt ist, möchte ich Underhills Bericht hören und mit dem Polizeidirektor sprechen. Dann zurück ins Hoggatt-Institut. Wir halten da, wo Doyle seinen Wagen parkte. Ich möchte gern überprüfen, ob es möglich ist, ungesehen die Einfahrt hinunterzuschleichen.»

9

Um sieben Uhr waren sie mit ihrer Arbeit endlich wieder auf dem Laufenden. Der letzte Gerichtsbericht war nachgeprüft, das letzte vollständige Beweisstück verpackt, um von der Polizei abgeholt zu werden, die Zahlen der Fälle und Beweisstücke ausgerechnet und kontrolliert. Brenda dachte, wie müde Inspektor Blakelock aussah. Er hatte in der letzten Stunde kein überflüssiges Wort gesprochen. Sie hatte nicht das Gefühl, dass er mit ihr unzufrieden war; er merkte nur kaum, dass sie neben ihm stand. Sie selbst hatte auch wenig gesprochen, und wenn, dann nur geflüstert, als hätte sie Angst, das unheimliche, fast greifbare Schweigen in der Halle zu brechen. Rechts von ihr verlor sich die breite Treppe nach oben in die Dunkelheit. Den ganzen Tag hatte sie unter den Füßen der Wissenschaftler, Polizisten und der jungen Männer, die an dem Kurs über Spurensicherung am Tatort teilnahmen, widergehallt. Jetzt erschien sie ihr so unheilträchtig und bedrohlich wie die Treppe eines Geisterhauses. Sie versuchte, nicht hinzusehen, aber ihre Augen wurden unwiderstehlich angezogen. Bei jedem flüchtigen Blick nach oben glaubte sie fast, Lorrimers weißes Gesicht zu sehen, das sich aus den formlosen Schatten herauslöste und in der reglosen Luft schweben blieb, Lorrimers schwarze Augen, die flehentlich oder verzweifelt auf sie herabstarrten.

Um sieben Uhr sagte Inspektor Blakelock: «So, das war's für heute. Ihre Mutter wird nicht gerade erbaut sein, dass Sie heute Abend so lange aufgehalten wurden.»

Brenda sagte mit mehr Vertrauen, als sie eigentlich spürte:

«Ach, Mutter macht sich nichts daraus. Sie weiß, dass ich zu spät gekommen bin. Ich habe sie vorhin angerufen und gesagt, sie soll nicht vor halb acht mit mir rechnen.»

Sie trennten sich, um ihre Mäntel aus der Garderobe zu holen. Dann wartete Brenda an der Tür, bis Inspektor Blakelock die interne Alarmanlage eingestellt und kontrolliert hatte. Die einzelnen Türen zu den verschiedenen Labors hatte er schon früher am Abend geschlossen und kontrolliert. Schließlich gingen sie durch die Haupttür hinaus, und er drehte die letzten beiden Schlüssel um. Brendas Fahrrad stand in einem Schuppen neben den ehemaligen Stallungen, wo auch die Autos abgestellt waren. Immer noch zusammen, gingen sie um die Ecke hinter das Haus. Inspektor Blakelock wartete, bis sie aufgestiegen war, dann ließ er den Motor an und fuhr langsam hinter ihr die Einfahrt entlang. Am Tor hupte er zum Abschied und bog nach links ab. Brenda winkte, dann trat sie energisch in die Pedale und fuhr in die entgegengesetzte Richtung. Sie glaubte zu wissen, warum der Inspektor so besorgt gewartet hatte, bis sie sicher die Umgebung des Hauses verlassen hatte, und sie war ihm dankbar. Vielleicht, dachte sie, erinnere ich ihn an seine verstorbene Tochter, und er ist deshalb so nett zu mir.

Und dann, fast unmittelbar darauf, passierte es. Der plötzliche Ruck und das kratzende Geräusch von Metall auf Asphalt war unmissverständlich. Das Fahrrad schlingerte und warf sie fast in den Straßengraben. Sie drückte beide Bremsen, stieg ab und sah sich die Reifen im Licht der großen Taschenlampe an, die sie immer in der Satteltasche dabeihatte. Beide waren platt. Ihre erste Reaktion war, dass sie sich furchtbar ärgerte. Das musste ihr ausgerechnet so spät am Abend passieren! Sie leuchtete mit ihrer Lampe die Straße hinter sich ab, um die Ursache der Panne festzustellen. Irgendwo mussten Glasscherben oder sonst etwas Scharfes auf der Straße liegen. Aber sie konnte nichts finden und sah ein, dass es ihr auch nichts nützen würde, wenn sie etwas entdeckte. Es war nicht daran zu denken, die Löcher zu flicken. Der nächste Bus in ihrer Richtung fuhr erst kurz nach neun am Institut vorbei, und dort war niemand mehr, der sie mit dem Auto hätte mitnehmen können. Das Beste war sicher, das Fahrrad wieder in seinen Ständer zu stellen und zu Fuß durch das neue Laborgebäude nach Hause zu gehen. Mit dieser Abkürzung würde sie zwei Meilen sparen und könnte, wenn sie sich beeilte, kurz nach halb acht zu Hause sein.

Zorn und nutzloses Geschimpfe über ein Missgeschick sind ein kräftiges Mittel gegen Angst. Die gleiche Wirkung haben Hunger und die natürliche Müdigkeit, die sich nach dem heimischen Kamin sehnt. Brenda hatte das Fahrrad, das jetzt nur noch ein lächerlich altmodisches, hinderliches Stück Blech war, in den Schuppen geworfen und war energisch über das Institutsgelände marschiert. Erst als sie das Holztor aufgeriegelt hatte, das zu dem Bauplatz führte, bekam sie es mit der Angst zu tun. Als sie im Labor dieses halb abergläubische Grauen heraufbeschworen hatte, war Inspektor Blakelock in beruhigender Nähe gewesen, und sie hatte sich sicher gefühlt. Aber jetzt, allein in der Dunkelheit, begann die Furcht an ihren Nerven zu reißen. Vor ihr ragte die schwarze Masse des halb fertigen Labors drohend auf wie ein vorgeschichtliches, sich den unerbittlichen Göttern entgegenreckendes Monument, dessen große Steinplatten mit dem Blut von uralten Opfern besudelt waren. Es war eine sehr dunkle Nacht. Die niedrige Wolkendecke, die die Sterne verbarg, riss nur gelegentlich auf.

Als sie zögernd stehen blieb, teilten sich die Wolken wie Riesenhände und enthüllten den Vollmond, der zart und durchscheinend wie eine Hostie aussah. Als sie ihn betrachtete, konnte sie beinahe die an ihrem Gaumen schmelzende, weiche Masse schmecken. Dann rückten die Wolken wieder zusammen, und die Dunkelheit umschloss sie. Der Wind wurde stärker.

Sie packte die Taschenlampe fester. Sie lag schwer und beruhigend in ihrer Hand. Entschlossen suchte sie sich ihren Weg zwischen den mit Planen zugedeckten Steinhaufen, den in Reihen liegenden langen Trägern und den zwei sauberen Hütten auf Pfählen, die dem Bauunternehmen als Büro dienten, und ging auf die Lücke in der Mauer zu, die den Eingang zum Hauptgebäude bezeichnete. Dann zögerte sie noch einmal. Die Lücke schien sich vor ihren Augen zu verengen, fast symbolisch verhängnisvoll und beängstigend zu werden – ein Eingang in die Dunkelheit und das Unbekannte. Die Ängste einer noch nicht so lange zurückliegenden Kindheit stellten sich wieder ein. Sie war in Versuchung umzukehren.

Dann ermahnte sie sich streng, nicht so dumm zu sein. Es gab nichts Seltsames oder Düsteres an einem halb fertigen Gebäude, es war ein Produkt aus Stein, Beton und Stahl, das keine Erinnerungen der Vergangenheit umfing, keine geheimen schlimmen Schicksale hinter alten Mauern verbarg. Das Personal des Instituts sollte eigentlich nicht die Abkürzung durch das neue Gebäude nehmen – Dr. Howarth hatte einen entsprechenden Anschlag am schwarzen Brett aushängen lassen –, aber es war allgemein bekannt, dass viele es dennoch taten. Bevor der Neubau begonnen worden war, hatte es einen Fußweg durch die Felder des Hoggatt gegeben. Es war ganz normal, dass alle so taten, als wäre der Weg noch vorhanden. Und sie war müde und hungrig. Es war lächerlich, jetzt noch zu zögern.

Dann dachte sie an ihre Eltern. Zu Hause wussten sie nichts von der Panne, und ihre Mutter würde bald anfangen, sich Sorgen zu machen. Sie oder ihr Vater würden vermutlich im Hoggatt anrufen und, da sie keine Antwort bekämen, merken, dass alle weggegangen waren. Sie würden sich ausmalen, dass sie tot wäre oder verletzt auf der Straße läge und bewusstlos in einen Krankenwagen gehoben würde. Schlimmer noch, wenn sie sie, ein weiteres Opfer, zusammengekrümmt auf dem Boden des Labors vor sich sehen würden. Es war schwer genug gewesen, ihre Eltern zu überreden, sie auf ihrer Stelle zu lassen, und diese neue Angst, die mit jeder Minute, die sie überfällig war, wachsen musste und in Erleichterung und nachträglichem Ärger gipfeln würde, konnte leicht den Ausschlag geben, dass sie unvernünftig, aber hartnäckig darauf bestehen würden, sie nicht mehr hingehen zu lassen. Sie richtete die Taschenlampe fest auf die Mauerlücke und trat beherzt in die Dunkelheit.

Sie versuchte, sich das Modell des neuen Labors, das in der Bibliothek aufgebaut war, vorzustellen. Diese weite Halle, noch ohne Dach, musste der Annahmebereich sein, von dem die beiden Hauptflügel ausgingen. Sie musste sich links halten und durch die zukünftige biologische Abteilung gehen, um den kürzesten Weg zur Straße nach Guy's Marsh zu finden. Sie leuchtete mit ihrer Lampe die Backsteinwände ab, dann ging sie vorsichtig über den unebenen Boden auf die Öffnung linker Hand zu. Der Lichtkreis fand eine weitere Tür und wieder eine. Die Dunkelheit schien dichter zu werden, der Geruch nach Steinstaub und festgetretener Erde war bedrückend. Und jetzt war der blasse Schimmer des Nachthimmels ausgelöscht, und sie befand sich in dem bereits überdachten Teil des Gebäudes. Es war vollkommen still.

Sie tastete sich mit angehaltenem Atem langsam weiter und wandte die Augen nicht von dem kleinen Lichtkreis vor ihren Füßen. Und plötzlich war da nichts mehr, kein Himmel über ihr, keine Tür, nichts als schwarze Dunkelheit. Sie ließ den Schein der Taschenlampe über die Wände gleiten. Sie waren beängstigend nahe. Dieser Raum war gewiss viel zu klein für ein Büro. Sie schien in eine Art Kammer oder in ein Lager geraten zu sein. Irgendwo, wusste sie, musste es eine Lücke in der Mauer geben. Sie war ja auch hereingekommen. Aber sie hatte in dieser beengenden Dunkelheit die Orientierung verloren und konnte die Wände und die Decke nicht mehr auseinander halten. Mit jeder Bewegung der Taschenlampe schienen die rauen Mauersteine näher auf sie einzudringen, schien die Decke unerbittlich wie der langsam sich schließende Deckel einer Gruft auf sie herabzusinken. Mit aller Kraft versuchte sie, sich zusammenzunehmen. Sie tastete sich Stückchen für Stückchen an einer Wand entlang und sagte sich, dass sie so auf eine Türöffnung stoßen müsste.

Plötzlich zuckte ihre Hand, die die Lampe hielt, und der Lichtschein fiel auf den Boden. Entsetzt über ihre gefährliche Lage, blieb sie abrupt stehen. In der Mitte des Raums war ein viereckiger Schacht, der nur mit zwei Brettern abgesichert war. Ein unüberlegter Schritt, und sie hätte sie vielleicht mit dem Fuß beiseite gestoßen, wäre gestolpert und in das pechschwarze Nichts gefallen. In ihrer Phantasie war der Schacht bodenlos, ihre Leiche würde niemals gefunden werden. Sie malte sich aus, wie sie da unten in Schmutz und Dunkelheit läge, zu schwach, um sich bemerkbar zu machen. Und alles, was sie hören könnte, wären die Stimmen der Arbeiter, die sie Stein um Stein in ihrem schwarzen Grab lebendig einmauerten. Und dann packte sie ein anderes, ein rationaleres Entsetzen.

Sie dachte an die durchlöcherten Reifen. Konnte das wirklich Zufall gewesen sein? Die Reifen waren in Ordnung gewesen, als sie ihr Fahrrad am Morgen abgestellt hatte. Vielleicht hatten gar keine Glasscherben auf der Straße gelegen. Vielleicht hatte es jemand absichtlich getan, einer, der wusste, dass sie erst so spät aus dem Institut käme, dass keiner mehr da wäre, der sie mit dem Auto nach Hause fahren würde, dass sie vermutlich durch den Neubau laufen würde. Sie stellte sich vor, wie er lautlos im Schutz der frühen Dunkelheit in den Schuppen schlich, sich mit dem Messer in der Hand vor die Reifen hockte, auf das Zischen der entweichenden Luft horchte, berechnete, wie groß der Schlitz sein müsse, damit die Reifen platt wären, bevor sie sich zu weit vom Institut entfernt hätte. Und jetzt wartete er mit demselben Messer in der Hand irgendwo in der Dunkelheit auf sie. Er hatte lächelnd die Klinge befühlt, auf ihre Schritte gelauscht, das Licht ihrer Taschenlampe beobachtet. Er hatte natürlich auch eine Lampe. Bald würde sie ihr ins Gesicht leuchten, würde ihre Augen blenden, damit sie den grausamen, triumphierenden Mund und das aufblitzende Messer nicht sähe. Instinktiv knipste sie die Taschenlampe aus und lauschte. Ihr Herz klopfte so laut, dass sie meinte, selbst die steinernen Wände müssten erzittern.

Und dann hörte sie das Geräusch, leise wie ein auftretender Fuß, weich wie ein Mantelärmel, der über Holz streifte. Er kam. Er war hier. Und dann war nur noch Panik in ihr. Schluchzend taumelte sie an der Wand entlang, schlug mit zerkratzten Handflächen auf die sandigen, unnachgiebigen Steine. Plötzlich kam eine Lücke. Sie fiel hindurch, strauchelte und ließ die Taschenlampe aus der Hand fallen. Keuchend lag sie da und wartete auf den Tod. Dann stieß der Schrecken mit einem wilden Jubelschrei und Flügelschlag auf sie herab, dass ihr die Haare zu Berge standen. Sie wollte schreien, aber sie brachte nur ein klägliches Wimmern hervor, das in dem Vogelschrei unterging, als die Eule die offene Fensterhöhle fand und in die Nacht hinausschwebte.

Sie wusste nicht, wie lange sie liegen blieb und ihre wunden Hände in die Erde krallte. Ihr Mund war voller Staub, sodass sie kaum atmen konnte. Aber nach einer Weile hörte sie auf zu schluchzen und hob den Kopf. Sie sah das Fenster ganz deutlich, ein großes, leuchtend helles, mit

Sternen übersätes Viereck. Und rechts davon schimmerte eine Türöffnung. Sie kam mühsam auf die Beine. Sie suchte nicht erst nach der Taschenlampe, sondern ging schnurstracks auf die gesegnete helle Öffnung zu. Dahinter war eine weitere Tür. Und dann plötzlich gab es keine Mauern mehr, nur noch einen Himmel voller Sterne, der sich über ihr wölbte.

Immer noch weinend, aber jetzt vor Erleichterung, rannte sie, ohne zu überlegen, hinaus in die mondhelle Nacht. Ihr Haar wehte im Wind und ihre Füße schienen kaum den Boden zu berühren. Dann sah sie einen Ring von Bäumen vor sich, und durch das herbstliche Laub schimmerte einladend und heilig die Wren-Kapelle. Durch die Fenster drang Licht, und sie sah aus wie ein Bild auf einer Weihnachtskarte. Sie rannte mit ausgebreiteten Händen darauf zu, wie Hunderte ihrer Vorfahren im dunklen Marschland schutzsuchend zu ihren Altären gelaufen sein mussten. Die Tür war angelehnt, und ein Lichtstrahl lag wie ein Pfeil auf dem Weg. Sie warf sich gegen das Eichenholz, und die Tür gab nach und ließ sie in die gleißende Helligkeit ein.

Zuerst war ihr Kopf von dem überstandenen Schrecken noch so benommen, dass er sich weigerte zu begreifen, was ihre verwirrten Augen so deutlich sahen. Verständnislos streckte sie tastend die Hand aus und streichelte über die weichen Kordhosen, die schlaffe feuchte Hand. Langsam, als müsse sie sich dazu zwingen, gingen ihre Augen nach oben, und dann sah und verstand sie. Stella Mawsons Gesicht, im Tod verzerrt, hing über ihr. Die Augen waren halb offen, und die Handflächen zeigten nach außen, als bäten sie stumm um Erbarmen und Hilfe. Um ihren Hals lag doppelt eine blaue Seidenschnur, deren mit Quasten geschmückte Enden an einen Haken hoch an der Wand gebunden waren. Um einen Haken daneben war der Glockenstrang gewunden. Unter den baumelnden Füßen lag ein umgekippter niedriger Schemel. Stöhnend stellte Brenda ihn auf, ergriff den Strang und zog dreimal daran, bevor er ihren nachgebenden Händen entglitt und sie ohnmächtig wurde.

10

Am anderen Ende des Hoggatt-Geländes, weniger als eine Meile von der Kapelle entfernt, lenkte Massingham den Rover in die Einfahrt zum Institut, fuhr rückwärts unter die Bäume und stellte den Motor ab. Dann schaltete er die Scheinwerfer aus. Die Straßenlampe gegenüber der Einfahrt warf ein schwaches Licht auf den Weg, und die Tür des Instituts war im Mondlicht deutlich zu erkennen. Er sagte:

«Ich hatte vergessen, Sir, dass wir heute Nacht Vollmond haben. Er hätte warten müssen, bis der Mond hinter einer Wolke verschwand. Aber auch so hätte er sicher ungesehen aus dem Haus und über die Einfahrt gelangen können, wenn er einen glücklichen Augenblick abpaßte. Schließlich war Doyle mit seinen Gedanken – und nicht nur mit denen – bei anderen Dingen.»

«Aber das konnte der Mörder nicht wissen. Wenn er gesehen hatte, wie das Auto angekommen war, hätte er es wohl nicht riskiert. Nun, wir können wenigstens versuchen, herauszubekommen, ob es möglich war – auch ohne die Mitarbeit von Mrs. Meakin. Dabei muss ich an ein Spiel aus meiner Kindheit denken. Wollen Sie zuerst probieren oder soll ich?»

Aber das Experiment sollte nie stattfinden. Im selben Augenblick hörten sie leise, aber unmissverständlich die drei hellen Glockenschläge von der Kapelle.

11

Massingham fuhr den Wagen mit hoher Geschwindigkeit hart an die Grasböschung und bremste knapp vor dem Gebüsch. Unter ihnen wand sich die Straße in leichten Kurven durch einen schütteren Saum von windgepeitschten Hecken, vorbei an einer baufälligen Scheune aus geschwärzten Balken und weiter durch die nackten Felder nach Guy's Marsh. Rechts lagen die dunklen Mauern des neuen Laborgebäudes. Massingham leuchtete mit der Taschenlampe die Hecke ab und entdeckte eine Stelle, an der man hinübersteigen konnte, und dahinter einen Fußweg, der über das Feld zu dem Ring von Bäumen führte, die sich aus der Ferne jetzt nur als dunkler Fleck gegen den Nachthimmel abhoben. Er sagte:

«Seltsam, wie weit vom Haus und wie einsam die Kapelle liegt. Wenn man es nicht wüsste, würde man dort gar nichts vermuten. Man könnte fast glauben, die ursprünglichen Besitzer hätten sie für irgendwelche geheimen Geisterbeschwörungen gebaut.»

«Vermutlich eher als Familienmausoleum. Sie hatten ihr baldiges Aussterben nicht eingeplant.»

Keiner von beiden sprach weiter. Sie waren automatisch die anderthalb Meilen zu dem günstigsten Zugang zur Kapelle von der Straße nach Guy's Marsh aus weitergefahren. Das war zwar nicht der direkte Weg, ging aber sicher schneller und einfacher, als wenn sie versucht hätten, den Pfad über das Laborgelände und durch den Neubau zu finden. Sie beschleunigten ihren Schritt und rannten schließlich beinahe auf die vor ihnen liegenden Bäume zu, als triebe sie eine uneingestandene Angst.

Und jetzt hatten sie den Kreis von dicht beieinander stehenden Buchen erreicht. Sie mussten zwischen den niedrigen Zweigen die Köpfe einziehen, und ihre Füße schlurften geräuschvoll durch die knisternden Haufen dürrer

Blätter. Endlich sahen sie den schwachen Schimmer durch die Fenster der Kapelle. An der angelehnten Tür machte Massingham unwillkürlich eine halbe Drehung, als wolle er sich mit der Schulter dagegen werfen, dann trat er grinsend einen Schritt zurück.

«Tut mir Leid, ich habe ganz vergessen, wo wir sind. Sinnlos, mich hineinzustürzen. Wahrscheinlich ist es nur Miss Willard, die das Messing poliert, oder der Pfarrer, der ein obligatorisches Gebet spricht, um die Weihe des Hauses zu erhalten.»

Er drückte leise die Tür auf und trat mit einer kleinen Verbeugung beiseite, Dalgliesh betrat vor ihm den erleuchteten Vorraum.

Danach fiel kein Wort mehr. Keiner dachte einen bewussten Gedanken, ihre Handlungen waren rein instinktiv. Wie ein Mann sprangen sie vor. Massingham packte die baumelnden Beine und hob sie an, Dalgliesh nahm den Stuhl, den Brenda im Fallen umgeworfen hatte, löste das doppelt geschlungene Seil von Stella Mawsons Hals und ließ sie auf den Boden gleiten. Massingham riss ihren Dufflecoat auf, bog ihren Kopf zurück, warf sich neben sie und presste seinen Mund auf ihren. Das an der Wand kauernde Bündel bewegte sich und stöhnte. Dalgliesh kniete hin und legte einen Arm um Brendas Schultern. Bei der Berührung wehrte sie sich einen Augenblick heftig, winselte wie eine junge Katze, öffnete die Augen und erkannte ihn. Ihr Körper entspannte sich, und sie lehnte sich an ihn. Sie sagte kaum hörbar:

«Der Mörder. Im neuen Labor. Er wartete auf mich. Ist er weg?»

Links von der Tür fand Dalgliesh ein Brett mit Lichtschaltern. Er knipste alle mit einer einzigen Handbewegung an, und die innere Kapelle wurde strahlend hell. Er ging hinter den geschnitzten Lettner und in den Chor. Er war leer. Die Tür zur Orgelempore war angelehnt. Er kletterte die enge Wendeltreppe zur Galerie hinauf. Sie war ebenfalls leer. Er blickte hinunter in die stille Leere des Chors, ließ die Augen über die wunderbare Stuckdecke gleiten, über den gemusterten Marmorboden, die Doppelreihe der zierlich geschnitzten Chorstühle, die mit ihren hohen Lehnen vor der Nord- und Südwand standen, und den Eichentisch vor dem Retabel unter dem Ostfenster. Die Altardecke war weggenommen. Es standen nur zwei silberne Kerzenhalter darauf, die großen weißen Kerzen waren halb heruntergebrannt, die Dochte geschwärzt. Und links vom Altar, wo sie eigentlich nicht hinpaßte, hing eine hölzerne Tafel, auf der die Zahlen standen:

29
10
18
40

Er rief sich Mr. Lorrimers Stimme ins Gedächtnis. «Sie sagte etwas von einer Karte, die verbrannt wäre, und sie hätte die Zahlen.» Die letzten beiden Zahlen waren 18 und 40 gewesen. Und was verbrannt war, war keine Karte, sondern zwei Altarkerzen.

12

Vierzig Minuten später war Dalgliesh allein in der Kapelle. Dr. Greene war gerufen worden. Er hatte kurz und bündig Stella Mawson für tot erklärt und war wieder weggegangen. Massingham hatte Brenda Pridmore nach Hause gefahren, um ihren Eltern zu erklären, was sich ereignet hatte, um in der Sprogg-Kate reinzuschauen und Dr. Howarth herzubitten. Dr. Greene hatte Brenda eine Beruhigungsspritze injiziert, hatte ihnen aber keine Hoffnung gemacht, dass sie vor dem nächsten Morgen vernehmungsfähig wäre. Der Gerichtsmediziner war benachrichtigt worden;

er war bereits unterwegs. Die Stimmen, die Fragen, die hallenden Schritte – alles war für den Augenblick zum Schweigen gebracht.

Dalgliesh fühlte sich seltsam allein in der Stille der Kapelle, umso mehr, weil da ihr Körper lag, und ihm war, als sei jemand – oder etwas – vor kurzem weggegangen und habe etwas Wesentliches mitgenommen. Dieses Gefühl der Vereinsamung war ihm nicht neu; er hatte es schon häufiger in der Gegenwart eines gerade Verstorbenen gespürt. Jetzt kniete er neben der toten Frau und betrachtete sie aufmerksam. Im Leben hatten nur die Augen diesem abgehärmten Gesicht Individualität gegeben. Jetzt waren sie glasig und klebrig wie Bonbons, die man unter die halb geöffneten Lider gedrückt hatte. Es war kein friedvolles Gesicht. Ihre Gesichtszüge waren im Tod noch nicht zur Ruhe gekommen, sondern drückten noch die Anspannung eines rastlosen Lebens aus. Er hatte so viele Gesichter von Toten gesehen. Er war darin erfahren, die Zeichen von Gewalt zu lesen. Manchmal konnten sie ihm etwas über das Wie, das Wo oder Wann erzählen. Aber im Wesentlichen sagten sie ihm nichts, auch jetzt nicht.

Er nahm das Ende der Schnur, das noch lose um ihren Hals lag, in die Hand. Sie war aus königsblauer Seide gewebt, lang genug, um einen schweren Vorhang zu raffen, und hatte am Ende eine Zierquaste in Silber und Blau. An der Wand stand eine große geschnitzte Truhe. Er streifte seine Handschuhe über und hob den Deckel hoch. Ein Geruch von Mottenkugeln strömte ihm stechend wie ein Betäubungsmittel entgegen. In der Truhe lagen zusammengefaltet zwei abgeblasste blaue Samtvorhänge, ein gestärktes, aber zerknittertes Chorhemd, eine schwarz-weiße Magistermütze und zuoberst auf diesem Stapel eine zweite Quastenschnur. Wer immer diese Schnur um ihren Hals gelegt hatte – sie selbst oder ein anderer –, er musste vorher gewusst haben, wo er sie finden würde.

Er begann, die Kapelle zu erkunden. Er trat leise auf, und dennoch klangen seine Schritte unheilvoll laut auf dem Marmorboden. Langsam ging er zwischen den zwei Reihen wunderschön geschnitzter Chorstühle auf den Altar zu. Grundriss und Ausstattung des Gebäudes erinnerten ihn an die Kapelle in seinem College. Sogar der Geruch war der gleiche, ein Schülergeruch, kalt und streng, der nur wenig an eine Kirche erinnerte. Jetzt, wo der Altar von allem Zubehör bis auf die beiden Leuchter entblößt war, wirkte die Kapelle entweiht, ganz und gar weltlich. Vielleicht war sie immer so gewesen. Ihr formaler Klassizismus lehnte Gefühle ab. Sie diente dem Menschen als Behausung, nicht Gott, der Vernunft, nicht dem Mysterium. Dies war der Ort, wo gewisse beruhigende Rituale vollzogen worden waren, die seinem Besitzer seine Ansicht der rechten Ordnung des Universums und seinen eigenen Platz in dieser Ordnung immer wieder bestätigt hatten. Er sah sich nach einem Hinweis auf den ursprünglichen Besitzer um und fand ihn. Rechts vom Altar stand das einzige Erinnerungsstück der Kapelle, die mit einer Marmordrapierung geschmückte Büste eines Herrn aus dem 18. Jahrhundert mit Perücke. Die Inschrift lautete: *Dieu aye merci de son âme.*

Die schlichte zeitlose Bitte stand in einem seltsamen Widerspruch zu dem förmlichen Selbstvertrauen des Standbilds, der stolzen Haltung des Kopfes, dem selbstzufriedenen Lächeln auf den üppigen Marmorlippen. Er hatte seine Kapelle gebaut und sie in einen dreifachen Ring von Bäumen gestellt, aber der Tod hatte seine Hand nicht lange genug zurückgehalten, um ihm Zeit zu lassen, einen Fahrweg anzulegen.

Zu beiden Seiten des Lettners, mit Blick auf das Ostfenster, standen zwei reich verzierte Chorstühle unter geschnitzten Baldachinen, die mit blauen Samtvorhängen, ähnlich denen in der Truhe, gegen Zugluft geschützt waren. Auf den Sitzen lagen dazu passende Kissen. Weiche Kissen mit Silberquasten an den Ecken lagen auf den Lesepulten. Er setzte sich auf den rechten Stuhl. Auf dem Kissen lag, in schweres schwarzes Leder gebunden, das anglikanische Gebetbuch. Es sah wie neu aus. Die Blätter waren steif, und die kräftigen schwarzen und roten Lettern glänzten auf dem Papier.

«Denn ich bin ein Fremder bei Dir: und ein Gast, wie es meine Vorväter waren. Oh, schone mich eine kleine Weile, auf dass ich meine Kräfte sammle: bevor ich von dannen gehe und nicht mehr gesehen werde.»

Er hielt das Buch am Rücken fest und schüttelte es. Kein Papier flatterte aus den steifen Blättern. Aber wo es gelegen hatte, waren vier Haare, ein blondes und drei schwarze, auf dem flauschigen Samt hängen geblieben. Er zog einen Umschlag aus seiner Tasche und nahm sie mit dem gummierten Blättchen auf. Er wusste, wie wenig die Kriminologen mit nur vier Haaren anfangen konnten, aber die Möglichkeit, dass daraus Erkenntnisse gewonnen werden könnten, bestand dennoch.

Die Kapelle, dachte er, musste ideal für sie gewesen sein. Sie war durch die Bäume abgeschirmt, sicher, abgelegen und sogar warm. Die Einheimischen blieben nach Einbruch der Dunkelheit in ihren Häusern und würden, sogar schon in der Dämmerung, eine fast abergläubische, ehrfürchtige Scheu haben, dieses leere fremde Heiligtum zu betreten. Auch ohne abzuschließen brauchten sie keinen zufälligen Eindringling zu fürchten. Sie musste nur aufpassen, dass niemand sie beobachtete, wenn sie mit dem roten Jaguar die Einfahrt zum Hoggatt hinauffuhr, um den Wagen außer Sicht in einer der Garagen im Stalltrakt abzustellen. Und was dann? Sie brauchte nur zu warten, bis das Licht im biologischen Labor ausging, bis sie den Lichtkegel aus Lorrimers Taschenlampe aufleuchten sah. Dann ging sie mit ihm über das Institutsgelände auf die Baumgruppe zu. Er fragte sich, ob sie die Samtkissen an die heilige Stätte gebracht hatte, ob es die Erregung gesteigert hatte, Lorrimer vor dem entblößten Altar zu lieben, während die neue Leidenschaft über die alte triumphierte.

Massinghams Feuerschopf tauchte in der Tür auf. Er sagte:

«Das Mädchen ist versorgt. Ihre Mutter hat sie sofort ins Bett gesteckt, und jetzt schläft sie. Ich fuhr dann bei der Sprogg-Kate vorbei. Die Tür war offen und das Licht im Wohnzimmer brannte, aber es war niemand da. Howarth war zu Hause, als ich anrief, Mrs. Schofield allerdings nicht. Dr. Kerrison ist im Krankenhaus bei irgendeiner Konferenz. Seine Haushälterin sagte, er sei kurz nach sieben weggegangen. Ich habe nicht im Krankenhaus angerufen. Wenn er dort ist, wird er eine ganze Menge Zeugen nennen können.»

«Und Middlemas?»

«Keine Antwort. Er wird auswärts essen oder vielleicht im Dorfgasthaus sitzen. Auch bei Blakelocks meldete sich niemand. Gibt's hier etwas, Sir?»

«Nein, nur was wir sowieso erwartet hatten. Haben Sie einen Mann postiert, der Blain-Thomson den Weg zeigt, wenn er kommt?»

«Ja, Sir. Aber ich glaube, da kommt er schon.»

13

Dr. Reginald Blain-Thomson hatte, bevor er mit einer Untersuchung begann, die eigenartige Angewohnheit, um die Leiche herumzutrippeln und sie mit wachsamer Gespanntheit zu fixieren, als erwarte er jeden Augenblick, sie würde quicklebendig aufspringen und ihn an der Gurgel packen. Auch jetzt drehte er seine Kreise, makellos in seinem grauen Nadelstreifenanzug, mit der unvermeidlichen Rose in der silbernen Klammer am Revers, die so frisch aussah, als sei es eine eben gepflückte Juniblüte. Er war ein hoch gewachsener, aristokratisch wirkender Junggeselle mit einem schmalen Gesicht, dessen Haut so rosig frisch und glatt wie die eines jungen Mädchens war. Man hatte ihn noch nie einen Kittel überziehen sehen, bevor er eine Leiche untersuchte, und er erinnerte Dalgliesh an einen jener Fernsehköche, die eine Mahlzeit mit vier Gängen, um die wesentliche Verfeinerung ihrer Kunst zu demonstrieren, im formvollendeten Abendanzug zubereiteten. Es ging sogar – allerdings zu Unrecht – das Gerücht, dass Blain-Thomson die Autopsie im Straßenanzug vornahm.

Aber trotz dieser persönlichen Extravaganzen war er ein hervorragender Gerichtsmediziner. Er war sehr beliebt bei den Geschworenen. Wenn er im Zeugenstand auftrat, um mit einer der Welt überdrüssigen Förmlichkeit und seiner Schauspielerstimme die Ergebnisse seiner gewaltigen Fähigkeiten und Erfahrungen vorzutragen, starrten sie ihn mit der respektvollen Bewunderung von Menschen an, die auf den ersten Blick einen ausgezeichneten Gutachter erkennen und ganz sicher nicht die Absicht haben, so undankbar zu sein, seinen Reden keinen Glauben zu schenken.

Jetzt ging er neben der Leiche in die Hocke, lauschte, schnupperte, fasste sie an. Dann knipste er seine Lampe aus und richtete sich auf. Er sagte:

«Hm, ja. Sie ist eindeutig tot, und zwar seit sehr kurzer Zeit. Höchstens zwei Stunden, wenn Sie mich festlegen wollen. Aber Sie müssen selbst zu diesem Schluss gekommen sein, sonst hätten Sie sie nicht abgeschnitten. Wann, sagten Sie, haben Sie sie gefunden? Drei Minuten nach acht. Dann wäre sie anderthalb Stunden tot gewesen. Das könnte sein. Sie werden mich fragen, ob es sich um Selbstmord oder Mord handelt. Im Augenblick kann ich nicht mehr sagen, als dass es um ihren Hals zwei Druckstellen gibt, die der Schnur entsprechen. Doch das können Sie selbst sehen. Es gibt keine Würgemale von einer Hand, und es sieht nicht so aus, als sei die Schnur nachträglich über ein dünneres Band gelegt worden. Sie ist eine zierliche Frau, keine hundert Pfund, schätze ich. Es wäre also keine besondere Kraft erforderlich, sie zu überwältigen. Aber es gibt keine Anzeichen für einen Kampf, und die Fingernägel sehen völlig sauber aus, sodass sie wahrscheinlich keine Gelegenheit zu kratzen gehabt hat. Falls es sich um Mord handelt, muss der Mörder sich sehr rasch von hinten genähert und die Schlinge über sie geworfen haben. Dann hat er sie an den Haken gebunden, sobald sie bewusstlos war. Was die Todesursache angeht – Strangulierung, gebrochenes Genick, Vagusinhibition –, nun, da werden Sie warten müssen, bis ich sie auf dem Tisch habe. Ich kann sie gleich mitnehmen, wenn Sie fertig sind.»

«Bis wann können Sie die Autopsie vornehmen?»

«Ja, am besten wäre es wohl sofort, nicht wahr? Sie halten mich auf Trab, Herr Oberkriminalrat. Sie haben wohl keine Fragen mehr zu meinem Bericht über Lorrimer?»

Dalgliesh antwortete: «Nein, vielen Dank. Ich hatte allerdings versucht, Sie telefonisch zu erreichen.»

«Es tut mir Leid, dass ich nicht erreichbar war. Ich wurde praktisch den ganzen Tag auf irgendwelchen Sitzungen festgehalten. Wann ist die gerichtliche Untersuchung wegen Lorrimer?»

«Morgen, um zwei Uhr.»

«Ich werde da sein. Sie wird nach diesem neuen Todesfall wohl sicher vertagt werden. Und ich rufe Sie an und gebe Ihnen einen vorläufigen Bericht durch, sobald ich sie zugenäht habe.»

Er zog seine Handschuhe langsam Finger für Finger an und ging weg. Sie hörten ihn ein paar Worte mit dem Konstabler wechseln, der draußen auf ihn gewartet hatte, um ihn mit der Taschenlampe über das Feld zu seinem Auto zu begleiten. Dann verklangen die Stimmen.

Massingham streckte seinen Kopf durch die Tür. Die beiden dunkel uniformierten Männer vom Leichenwagen, anonyme Funktionäre des Todes, schoben lässig und geschickt die Bahre durch die Tür. Stella Mawsons Körper wurde mit unpersönlicher Behutsamkeit darauf gelegt. Die Männer machten kehrt und rollten die Bahre auf die Tür zu. Doch plötzlich wurde ihnen der Weg von zwei dunklen Schatten versperrt. Howarth und seine Schwester betraten gleichzeitig leise die hell erleuchtete Kapelle. Die Gestalten neben der Bahre blieben stehen, stocksteif wie antike Heloten, nichts sehend, nichts hörend.

Massingham erschien ihr Auftritt genauso auf seine dramatische Wirkung berechnet wie die Ankunft zweier Filmstars bei einer Premiere. Sie waren gleich gekleidet: Hosen und hellbraune Lederjacken mit zottigem Fellbesatz, hochgestellte Kragen. Und zum ersten Mal fiel ihm auf, wie sehr sie sich ähnlich sahen. Der Eindruck, einen Film zu sehen, verstärkte sich noch. Als er die beiden blassen arroganten Köpfe in ihrer Pelzumrahmung betrachtete, dachte er, sie sähen aus wie dekadente Zwillinge, deren hübsche Profile sich theatralisch von der schwarzen Eichentäfelung abhoben. Wiederum gleichzeitig gingen ihre Augen zu dem zugedeckten Bündel auf der Bahre, dann richteten sie sich auf Dalgliesh. Der sagte zu Howarth:

«Sie haben sich Zeit gelassen.»

«Meine Schwester war mit dem Auto unterwegs, und ich wartete, bis sie zurückkam. Sie sagten, Sie wollten uns beide sehen. Man gab mir zu verstehen, es sei äußerst dringend. Was ist denn passiert? Inspektor Massingham war nicht sehr zuvorkommend, als er uns so dringend herbeizitierte.»

«Stella Mawson starb durch Erhängen.»

Er war sicher, dass Howarth die Bedeutung seiner sorgfältigen Wortwahl erfasste. Ihre Augen wanderten von den zwei Haken an der Wand, von denen einer den Glockenstrang festhielt, zu der blauen Schnur mit der Quaste, die von Dalglieshs Hand baumelte. Howarth sagte:

«Ich frage mich nur, woher sie wusste, wo sie die Schnur finden würde. Und warum suchte sie sich diesen Ort aus?»

«Sie erkennen die Schnur?»

«Ist das nicht die aus der Truhe? Dort müssten zwei davon liegen. Als wir am 26. August unser Konzert gaben, dachten wir zunächst daran, die beiden Vorhänge an den Eingang zum Altarraum zu hängen. Wie es nun mal so geht, machten wir es dann doch nicht. Der Abend war so warm, dass man keine Angst vor Zugluft zu haben brauchte. Damals lagen zwei solche Quastenschnüre in der Truhe.»

«Wer könnte sie gesehen haben?»

«Eigentlich alle, die bei den Vorbereitungen halfen: ich, meine Schwester, Miss Foley, Martin, Blakelock. Middlemass legte beim Aufstellen der ausgeliehenen Stühle Hand an, und noch ein paar andere aus dem Institut halfen ihm. Ein paar Frauen kümmerten sich um die Getränke nach dem Konzert, und sie machten sich auch am Nachmittag hier zu schaffen. Die Truhe ist nicht abgeschlossen. Jeder, der neugierig war, hätte einen Blick hineinwerfen können. Ich kann mir jedoch nicht vorstellen, wie Miss Mawson von der Schnur gewusst haben kann. Sie war zwar im Konzert, hatte aber nichts mit den Vorbereitungen zu tun.»

Dalgliesh nickte den beiden Männern mit der Bahre zu. Sie schoben sie vorsichtig weiter, und Howarth und Mrs. Schofield traten zur Seite, um sie vorbeizulassen. Dann fragte Dalgliesh:

«Wie viele Schlüssel gibt es für die Kapelle?»

«Ich sagte es Ihnen schon gestern. Ich weiß nur von einem. Er hängt an dem Brett im Zimmer des Verbindungsmanns.»

«Und das ist der, der jetzt im Schloss steckt?»

Howarth wandte sich nicht um. Er sagte:

«Wenn der Institutsanhänger dran ist, ja.»

«Wissen Sie, ob er heute jemandem ausgehändigt wurde?»

«Nein. Mit solchen Kleinigkeiten würde Blakelock mich nicht belästigen.»

Dalgliesh wandte sich an Mrs. Schofield: «Und es ist vermutlich derjenige, den Sie sich ausliehen, um Nachschlüssel davon machen zu lassen, als Sie beschlossen, die Kapelle für Ihre Stelldicheins mit Lorrimer zu benutzen. Wie viele Schlüssel ließen Sie machen?»

Sie sagte ruhig: «Zwei. Einen fanden Sie bei der Leiche. Dieser hier ist der zweite.»

Sie nahm ihn aus der Jackentasche und hielt ihn mit einer Geste abweisender Verachtung auf der Handfläche hin. Einen Augenblick sah es so aus, als wolle sie die Hand umdrehen und ihn auf den Boden klirren lassen.

«Sie leugnen nicht, dass Sie hierher kamen?»

«Warum sollte ich? Das ist kein Verbrechen. Wir waren beide erwachsen, beide im Vollbesitz unserer geistigen Kräfte und ungebunden. Es war nicht einmal Ehebruch, nur ganz gewöhnliche Unzucht. Mein Geschlechtsleben scheint Sie zu faszinieren, Herr Oberkriminalrat, sogar mitten in Ihren normaleren Beschäftigungen. Haben Sie keine Angst, dass das langsam zu einer fixen Idee wird?»

Dalglieshs Stimme blieb unverändert. Er fuhr fort:

«Und Sie verlangten den Schlüssel nicht zurück, als Sie mit Lorrimer brachen?»

«Noch einmal, warum sollte ich? Ich brauchte ihn nicht. Es war kein Verlobungsring.»

Howarth hatte seine Halbschwester während dieses Wortwechsels nicht angesehen. Plötzlich sagte er schroff:

«Wer hat sie gefunden?»

«Brenda Pridmore. Sie ist inzwischen nach Hause gebracht worden. Dr. Greene ist bei ihr.»

Domenicas Stimme klang unerwartet sanft: «Das arme

Kind. Sie scheint es zu einer Gewohnheit werden zu lassen, Leichen zu finden. Wollen Sie sonst noch etwas von uns heute Abend, nachdem wir jetzt die Frage nach den Schlüsseln geklärt haben?»

«Ich möchte Sie nur noch fragen, wo Sie seit sechs Uhr waren.»

Howarth sagte: «Ich verließ das Hoggatt ungefähr um Viertel vor sechs und war von da an zu Hause. Meine Schwester war seit sieben Uhr mit dem Wagen unterwegs. Sie hat manchmal Lust, in der Gegend umherzufahren.»

Domenica Schofield sagte: «Ich kann Ihnen die Strecke wohl nicht ganz genau angeben, aber ich kehrte gegen acht Uhr in einem Gasthaus in Whittlesford ein, um etwas zu essen und zu trinken. Man wird sich an mich erinnern. Ich bin dort ziemlich gut bekannt. Warum? Wollen Sie etwa sagen, dass es sich hier um Mord handelt?»

«Es ist ein ungeklärter Todesfall.»

«Und vermutlich ein verdächtiger. Aber haben Sie nicht in Betracht gezogen, dass sie vielleicht Lorrimer ermordet und sich dann das Leben genommen hat?»

«Können Sie mir einen guten Grund nennen, warum sie das getan haben könnte?»

Sie lachte leise.

«Edwin ermordet? Aus dem besten und gewöhnlichsten aller Gründe – so habe ich es wenigstens gelesen. Weil sie einmal mit ihm verheiratet war. Hatten Sie das etwa noch nicht herausbekommen, Herr Oberkriminalrat?»

«Woher wissen Sie es?»

«Weil er es mir erzählte. Ich bin wahrscheinlich die einzige Person auf der Welt, der er es überhaupt jemals erzählte. Er sagte, die Ehe sei nie vollzogen worden. Innerhalb von zwei Jahren wurde sie annulliert. Ich denke, deshalb hat er die Braut nie nach Hause gebracht. Es ist eine peinliche Geschichte, seine frisch Angetraute den Eltern und dem Dorf vorzuführen, besonders wenn sie gar keine Ehefrau ist und man vermuten muss, dass sie es nie sein wird. Ich glaube, seine Eltern haben nie etwas erfahren, und deshalb ist es eigentlich nicht überraschend, dass auch Sie nichts davon hörten. Allerdings geht man bei Ihnen davon aus, dass Sie alles aufspüren, was die privaten Angelegenheiten betrifft.»

Bevor Dalgliesh antworten konnte, hörten alle gleichzeitig eilige Schritte auf der steinernen Treppe, und Angela Foley stand in der Tür. Sie war vom Laufen gerötet. Schwer atmend sah sie verstört von Gesicht zu Gesicht und brachte keuchend hervor:

«Wo ist sie? Wo ist Stella?»

Dalgliesh ging einen Schritt auf sie zu, aber sie wich zurück, als habe sie Angst, er würde sie anfassen. Sie sagte:

«Diese Männer. Unter den Bäumen. Die Männer mit der Lampe. Sie rollen irgendetwas davon. Was ist das? Was haben Sie mit Stella gemacht?»

Ohne ihren Halbbruder anzusehen, streckte Domenica Schofield ihre Hand aus. Seine Hand kam ihrer entgegen. Sie rückten nicht näher zusammen, sondern blieben stehen, voneinander entfernt, aber doch unzertrennlich verbunden durch diese verschlungenen Hände. Dalgliesh sagte:

«Es tut mir Leid, Miss Foley. Ihre Freundin ist tot.»

Vier Augenpaare sahen zu, wie ihre Augen von den blauen Schlingen, die von Dalglieshs Hand baumelten, nach oben zu den beiden Haken wanderten und schließlich an dem Stuhl hängen blieben, der jetzt ordentlich vor der Wand stand. Sie flüsterte:

«O nein! Nein!»

Massingham machte eine Bewegung, um ihren Arm zu nehmen, aber sie schüttelte ihn ab. Sie warf ihren Kopf zurück wie ein aufheulendes Tier und rief klagend:

«Stella! Stella!» Bevor Massingham sie aufhalten konnte, war sie aus der Kapelle gerannt, und sie hörten ihren wilden, verzweifelten Schrei, den der leichte Wind zu ihnen herübertrug.

Massingham lief hinter ihr her. Sie war jetzt still und rannte im Zickzack geschickt zwischen den Bäumen durch. Aber er holte sie mit Leichtigkeit ein, bevor sie die beiden Gestalten mit ihrer grauenvollen Last erreicht hatte. Zuerst wehrte sie sich verbissen, dann wurde sie plötzlich in seinen Armen schlaff, sodass er sie hochheben und ins Auto tragen konnte.

Als er dreißig Minuten später wieder zur Kapelle kam, saß Dalgliesh, offenbar in das Gebetbuch vertieft, still auf einem der Chorstühle. Er sah von dem Buch auf und sagte: «Wie geht es ihr?»

«Dr. Greene hat ihr ein Beruhigungsmittel gegeben. Er hat mit der Bezirksschwester vereinbart, dass sie die Nacht über bei ihr bleibt. Sonst ist ihm niemand dafür eingefallen. Es sieht so aus, als wäre sie ebenso wenig wie Brenda Pridmore vor morgen früh vernehmungsfähig.»

Er warf einen Blick auf den kleinen Stapel mit Ziffern bedruckter Karten auf dem Stuhl neben Dalgliesh. Sein Chef sagte:

«Ich fand sie ganz unten in der Truhe. Ich will diese und die an der Tafel auf Fingerabdrücke untersuchen lassen. Aber wir wissen schon, was wir finden werden.»

Massingham fragte: «Glauben Sie an Mrs. Schofields Geschichte, dass Lorrimer und Stella Mawson verheiratet waren?»

«Aber ja, ich denke doch. Warum sollte sie lügen, wenn die Fakten so leicht überprüft werden können? Und es erklärt so viel, zum Beispiel diese überraschende Änderung des Testaments, sogar seinen Ausbruch, als er mit Bradley sprach. Dieser erste sexuelle Misserfolg muss ihn tief getroffen haben. Sogar nach so vielen Jahren konnte er nicht ertragen, dass sie, wenn auch nur indirekt, aus seinem Testament einen Nutzen ziehen würde. Oder war es der Gedanke, dass sie im Unterschied zu ihm ihr Glück gefunden hatte – bei einer Frau gefunden hatte –, den er so unerträglich fand?»

Massingham sagte: «Sie und Angela Foley bekommen also gar nichts. Aber das ist kein Grund, sich umzubringen. Und warum hat sie sich ausgerechnet diesen Platz ausgesucht?»

Dalgliesh stand auf.

«Ich glaube nicht, dass sie sich selbst umgebracht hat. Das war Mord.»

Die Kalkgrube

I

Sie waren auf Bowlems Farm, bevor es richtig hell wurde. Mrs. Pridmore hatte in aller Frühe mit dem Backen angefangen. Auf dem Küchentisch standen schon zwei große irdene Schüsseln, über denen sich Leinentücher wölbten. Von dem gehenden Teig ging ein warmer, angenehmer Duft nach Hefe aus, der das ganze Haus durchdrang. Als Dalgliesh und Massingham ankamen, verstaute Dr. Greene, ein gedrungener Mann mit breiten Schultern und dem Gesicht einer gutmütigen Kröte, gerade sein Stethoskop in seinem geräumigen altmodischen Ärztekoffer. Es war noch keine zwölf Stunden her, dass Dalgliesh und er sich zuletzt begegnet waren, da er als Polizeiarzt als Erster zu Stella Mawsons Leiche geholt worden war. Er hatte sie kurz untersucht und dann verkündet:

«Ist sie tot? Antwort: Ja. Todesursache? Antwort: Erhängen. Todeszeit? Vor ungefähr einer Stunde. Jetzt sollten Sie besser den Fachmann rufen, und der wird Ihnen erklären, warum die erste Frage die Einzige ist, die er im Augenblick mit Gewissheit beantworten kann.»

Jetzt verschwendete er keine Zeit mit Höflichkeiten oder Fragen, sondern nickte ihnen nur kurz zu und sprach weiter mit Mrs. Pridmore.

«Dem Mädchen geht es blendend. Sie hatte einen schlimmen Schock, aber nichts, was nicht durch einen tiefen Nachtschlaf wieder in Ordnung gekommen wäre. Sie ist jung und gesund, und es braucht mehr als ein paar Leichen, um aus ihr ein Nervenbündel zu machen, wenn Sie das etwa befürchtet haben. Meine Familie hat ihre drei Generationen lang verarztet, und es war noch keiner darunter, der verrückt geworden ist.» Er nickte Dalgliesh zu. «Sie können jetzt nach oben gehen.»

Arthur Pridmore stand neben seiner Frau. Seine Hand lag fest auf ihrer Schulter. Niemand hatte ihn Dalgliesh vorgestellt, aber das war auch nicht nötig. Er sagte:

«Dem Schlimmsten hat sie noch nicht ins Auge gesehen, oder nicht? Dies ist nun die zweite Leiche. Wie, glauben Sie, wird das Leben im Dorf für sie aussehen, wenn diese Todesfälle nicht aufgeklärt werden?»

Dr. Greene war ungeduldig. Er ließ seine Tasche zuschnappen.

«Du meine Güte, Mann, kein Mensch wird Brenda verdächtigen! Sie hat ihr ganzes Leben hier verbracht. Ich habe ihr in die Welt verholfen.»

«Das ist aber noch lange kein Schutz gegen Verleumdungen. Ich sage nicht, dass man sie beschuldigen wird. Aber Sie kennen ja die Marschen. Die Leute hier können abergläubisch, unversöhnlich und nachtragend sein. Es gibt so etwas wie vom Unglück vergiftet sein.»

«Aber doch nicht bei Ihrer hübschen Brenda, bei ihr nicht. Sie wird höchstwahrscheinlich die Heldin des Dorfes sein. Schlagen Sie sich diesen krankhaften Unsinn aus dem Kopf, Arthur. Begleiten Sie mich zum Auto? Ich möchte gern mit Ihnen über diese letzte Entscheidung des Kirchenvorstands sprechen.» Sie gingen zusammen hinaus. Mrs. Pridmore sah Dalgliesh an. Er merkte, dass sie geweint hatte. Sie sagte:

«Und jetzt wollen Sie ihr Fragen stellen, sie zum Reden bringen und das alles wieder aufrühren.»

«Seien Sie ganz unbesorgt», sagte Dalgliesh freundlich, «es wird ihr gut tun, darüber zu reden.»

Sie machte keine Anstalten, ihn zu begleiten, und Dalgliesh war ihr für dieses Feingefühl dankbar. Er hätte kaum etwas dagegen sagen können, vor allem, weil die Zeit zu knapp gewesen war, eine Polizistin hinzuzuziehen, aber er hatte eine Ahnung, dass Brenda ohne ihre Mutter nicht nur entspannter, sondern auch mitteilsamer sein würde. Sie rief fröhlich «Herein!», als er anklopfte. Das kleine Schlafzimmer mit seiner niedrigen Balkendecke und den zugezogenen Vorhängen, die die morgendliche Dunkelheit draußen hielten, war voller Licht und Farbe. Sie saß aufrecht in ihrem Bett, frisch und strahlend, mit dem üppigen Haarkranz um ihre Schultern. Dalgliesh wunderte sich aufs Neue über die Spannkraft der Jugend. Massingham blieb unwillkürlich an der Tür stehen und dachte, sie gehöre eigentlich in die Uffizien; er sah ihre Füße über eine Wiese voller Frühlingsblumen schweben und die ganze sonnenbeschienene italienische Landschaft sich hinter ihr ins Grenzenlose ausdehnen.

Es war immer noch ganz das Zimmer eines Schulmädchens. Es gab zwei Regalbretter mit Schulbüchern, eines mit einer Sammlung von Puppen in Nationaltrachten und eine Korktafel, an die sie Ausschnitte aus Sonntagsbeilagen und Fotos ihrer Freundinnen geheftet hatte. Auf einem Korbstuhl neben ihrem Bett saß ein großer Teddybär. Dalgliesh nahm den Bär und setzte ihn neben sie aufs Bett, dann nahm er selbst Platz. Er sagte:

«Wie fühlen Sie sich? Besser?»

Sie rückte impulsiv näher zu ihm hin. Der Ärmel ihres cremefarbenen Morgenmantels fiel über den sommersprossigen Arm. Sie sagte:

«Ich bin so froh, dass Sie gekommen sind. Keiner will mit mir darüber reden. Keiner kann begreifen, dass ich irgendwann davon sprechen muss, und besser jetzt, solange es noch frisch in meiner Erinnerung ist. Sie haben mich gefunden, nicht wahr? Ich erinnere mich, wie Sie mich aufgehoben haben – fast wie Marianne Dashwood in *Vernunft und Gefühl* – und an den angenehmen Geruch Ihres Tweedjacketts. Aber danach weiß ich nichts mehr. Doch, ich erinnere mich allerdings noch daran, die Glocke geläutet zu haben.»

«Das war klug von Ihnen. Wir parkten in der Einfahrt zum Institut und hörten sie, andernfalls hätte es vielleicht Stunden gedauert, bis man die Leiche gefunden hätte.»

«Es war eigentlich nicht klug von mir, es war einfach Panik. Wahrscheinlich haben Sie schon gemerkt, was passiert ist. Ich hatte eine Reifenpanne mit dem Fahrrad und beschloss, durch den Laborneubau nach Hause zu laufen. Dann habe ich mich irgendwie verirrt und bekam es mit der Angst zu tun. Ich musste an Dr. Lorrimers Mörder denken, und dann stellte ich mir vor, dass er dort auf der Lauer läge. Ich bildete mir sogar ein, er hätte die Fahrradreifen vielleicht absichtlich durchlöchert. Jetzt kommt es mir albern vor, aber gestern war es anders.»

Dalgliesh sagte: «Wir haben das Fahrrad untersucht. Gestern Nachmittag fuhr ein Lastwagen mit Kies am Institut vorbei und verlor unterwegs etwas von seiner Ladung. Sie hatten in jedem Reifen einen scharfen Splitter. Aber Ihre Furcht war ganz natürlich. Können Sie sich erinnern, ob wirklich jemand in dem Gebäude war?»

«Eigentlich nicht. Ich sah niemanden, und ich glaube, die meisten Geräusche, die ich hörte, bildete ich mir nur ein. Was mich in Wirklichkeit erschreckt hat, war eine Eule. Dann fand ich irgendwie aus dem Gebäude heraus und rannte in panischer Angst quer über die Felder auf die Kapelle zu.»

«Hatten Sie den Eindruck, dass sich jemand in der Kapelle befand? Ein lebendiger Mensch?»

«Säulen, hinter denen man sich verstecken könnte, gibt es ja nicht. Es ist überhaupt eine eigenartige Kapelle. Kein richtiger heiliger Ort. Vielleicht ist nicht genug darin gebetet worden. Davor war ich erst einmal dort, als Dr. Howarth und drei Laborangestellte ein Konzert gaben, aber von daher weiß ich, wie es dort aussieht. Glauben Sie etwa, er hätte vielleicht zusammengekauert in einem der

Chorstühle gesessen und mich beobachtet? Schrecklich, sich das vorzustellen.»

«Allerdings. Aber jetzt, wo Sie in Sicherheit sind, ertragen Sie es, darüber nachzudenken?»

«Jetzt, wo Sie bei mir sind, kann ich es.» Sie machte eine Pause. «Ich glaube nicht, dass er da war. Ich habe niemanden gesehen, und ich glaube, auch nichts gehört. Aber ich war so durcheinander, dass ich wahrscheinlich überhaupt nichts gemerkt hätte. Alles, was ich sehen konnte, war dieses an der Wand aufgeknüpfte Bündel Kleider und das Gesicht, das kraftlos herunterhing.»

Er brauchte sie nicht auf die Wichtigkeit seiner nächsten Frage aufmerksam zu machen.

«Wissen Sie noch, wo Sie den Stuhl fanden, seine genaue Lage?»

«Er lag umgekippt rechts von der Leiche, als hätte sie ihn mit dem Fuß umgestoßen. Ich glaube, er war nach hinten gefallen, aber vielleicht lag er auch auf der Seite.»

«Aber Sie sind ganz sicher, dass er umgefallen war?»

«Ganz bestimmt. Ich weiß noch, dass ich ihn aufgestellt habe, damit ich mich draufstellen konnte, um an den Glockenstrang zu kommen.» Sie sah ihn mit strahlenden Augen an.

«Das hätte ich wohl nicht tun sollen? Jetzt können Sie wohl nicht mehr feststellen, ob irgendwelche Spuren oder Schmutz von meinen oder ihren Schuhen stammen. Nahm Inspektor Massingham deshalb gestern Abend meine Schuhe mit? Meine Mutter sagte es.»

«Ja, das war der Grund.»

Der Stuhl würde nach Abdrücken untersucht und danach zur gründlichen Überprüfung in das Londoner Labor geschickt werden. Aber wenn es sich hier um Mord handelte, dann war es ein vorsätzlicher Mord. Dalgliesh überlegte, ob der Mörder vielleicht dieses Mal einen Fehler gemacht hatte.

Brenda sagte: «Etwas ist mir allerdings aufgefallen. Ist es nicht eigenartig, dass das Licht an war?»

«Danach wollte ich Sie auch noch fragen. Sind Sie ganz sicher, dass die Kapelle erleuchtet war? Sie haben das Licht nicht selbst angemacht?»

«Nein, ganz bestimmt nicht. Ich sah das Licht durch die Bäume schimmern, fast wie die Stadt Gottes, wissen Sie. Es wäre vernünftiger gewesen, zur Straße zu laufen, als ich erst einmal aus dem Gebäude herausgefunden hatte. Aber plötzlich sah ich die Umrisse der Kapelle und das schwache Licht, das durch die Fenster schien, und ich lief fast instinktiv darauf zu.»

«Sicher haben Sie das instinktiv gemacht. Ihre Vorfahren haben das Gleiche getan. Nur hätten sie in St. Nikolai Zuflucht gesucht.»

«Seit ich aufgewacht bin, habe ich über das brennende Licht nachgedacht. Es sieht nach Selbstmord aus, nicht wahr? Ich glaube nicht, dass sich Menschen im Dunkeln umbringen. Ich würde es bestimmt nicht. Ich kann mir überhaupt nicht vorstellen, dass ich mich umbringen würde, es sei denn, ich wäre hoffnungslos krank und einsam und hätte furchtbare Schmerzen oder jemand würde mich foltern, um wichtige Informationen aus mir herauszuholen. Aber wenn ich es täte, würde ich das Licht nicht ausschalten. Ich würde das letzte Restchen Licht sehen wollen, bevor ich in die Dunkelheit gelangte, Sie nicht auch? Aber Mörder wollen das Auffinden der Leiche immer hinauszögern, nicht wahr? Warum hat er also das Licht nicht ausgeschaltet und die Tür abgeschlossen?»

Sie sprach ganz unbefangen. Krankheit, Einsamkeit und Schmerzen waren genauso weit weg und unwirklich wie Folter. Dalgliesh sagte:

«Vielleicht weil er wollte, dass es nach Selbstmord aussähe. War Ihr erster Gedanke, als Sie die Leiche fanden, dass sie sich das Leben genommen hatte?»

«In dem Augenblick nicht. Ich hatte zu viel Angst, um überhaupt etwas zu denken. Aber seit ich wach bin und mir alles durch den Kopf gehen ließ – ja, ich glaube schon, ich halte es für Selbstmord.»

«Aber Sie sind sich nicht sicher, warum Sie das glauben?»

«Vielleicht, weil Erhängen eine so ungewöhnliche Art des Mordes ist. Aber Selbstmörder erhängen sich doch oft, nicht wahr? Zum Beispiel Mr. Bowlems früherer Schweinehirt – in der Zehntscheune. Und die alte Annie Makepeace. Mir ist aufgefallen, dass die Menschen in den Marschen sich gewöhnlich erschießen oder erhängen. Wissen Sie, ein Gewehr oder einen Strick gibt es auf jedem Bauernhof.»

Sie redete frisch und ohne Angst drauflos. Sie hatte ihr ganzes Leben auf einem Bauernhof verbracht. Da gab es immer Geburt und Tod, Geburt und Tod von Tieren und Menschen. Und die langen dunklen Nächte der Winter im Marschland brachten gewiss ihre eigenen Keime des Wahnsinns und der Verzweiflung hervor. Aber nicht für sie. Er sagte:

«Sie erschrecken mich. Das klingt ja wie ein Massensterben.»

«Nein, es kommt nicht oft vor, aber wenn, dann vergisst man es nicht. Ich verbinde jedenfalls Erhängen mit Selbstmord. Glauben Sie, dass ich damit Unrecht habe?»

«Das halte ich für möglich. Aber wir werden es herausbekommen. Sie haben uns sehr geholfen.»

Er unterhielt sich noch fünf weitere Minuten mit ihr, aber sie konnte dem nichts mehr hinzufügen. Sie hatte Inspektor Blakelock nicht in das Büro von Chefinspektor Martin begleitet, als er die Nachtalarmanlage einschaltete, und konnte deshalb nicht sagen, ob der Schlüssel zur Kapelle an seinem Haken gewesen war oder nicht. Sie hatte Stella Mawson nur ein einziges Mal vorher gesehen, als sie bei dem Konzert in der Kapelle in derselben Reihe wie Angela Foley, Stella Mawson, Mrs. Schofield und Dr. Kerrison mit seinen Kindern gesessen hatte.

Als Dalgliesh und Massingham gehen wollten, sagte sie: «Ich glaube nicht, dass Mama und Papa mich wieder ins Hoggatt gehen lassen. Ja, ich bin sicher, dass sie mich nicht mehr hinlassen. Sie wollen, dass ich Gerald Bowlem heirate. Ich meine, ich würde Gerald gern heiraten, wenigstens habe ich nie daran gedacht, ich könnte einmal einen andern heiraten, aber doch noch nicht so bald. Es wäre schön, eine wissenschaftliche Ausbildung zu erhalten und sich erst einmal im Beruf richtig zu bewähren. Aber Mutter wird keine ruhige Minute mehr haben, wenn ich im Labor bleibe. Sie liebt mich, und ich bin ihr Ein und Alles. Man kann einen Menschen, der einen liebt, nicht verletzen.»

Dalgliesh begriff den Hilferuf. Er ging zurück und setzte sich wieder auf den Stuhl. Massingham war verblüfft und tat so, als sähe er aus dem Fenster. Er fragte sich, was sie wohl beim Yard dächten, wenn sie sehen könnten, dass der alte Herr sich während einer Morduntersuchung die Zeit nahm, moralische Ratschläge über die zwei Seiten der Frauenemanzipation zu geben. Aber in Wirklichkeit wäre es ihm am liebsten gewesen, wenn sie ihn gefragt hätte. Seit sie in das Zimmer gekommen waren, hatte sie nur Dalgliesh angesehen. Jetzt hörte er ihn sagen:

«Ich könnte mir vorstellen, dass ein wissenschaftlicher Beruf nicht so einfach mit dem Leben als Bauersfrau in Einklang zu bringen ist.»

«Ich glaube, es wäre Gerald gegenüber ungerecht.»

«Ich habe immer geglaubt, wir könnten vom Leben fast alles bekommen, was wir wollten, wenn wir es nur richtig anstellten. Aber jetzt fange ich an zu denken, dass wir, öfter als wir wollen, eine Wahl treffen müssen. Das Wichtigste dabei ist, dafür zu sorgen, dass es unsere eigene Wahl ist, nicht die eines anderen, und dass wir sie ehrlich treffen.

Aber in einer Sache bin ich mir sicher. Es ist nicht gut, eine Entscheidung zu fällen, wenn man sich nicht ganz wohl fühlt. Warum lassen Sie nicht noch ein bisschen Zeit vergehen, bis wir den Mord an Dr. Lorrimer aufgeklärt haben? Ihre Mutter denkt dann vielleicht auch wieder anders darüber.»

Sie sagte: «Das ist es vermutlich, was ein Mord bewirkt. Er verändert das Leben der Menschen und verdirbt es.»

«Sicher verändert er es. Aber er muss es nicht zwangsläufig verderben. Sie sind jung und intelligent und tapfer, Sie werden sich Ihr Leben nicht verderben lassen.»

Unten, in der Küche des Bauernhauses, legte Mrs. Pridmore gebratene Speckscheiben zwischen dicke, knusprige Brotscheiben. Sie sagte barsch:

«Sie sehen beide aus, als könnten Sie ein kräftiges Frühstück vertragen. Sie sind sicher die ganze Nacht auf den Beinen gewesen. Es wird Ihnen nicht schaden, wenn Sie sich hinsetzen und sich die paar Minuten Zeit nehmen, das hier zu essen. Und ich habe frischen Tee aufgegossen.»

Das Abendessen am vorigen Tag hatte aus ein paar belegten Broten bestanden, die ein Konstabler aus dem *Moonraker* geholt hatte und die sie in der Vorhalle der Kapelle gegessen hatten. Erst als Massingham den Speck roch, merkte er, wie ausgehungert er war. Er biss dankbar in das noch warme Brot und den salzigen, selbst geräucherten Speck und spülte es mit starkem, heißem Tee hinunter. Er fühlte sich verwöhnt in der Wärme und Gemütlichkeit der Küche, in diesem behaglichen, schoßähnlichen Schutz vor den dunklen Marschen. Dann läutete das Telefon, und Mrs. Pridmore nahm das Gespräch an. Sie sagte:

«Das war Dr. Greene. Er rief aus der Sprogg-Kate an und lässt Ihnen sagen, Angela Foley ginge es gut genug, um jetzt mit Ihnen zu sprechen.»

2

Angela Foley kam langsam ins Zimmer. Sie war angekleidet und vollkommen ruhig, aber beide Männer waren von der Veränderung, die an ihr vorgegangen war, schockiert. Sie bewegte sich steif, und ihr Gesicht wirkte gealtert und gezeichnet, als habe sie die ganze Nacht unter Anfällen von physischem Schmerz gelitten. Ihre kleinen Augen waren glanzlos und hinter hervorspringenden Knochen eingesunken, ihre Wangen ungesund fleckig, der zarte Mund war geschwollen, und an der Oberlippe hatte sie einen beginnenden Herpes. Nur ihre Stimme war unverändert, die kindliche, ausdruckslose Stimme, mit der sie ihre ersten Fragen beantwortet hatte.

Die Bezirksschwester, die die Nacht in der Sprogg-Kate verbracht hatte, hatte Feuer gemacht. Angela betrachtete die knisternden Holzscheite und sagte:

«Stella machte nie vor dem späten Nachmittag Feuer. Ich bereitete es meistens morgens vor, bevor ich ins Institut ging, und sie hielt eine halbe Stunde, bevor ich nach Hause kam, ein Streichholz daran.»

Dalgliesh sagte: «Wir fanden Miss Mawsons Hausschlüssel bei ihr. Wir mussten leider ihren Schreibtisch aufschließen, um ihre Papiere durchzusehen. Sie schliefen noch, deshalb konnten wir Sie nicht fragen.»

Sie sagte undeutlich: «Das hätte ja wohl auch keinen Unterschied gemacht. Sie hätten ohnehin nachgesehen. Das mussten Sie ja.»

«Wussten Sie, dass Ihre Freundin eine Art Ehe mit Edwin Lorrimer hinter sich hatte? Es gab keine Scheidung; die Ehe wurde nach zwei Jahren annulliert, da sie nicht vollzogen worden war. Hat sie Ihnen davon erzählt?»

Sie wandte sich um und sah ihn an, aber es war unmöglich, den Ausdruck in diesen kleinen, tief liegenden Augen einzuschätzen. Falls eine Gefühlsregung in ihrer Stimme lag, klang es eher belustigt als überrascht.

«Verheiratet? Sie und Edwin? Deshalb also wusste sie ...» Sie unterbrach sich. «Nein, davon sagte sie nichts. Als ich hierher kam, um hier zu leben, war es für uns beide ein neuer Anfang. Ich sprach nicht gern über die Vergangenheit und sie wohl auch nicht. Sie erzählte mir manchmal von ihrer Zeit an der Universität, von ihrer Arbeit, von seltsamen Menschen, die sie kennen gelernt hatte. Aber davon erzählte sie nichts.»

Dalgliesh fragte vorsichtig: «Fühlen Sie sich in der Lage, mir zu berichten, was sich gestern Abend abspielte?»

«Sie sagte, sie wolle spazieren gehen. Das tat sie oft, aber meistens erst nach dem Abendessen. Dabei dachte sie über ihre Bücher nach und entwarf die Handlung und die Dialoge, während sie allein durch die Dunkelheit marschierte.»

«Um wie viel Uhr ging sie weg?»

«Kurz vor sieben.»

«Hatte sie den Schlüssel für die Kapelle bei sich?»

«Sie fragte mich gestern nach dem Mittagessen danach, als ich gerade ins Institut zurückfahren wollte. Sie sagte, sie wolle in einem Buch eine Familienkapelle aus dem 17. Jahrhundert beschreiben, aber ich wusste nicht, dass sie sie schon so bald besichtigen wollte. Als sie um halb elf noch nicht zu Hause war, machte ich mir Sorgen und ging los, um sie zu suchen. Ich lief fast eine Stunde, bevor ich daran dachte, einen Blick in die Kapelle zu werfen.»

Dann sprach sie Dalgliesh direkt an, geduldig, als erkläre sie einem widerspenstigen Kind etwas.

«Sie tat es für mich. Sie brachte sich um, damit ich das Geld aus ihrer Lebensversicherung bekäme. Sie sagte mir, ich sei ihre einzige Erbin. Der Besitzer, wissen Sie, will dieses Haus möglichst schnell verkaufen; er braucht Bargeld. Wir wollten es kaufen, aber wir hatten nicht genug Geld für die Anzahlung. Kurz bevor sie ging, fragte sie mich, wie es wäre, von der Fürsorge zu leben, was es bedeute, kein richtiges Zuhause zu haben. Als Edwin ermordet wurde, dachten wir, es würde vielleicht etwas für mich in seinem Testament abfallen. Aber es war nichts damit. Darum fragte sie mich nach dem Schlüssel. Es stimmte nicht, dass sie eine Beschreibung der Kapelle in ihrem Buch unterbringen wollte, wenigstens nicht in diesem Buch. Es wird in London gedruckt und ist halb fertig. Ich weiß es. Ich habe es in die Maschine geschrieben. Es kam mir auch seltsam vor, als sie nach dem Schlüssel fragte, aber ich habe gelernt, Stella keine Fragen zu stellen.

Aber jetzt verstehe ich. Sie wollte mir hier, wo wir glücklich gewesen waren, ein sicheres Leben verschaffen, sicher für immer. Sie wusste, was sie tun würde. Als ich ihr den Nacken massierte, um ihre Kopfschmerzen zu lindern, wusste sie, dass ich sie zum letzten Mal berührte.»

Dalgliesh fragte: «Würde ein Schriftsteller, ein Schriftsteller, der in gesunder geistiger Verfassung ist, jemals den Entschluss fassen, sich das Leben zu nehmen, bevor sein Buch fertig ist?»

Sie sagte teilnahmslos: «Ich weiß nicht. Ich verstehe nichts von den Gefühlen eines Schriftstellers.»

Dalgliesh sagte: «Aber ich verstehe etwas davon. Und ich sage, sie hätte es nicht getan.»

Sie erwiderte nichts. Er fuhr freundlich fort:

«War sie glücklich hier mit Ihnen?»

Sie sah ihn eifrig an, und zum ersten Mal wurde ihre Stimme lebhaft, als wolle sie ihn zwingen, sie zu verstehen.

«Sie sagte, sie sei in ihrem ganzen Leben noch nicht so glücklich gewesen. Sie sagte, das sei Liebe, zu wissen, dass man einen anderen Menschen glücklich machen könne und umgekehrt von ihm glücklich gemacht werde.»

«Und warum sollte sie sich dann das Leben nehmen? Meinen Sie denn, sie hätte wirklich geglaubt, Sie möchten lieber ihr Geld als sie selbst haben? Warum hätte sie auf solche Gedanken kommen sollen?»

«Stella hat sich immer unterschätzt. Sie mag gedacht haben, ich würde sie mit der Zeit vergessen, aber das Geld und die Sicherheit würden mir immer bleiben. Sie meinte vielleicht sogar, es sei schlecht für mich, mit ihr zusammenzuleben – das Geld würde mir einen Freiraum verschaffen. Sie äußerte einmal etwas in dieser Richtung.»

Dalgliesh betrachtete die schmale, aufrechte Gestalt, die ihm gegenüber, ihre Hände im Schoß gefaltet, in dem hohen Ohrensessel saß. Dann sah er ihr fest ins Gesicht und sagte ruhig:

«Aber es wird kein Geld geben. Die Lebensversicherungspolice hatte eine Selbstmordklausel. Wenn Miss Mawson sich selbst getötet hat, bekommen Sie nichts.»

Das hatte sie nicht gewusst. Dessen konnte er sich wenigstens sicher sein. Die Neuigkeit überraschte sie, aber sie schockierte sie nicht. Das war keine Mörderin, die sich um ihre Beute gebracht sieht.

Sie lächelte und sagte leise: «Das ist nicht wichtig.»

«Für diese Untersuchung ist es wichtig. Ich habe einen Roman von Ihrer Freundin gelesen. Miss Mawson war eine hoch intelligente Schriftstellerin, das heißt, sie war eine intelligente Frau. Ihr Herz war schwach, und ihre Versicherungsprämien waren nicht niedrig. Es kann nicht einfach gewesen sein, sie regelmäßig zu bezahlen. Glauben Sie tatsächlich, dass sie die Bedingungen des Vertrags nicht kannte?»

«Was wollen Sie damit sagen?»

«Miss Mawson wusste oder glaubte zu wissen, wer Dr. Lorrimer ermordete, nicht wahr?»

«Ja. Das sagte sie. Aber sie erzählte mir nicht, wer es war.»

«Auch nicht, ob es ein Mann oder eine Frau war?»

Sie dachte nach.

«Nein, nicht einmal das. Nur, dass sie es wusste. Ich weiß nicht genau, ob sie es so sagte, wenigstens nicht in so vielen Worten. Aber als ich sie fragte, leugnete sie es nicht.»

Sie machte eine Pause und fuhr dann lebhafter fort: «Sie glauben, sie sei dorthin gegangen, um den Mörder zu treffen, nicht wahr? Und habe versucht, ihn zu erpressen? Nein, das hätte Stella niemals getan. Nur ein Narr würde so der Gefahr in die Arme laufen, und das war sie nicht. Das haben Sie selbst gesagt. Sie wäre nicht allein einem Mörder gegenübergetreten, nicht für alles Geld. Keine vernünftige Frau würde das tun.»

«Auch nicht, wenn der Mörder eine Frau war?»

«Nicht allein und nicht bei Nacht. Stella war so klein und zierlich, und sie hatte ein schwaches Herz. Wenn ich meine Arme um sie legte, war es, als hielte ich einen Vogel.» Sie sah ins Feuer und sagte fast verwundert:

«Ich werde sie nie wieder sehen. Nie. Sie saß auf diesem Sessel und zog ihre Stiefel an, gerade so wie immer. Ich bot ihr nie an, sie abends zu begleiten. Ich wusste, dass sie das Alleinsein brauchte. Es war alles so wie immer, bis sie zur Tür ging. Da bekam ich es mit der Angst zu tun und bat sie, nicht wegzugehen. Und ich werde sie nie wieder sehen. Sie wird nie wieder sprechen, zu mir nicht und zu keinem anderen. Sie wird nie mehr ein Wort schreiben. Ich glaube es noch nicht. Ich weiß, es muss wahr sein, sonst wären Sie nicht hier, aber ich glaube es immer noch nicht. Wie werde ich es ertragen, wenn ich soweit bin?»

Dalgliesh sagte: «Miss Foley, wir müssen erfahren, ob sie in der Nacht, als Dr. Lorrimer ermordet wurde, aus war.»

Sie sah zu ihm auf.

«Ich weiß, was Sie von mir hören wollen. Wenn ich sage, sie war aus, ist der Fall für Sie erledigt, nicht wahr? Dann paßt alles hübsch zusammen: Mittel, Motiv, Gelegenheit. Er war ihr früherer Mann, und sie hasste ihn wegen des

Testaments. Sie suchte ihn auf, versuchte ihn zu überreden, uns mit etwas Geld auszuhelfen. Als er sich weigerte, ergriff sie die erstbeste Waffe und schlug ihn nieder.»

Dalgliesh sagte: «Er hätte sie vielleicht in das Institut hineingelassen, obwohl auch das unwahrscheinlich ist. Aber wie ist sie hinausgekommen?»

«Sie werden sagen, ich hätte die Schlüssel aus Dr. Howarths Safe genommen und Stella geliehen. Dann hätte ich sie am nächsten Morgen wieder an ihren Platz gelegt.»

«Haben Sie das getan?»

Sie schüttelte den Kopf.

«Das hätten Sie nur tun können, wenn Inspektor Blakelock mit Ihnen unter einer Decke steckte. Und was für einen Grund könnte er haben, Dr. Lorrimer den Tod zu wünschen? Als sein einziges Kind überfahren wurde und der Schuldige Fahrerflucht beging, trug die Aussage des Gutachters dazu bei, dass der Fahrer freigesprochen wurde. Aber das liegt zehn Jahre zurück, und der Gutachter war nicht Dr. Lorrimer. Als Miss Pridmore mir von diesem Kind erzählte, gingen wir der Sache nach. Das Gutachten hatte mit Lackpartikeln zu tun, und das ist die Aufgabe eines Chemikers, nicht eines Biologen. Wollen Sie mir erzählen, dass Inspektor Blakelock log, als er sagte, die Schlüssel wären im Safe gewesen?»

«Er log nicht. Die Schlüssel waren da.»

«Dann steht ein Fall, den wir möglicherweise gegen Miss Mawson aufbauen könnten, auf schwachen Füßen, nicht wahr? Könnte tatsächlich jemand auf die Idee kommen, sie sei aus dem Fenster im dritten Stock geklettert? Sie müssen uns glauben, dass wir hier sind, um die Wahrheit zu finden, und nicht, um uns eine einfache Lösung auszudenken.»

Aber sie hatte Recht, dachte Massingham. Hätte Angela Foley erst einmal zugegeben, dass ihre Freundin nicht den ganzen Abend in der Sprogg-Kate verbracht hatte, wäre es schwer, einen anderen mit dem Verbrechen in Verbindung zu bringen. Die Lösung, die sie vorgeschlagen hatte, bot sich fast von selbst an, und die Verteidigung würde das weidlich ausnutzen, ganz gleich, wem wegen des Mordes an Dr. Lorrimer der Prozess gemacht würde. Er beobachtete das Gesicht seines Chefs. Dalgliesh sagte:

«Ich bin wie Sie der Ansicht, dass keine vernünftige Frau nachts allein ausgehen würde, um einen Mörder zu treffen. Deshalb glaube ich auch nicht, dass sie es tat. Sie glaubte zu wissen, wer Edwin Lorrimer umgebracht hatte, und wenn sie letzte Nacht eine Verabredung hatte, dann sicher nicht mit ihm. Miss Foley, bitte sehen Sie mich an. Sie müssen mir vertrauen. Ich weiß nicht, ob Ihre Freundin sich selbst umbrachte oder ermordet wurde. Aber wenn ich die Wahrheit aufdecken soll, muss ich wissen, ob sie in der Nacht, als Dr. Lorrimer starb, das Haus verließ.»

Sie sagte tonlos: «Wir waren den ganzen Abend zusammen. Wir sagten es bereits.»

Dann trat eine Stille ein. Sie schien Massingham Minuten zu dauern. Plötzlich flackerte das Holzfeuer auf, und es knackte wie ein Pistolenschuss. Ein Scheit rollte auf den Kaminvorleger. Dalgliesh kniete nieder und legte es mit der Zange wieder in das Feuer. Die Stille hielt an. Schließlich sagte sie:

«Bitte sagen Sie mir zuerst die Wahrheit. Glauben Sie, dass Stella ermordet wurde?»

«Ich habe keine Gewissheit. Ich werde es vielleicht nie beweisen können. Aber doch – ich glaube es.»

Sie sagte: «Stella ging in jener Nacht wirklich aus. Sie war von halb neun bis ungefähr halb zehn weg. Sie sagte mir nicht, wo sie gewesen war, und sie war ganz wie immer, ganz gefasst, als sie nach Hause kam. Sie erzählte nichts, aber sie war tatsächlich weg.»

Sie sagte schließlich: «Ich möchte gern allein gelassen werden, bitte.»

«Ich meine, Sie sollten jemanden bei sich haben.»

«Ich bin kein Kind. Ich möchte weder Mrs. Swaffield noch die Bezirksschwester, noch sonst einen Wohltäter aus dem Dorf bei mir haben. Und ich brauche auch keine Polizistin. Ich habe kein Verbrechen begangen, also haben Sie kein Recht, sich mir aufzudrängen. Ich habe Ihnen alles gesagt, was ich weiß. Sie haben Stellas Schreibtisch abgeschlossen, es kann also niemand an ihre Sachen. Ich werde keine Dummheiten machen – so drücken sich doch die Leute aus, wenn sie taktvoll erkunden wollen, ob man vorhat, sich umzubringen. Ich habe es nicht vor. Ich fühle mich jetzt ganz gut. Ich möchte nur einfach allein gelassen werden.»

Dalgliesh sagte: «Ich fürchte, wir werden uns später noch einmal aufdrängen müssen.»

«Später ist besser als jetzt.»

Es sollte nicht beleidigend klingen. Es war einfach die Feststellung einer Tatsache. Sie erhob sich steif und ging auf die Tür zu. Sie hielt den Kopf starr erhoben, als könne sie nur durch körperliche Disziplin das empfindliche Gleichgewicht der Gedanken bewahren. Dalgliesh und Massingham tauschten Blicke. Sie hatte Recht. Sie konnten ihr weder Trost noch Gesellschaft aufzwingen, wenn keines von beiden erwünscht war. Sie hatten keine rechtliche Handhabe, hier zu bleiben oder sie zu nötigen, mit ihnen zu kommen. Und sie hatten noch einiges zu erledigen.

Sie ging hinüber ans Fenster und sah durch die Vorhänge das Auto um die Ecke biegen und sich auf das Dorf zu entfernen. Dann lief sie in die Diele und zerrte das Telefonbuch aus seinem Fach. Sie blätterte ein paar Sekunden fieberhaft darin, dann hatte sie die gesuchte Nummer gefunden. Sie wählte, wartete und sprach. Sie legte auf und ging ins Wohnzimmer zurück. Langsam und feierlich nahm sie das französische Schwert von der Wand, stand ganz still und ließ die Waffe mit ausgestreckten Armen auf ihren Handflächen ruhen. Nach einer Weile schloss sie ihre linke Hand um die Scheide und zog mit der rechten langsam und bedächtig die Klinge heraus. Dann stellte sie sich mit dem blanken Schwert in der Hand an die Wohnzimmertür und maß den Raum mit den Augen, betrachtete die Anordnung der Möbelstücke und Kunstgegenstände, aufmerksam wie eine Fremde, berechnete ihre Aussichten bei der kommenden Prüfung.

Nach ein paar Minuten ging sie in das Arbeitszimmer, blieb wieder still stehen und sah sich prüfend um. Neben dem Kamin stand ein hoher viktorianischer Lehnsessel. Sie zog ihn an die Tür und versteckte das blanke Schwert dahinter, sodass die Spitze auf dem Boden stand; dann schob sie die Scheide darunter. Befriedigt, dass beides nicht zu sehen war, kehrte sie ins Wohnzimmer zurück. Sie setzte sich auf den Stuhl am Kamin und wartete, ohne sich zu rühren, auf das Geräusch des sich nähernden Autos.

3

Gleich bei ihrer Ankunft im Institut kurz vor neun wurde Claire Easterbrook von Inspektor Blakelock gebeten, sofort Oberkriminalrat Dalgliesh aufzusuchen. Falls sie überrascht war, ließ sie sich nichts anmerken. Sie schlüpfte erst in ihren weißen Kittel, tat sonst aber nicht mehr, als unbedingt nötig war, um ihre Unabhängigkeit zu unterstreichen. Als sie in das Büro des Direktors kam, sah sie die beiden Detektive, den dunklen Kopf und den roten, am Fenster stehen. Sie unterhielten sich leise, fast als sei, dachte sie, ihre Anwesenheit nichts Besonderes, ihre Beschäftigung ganz alltäglich. Auf Dr. Howarths Schreibtisch lag ein ihr unbekannter Ordner; ein Plan des Instituts und ein Messtischblatt des Dorfes waren auf dem Konferenztisch ausgebreitet. Sonst schien sich nichts im

Zimmer verändert zu haben. Dalgliesh ging zum Schreibtisch und sagte:

«Guten Morgen, Miss Easterbrook. Sie haben gehört, was letzte Nacht geschehen ist?»

«Nein. Sollte ich das? Ich war nach dem Abendessen im Theater, sodass mich niemand erreichen konnte, und habe mit niemandem außer Inspektor Blakelock gesprochen. Er hat mir nichts erzählt.»

«Stella Mawson, Miss Foleys Freundin, wurde erhängt in der Kapelle gefunden.»

Sie runzelte die Stirn, als sei die Nachricht eine persönliche Beleidigung. Ihre Stimme drückte nicht mehr als höfliches Interesse aus:

«Ach so. Ich kenne sie, glaube ich, nicht. Oder doch, ich erinnere mich. Sie war bei dem Konzert in der Kapelle – grauhaarig mit auffallenden Augen. Was war los? Hat sie sich das Leben genommen?»

«Das ist eine der beiden Möglichkeiten. Ein Unfall kann es wohl kaum gewesen sein.»

«Wer hat sie gefunden?»

«Miss Pridmore.»

Sie sagte überraschend liebenswürdig: «Das arme Kind.»

Dalgliesh klappte den Ordner auf, zog zwei durchsichtige Hüllen heraus und sagte:

«Ich möchte Sie bitten, einen Blick auf diese vier Haare zu werfen. Es ist mir äußerst wichtig, und die Zeit reicht nicht, um sie in das Londoner Labor zu schicken. Ich möchte gern wissen, falls es möglich ist, ob die dunklen Haare von demselben Kopf stammen.»

«Ob nicht, wäre einfacher zu sagen. Ich kann sie gern unter das Mikroskop legen, aber ich weiß nicht, ob ich Ihnen helfen kann. Die Identifizierung von Haaren ist immer problematisch, und mit nur dreien werde ich nicht viel anfangen können. Neben der mikroskopischen Untersuchung wenden wir gewöhnlich die Massenspektrometrie an, um zu versuchen, Unterschiede bei den Spurenelementen festzustellen, aber auch das ist mit drei Haaren nicht möglich. Wenn mir diese Aufgabe gestellt würde, müsste ich sagen, ich könnte dazu keine Meinung äußern.»

Dalgliesh sagte: «Ich wäre dennoch dankbar, wenn Sie sie ansehen würden. Es ist nur so eine Ahnung von mir, aber ich möchte wissen, ob die Sache es wert ist, dass ich ihr nachgehe.»

Massingham sagte: «Ich würde Ihnen gern zusehen, wenn Sie nichts dagegen haben.»

Sie starrte ihn an.

«Hätte es etwas zu sagen, wenn ich etwas dagegen hätte?»

Zehn Minuten später hob sie den Kopf von dem Vergleichsmikroskop und sagte:

«Da wir von Ahnungen sprechen – meine, wenn sie etwas wert ist, sagt mir, dass sie von verschiedenen Köpfen kommen. Kutikula, Rinde und Mark weisen auffallende Unterschiede auf. Aber ich glaube, es sind Männerhaare. Sehen Sie selbst.»

Massingham beugte seinen Kopf über das Okular. Was er sah, schien ihm das Stück eines gemusterten und gemaserten Baumstamms zu sein. Und daneben lagen zwei andere Stämme mit rissiger Rinde. Aber er konnte erkennen, dass es verschiedene Stämme waren, dass sie zu verschiedenen Bäumen gehörten. Er sagte:

«Danke. Ich werde Mr. Dalgliesh Bescheid geben.»

4

Es gab nichts, was er zwischen sich und dieses rasierklingenscharfe Schwert bringen konnte. Ihm kam der abwegige Gedanke, dass eine Kugel schlimmer gewesen wäre;

aber dann fragte er sich, ob das richtig war. Der Gebrauch eines Gewehres erforderte zumindest ein wenig Geschicklichkeit, man musste wenigstens flüchtig zielen. Eine Kugel konnte überallhin gehen, und wenn ihr erster Schuss ihn verfehlt hätte, hätte er wenigstens verhindern können, dass sie eine zweite Möglichkeit bekäme. Aber sie hatte fast einen Meter kalten Stahl in der Hand, und auf diesem eingeengten Raum brauchte sie nur einen einzigen Stoß oder Hieb zu führen, und er wäre bis auf die Knochen getroffen. Jetzt war ihm klar, warum sie ihn ins Arbeitszimmer gebeten hatte. Es gab hier nicht genug Platz, sich zu bewegen, und keinen Gegenstand in seinem Blickfeld, den er hätte erreichen und auf sie schleudern können. Und er wusste, dass er sich nicht umsehen durfte, sondern seine Augen fest und furchtlos auf ihr Gesicht richten musste. Er versuchte, ruhig und vernünftig zu sprechen. Ein nervöses Lächeln, eine einzige Andeutung von Feindseligkeit oder Herausforderung, und es könnte zum Verhandeln zu spät sein. Er sagte:

«Sehen Sie, meinen Sie nicht, wir sollten erst einmal miteinander reden? Sie haben den falschen Mann, glauben Sie mir.»

Sie sagte: «Lesen Sie diesen Zettel. Den auf dem Schreibtisch hinter Ihnen. Lesen Sie ihn vor.»

Er wagte nicht, seinen Kopf zu wenden, sondern langte hinter sich und tastete danach. Seine Hand fand ein einzelnes Stück Papier. Er las:

«Sie sollten sich um die Haschisch-Beweisstücke kümmern, wenn Detektiv-Inspektor Doyle in der Nähe ist. Was glauben Sie wohl, wie er sich sein Haus hat leisten können?»

«Was sagen Sie nun?»

«Woher haben Sie das?»

«Von Edwin Lorrimers Schreibtisch. Stella fand es und gab es mir. Sie töteten sie, weil sie es wusste, weil sie versuchte, Sie damit zu erpressen. Sie vereinbarte ein Treffen mit Ihnen, letzte Nacht in der Wren-Kapelle, und Sie erwürgten sie.»

Er hätte über die Ironie, die darin lag, lachen mögen, aber er wusste, dass Lachen tödlich wäre. Doch sie hatten wenigstens ein Gespräch begonnen. Je länger sie wartete, desto größer wurde seine Chance.

«Wollen Sie etwa sagen, Ihre Freundin glaubte, ich hätte Edwin Lorrimer ermordet?»

«Sie wusste, dass Sie es nicht waren. Sie ging in der Nacht, als er starb, spazieren, und ich glaube, sie sah jemanden, den sie kannte, das Institut verlassen. Sie wusste, dass Sie es nicht waren. Sie hätte es nicht riskiert, Sie allein zu treffen, wenn sie Sie für einen Mörder gehalten hätte. Mr. Dalgliesh machte mir das klar. Sie fühlte sich sicher, als sie in die Kapelle ging, und glaubte, sie könnte mit Ihnen zu einer Einigung kommen. Aber Sie ermordeten sie. Deshalb werde ich Sie töten. Stella hasste den Gedanken, Menschen in Gefängnisse einzusperren. Aber mir ist der Gedanke unerträglich, dass ihr Mörder jemals wieder frei herumläuft. Zehn Jahre gegen Stellas Leben. Warum sollten Sie leben, wenn sie tot ist?»

Er hatte nicht die geringsten Zweifel, dass sie meinte, was sie sagte. Er hatte schon öfter mit Menschen zu tun gehabt, die durch übergroßen Schmerz in den Wahnsinn getrieben worden waren, hatte schon öfter diesen feierlich fanatischen Blick gesehen. Er stand sehr still, hielt sich sprungbereit, ließ die Arme locker hängen, beobachtete ihre Augen, wartete auf das erste instinktive Anspannen der Muskeln vor dem Zuschlagen. Er versuchte, leise und ruhig zu sprechen, aber ohne jede Spur von Spott.

«Das ist ein vernünftiger Gesichtspunkt. Glauben Sie nicht, dass ich dagegen bin. Ich habe nie verstanden, warum die Leute so zimperlich sind und einen überführten Mörder nicht sofort hinrichten, sondern ihn stattdessen über zwanzig Jahre hin töten. Aber wenigstens ist er vorher überführt worden. Da gibt es eben diese Kleinigkeit einer Gerichtsverhandlung. Keine Hinrichtung ohne Prozess. Und glauben Sie mir, Miss Foley, Sie haben den falschen Mann. Ich habe Lorrimer nicht getötet, und zum Glück kann ich es auch beweisen.»

«Edwin Lorrimer ist mir völlig egal. Mir geht es nur um Stella. Und Sie haben sie umgebracht.»

«Ich wusste nicht einmal, dass sie tot ist. Aber wenn sie gestern irgendwann zwischen halb vier und halb acht ermordet wurde, dann bin ich aus der Sache draußen. Ich habe das bestmögliche Alibi. Ich war in der Polizeistation Guy's Marsh und wurde fast die ganze Zeit vom Yard verhört. Und als Dalgliesh und Massingham gegangen waren, war ich noch zwei weitere Stunden dort. Rufen Sie dort an. Fragen Sie, wen Sie wollen. Hören Sie, Sie können mich in einen Schrank einsperren – irgendwo, wo ich Ihnen nicht entkommen kann –, während Sie in Guy's Marsh anrufen. Sie wollen doch um Gottes willen keinen Fehler machen! Sie kennen mich. Wollen Sie mich auf diese schmutzige, schreckliche Art töten, während der echte Mörder entkommt? Eine inoffizielle Hinrichtung ist eine Sache, Mord eine andere.»

Er glaubte zu sehen, dass ihre Hand, die das Schwert hielt, etwas von ihrer Spannung verlor. Aber in dem strengen weißen Gesicht regte sich nichts. Sie sagte:

«Und diese Notiz?»

«Ich weiß, wer den Zettel geschickt hat – meine Frau. Sie möchte, dass ich bei der Polizei aufhöre, und sie weiß, dass es nur einer kleinen offiziellen Belästigung bedarf, um mich dazu zu bringen, meinen Beruf aufzugeben. Ich hatte schon einmal vor zwei Jahren Ärger mit meiner Dienststelle. Ich wurde in einem Disziplinarverfahren entlastet, aber ich war damals drauf und dran, den Dienst zu quittieren. Erkennen Sie nicht die Gehässigkeit einer Frau, wenn Sie das sehen?

Dieser Zettel beweist nichts, als dass sie mir schaden will, damit ich aus dem Polizeidienst entlassen werde.»

«Aber Sie haben Haschisch gestohlen und durch wirkungslose Substanzen ersetzt?»

«Ach, das ist eine ganz andere Frage. Aber deswegen wollen Sie mich nicht töten. Sie werden es nämlich nicht beweisen können. Der letzte Schub von Haschisch-Beweisstücken, mit dem ich zu tun hatte, sollte laut gerichtlicher Vollmacht vernichtet werden. Ich half mit, das Zeug zu verbrennen. Glücklicherweise noch rechtzeitig, denn kurz danach ging der Verbrennungsofen kaputt.»

«Und war es Haschisch, was Sie verbrannten?»

«Zum Teil. Aber Sie werden niemals beweisen, dass ich etwas vertauscht habe, auch nicht, wenn Sie von diesem Zettel Gebrauch machen wollen, wenigstens jetzt nicht mehr. Aber was für eine Rolle spielt das überhaupt? Ich bin nicht mehr bei der Polizei. Sehen Sie, Sie wissen doch, dass ich an dem Mord in der Kalkgrube gearbeitet habe. Nehmen Sie wirklich an, ich säße um diese Tageszeit zu Hause und hätte Zeit, sofort nach Ihrem Anruf herüberzufahren, nur um meine Neugier zu befriedigen, wenn ich noch mit einem Mordfall befasst wäre, wenn ich nicht suspendiert wäre oder gekündigt hätte? Ich bin vielleicht kein leuchtendes Beispiel von Redlichkeit für die Polizei, aber ich bin kein Mörder, und ich kann es beweisen. Rufen Sie Dalgliesh an und fragen Sie ihn.»

Jetzt bestand kein Zweifel mehr, ihr Griff um das Schwert hatte sich gelockert. Sie stand da, ganz still, sah ihn nicht mehr an, sondern starrte aus dem Fenster. Ihr Gesicht blieb unbewegt, aber er sah, dass sie weinte. Die Tränen strömten aus den starren kleinen Augen und rollten ungehindert über ihre Wange. Er bewegte sich leise vorwärts und nahm das Schwert aus ihrer nachgebenden Hand. Er legte einen Arm auf ihre Schultern. Sie zuckte nicht zurück. Er sagte:

«Hören Sie, Sie hatten einen Schock. Sie hätten hier nicht allein gelassen werden sollen. Sollten wir jetzt nicht eine Tasse Tee trinken? Zeigen Sie mir, wo die Küche ist, und ich koche ihn. Oder noch besser – haben Sie etwas Stärkeres?»

Sie sagte tonlos: «Es ist Whisky da, aber der ist für Stella. Ich trinke nicht davon.»

«Jetzt werden Sie davon trinken. Er wird Ihnen gut tun. Und ich habe, bei Gott, einen Schluck nötig. So, jetzt setzen Sie sich lieber ruhig hin und erzählen mir alles.»

Sie sagte: «Aber wenn Sie es nicht waren, wer hat Stella dann umgebracht?»

«Meine Vermutung ist, dieselbe Person, die Lorrimer ermordete. Gleich zwei Mörder, die in einer so kleinen Gemeinde frei herumlaufen, wären ein zu großer Zufall. Aber hören Sie, Sie müssen die Polizei von dieser Notiz benachrichtigen. Mir kann es nicht mehr schaden, jetzt nicht mehr, aber es kann ihnen vielleicht helfen. Wenn Ihre Freundin in Lorrimers Schreibtisch ein belastendes Stück fand, entdeckte sie vielleicht auch noch ein anderes. Sie machte von diesem Zettel keinen Gebrauch. Vermutlich wusste sie, wie wenig er wert war. Aber wie steht es mit der Information, die sie tatsächlich benutzt hat?»

Sie sagte gleichgültig: «Sagen Sie es der Polizei, wenn Sie wollen. Es spielt jetzt keine Rolle mehr.»

Aber damit wartete er, bis er Tee gekocht hatte. Die aufgeräumte, saubere Küche gefiel ihm, und er gab sich viel Mühe mit dem Anrichten. Er stellte das Tablett auf den kleinen Tisch vor ihr und rückte ihn näher ans Feuer. Er hängte das Schwert über den Kamin und trat ein paar Schritte zurück, um zu prüfen, ob es richtig hing. Dann brachte er das Feuer wieder in Gang. Sie hatte den Kopf geschüttelt, als er ihr Whisky anbot, aber er goss sich einen kräftigen Schluck ein und setzte sich ihr gegenüber vor das Feuer. Er fand sie nicht attraktiv. Auch bei ihren kurzen

Begegnungen im Institut hatte er sie kaum wahrgenommen und ihr höchstens im Vorbeigehen kurz zugenickt. Für ihn war es ungewohnt, sich mit einer Frau abzugeben, von der er nichts wollte, und das Gefühl uneigennütziger Freundlichkeit war ihm zwar nicht vertraut, aber es machte ihn zufrieden. Während er ihr schweigend gegenübersaß, verblassten die Aufregungen des Tages, und eine eigenartige Ruhe kam über ihn. Sie hatte einige ganz hübsche Stücke in ihrem Haus, stellte er fest, als er sich in dem gemütlichen, voll gestopften Wohnzimmer umsah. Er fragte sich, ob sie das alles erben würde.

Zehn Minuten später ging er zum Telefon. Als er zurückkehrte, rüttelte sie der Anblick seines Gesichts aus ihrem betäubten Zustand auf.

Sie fragte: «Und? Was hat er gesagt?»

Er kam ins Zimmer, verwirrt, mit gerunzelter Stirn. Er sagte:

«Er war nicht da. Er und Massingham waren weder in Guy's Marsh noch im Institut. Sie sind in Muddington. Sie sind zur Kalkgrube gefahren.»

5

Sie fuhren wieder dieselbe Strecke wie in der vorigen Nacht, als sie die drei Glockenschläge von der Kapelle gehört hatten – die anderthalb Meilen bis zur Kreuzung mit der Straße nach Guy's Marsh, dann geradeaus durch die Hauptstraße des Dorfs. Beide schwiegen. Massingham hatte das Gesicht seines Chefs von der Seite angesehen und sich gesagt, dass es klüger wäre, kein Gespräch anzufangen. Und es war gewiss noch nicht an der Zeit, sich selbst zu beglückwünschen. Der Beweis fehlte immer noch, die eine entscheidende Tatsache, die den Fall offen legen würde. Und Massingham fragte sich, ob sie ihn jemals bekommen würden. Sie hatten es mit intelligenten Männern und Frauen zu tun, die wussten, dass sie nur den Mund halten mussten, und nichts könnte bewiesen werden.

Auf der Dorfstraße zeigten sich die ersten Leute, die zu ihren Samstagseinkäufen unterwegs waren. Die Frauen, die in Gruppen zusammenstanden und den neuesten Klatsch austauschten, wandten flüchtig die Köpfe nach dem vorbeifahrenden Auto. Und dann wurde die Bebauung spärlicher, und rechts tauchte das Gelände des Hoggatt-Instituts auf. Massingham hatte heruntergeschaltet, um in die Einfahrt zum alten Pfarrhaus einzubiegen, als es passierte. Der blau-gelbe Ball hüpfte auf die Straße, und dahinter leuchteten Williams rote Stiefelchen auf. Sie fuhren schon zu langsam, als dass es hätte gefährlich werden können, dennoch fluchte Massingham, als er das Steuer herumriss und bremste. Und dann kamen zwei schreckliche Sekunden.

Nachher kam es Dalgliesh vor, als wäre die Zeit stehen geblieben, sodass er in der Erinnerung den Unfall wie in einem Film in Zeitlupe ablaufen sah. Der rote Jaguar, hochgehoben, in der Luft schwebend; ein Aufleuchten von Blau aus den entsetzten Augen; der Mund, aufgerissen zu einem lautlosen Schrei; die weißen Knöchel, verkrampft um das Lenkrad. Instinktiv hielt er die Hände vors Gesicht und machte sich auf den Ruck gefasst. Der Jaguar prallte auf die hintere Stoßstange und riss mit einem kreischenden Geräusch das Metall auf. Das Auto wurde durch den heftigen Stoß um die eigene Achse gedreht. Einen Augenblick war es vollkommen still. Dann lösten er und Massingham die Sicherheitsgurte und rannten auf die andere Straßenseite zu dem reglosen kleinen Körper. Ein Stiefel lag auf der Straße und der Ball rollte langsam auf die Grasböschung zu.

William war auf einen Heuhaufen geschleudert worden, der vom letzten Mähen am Straßenrand liegen geblieben war. Er lag mit ausgebreiteten Armen und Beinen so entspannt und völlig reglos da, dass Massingham im ersten Moment entsetzt dachte, sein Genick sei gebrochen. In den paar Sekunden, in denen er dem Drang widerstand, den Kleinen in die Arme zu nehmen, und sich stattdessen zum Auto umwandte, um nach einem Notarztwagen zu telefonieren, kam William zu sich und begann, sich aus dem kratzenden feuchten Heuhaufen freizustrampeln. In seiner Ehre gekränkt, dazu ohne seinen Ball, begann William zu schreien. Domenica Schofield, die Haare wirr über dem bleichen, bestürzten Gesicht, kam zu ihnen.

«Ist ihm etwas passiert?»

Massingham ließ seine Hand über den Jungen gleiten, dann nahm er ihn auf den Arm.

«Ich glaube nicht. Er hört sich ganz gesund an.»

Sie hatten die Einfahrt zum alten Pfarrhaus erreicht, als Eleanor Kerrison den Weg herunter auf sie zugerannt kam. Sie hatte offenbar gerade ihr Haar gewaschen. Es hing in tropfend nassen Strähnen auf ihre Schultern. Als William sie sah, schrie er noch lauter. Massingham eilte auf das Haus zu, und sie lief unbeholfen neben ihm her und klammerte sich an seinen Arm. Wassertropfen spritzten von ihrem Haar und blieben wie Perlen auf Williams Gesicht liegen.

«Papa ist zu einer Leiche geholt worden. Er sagte, er würde William und mich danach zum Mittagessen nach Cambridge mitnehmen. Wir wollen ein großes Bett für William kaufen. Ich habe extra die Haare gewaschen. Ich habe William bei Miss Willard gelassen. Er ist doch nicht verletzt? Sind Sie sicher, dass ihm nichts fehlt? Sollten wir ihn nicht besser ins Krankenhaus bringen? Wie ist es überhaupt passiert?»

«Das haben wir nicht gesehen. Ich glaube, er wurde von der vorderen Stoßstange des Jaguar erwischt und zur Seite geschleudert. Zum Glück fiel er auf einen Heuhaufen.»

«Er hätte tot sein können. Ich habe sie wegen der Straße

gewarnt. Er soll eigentlich nicht allein im Garten spielen. Meinen Sie wirklich, wir brauchen Dr. Greene nicht zu holen?»

Massingham ging durch das Haus direkt ins Wohnzimmer und legte William auf das Sofa. Er sagte:

«Das könnten wir natürlich trotzdem tun, aber ich glaube, es geht ihm wirklich gut. Sie brauchen ihn bloß anzuhören.»

William hörte, als habe er es verstanden, sofort auf zu schreien und setzte sich auf dem Sofa auf. Er bekam einen lauten Schluckauf, aber die Krämpfe, die seinen Körper schüttelten, schienen ihn nicht zu stören, denn er betrachtete interessiert die Versammlung und sah dann nachdenklich auf seinen nackten linken Fuß. Dann blickte er Dalgliesh an und sagte bestimmt:

«Wo ist Williams Ball?»

«Im Straßengraben, denke ich», sagte Massingham. «Ich gehe ihn holen. Aber das Tor an der Einfahrt müsste unbedingt repariert werden.»

Sie hörten Schritte in der Halle, und Miss Willard stand aufgeregt und leicht schwankend in der Tür. Eleanor hatte auf dem Sofa bei ihrem Bruder gesessen. Jetzt stand sie auf und bedachte die Frau mit einem so unmissverständlichen Ausdruck stiller Verachtung, dass Miss Willard rot wurde. Sie sah die abwartenden Gesichter in der Runde und sagte unterwürfig:

«Das ist ja eine richtige Versammlung. Mir war, als hätte ich Stimmen gehört.»

Dann sprach das Mädchen. Die Stimme, dachte Massingham, klang so herablassend und grausam wie die einer Matrone aus dem vorigen Jahrhundert, die ihr Küchenmädchen entlässt. Die Konfrontation hätte fast komisch gewirkt, wäre sie nicht gleichzeitig erschütternd und schrecklich gewesen.

«Sie können Ihre Koffer packen und verschwinden. Sie

sind entlassen. Ich habe Sie nur gebeten, auf William aufzupassen, solange ich beim Haarewaschen war. Nicht einmal das schaffen Sie. Er hätte tot sein können. Sie sind eine überflüssige, hässliche, dumme alte Person. Sie trinken und stinken, und wir alle hassen Sie. Wir brauchen Sie nicht mehr. Also verschwinden Sie. Packen Sie Ihre miesen, scheußlichen Sachen zusammen und gehen Sie. Ich kann mich um William und Papa kümmern. Er braucht niemanden außer mir.»

Das dumme, einschmeichelnde Lächeln verschwand aus Miss Willards Gesicht. Zwei rote Striemen traten auf ihren Wangen und auf der Stirn hervor, als seien die Worte ein echter Schlag mit der Peitsche gewesen. Dann war sie auf einmal blass und zitterte am ganzen Körper. Sie tastete nach einer Stuhllehne, um sich zu stützen, und sagte mit lauter und vor Wut verzerrter Stimme:

«Du! Glaubst du, er braucht dich? Ich bin vielleicht alt und habe meine besten Jahre hinter mir, aber ich bin wenigstens nicht halb verrückt. Und wenn ich hässlich bin, dann sieh dich doch selbst an. Er gibt sich nur wegen William mit dir ab. Du könntest morgen weglaufen, und es wäre ihm egal. Froh wäre er. An William hängt er, nicht an dir. Ich habe sein Gesicht beobachtet, ich habe ihn reden hören, ich weiß Bescheid. Er hat vor, dich zu deiner Mutter gehen zu lassen. Das hast du wohl nicht gewusst, wie? Und noch was weißt du nicht. Was, glaubst du, stellt dein feiner Papa an, wenn er dir dein Schlafmittel gegeben hat? Er schleicht sich in die Wren-Kapelle und schläft mit der.»

Eleanor wandte den Kopf und sah Domenica Schofield an. Dann drehte sie sich um und sagte zu Dalgliesh:

«Sie lügt! Sagen Sie, dass sie lügt! Das ist nicht wahr.»

Dann herrschte Stille. Sie konnte nur ein paar Sekunden gedauert haben, während Dalgliesh sich eine vorsichtige Antwort zurechtlegte. Dann, als wolle er ihm unbedingt zuvorkommen, sagte Massingham mit klarer Stimme, ohne seinem Chef ins Gesicht zu sehen:

«Doch, es ist wahr.»

Ihr Blick ging von Dalgliesh zu Domenica Schofield. Dann schwankte sie, als würde sie ohnmächtig. Dalgliesh ging auf sie zu, aber sie wich zurück. Sie sagte leise und ausdruckslos:

«Ich dachte, er hätte es für mich getan. Ich ließ den Kakao stehen, den er für mich bereitet hatte. Ich schlief nicht, als er zurückkam. Ich ging aus meinem Zimmer und sah ihm zu, wie er den weißen Kittel auf der Feuerstelle im Garten verbrannte. Ich wusste, dass Blut daran war. Ich dachte, er hätte Dr. Lorrimer aufgesucht, weil er unverschämt zu William und mir gewesen war. Ich dachte, er hätte es für mich getan, weil er mich lieb hat.»

Plötzlich stieß sie einen hellen verzweifelten Schrei aus, wie ein Tier, das gequält wird, und doch so menschlich und erwachsen, dass es Dalgliesh kalt über den Rücken lief.

«Papa! Papa! O nein!»

Sie griff sich an den Hals und zog das Lederband unter ihrem Pullover vor, zerrte daran und wand sich dabei wie ein Tier in der Falle. Dann platzte der Knoten. Über den dunklen Teppich hüpften und rollten sechs frisch polierte Messingknöpfe, leuchtend wie geschliffene Juwelen.

Massingham bückte sich und las sie sorgsam in sein Taschentuch auf. Immer noch sprach niemand. William rutschte vom Sofa, lief zu seiner Schwester und schlang seine Arme um ihr Bein. Seine Lippen zitterten. Domenica Schofield sah Dalgliesh an und sagte:

«Mein Gott, ist das ein schmutziges Geschäft.»

Dalgliesh beachtete sie nicht. Er sagte zu Massingham:

«Sie kümmern sich um die Kinder. Ich telefoniere nach einer Polizistin, und am besten lassen wir Mrs. Swaffield kommen. Sonst fällt mir niemand ein. Lassen Sie sie nicht allein, bis beide da sind. Ich kümmere mich um den Rest.»

Massingham wandte sich an Domenica Schofield.

«Kein Geschäft. Nur unsere Aufgabe. Oder wollen Sie etwa behaupten, dass Sie die nicht getan haben wollen?»

Er ging zu dem Mädchen. Sie zitterte erbärmlich. Dalgliesh dachte, sie würde vor ihm zurückzucken. Aber sie blieb ganz still stehen. Mit vier Worten hatte er sie vernichtet. Aber an wen hätte sie sich wenden sollen? Massingham zog seinen Tweedmantel aus und legte ihn ihr um die Schultern. Ohne sie zu berühren, sagte er freundlich:

«Kommen Sie mit. Zeigen Sie mir, wo wir Tee kochen können. Und dann legen Sie sich hin, und William und ich leisten Ihnen Gesellschaft. Ich lese William etwas vor.»

Sie ging mit ihm, demütig wie eine Gefangene mit dem Aufseher, ohne ihn anzusehen. Der lange Mantel schleifte auf dem Boden. Massingham nahm William an der Hand. Die Tür schloss sich hinter ihnen. Dalgliesh hätte sich gewünscht, Massingham nie mehr zu sehen. Aber er würde ihn wiedersehen und, mit der Zeit, sich nichts mehr daraus machen, nicht mehr daran denken. Er hätte sich gewünscht, nie mehr mit ihm zusammenzuarbeiten; er wusste, er würde es wieder tun. Er war nicht der Mann, der die Karriere eines Untergebenen zerstört hätte, nur weil er Gefühle mit Füßen trat, wozu er, Dalgliesh, kein Recht hatte. Was Massingham getan hatte, erschien ihm im Augenblick unverzeihlich. Aber das Leben hatte ihn gelehrt, dass das Unverzeihliche häufig am leichtesten vergeben war. Es war möglich, die Polizeiarbeit ehrlich zu tun; das war tatsächlich die einzige Möglichkeit, sie zu tun. Aber es war nicht möglich, diese Arbeit zu verrichten, ohne Schmerzen zu verursachen.

Miss Willard hatte sich zum Sofa geschleppt. Sie murmelte vor sich hin, als wolle sie es sich selbst erklären:

«Ich habe es nicht so gemeint. Sie brachte mich dazu, das zu sagen. Ich habe es nicht gewollt. Ich wollte ihm nicht schaden.»

Domenica Schofield wandte sich zum Gehen. «Nein, das will man meistens nicht.» Sie sagte zu Dalgliesh: «Wenn Sie mich brauchen, wissen Sie, wo Sie mich erreichen.»

«Wir werden Ihre Aussage brauchen.»

«Natürlich. Ist es nicht immer dasselbe? Sehnsucht und Einsamkeit, Entsetzen und Verzweiflung, das ganze menschliche Durcheinander, auf anderthalb Seiten amtlichen Papiers säuberlich dokumentiert.»

«Nein, nur die Fakten.»

Er fragte sie nicht, wann es begonnen hatte. Das war eigentlich nicht wichtig, und er glaubte, nicht fragen zu müssen. Brenda Pridmore hatte ihm erzählt, sie habe bei dem Konzert in der Kapelle in derselben Reihe wie Mrs. Schofield, Dr. Kerrison und seine Kinder gesessen. Das war am Donnerstag, dem 26. August, gewesen. Und Anfang September hatte Domenica mit Edwin Lorrimer Schluss gemacht.

An der Tür zögerte sie und wandte sich um. Dalgliesh fragte:

«Rief er Sie am Morgen nach dem Mord an, um Ihnen zu sagen, er habe Lorrimer den Schlüssel in die Tasche gesteckt?»

«Er rief mich nie an. Beide nicht. So hatten wir es abgemacht. Und ich rief ihn auch nie an.» Sie brach ab, dann sagte sie barsch:

«Ich wusste es nicht. Vielleicht hatte ich einen Verdacht, aber ich wusste es nicht. Wir waren – wie drücken Sie sich aus? – keine Komplizen. Ich bin nicht dafür verantwortlich. Es war nicht meinetwegen.»

«Nein», sagte Dalgliesh. «Das habe ich auch nicht angenommen. Ein Motiv für einen Mord ist selten so unbedeutend.»

Sie richtete ihre unvergesslichen Augen auf ihn und sagte:

«Was haben Sie gegen mich?»

Der Egoismus, der aus dieser, dazu zu diesem Zeitpunkt gestellten Frage sprach, verblüffte ihn. Aber er kannte sich gut genug, um sich selbst noch mehr zu verabscheuen. Er verstand nur zu gut, was diese beiden Männer dazu gebracht hatte, sich mit schlechtem Gewissen wie gierige Schuljungen zu diesen Rendezvous zu stehlen, bei ihrem esoterischen erotischen Spiel mitzuspielen. Hätte er Gelegenheit gehabt, dachte er bitter, hätte er das Gleiche getan.

Sie war fort. Er ging zu Miss Willard.

«Haben Sie Dr. Lorrimer angerufen und ihm von den heruntergebrannten Kerzen erzählt und die Zahlen auf der Tafel mitgeteilt?»

«Ich plauderte mit ihm, als er mich am vorletzten Sonntag zur Messe fuhr. Ich musste ja während der Fahrt über irgendetwas reden; er sagte von sich aus nie etwas. Die Altarkerzen beunruhigten mich. Ich merkte zum ersten Mal, dass jemand sie angezündet hatte, als ich Ende September in die Kapelle kam. Bei meinem letzten Besuch waren sie noch weiter heruntergebrannt. Ich dachte, die Kapelle würde vielleicht zu schwarzen Messen missbraucht. Ich weiß, dass sie kein Gotteshaus mehr ist. Aber es ist dennoch ein heiliger Platz. Und sie ist so abgelegen. Kein Mensch geht dorthin. Die Leute in den Marschen gehen nach Einbruch der Dunkelheit nicht gern aus dem Haus. Ich überlegte, ob ich mit dem Pfarrer reden oder Pater Gregory um Rat fragen sollte. Dr. Lorrimer bat mich, am nächsten Tag wieder in die Kapelle zu gehen und ihm zu sagen, welche Zahlen auf der Tafel ständen. Ich hielt das für eine seltsame Bitte, aber ihm schien es wichtig zu sein. Ich hatte nicht einmal bemerkt, dass es jedes Mal andere Zahlen waren. Ich konnte nach dem Schlüssel fragen, wissen Sie. Er tat das nicht gern.»

Aber er hätte ihn nehmen können, ohne sich einzutragen, dachte Dalgliesh. Warum hatte er es dann nicht getan?

Wegen des Risikos, dass man ihn dabei ertappen würde? Weil es seiner verbohrten, angepassten Persönlichkeit widersprach, gegen die Bestimmungen des Instituts zu verstoßen? Oder – was wahrscheinlicher war – weil er nicht ertragen konnte, die Kapelle noch einmal zu betreten, mit den eigenen Augen den Beweis des Verrats zu sehen? Sie hatte sich nicht einmal die Mühe gemacht, einen anderen Ort für ihr Stelldichein zu suchen. Sie hatte immer noch denselben raffinierten Code benutzt, um das Datum für das nächste Treffen mitzuteilen. Selbst der Schlüssel, den sie Kerrison ausgehändigt hatte, war Lorrimers Schlüssel gewesen. Und kein anderer hatte besser als er gewusst, was jene vier Zahlen bedeuteten. Der 29. Tag des 10. Monats um 18 Uhr 40. Er sagte:

«Und letzten Freitag warteten Sie zusammen unter den Bäumen?»

«Das war seine Idee. Er brauchte einen Zeugen, wissen Sie. Oh, er hatte wirklich Recht, dass er sich Sorgen machte. Eine Frau wie die durfte auf keinen Fall Williams Stiefmutter werden. Ein Mann nach dem anderen, sagte Dr. Lorrimer. Deshalb musste sie auch von London wegziehen. Sie konnte die Finger nicht von den Männern lassen. Jeder wäre ihr recht gewesen. Er wusste nämlich über sie Bescheid. Er sagte, das ganze Institut wüsste es. Sie hatte sogar einmal versucht, sich an ihn ranzumachen. Schrecklich. Er hatte vor, an Mrs. Kerrison zu schreiben, um dem ein Ende zu machen. Ich konnte ihm allerdings die Adresse nicht geben. Dr. Kerrison tut so heimlich mit seinen Briefen, und ich bin nicht einmal sicher, ob er selbst genau weiß, wo seine Frau lebt. Aber wir wussten, dass sie mit einem Arzt davongelaufen ist, und wir kannten dessen Namen. Es ist ein ganz gewöhnlicher Name, aber Dr. Lorrimer sagte, er könne ihn im Ärzteverzeichnis finden.»

Das Ärzteverzeichnis. Deshalb also hatte er dort nachschlagen wollen, deshalb hatte er die Tür so schnell geöffnet, als Bradley klingelte. Er hatte nur den kurzen Weg vom Büro des Direktors im Erdgeschoss zur Haustür zu gehen brauchen. Und er hatte sein Notizbuch dabeigehabt. Was hatte Howarth noch gesagt? Er hasste Zettelwirtschaft. Alles Wichtige notierte er in diesem Buch. Und das war etwas Wichtiges gewesen. Die Namen und Adressen von Mrs. Kerrisons möglichen Liebhabern.

Miss Willard sah zu ihm auf. Dalgliesh merkte, dass sie weinte. Die Tränen liefen über ihr Gesicht und tropften ungehindert auf ihre sich windenden Hände. Sie sagte:

«Was passiert jetzt? Was werden Sie mit ihm tun?»

Das Telefon läutete. Dalgliesh ging durch die Halle in das Arbeitszimmer und nahm den Hörer ab. Es war Clifford Bradley. Seine Stimme klang schrill und aufgeregt wie die eines jungen Mädchens. Er sagte:

«Oberkriminalrat Dalgliesh? Sie sagten in der Polizeistation, Sie wären vielleicht da. Ich muss Ihnen sofort etwas mitteilen. Es ist wichtig. Mir ist plötzlich eingefallen, wieso ich so sicher war, dass der Mörder sich noch im Gebäude aufhielt. Ich hörte ein Geräusch, als ich auf die Haustür zuging. Ich hörte das gleiche Geräusch wieder, als ich vor zwei Minuten aus dem Bad nach unten ging. Sue hatte gerade ein Telefongespräch mit ihrer Mutter beendet. Was ich hörte, war das Klicken, als jemand den Telefonhörer auflegte.»

Das war nicht mehr als eine Bestätigung dessen, was er schon lange vermutet hatte. Er ging ins Wohnzimmer zurück und sagte zu Miss Willard:

«Warum haben Sie uns erzählt, dass Sie hörten, wie Dr. Kerrison um neun Uhr von seinem Arbeitszimmer aus telefonierte? Bat er Sie, für ihn zu lügen?»

Das fleckige Gesicht mit den in Tränen schwimmenden Augen sah zu ihm auf.

«O nein, das hätte er niemals getan! Er fragte mich nur, ob ich ihn zufällig gehört hätte. Das war, als er nach Hause zurückkam, nachdem er zu der Leiche gerufen worden war. Ich wollte ihm helfen, wollte ihm gefällig sein. Es war so eine kleine, unbedeutende Lüge. Eigentlich war es überhaupt keine Lüge. Ich dachte, ich hätte ihn vielleicht doch gehört. Sie hätten ihn womöglich verdächtigt, und ich wusste, dass er es nicht getan haben konnte. Er ist so freundlich und gut und zart fühlend. Mir schien es eine verzeihliche Sünde, einen Unschuldigen zu schützen. Diese Frau hatte ihn in ihren Krallen, aber ich war sicher, dass er nie im Leben töten könnte.»

Er hatte vermutlich von Anfang an vorgehabt, das Krankenhaus vom Institut aus anzurufen, wenn er nicht rechtzeitig zu Hause wäre. Als dann aber Lorrimer tot dort oben lag, musste es ihn Nerven gekostet haben. Er konnte kaum den Hörer aufgelegt haben, als er die näher kommenden Schritte gehört hatte. Was nun? In die Dunkelkammer und aufpassen und abwarten? Das musste für ihn einer der schlimmsten Augenblicke gewesen sein, als er dort mit klopfendem Herzen reglos in der Dunkelheit gestanden, den Atem angehalten und überlegt hatte, wer wohl zu dieser späten Stunde gekommen sein könnte, wer ihn hereingelassen haben könnte. Es hätte ja auch Blakelock gewesen sein können; Blakelock, der gleich die Polizei gerufen und sofort das Institut durchsucht hätte.

Aber es war nur ein ängstlicher Bradley gewesen. Niemand hatte telefoniert, niemand hatte Hilfe herbeigerufen, da war nur der Widerhall von Füßen gewesen, die in panischer Angst durch den Korridor geeilt waren. Und er hatte nur noch hinterherzugehen, ruhig das Institut zu verlassen und über die Baustelle, wie er gekommen war, nach Hause zu gehen brauchen. Er hatte das Licht gelöscht und war schon an der Eingangstür gewesen, als er die Scheinwerfer von Doyles Auto gesehen hatte, das gerade in die Einfahrt einbog und dann im Rückwärtsgang unter die Bäume fuhr. Er hatte sich nicht mehr getraut, durch diese Tür hinauszugehen. Dieser Weg war versperrt gewesen. Und er hatte nicht warten können, bis sie weiterfuhren. Da war Nell, die zu Hause aufwachen und nach ihm fragen mochte. Da war der erwartete Rückruf um zehn Uhr. Er hatte einfach nach Hause kommen müssen.

Aber er hatte nicht den Kopf verloren. Es war klug gewesen, Lorrimers Schlüssel zu holen und das Gebäude abzuschließen. Die Nachforschungen der Polizei würden sich unweigerlich auf die vier Sätze Schlüssel und die wenigen Personen, denen sie zugänglich waren, konzentrieren. Und er hatte an den einzigen möglichen Ausweg gedacht und das Geschick und die Nerven gehabt, ihn zu benutzen. Er hatte Middlemass' Kittel übergezogen, um seine Kleider zu schützen; er wusste, wie gefährlich ein einziges herausgerissenes Fädchen eines Kleidungsstückes sein konnte. Aber es war nichts am Verputz hängen geblieben. Und in den frühen Morgenstunden hatte ein leichter Regen alle Spuren an den Wänden und Fenstern, die ihn hätten verraten können, weggewaschen.

Er war sicher nach Hause gelangt und hatte unter einem Vorwand bei Miss Willard geklopft, um sein Alibi zu untermauern. Niemand hatte ihn am Telefon verlangt; niemand war vorbeigekommen. Und er wusste, dass er am nächsten Tag als einer der ersten die Leiche untersuchen würde. Howarth hatte ausgesagt, er habe an der Tür gestanden, während Kerrison die Untersuchung vornahm. Bei dieser Gelegenheit musste er den Schlüssel in Lorrimers Tasche geschmuggelt haben. Aber das war einer seiner Fehler gewesen. Lorrimer trug seine Schlüssel in einem Etui, nicht lose in der Tasche.

Auf dem Kies der Einfahrt knirschten Autoreifen. Dalgliesh schaute aus dem Fenster und sah das Polizeiauto mit Detektiv-Sergeant Reynolds am Steuer und zwei Polizistinnen auf dem Rücksitz. Der Fall war gelöst, doch wie immer wollte sich kein echtes Gefühl der Erleichterung einstellen. Dafür waren zu viele Menschen in Mitleidenschaft gezogen worden. Und jetzt hatten er und Massingham das letzte Verhör, und das schwierigste von allen, vor sich.

Am Rand der Kalkgrube ließ ein Junge einen roten Drachen steigen. Von dem auffrischenden Wind gepackt, wurde er hochgetragen und heruntergedrückt, und sein Schwanz beschrieb Zickzacklinien vor dem azurblauen Himmel, der so klar und leuchtend wie an einem Sommertag war. Über das Feld wehten Stimmen und Lachen herüber. Selbst die weggeworfenen Bierdosen glitzerten wie hübsches Spielzeug, und die Papierfetzen wirbelten fröhlich vor dem Wind daher. Die Luft war frisch und roch nach der See. Man hätte sich fast vorstellen können, dass die von ihren Samstagseinkäufen kommenden Menschen, die mit ihren Kindern über das verwilderte Feld zogen, zu einem Picknick an der See unterwegs wären, dass dieses Feld zu Dünen und Strandhafer, zu dem vom Kindergeschrei widerhallenden Meeresstrand führte. Sogar der Schirm, den die Polizisten gegen den Wind aufzustellen versuchten, sah nicht aufregender aus als ein Kasperletheater, vor dem in einigem Abstand eine Gruppe neugieriger Leute stand, die geduldig auf den Anfang des Schauspiels warteten.

Kriminalrat Mercer kam als erster den Abhang der Kalkgrube hinauf auf sie zu. Er sagte:

«Eine schmutzige Arbeit. Der Mann des Mädchens, das am Mittwoch hier gefunden wurde. Er ist Metzgergeselle. Gestern nahm er ein Messer mit nach Hause, und letzte Nacht kam er hierher, um sich die Kehle durchzuschneiden. Er hinterließ eine Nachricht, in der er den Mord an ihr gestand, der arme Teufel. Es wäre nicht passiert, wenn wir ihn gestern hätten verhaften können. Aber Lorrimers Tod und der Ausfall von Doyle haben uns aufgehalten. Wir bekamen erst gestern Abend das Ergebnis der Blutuntersuchung. Wen möchten Sie sprechen?»

«Dr. Kerrison.»

Mercer sah Dalgliesh scharf an, sagte aber nur: «Er ist sowieso hier fertig. Ich sage ihm Bescheid.»

Drei Minuten später tauchte Kerrisons Gestalt am Rand der Kalkgrube auf. Er kam auf sie zu und sagte:

«Es war Nell, nicht wahr?»

«Ja.»

Er fragte nicht, wie oder wann. Als Dalgliesh ihm erklärte, dass alles, was er von jetzt an sage, gegen ihn verwandt werden könne, hörte er aufmerksam zu, als habe er die übliche Formel noch nie gehört und wolle sie auswendig lernen. Dann sah er Dalgliesh an und sagte:

«Ich möchte lieber nicht zur Polizeistation nach Guy's Marsh mitkommen, das heißt, vorerst nicht. Ich möchte Ihnen hier alles sagen, nur Ihnen, keinem sonst. Ich werde keine Schwierigkeiten machen. Ich will ein volles Geständnis ablegen. Was immer geschieht – ich möchte nicht, dass Nell aussagen muss. Können Sie mir das versprechen?»

«Sie dürften wissen, dass ich das nicht kann. Aber ich sehe keinen Grund, warum sie vor Gericht zitiert werden sollte, wenn Sie vorhaben, sich schuldig zu bekennen.»

Dalgliesh öffnete die Autotür, aber Kerrison schüttelte den Kopf. Er sagte ohne jede Spur von Selbstmitleid:

«Ich bleibe lieber draußen. Ich werde so viele Jahre sitzen müssen und nicht mehr unter diesem Himmel spazieren gehen können. Vielleicht für den Rest meiner Tage. Ginge es nur um Lorrimers Tod, hätte ich noch auf eine Verurteilung wegen Totschlags hoffen können. Das war kein vorsätzlicher Mord. Aber das andere, das war Mord.»

Massingham blieb beim Auto, während Dalgliesh und Kerrison zusammen um die Kalkgrube herumgingen. Kerrison sagte:

«Es begann hier, genau an dieser Stelle, vor nur drei Tagen. Es kommt mir wie eine Ewigkeit vor. Wie ein anderes Leben, eine andere Zeit. Wir waren beide hierher zum Tatort gerufen worden, und danach nahm er mich beiseite und sagte mir, ich solle ihn abends um halb neun im Labor aufsuchen. Es war keine Bitte, eher ein Befehl. Und er sagte mir auch, worüber er sich mit mir unterhalten wollte. Über Domenica.»

Dalgliesh fragte: «Wussten Sie, dass er vor Ihnen ihr Liebhaber gewesen war?»

«Ich erfuhr es erst an jenem Abend. Sie hatte nie mit mir von ihm gesprochen, nicht einmal seinen Namen erwähnt. Aber als er dann seine Flut von Hass und Neid und Eifersucht über mich ergoss, wusste ich natürlich Bescheid. Ich fragte ihn nicht, wie er das mit mir herausbekommen hatte. Er war wie irrsinnig. Vielleicht waren wir beide verrückt.»

«Und er drohte damit, Ihrer Frau zu schreiben, um zu verhindern, dass Ihnen das Sorgerecht für die Kinder zugesprochen werde, falls Sie sie nicht aufgäben.»

«Er wollte auf jeden Fall schreiben. Er wollte sie zurückhaben, und ich glaube, der arme Teufel glaubte tatsächlich, das sei möglich. Aber er wollte mich dennoch bestrafen. Mir ist erst einmal vorher ein derartiger Hass begegnet. Er stand vor mir, weiß im Gesicht, beschimpfte und verhöhnte mich, sagte mir, dass ich als Vater nichts taugte, dass ich die Kinder verlieren würde, dass ich sie nie wieder sehen würde. Und plötzlich war es nicht mehr Lorrimer, der da sprach. Sehen Sie, ich hatte das alles schon von meiner Frau zu hören bekommen. Es war seine Stimme, aber es waren ihre Worte. Und ich wusste, dass das zu viel für mich war. Ich war fast die ganze Nacht auf gewesen, hatte danach zu Hause eine schreckliche Szene mit Nell gehabt, und es hatte mich den ganzen Tag über beunruhigt, was Lorrimer mir zu sagen hätte.

In diesem Augenblick läutete das Telefon. Es war sein Vater, der sich über den Fernseher beklagte. Er sprach nur kurz und legte wieder auf. Aber während er mit seinem Vater sprach, sah ich den Schlagstock. Und ich wusste, dass ich Handschuhe in meiner Manteltasche hatte. Der Anruf schien ihn nüchtern gemacht zu haben. Er sagte mir, das sei alles gewesen, was er mir habe mitteilen wollen. Als er mir den Rücken zukehrte, um mir zu zeigen, dass ich entlassen wäre, packte ich den Stock und schlug zu. Er fiel lautlos auf den Boden. Ich legte den Stock wieder auf den Tisch, und dabei sah ich das aufgeschlagene Notizbuch mit den Namen und Adressen von drei Ärzten. Einer von ihnen war der Liebhaber meiner Frau. Ich riss das Blatt heraus und stopfte es in meine Tasche. Dann ging ich ans Telefon und erledigte den Anruf. Es war gerade neun Uhr. Den Rest wissen Sie wohl.»

Sie waren nebeneinander einmal um die Kalkgrube herumgegangen, die Augen auf das glänzende Gras gerichtet. Jetzt wandten sie sich um und gingen in der anderen Richtung wieder zurück. Dalgliesh sagte:

«Sie sollten es mir dennoch erzählen.»

Aber er erfuhr nichts Neues. Es war genauso abgelaufen, wie er es sich gedacht hatte. Nachdem Kerrison geschildert hatte, wie er den Kittel und die Seite aus dem Notizbuch verbrannt hatte, fragte Dalgliesh: «Und Stella Mawson?»

«Sie rief mich gestern im Krankenhaus an und bat mich, um halb acht in die Kapelle zu kommen. Sie deutete an, worum es ihr ginge. Sie sagte, sie habe in einem gewissen Schreibtisch den Entwurf eines Briefes gefunden, über den sie mit mir sprechen wollte. Ich wusste, was darin stand.»

Sie musste ihn mit in die Kapelle genommen haben, dachte Dalgliesh. Er war nicht in ihrem Schreibtisch gewesen, weder das Original noch eine Kopie. Es kam ihm eigenartig vor, dass sie tatsächlich riskiert hatte, Kerrison wissen zu lassen, sie habe den Brief bei sich. Wie konnte er, wenn er sie tötete, sicher sein, dass sie keine Kopie hinterlassen hatte? Und wie konnte sie sich sicher fühlen, dass er sie nicht überwältigen und ihr den Brief abnehmen würde?

Fast als wüsste er, welche Gedanken Dalgliesh durch den Kopf gingen, sagte Kerrison:

«Es war anders, als Sie denken. Sie wollte mir den Brief nicht verkaufen. Sie wollte überhaupt nichts verkaufen. Sie sagte, sie hätte ihn in einer plötzlichen Eingebung von Lorrimers Schreibtisch genommen, weil sie nicht wollte, dass die Polizei ihn fände. Aus irgendeinem Grund, den sie mir nicht erklärte, hasste sie Lorrimer, und sie wollte mir nicht übel. Sie sagte: ‹Er hat genug Elend in seinem Leben bewirkt. Warum sollte er nach seinem Tode noch Böses tun?› Sie sagte noch etwas Seltsames: ‹Ich war einmal sein Opfer. Ich sehe nicht ein, warum Sie jetzt sein Opfer werden sollten.› Sie fühlte sich auf meiner Seite, als jemand, der mir einen Dienst erwiesen hatte. Und jetzt fragte sie mich, ob ich umgekehrt ihr einen Gefallen tun könnte, etwas ganz Einfaches und Gewöhnliches. Etwas, wovon sie wusste, dass ich es mir leisten konnte.»

Dalgliesh sagte: «Bargeld, um die Sprogg-Kate kaufen zu können, Sicherheit für sich und Angela Foley.»

«Nicht einmal als Geschenk, sondern als Darlehen. Sie wollte 4000 Pfund über fünf Jahre, zu einem Zinssatz, den sie sich leisten konnte. Sie brauchte das Geld unbedingt, und sie brauchte es sofort. Sie erklärte mir, sie wisse niemanden sonst, den sie fragen könnte. Sie war sogar bereit, eine schriftliche Abmachung zu treffen. Sie war die liebenswürdigste, vernünftigste Erpresserin.»

Und sie hatte geglaubt, mit dem liebenswürdigsten, vernünftigsten Mann zu verhandeln. Sie hatte sich kein bisschen gefürchtet, bis zu dem letzten schrecklichen Augenblick nicht, als er die Schnur aus der Tasche gezogen und sie gemerkt hatte, wem sie gegenüberstand, nicht einem Mitopfer, sondern ihrem Mörder. Dalgliesh sagte:

«Sie müssen die Schnur schon bereitgehalten haben. Wann beschlossen Sie ihren Tod?»

«Auch das war, wie Lorrimers Tod, fast zufällig. Sie hatte den Schlüssel von Angela Foley bekommen und war vor mir in der Kapelle. Sie saß im Altarraum, auf einem der Chorstühle. Sie hatte die Tür offen gelassen, und als ich die Vorhalle betrat, fiel mein Blick auf die Truhe. Ich wusste, dass die Schnur darin war. Ich hatte genug Zeit gehabt, die Kapelle gründlich kennen zu lernen, wenn ich auf Domenica wartete. Ich nahm sie also heraus und steckte sie in meine Tasche. Dann ging ich zu ihr hin, und wir redeten miteinander. Sie hatte den Brief dabei, in ihrer Tasche. Sie holte ihn vor und zeigte ihn mir ohne die geringste Angst. Es war nicht der endgültige Brief, sondern nur ein Entwurf, an dem er gearbeitet hatte. Es muss ihm Spaß gemacht haben, ihn zu schreiben, denn er hatte sich offenbar viel Mühe mit der richtigen Formulierung gegeben.

Ich sagte ihr, ich würde ihr das Geld leihen und von einem Anwalt einen ordnungsgemäßen Vertrag aufsetzen lassen. In der Kapelle lag ein Gebetbuch, und sie ließ mich die Hand darauflegen und schwören, dass ich keinem Menschen sagen würde, was zwischen uns vorgefallen war. Ich nehme an, sie hatte Angst, Angela Foley könnte davon erfahren. Als ich merkte, dass sie, und nur sie, über dieses gefährliche Wissen verfügte, beschloss ich, sie zu töten.»

Er blieb stehen, sah Dalgliesh an und sagte: «Sehen Sie, ich konnte bei ihr kein Risiko eingehen. Ich versuche nicht, mich zu rechtfertigen. Ich versuche nicht einmal, Ihnen das alles begreiflich zu machen. Sie sind kein Vater, Sie würden es sowieso nicht verstehen. Ich konnte es nicht riskieren, meiner Frau eine solche Waffe gegen mich in die Hand zu geben, wenn vor Gericht über das Sorgerecht verhandelt würde. Wahrscheinlich würde es keine so große Rolle spielen, dass ich eine Geliebte hätte; das würde nichts an meiner Eignung ändern, für meine Kinder zu sorgen.

Wäre es anders, welche Chance hätten dann die meisten Väter oder Mütter, das Sorgerecht zugesprochen zu bekommen? Aber eine heimliche, der Polizei verschwiegene Affäre mit einer Frau, deren ehemaliger Liebhaber ermordet wurde, ein Mord, für den ich nur ein schwaches Alibi, aber ein starkes Motiv hatte? Würde das nicht den Ausschlag gegen mich geben? Meine Frau ist attraktiv und einnehmend, äußerlich vollkommen gesund. Gerade das macht es so unmöglich. Wahnsinn ist nicht so schwer zu diagnostizieren; eine Neurose ist weniger dramatisch, aber genauso tödlich, wenn man damit leben muss. Sie hat mir Nell entfremdet. Ich konnte ihr William und Nell nicht überlassen. Als ich in der Kapelle Stella Mawson gegenüberstand, wurde mir klar, dass ihre Leben gegen ihres standen.

Und es war so leicht. Ich schlang die doppelte Schnur um ihren Hals und zog sie fest. Sie muss sofort gestorben sein. Dann trug ich sie in die Vorhalle und knüpfte sie an dem Haken auf. Ich erinnere mich, ihre Stiefel an dem Stuhl abgestreift und den Stuhl umgekippt liegen gelassen zu haben. Ich ging quer über das Feld zurück, wo ich meinen Wagen geparkt hatte. Ich hatte ihn dort abgestellt, wo Domenica immer parkt, wenn wir uns treffen, im Schutz einer alten Scheune an der Straße nach Guy's Marsh. Auch der Zeitplan stimmte. Ich würde zu einer Sitzung des medizinischen Komitees im Krankenhaus erwartet, aber ich hatte geplant, vorher ins Institut zu gehen und einiges zu erledigen. Selbst wenn jemand meine Ankunftszeit im Krankenhaus registriert hätte, hätte ich nur zwanzig Minuten nicht nachweisen können. Und ich hätte leicht zwanzig Minuten länger für die Fahrt brauchen können.»

Sie gingen schweigend auf das Auto zu. Dann fing Kerrison wieder an zu sprechen.

«Ich verstehe es immer noch nicht. Sie ist so schön. Und es ist nicht nur ihre Schönheit. Sie hätte jeden Mann haben können, den sie gewollt hätte. Das war ja das Wunderbare, dass sie aus irgendeinem seltsamen Grund mich wollte. Wenn wir zusammen waren und bei Kerzenlicht in der Stille der Kapelle lagen, nachdem wir uns geliebt hatten, waren alle Ängste, alle Spannungen, alle Verpflichtungen vergessen. Es war einfach für uns, weil es so früh dunkel wird. Sie konnte ihren Wagen sicher neben der Scheune parken. Niemand geht nachts auf der Straße nach Guy's Marsh spazieren, und es kommt kaum ein Auto vorbei. Ich wusste, es würde im Frühjahr, wenn es länger hell ist, schwieriger werden. Aber andererseits erwartete ich nicht, dass sie so lange Interesse an mir hätte. Es war ohnehin ein Wunder, dass sie mich überhaupt wollte. Ich dachte nie weiter als bis zum nächsten Treffen, bis zum nächsten Datum auf der Tafel. Ich durfte sie nicht anrufen. Ich sah und sprach sie nur, wenn wir allein in der Kapelle waren. Ich wusste, dass sie mich nicht liebte, aber das war nicht wichtig. Sie gab, was sie geben konnte, und das war genug für mich.»

Sie waren jetzt wieder beim Auto angelangt. Massingham hielt die Tür auf. Kerrison wandte sich an Dalgliesh und sagte:

«Es war nicht Liebe, aber auf seine besondere Weise war es eine Art des Liebens. Und es bedeutete Frieden. Auch das ist Frieden, wenn man weiß, dass man nichts mehr zu tun braucht. Wenn die Verantwortung und die Unruhe aufhören. Ein Mörder schließt sich für immer aus der gesamten menschlichen Gesellschaft aus. Es ist eine Art des Todes. Ich fühle mich jetzt wie ein sterbender Mann; die Probleme sind noch vorhanden, aber ich bewege mich von ihnen fort in eine neue Dimension.

Ich habe so viele Rechte verwirkt, als ich Stella Mawson tötete, auch das Recht, Schmerz zu empfinden.»

Er setzte sich ohne ein weiteres Wort auf den Rücksitz des Autos. Dalgliesh schlug die Tür zu. Dann machte sein

Herz einen Sprung. Der blau-gelbe Ball kam über das Feld auf ihn zugehüpft, und hinterher lief das Kind, das laut auflachte, als seine Mutter ihm nachrief. Einen schrecklichen Augenblick lang glaubte Dalgliesh, es sei Williams dunkler Lockenschopf, Williams Lachen, Williams rote, in der Sonne aufblitzende Stiefelchen.

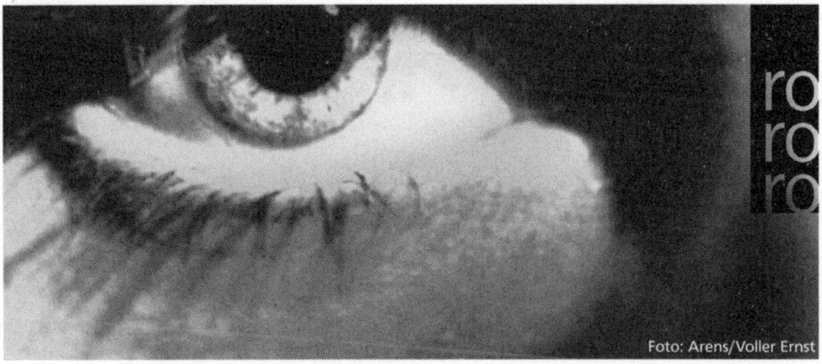

B 34/2

Krimi-Klassiker bei rororo

Literatur kann manchmal tödlich sein

Colin Dexter
Die Leiche am Fluss
Ein Fall für Chief Inspector Morse
Roman. 3-499-23222-7

Martha Grimes
Inspektor Jury steht im Regen
Roman. 3-499-22160-8

P. D. James
Tod im weißen Häubchen
Roman. 3-499-23343-6

Ruth Rendell
Sprich nicht mit Fremden
Roman. 3-499-23073-9

Dorothy L. Sayers
Diskrete Zeugen
Roman. 3-499-23083-6

Linda Barnes
Carlotta spielt den Blues
Roman. 3-499-23272-3

Harry Kemelman
Der Rabbi schoss am Donnerstag
Roman. 3-499-23353-3

Tony Hillerman
Dachsjagd
Roman. 3-499-23332-0

Janwillem van de Wetering
Outsider in Amsterdam
Roman. 3-499-23329-0

Maj Sjöwall/Per Wahlöö
Die Tote im Götakanal

Roman. 3-499-22951-X

Weitere Informationen in der Rowohlt Revue oder unter www.rororo.de

Eiskalte Morde:
Die ganze Welt der skandinavischen Kriminalliteratur bei rororo

Liza Marklund
Studio 6
Roman 3-499-22875-0
Auf einem Friedhof hat man eine Frauenleiche gefunden. Das Opfer war eine Tänzerin im Stripteaseclub «Studio 6». Die Journalistin Annika Bengtzon stellt wieder eigenmächtig Nachforschungen an ...
«Schweden hat einen neuen Export-Schlager: Liza Marklund.» Brigitte

Liza Marklund
Olympisches Feuer
Roman 3-499-22733-9

Karin Alvtegen
Die Flüchtige
Roman 3-499-23251-0
Mit ihrem ersten Roman «Schuld» (rororo 22946) rückte die Großnichte Astrid Lindgrens in die Top-Riege schwedischer Krimiautoren.

Willy Josefsson
Denn ihrer ist das Himmelreich
Roman 3-499-23320-7
Josefssons neuer Erfolgsroman mit neuer Heldin: Eva Ström – der erste Fall der Pastorin von Ängelholm.

Leena Lehtolainen
Alle singen im Chor
Roman 3-499-23090-9
Maria Kallio muss sich bewähren. Ein heikler Fall für die finnische Ermittlerin.

Leena Lehtolainen
Zeit zu sterben
Roman

3-499-23100-X

B 66/1

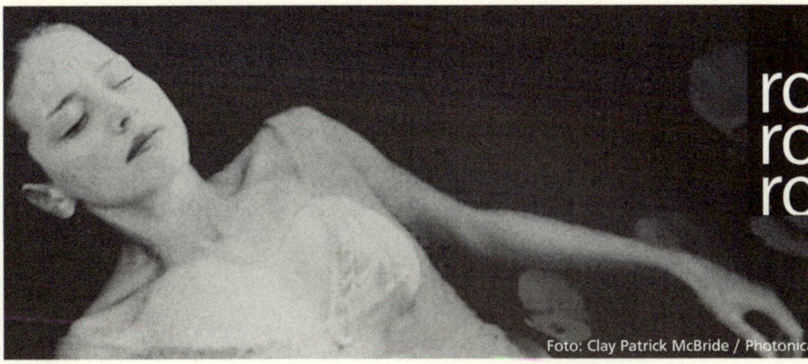

Foto: Clay Patrick McBride / Photonica

Mörderisches Deutschland

Eisbein & Sauerkraut, Gartenzwerg & Reihenhaus, Mord & Totschlag

Boris Meyn
Die rote Stadt
Ein historischer Kriminalroman
3-499-23407-6

Elke Loewe
Herbstprinz
Valerie Blooms zweites Jahr in Augustenfleth. 3-499-23396-7

Petra Hammesfahr
Das letzte Opfer
Roman. 3-499-23454-8

Renate Kampmann
Die Macht der Bilder
Roman. 3-499-23413-0

Sandra Lüpkes
Fischer, wie tief ist das Wasser
Ein Küsten-Krimi. 3-499-23416-5

Leenders/Bay/Leenders
Augenzeugen
Roman. 3-499-23281-2

Petra Oelker
Der Klosterwald
Roman. 3-499-23431-9

Carlo Schäfer
Der Keltenkreis
Roman
Eine unheimliche Serie von Morden versetzt Heidelberg in Angst und Schrecken. Der zweite Fall für Kommissar Theuer und sein ungewöhnliches Team.

3-499-23414-9

Weitere Informationen in der Rowohlt Revue oder unter www.rororo.de

Philip Kerr

«Ein glänzender, erfindungsreicher Thriller-Autor.»
Salman Rushdie

Alte Freunde – neue Feinde
Ein Fall für Bernhard Gunther
Roman. 3-499-22829-7

Im Sog der dunklen Mächte
Ein Fall für Bernhard Gunther
Roman. 3-499-22828-9

Feuer in Berlin
Ein Fall für Bernhard Gunther
Roman. 3-499-22827-0

Gesetze der Gier
Roman. 3-499-22145-X

Esau
Roman 3-499-22480-1

Das Wittgensteinprogramm
Roman. 3-499-22812-2

Game over
Roman. 3-499-22400-3

Der Plan
Roman. 3-499-22833-5

Der zweite Engel
Roman
3-499-23000-3

Der Tag X
USA 1960: John F. Kennedy ist Präsident, und der Kalte Krieg droht heißzulaufen. Schlechte Zeiten für die Mafia, deren Geschäfte auf Kuba nicht mehr gut gehen. Castro muss weg – schließlich kann man in Amerika alles kaufen, auch einen Killer …

3-499-23252-9

B 16/1

Foto: The Image Bank / Richard Ross

Deutschsprachige Literatur bei rororo

Ecstasy, die Nibelungen und die große weite Welt

Alexa Hennig von Lange
Relax
Roman. 3-499-22494-1
«Relax» ist ein Drogenroman, ein Flug durch ein Wochenende. Und es ist eine Liebesgeschichte: cool und komplett unmoralisch, schreiend komisch und doch wunderbar anrührend. «Alexa Hennig von Lange – die Antwort der Literatur auf die Spice Girls.» (Die Zeit)

Andreas Altmann
Einmal rundherum
Geschichten einer Weltreise
3-499-22931-5

Thommie Bayer
Das Herz ist eine miese Gegend
Roman. 3-499-12766-0

Thor Kunkel
Das Schwarzlicht-Terrarium
3-499-23151-4

Moritz Rinke
Die Trilogie der Verlorenen
Stücke. 3-499-22777-0

Die Nibelungen
Nachwort von Peter von Becker
Rinke ist in seiner Neubearbeitung den Fallstricken der Deutschtümelei mit feiner Ironie entgangen. Seine Fassung vermeidet brachiale Neuinterpretationen, sie besinnt sich vielmehr auf die ursprünglichen Erzählstränge.

3-499-23202-2